JASON DARK

Die Welt des

JOHN SINCLAIR

DIE VAMPIRWELT

VIER SPANNENDE KULTGESCHICHTEN

BASTEI
LÜBBE
TASCHENBUCH

BASTEI LÜBBE TASCHENBUCH
Band 73 998

1. Auflage: September 2012

Vollständige Taschenbuchausgabe

Bastei Lübbe Taschenbücher
in der
Bastei Lübbe GmbH & Co. KG

© Copyright der einzelnen Romane: 1985
Gesamtausgabe: © Copyright 2012 by
Bastei Lübbe GmbH & Co. KG, Köln
All rights reserved
Lektorat: Rainer Delfs
Titelbild: © shutterstock/Subbotina Anna
Umschlaggestaltung: Tanja Østlyngen
Satz: two-up, Düsseldorf
Druck und Verarbeitung:
CPI – Ebner & Spiegel, Ulm
Printed in Germany
ISBN 978-3-404-73998-1

Sie finden uns im Internet unter
www.luebbe.de
oder
www.bastei.de

Der Preis dieses Bandes versteht sich einschließlich
der gesetzlichen Mehrwertsteuer.

Inhalt

VAMPIR-MONSTER

Der Tod klingelte nur einmal, da er wusste, dass ihm geöffnet werden würde.

Er brauchte auch nicht lange zu warten. Sehr bald schwang die Eichentür nach innen und wurde von einem Mann gehalten.

»Ich bin es«, sagte der Tod.

Der Mann im Haus lächelte knapp. »Kommen Sie herein. Hier ist es gemütlicher.«

»Bestimmt. Aber das Wetter macht mir nichts. Ein wenig Regen und Wind kann nicht schaden. Aber ich möchte Ihnen schon jetzt sagen, dass ich froh bin, auf Sie gestoßen zu sein, Professor Cromwell, und dass Sie mir ein derartiges Vertrauen entgegenbringen.«

»Einmal muss es ja jemand erfahren.«

»Sie sagen es.«

Der Besucher trat ein, und Cromwell ging zur Seite, um Platz zu schaffen. Er schaute sich den Mann etwas genauer an, der einen nassen Regenmantel auszog und ihn an einen Garderobenständer hängte. Das Gesicht des Fremden wirkte hart. Sein Haar war dunkel bis grau, der Mund schmallippig, und in den Höhlen lagen die Augen wie kalte Kiesel. Dieser Mensch hätte in einem Film als Bösewicht auftreten können, das wäre ihm ohne Weiteres abgenommen worden.

Cromwell bekam etwas Bedenken. Er sah den Mann zum ersten Mal. Jetzt fragte er sich, ob er richtig gehandelt hatte, als er auf seinen Wunsch eingegangen war. Aber dieser Mensch hatte nicht locker gelassen und vor allen Dingen mit einer hohen Summe gelockt, und Geld konnte Cromwell immer gebrauchen. Als Forscher und Privatgelehrter war er stets klamm. So nahm er jede Chance wahr, an finanzielle Mittel zu gelangen.

In der letzten Zeit waren sie ihm fast ausgegangen. Das sollte sich nun ändern.

In der kleinen Diele hing auch ein Spiegel. Dort sah sich Cromwell für einen Moment und musste sich eingestehen, dass er in den letzten Wochen stark gealtert war. Er hatte sich schon immer über seine Kleinheit geärgert. Er schien noch kleiner geworden zu sein. Sein Gesicht verschwand fast hinter dem grauen Bart. Auf dem Kopf wuchsen nur wenige Haare.

»Wo müssen wir hin?«, fragte der Besucher.

»Wir haben es nicht weit, Mister van Akkeren. Es ist alles hier im Haus zu besichtigen.«

»Das beruhigt mich.«

Cromwell öffnete eine Tür. Dahinter gelangten sie in einen fast leeren Raum. Dort stand nur ein alter Tisch, und den hatte der Professor noch an die Wand geschoben.

Im Hintergrund allerdings, wo die große Fensterscheibe im Licht matt glänzte, drängten sich einige Möbelstücke zusammen. Ein mit Papieren übersäter Tisch, drei Sessel, auf denen ebenfalls Unterlagen lagen und auf eine wichtige Beschäftigung hindeuteten. Aus dem Durcheinander ragte die schlanke Form einer Warmhaltekanne hoch. Um sie herum standen Tassen, und der Professor erkundigte sich, ob der Besucher an einem Kaffee interessiert war.

»Das ist zwar sehr freundlich von Ihnen, Mister Cromwell, aber das möchte ich doch lassen. Ich bin ja nicht gekommen, um mit Ihnen Kaffee zu trinken.«

»Sie haben es eilig, wie?« Cromwell kicherte.

»Das kann man sagen. Und sicherlich nicht zu Unrecht. Es würde mir zwar ein großes Vergnügen bereiten, mit einem Genie Kaffee zu trinken, aber die Sache ist mir wichtiger. Möglicherweise können wir das andere nachholen.«

»Ist auch eine Idee.«

Van Akkeren deutete auf den Tisch mit den Unterlagen, dem er sich mit langsamen Schritten näherte. Unter seinen Füßen lagen alte Bohlen, die hin und wieder aufstöhnten. Im Haus herrschte eine kalte Atmosphäre. Eine Frau hätte so nie wohnen können. Cromwell war nicht an Frauen interessiert. In seinem Leben gab es ausschließlich Arbeit.

Vor dem Tisch blieb der Besucher stehen. Er deutete auf die Papiere. »Sie arbeiten doch nicht hier – oder?«

»Nein. Nur in der Theorie, wenn ich etwas nachlesen muss. Außerdem liebe ich meinen Garten.«

Für Vincent van Akkeren war es das Stichwort, durch die Scheibe zu schauen. Tagsüber hätte er mehr von diesem Garten gesehen. In der Dunkelheit sah man so gut wie nichts. Und der Rest wurde zudem noch von den Regenschleiern verdeckt.

»Ich habe keinen Garten.«

»Ist Geschmackssache.«

»Halten Sie dort auch Tiere?«

Cromwell musste lachen. »Nein, bestimmt nicht.«

Van Akkeren drehte sich wieder um. Seine Augen hatten sich leicht verengt. »Und die – nun ja, die Tiere, die sie gezüchtet haben, wo finde ich die?«

Cromwell deutete mit dem Zeigefinger nach unten. »Im Keller. Das Haus hat einen Keller.«

»Wie praktisch.«

»Für meine Arbeit ideal.«

»Das kann ich mir denken. Und wann gehen wir hinunter?«

Der Professor lachte leise. »Sie haben es eilig, wie?«

»Sagen wir so. Ich bin gespannt. Schließlich sind Sie eine Kapazität auf dem Gebiet der Genforschung und haben etwas geschafft, wovon andere nur träumen können.«

Cromwell winkte ab. »Das ist halb so wild. Ich habe mir nur etwas Mühe gegeben.«

»Und die hat ausgereicht. Meine Firma ist sehr daran interessiert, Ihre Forschungen zu unterstützen, aber wie ich Ihnen schon am Telefon sagte, wir können keinesfalls die Katze im Sack kaufen. Ich muss einen Beweis mitbringen. Den verlangt man von mir. Man will das Produkt sehen, und man will es durch mich sehen.«

»Das bleibt Ihnen unbenommen, Mister van Akkeren. Da werden wir keine Probleme bekommen. Nur muss ich mich auf Sie verlassen können.«

Van Akkeren schaute den Wissenschaftler direkt an. »Das können Sie, Professor. Todsicher sogar.«

»Dann bin ich zufrieden.«

Dass van Akkeren das Wort »todsicher« besonders betont hatte, war Professor Cromwell nicht aufgefallen. Er redete auch nicht mehr lange um den heißen Brei herum. Mit einer Handbewegung deutete er van Akkeren an, ihm bitte zu folgen.

»Gern.«

Sie begaben sich in den Hintergrund des großen Raums. Eine Tür zeichnete sich im schwachen Licht ab. Sie sah völlig normal aus. Nichts wies darauf hin, dass sich hinter ihr die Treppe zum Keller befand, die sichtbar wurde, als der Professor die Tür zum Keller geöffnet hatte. Die Treppe war breit, bestand aus Beton, auf dem das eingeschaltete Licht einen kalten Glanz hinterließ.

Es ging direkt in die Tiefe und hinein in eine klamme Kühle. Van Akkeren ließ den Professor vorgehen. Er schaute auf dessen Kopf und Rücken. Cromwell sah das falsche Lächeln nicht und auch nicht den gierigen Blick, der ihn traf.

Sie gelangten in einen Keller, der schon fast eine Höhle war. Bestimmt nahm er den gesamten Grundriss des Hauses ein, und er bestand eigentlich nur aus einem Raum, der Forschungsstätte des Professors. Hier konnte er sich austoben. Hier hatte er sein Labor eingerichtet. Hier standen auch die Messgeräte, die Computer, welche die Gegenwart symbolisierten.

Auf der anderen Seite existierte das glatte Gegenteil. So etwas wie eine alte chemische Hexenküche mit Flaschen, Tiegeln, Behältern, Kolben, Zentrifugen und Bunsenbrennern. Die beiden modernen Anlagen standen sich gegenüber und wurden bestrahlt von den kalten Schlangen der Leuchtstoffröhren.

Van Akkeren hatte dies alles mit einem schnellen Blick erfasst. Es mochte interessant sein, aber für ihn nicht wichtig.

Denn das Resultat der Forschungen war nicht zu sehen. Das stand verborgen auf einem Tisch. Ein dunkler Vorhang lag über einem Gegenstand, der für van Akkeren so etwas wie ein Kasten war. Das war selbst unter dem Stoff zu erkennen.

Seine Sinne waren hellwach. Das Objekt der Begierde stand zum Greifen nahe vor ihm, und als Cromwell sich umdrehte, merkte auch er die Spannung des Besuchers.

»Sie können es kaum aushalten, wie?«

»Ich gebe zu, dass ich nicht eben entspannt bin.«

»Kann ich nachvollziehen. Was glauben Sie, wie es mir ergangen ist bei meinen Forschungen. Ich bin Schritt für Schritt weitergekommen, und das Ergebnis können Sie bald bewundern.«

»Und dann werden Sie Ihre Finanzspritze bekommen.«

»Darauf warte ich.«

Professor Cromwell hatte seine Hände in die Taschen des grauen Laborkittels geschoben. Er hielt den Kopf gedreht wie jemand, der lauscht. Nach einigen Sekunden lachte er leise und flüsterte: »Ja, meine beiden Freunde sind wach.«

»Also doch zwei!«

»Klar. Sie müssen sich ja vermehren können. Ihre Population wird blitzschnell voranschreiten. Wenn alles perfekt läuft, dann haben Sie in wenigen Wochen jede Menge der kleinen Tierchen.«

»Das haben Sie ja nett umschrieben.«

»Ich mag sie.«

»Und Sie haben Platz genug, um die lieben Tierchen auch unterbringen zu können?«

Cromwell deutete in die Runde. »Ja, so kann man es nennen. Es gibt den entsprechenden Platz. Wenn sie zu zahlreich werden, muss ich die Population unterbinden.«

»Sehr gut hört sich das an. Ist aber für den Geldgeber nicht so unbedingt von Interesse. Haben Sie das alles auch schriftlich festgelegt? Sie wissen ja, diese Leute brauchen immer Beweise.«

»Keine Sorge, das habe ich. Wenn der Deal perfekt ist, erhalten sie Kopien. Ansonsten steht alles in den Akten, die in dem schmalen Metallschrank an der Wand lagern.«

»Danke. Das war mir wichtig.«

Cromwell sah das eisige Lächeln seines Besuchers nicht, der eine nächste Frage stellte. »Wie wäre es denn, wenn wir jetzt mal nach Ihren Forschungsergebnissen schauen?«

»Dagegen habe ich nichts einzuwenden.«

Van Akkeren wollte nicht zu aufdringlich erscheinen und hielt sich deshalb im Hintergrund auf. Er stand da wie ein Zinnsoldat. Nur hatte er die Hände nicht gestreckt, sondern zu Fäusten geballt. Die nächsten Sekunden entschieden über die Zukunft.

Der Professor trat dicht an den Holztisch heran. Er strich mit beiden Händen über die Decke, und die Lebewesen, die sich darunter befanden, wurden plötzlich wach.

Sie gaben keine Schreie von sich. Kein Krächzen und auch kein Jaulen. Unter der Decke war ein heftiges Flattern zu hören, und auch härtere Geräusche, wenn die Wesen mit ihren Schwingen irgendwo anstießen.

Cromwell ließ sich Zeit. Er machte es spannend. Er kommunizierte mit ihnen und produzierte Geräusche in seiner Kehle, die alles andere als menschlich klangen.

»Hören Sie, van Akkeren?«

»Das ist nicht zu überhören.«

»Sie sind wach. Sie sind intelligent. Sie wissen Bescheid, dass gleich etwas passiert. Sie merken genau, wenn sich etwas verändert, das kann ich Ihnen versprechen. Denken Sie immer daran, mit wem Sie es zu tun haben werden. Keine dummen Tiere, Mister, auf keinen Fall.«

»Ich werde es mir merken.«

Cromwell fasste nach der Decke. Behutsam zog er sie hoch und legte nur allmählich das frei, was sich bisher darunter verborgen hatte.

Vincent van Akkeren war im ersten Moment etwas enttäuscht, als er die Seite eines Käfigs sah. Er schüttelte den

Kopf. Er konnte es kaum erwarten. Endlich legte der Professor die Decke zur Seite und gab den Blick auf den Käfig vollends frei.

»Da sind sie, Mister van Akkeren. Die beiden Prototypen meiner ersten Vampir-Monster ...«

Selbst ein abgebrühter Typ wie der Grusel-Star van Akkeren war nicht immer gleich ruhig. Cromwell hatte den Satz kaum ausgesprochen, da drang der Atem als Zischlaut aus seinem Mund. Im Gaumen war es trocken geworden. Er war nervös und spürte auch die Kälte auf seinen Armen. Er war so gespannt auf das Ergebnis gewesen, doch jetzt spürte er schon einen inneren Widerstand, den er erst überwinden musste. Das Licht war hell genug, um auch Einzelheiten zu erkennen, doch zunächst sah van Akkeren nicht viel. Nur die fingerdicken Stäbe eines Käfigs, der mehr breit als hoch war und eine Stahltür hatte.

»Wo sind sie?«

Cromwell musste lachen. »Sie haben sich versteckt. Schauen Sie auf dem Boden nach.«

»Okay, das werde ich und ...«

Fast hätte van Akkeren aufgeschrien. So schreckte er nur zusammen, als er die heftigen und flatterhaften Bewegungen der beiden dunklen Tiere sah. Wie auf ein Stichwort hin hatten sie sich vom Boden erhoben und waren mit schnellen Bewegungen quer durch den Käfig geflohen, wobei es ihnen nichts ausmachte, wenn sie gegen die Stangen prallten. Da reagierten ihre Schwingen wie Gummi.

»Nun ...?«

Van Akkeren konnte noch nicht viel sagen. Er wollte nicht eben behaupten, enttäuscht zu sein, aber so groß war die Entdeckung des Professors auch nicht. Was er in diesem Käfig hinter den Gitterstangen sah, waren nichts anderes als zwei große Fledermäuse, wie sie in den Ländern Mittelamerikas vorkamen.

Cromwell war ein recht guter Psychologe. »Enttäuscht?«, fragte er flüsternd.

»Nun ja, zumindest bin ich nicht begeistert, da will ich ehrlich sein. Ich habe mir ihre Lebensleistung eigentlich anders vorgestellt. Das sind nur zwei große Fledermäuse.«

»Nur, sagen Sie?«

»Ja. Oder sehen Sie etwas anderes?«

»Nein.«

Der Grusel-Star hob die Schultern. »Dann hatte ich recht. Zwei Fledermäuse.«

Cromwell schaute ihn aus einer kurzen Distanz an. Jetzt waren sogar seine Augen innerhalb des Bartgestrüpps größer geworden und deshalb deutlicher zu sehen.

»Es stimmt und es stimmt wiederum nicht, was Sie gesehen haben, Mister van Akkeren. Sie sollten schon genauer hinschauen, dann werden Sie meine Meisterleistung erkennen.«

»Sie liegen auf dem Boden.«

»Das wird sich gleich ändern.« Der Professor trat von van Akkeren weg und bewegte sich auf einen kleinen Kühlschrank zu, der auf einem Labortisch stand. Er öffnete die Tür, griff in den Schrank und holte eine flache Schale hervor, die allerdings abgedeckt war, sodass van Akkeren den Inhalt nicht erkennen konnte.

Lächelnd kam Cromwell auf seinen Besucher zu. Er hob den Deckel von der Schale ab und flüsterte: »Da, schauen Sie.«

Andere wären vor dem Anblick zurückgezuckt. Nicht van Akkeren. Den interessierten die blutigen Klumpen, die dort lagen. Es musste Fleisch sein, das von Blut umgeben war und aussah wie eine dicke Pampe.

Die beiden Fledermäuse hatten ihre Nahrung bereits wahrgenommen. Sie tanzten innerhalb des Käfigs. Sie stießen ungewöhnlich hohe und schrille Schreie aus. Wild flatterten sie umher und behinderten sich mit ihren Schwingen gegenseitig.

Es machte dem Professor nichts aus, mit den bloßen Fingern

in das Gemisch zu fassen. Er hob die Nahrung heraus, hielt die Hand über den Käfig und zielte genau.

Durch eine Lücke zwischen den Stäben fielen kleine, blutige Brocken auf den Boden, wo sie nicht lange liegen blieben, denn die beiden Wesen waren gierig.

Sie fielen über die Nahrung her, und jetzt passierte etwas, das auch van Akkeren interessierte. Sie saugten nicht nur Blut wie normale Fledermäuse, nein, bei ihnen war es anders. Sie fraßen, tranken, schmatzten und schlürften dabei.

Sie schlugen dabei mit den Schwingen um sich, sie waren wild. Jeder wollte am meisten bekommen, und so kam es fast zu Kämpfen zwischen den beiden Wesen.

Weder der Professor noch sein Besucher sprachen. Sie schauten nur zu, und schließlich schrien beide Fledermäuse hell auf. Der Schrei hörte sich wenig zufrieden an, sie waren sicherlich noch hungrig und wussten auch, wer sie füttern konnte.

Beide warfen sich gegen die Stäbe. Sie klammerten sich daran fest, und im hellen Licht waren sie gut zu erkennen.

»Schauen Sie trotzdem noch genauer hin«, forderte der Professor seinen Gast auf.

»Das tue ich schon.«

»Konzentrieren Sie sich nicht auf die Körper, sondern auf die Gesichter.«

Der Grusel-Star befolgte den Rat. Er ging leicht in die Knie, um einen besseren Blick zu bekommen. Zudem wollte er auf Augenhöhe mit den Gesichtern sein.

Sie hatten sich gegenseitig die letzten Blutstropfen abgeleckt. Da war nichts mehr zu sehen, aber die Gesichter erkannte van Akkeren klar und deutlich.

In diesem Moment musste er dem Professor recht geben. Was er zu sehen bekam, waren keine normalen Fledermausgesichter, sondern andere. Dickere, aufgedunsenere, widerliche Fratzen mit breiten Mäulern und Gebissen mit spitzen Zähnen …

Professor Cromwell hatte in den vergangenen Sekunden nichts gesagt. Auch jetzt ließ er Zeit verstreichen, bevor er eine kurze Frage stellte. »Nun, was sagen Sie jetzt?«

Van Akkeren drückte sich langsam hoch. Dabei schüttelte er den Kopf. »Ich glaube es nicht.«

»Sie haben doch Augen im Kopf.«

»Ja, das schon, aber ich kann es nicht glauben. Das ist zu weit weg. Was sagen Sie denn? Sind das Fledermäuse?«

»Nicht direkt.«

»Und was sind es dann für Sie?«

»Ich habe sie meine kleinen Vampir-Monster getauft. Ja, so muss man es sehen. Sie sind meine erschaffenen Monster, und darauf bin ich stolz. Es ist nämlich einmalig.«

Van Akkeren trat etwas zurück und nickte wieder. »Da haben Sie schon recht, wirklich. Das sind alles andere als normale Fledermäuse. Ich denke, dass sie angriffslustig sind.«

Cromwell lachte so laut auf, dass er sich beinahe selbst erschreckte. »Natürlich sind es keine normalen Fledermäuse. Sie sind meine Zucht. Ich habe sie genmanipuliert. Ich habe es allen gezeigt. Schauen Sie sich ihre Gesichter an. Sind sie nicht verändert? Können nicht auch kleine Echsen diese Gesichter haben? Die breiten Mäuler, die aufgequollenen starren Augen, die spitzen Zähne, die Gier nach Nahrung und Blut. Mit ihren Zähnen zerreißen sie alles, was sich ihnen in den Weg stellt, denn sie sind äußerst aggressiv. Und je mehr sie fressen, desto schneller wachsen sie auch. Ich habe sie bewusst klein gehalten, weil ich keinen größeren Käfig bauen wollte, aber Sie können sich auf meine Worte verlassen. Alles ist so, wie Sie es sehen.«

»Ja«, flüsterte van Akkeren. »Ja, das sehe ich genau. Das ist verrückt. Ein Wunder der Natur.«

»Nein, der Manipulation.«

»Auch das.«

»Sie sind also zufrieden?«

Van Akkerens Augen glänzten. »Zufrieden, fragen Sie? Ich bin mehr als das.«

»Was Sie auch Ihren Geschäftsfreunden übermitteln werden, hoffe ich.«

Van Akkeren war für einen Moment durcheinander. »Äh – wem soll ich …«

»Den Geldgebern.«

»Ach so, ja. Alles klar.« Er ließ seinen Blick über den Käfig gleiten und sah oberhalb den Griff, der einen leichten Transport ermöglichte, was ihm wichtig war.

Cromwell rieb seine Hände. Die Aufregung war ihm anzusehen. »Ich würde mich freuen, wenn Sie – ich meine, nur wenn es Ihnen nichts ausmacht, Mister van Akkeren.«

»Was meinen Sie?« Der Grusel-Star ärgerte sich, weil er aus seinen Gedanken gerissen worden war.

»Dass Sie vielleicht anrufen könnten. Ihre Geldgeber, meine ich. Und Sie sagen ihnen dann, dass Sie überzeugt sind. Ist das ein Wort? Können Sie das machen?«

»Jetzt?«

Der Professor lächelte. »Ich dachte es.«

»Mal sehen. Es ist spät. Wir haben Nacht und …«

»Aber dafür wird doch jemand aufstehen können.« Cromwell blieb hart. »Die beiden Vampir-Monster sind einmalig. Sie sind aggressiv. Sie sind immer hungrig und sie nehmen sich, was sie wollen. Sie fallen über Menschen und Tiere her. Wer sich wehrt, hat keine Chance. Sie brauchen Nahrung und holen sich Blut. Und sie werden den Menschen keine Chance lassen. Hinzu kommt ihre schnelle Vermehrung. In einigen Wochen haben Sie eine kleine Truppe dieser Bestien, falls man es zulässt. Wenn die beiden noch länger zusammenbleiben, wird es dazu kommen, das garantiere ich Ihnen, Mister van Akkeren. Ich habe sie schließlich erschaffen.«

»Alles klar. Alles verstanden.«

»Habe ich Sie überzeugen können? Und werden Sie Ihre Geldgeber überzeugen?«

»Das brauche ich nicht.«

»Warum nicht?«

Van Akkeren ließ sich Zeit mit der Antwort. »Weil es diese Geldgeber gar nicht gibt.«

Professor Cromwell schwieg. Er wusste plötzlich nicht mehr, was er sagen sollte. Aber er dachte nach, was auch an den Bewegungen seiner Stirn zu sehen war. Wie jemand, der nach seiner Brille greifen will, hob er die Hand.

»Ich – äh – ich verstehe Sie nicht.«

»Dann will ich es noch mal sagen. Es gibt keine Geldgeber. Es gibt wohl jemanden, der hinter mir steht und mich geschickt hat, weil er sich selbst nicht zeigen kann. Aber er ist kein Geldgeber, das kann ich Ihnen versichern.«

Der Wissenschaftler begriff die Wahrheit noch immer nicht. »Ist er vielleicht ein Kollege, der …«

»Auch das nicht.«

»Was ist er dann?«

Van Akkeren deutete seine Überlegenheit durch ein entsprechendes Lächeln an. »Ich kann es Ihnen nicht sagen. Außerdem ist es nicht wichtig für Sie. Einen wie ihn werden Sie nicht kennenlernen. Aber ich bin Ihnen gegenüber sehr dankbar, dass Sie mir Ihr Werk gezeigt haben. Sie haben uns damit sehr geholfen.«

Der Professor schüttelte den Kopf. Sein Gesicht hatte einen säuerlichen Ausdruck angenommen. »Ich begreife Sie noch immer nicht, Mister van Akkeren.«

Der Grusel-Star gab sich lässig. »Sie brauchen eigentlich nichts mehr zu begreifen.«

Allmählich ging dem Professor ein Licht auf. Wieder änderte sich sein Gesichtsausdruck. Er wurde misstrauisch. »Es tut mir leid, aber dieses Gerede verstehe ich nicht.«

»Es ist für Sie alles unwichtig geworden, Professor. Jedenfalls bin ich Ihnen dankbar.«

»Ja, äh – aber so habe ich mir das nicht vorgestellt.«

»Machen Sie sich nichts daraus. Ich liebe Überraschungen. Danach handele ich.«

»Was meinen Sie?«

Van Akkeren konnte sich über die Naivität des Mannes nur wundern. Er steckte eben zu sehr in seiner eigenen Welt, da hatte er für die übrige keinen Blick mehr. Aus diesem Traum wollte ihn van Akkeren erlösen, und zwar für immer.

Cromwell tat nichts und schaute nur zu, wie der Besucher in die rechte Tasche seiner dunklen Jacke griff. Er ließ sich sogar Zeit dabei. Als die Hand wieder zum Vorschein kam, hielt sie einen stupsnasigen Revolver umklammert, dessen Mündung auf die Brust des Professors wies.

»Was soll das denn? Nehmen Sie sofort die Waffe weg …«

»Nein, warum?«

»Sie wollen mich doch nicht …« Er sprach nicht mehr weiter, denn jetzt ging ihm ein Licht auf, und in seine Augen trat der Ausdruck des Entsetzens.

»Ich darf mich bei Ihnen bedanken, Professor. Sie haben mir wirklich viel gegeben.«

»Hören Sie auf …«

Van Akkeren sprach dagegen. »Nein, ich werde nicht aufhören. Ich bleibe am Ball. Es tut mir wirklich leid, aber ich muss meinen Weg gehen. Nicht jeder stirbt an seinem Arbeitsplatz. Sie werden da eine der großen Ausnahmen sein.«

Cromwell war kalkweiß im Gesicht geworden. Sprechen konnte er nicht mehr. Die Worte klebten irgendwo in seiner Kehle fest, aber van Akkeren hätte ihn auch nicht dazu kommen lassen.

Er wollte den Tod des Mannes.

Keine Spuren, keine Zeugen!

Und deshalb schoss er.

Es war der perfekte Schuss. Die Waffe hatte er kurz vor dem Schuss noch mal angehoben, und so war die Kugel mitten in die Stirn des Mannes geschlagen.

Plötzlich zeichnete sich dort ein Loch ab. Für einige Sekunden stand der Professor noch auf den Beinen und glich dabei einer Statue, die erst später allmählich nach hinten kippte.

Er fiel.

Van Akkeren schaute locker zu. Nichts in seinem Gesicht regte sich. Seine innere Freude ließ er sich nicht anmerken. Er hatte sein Ziel erreicht. Der Professor, der aus normalen Fledermäusen kleine Vampir-Monster geschaffen hatte, würde sein Wissen nie mehr weitergeben können und als Leiche in diesem Keller vermodern.

Die kleinen Bestien waren durch den Schuss aufgeschreckt worden. Wild flatternd bewegten sie sich im Käfig hin und her. Sie prallten gegen die Gitterstäbe, hielten sich dort mit ihren kleinen Krallen fest und schüttelten wild ihre Köpfe.

Es machte van Akkeren nichts aus. Für ihn war der Griff wichtig. Er hob den Käfig an und ging mit ihm davon. Dass die beiden Tiere noch immer tobten, kümmerte ihn nicht. Seine Aufgabe war erledigt. Der neue Plan konnte anlaufen, und sein Mentor würde sich im Hintergrund besonders über diese Helfer freuen.

Wenn alles zutraf, was der Professor gesagt hatte, würde in wenigen Wochen die Hölle über die Menschen kommen und für einen grausamen Sommer sorgen …

»Nach einem Urlaub an der See siehst du nicht eben aus«, stellte Glenda Perkins fest, als ich hinter meinem Schreibtisch saß und mehrmals gähnte.

»Habe ich von Urlaub gesprochen?«

»Ist Sylt denn nicht eine Urlaubsinsel?«

»Für mich war sie das nicht. Aber du brauchst dir keine Sorgen mehr zu machen. Der Fluch des Mönchs ist gelöscht, und wenn ich beim nächsten Mal wieder auf die Insel fahre, dann privat.«

Suko stand Glenda bei. »Aber zwei Tage hast du noch drangehängt.«

»Ja«, sagte ich und rang die Hände. »Was sollte ich denn machen? Die Leute dort ließen mich einfach nicht weg. Dass die Nächte so lang wurden, hatte ich auch nicht vor, aber der Geist war willig, und das Fleisch schwach. Das musste ich leider einsehen.«

»Ha, leider?«

»Ja, Glenda.«

»Glaubst du das, Suko?«

»Nein, nicht bei John.«

»Da hörst du es …«

»Ich weiß gar nicht, was ihr euch aufregt. Hier ist es auch ruhig gewesen, und ihr seht beide richtig erholt aus. Sir James hat euch in Ruhe gelassen.«

»Wir haben nachgedacht.«

Ich schaute Suko an und grinste dabei. »Ehrlich? Worüber habt ihr denn gegrübelt?«

»Dass wir von alten Freunden lange nichts mehr gehört haben. Darüber mussten wir diskutieren.«

»Du meinst doch nicht etwa den Schwarzen Tod?«

»Wen sonst? Dass er zurückgekehrt ist, steht fest. Wir haben ihn nicht stoppen können, und jetzt wird oder muss er sich etwas einfallen lassen, um auf sich aufmerksam zu machen. Er wird sich nicht verstecken, glaub es mir. Ich bin gespannt, was es ist.«

»Hast du eine Spur?«

»Nein. Er hat sich zurückgezogen. Ich hatte auch keinen Kontakt zu Myxin bekommen. Atlantis hält still. Aber ich schwöre dir, dass es die Ruhe vor dem Sturm ist. Da kommt was auf uns zu.« Suko rieb seine Fingerkuppen gegeneinander. »Das spüre ich. Ich glaube, dass wir im Moment in einem Loch hängen. Der Schwarze Tod hat sich zurückgezogen, er sammelt seine Kräfte und seine Helfer. Und die übrigen mächtigen Dämonenfürsten warten ebenfalls ab und sind gespannt darauf, wie seine Pläne aussehen. Das wird sich zeigen, wenn er zuschlägt.«

»Und uns treffen will«, sagte ich.

Suko legte seinen Kopf schief. »Bist du dir da so sicher?«

»Eigentlich schon.«

»Ich nicht.«

»Ach, und warum nicht?«

Ich rollte mit meinem Schreibtischstuhl zurück. »Das kann ich dir sagen. Ich könnte mir einfach vorstellen, dass wir noch zu unwichtig für ihn sind. Deshalb die Ruhe. Er wird seine Kräfte ordnen, seine Mitstreiter sammeln und …«

»Welche wären das denn?«, unterbrach mich Glenda, die an ihrer schwarzen Leinenbluse zupfte.

»Damals waren es die Skelette, und die haben wir ja wieder erlebt, wie ihr wisst.«

»Ach, das war in Atlantis«, sagte Suko. »Er wird heute neue Wege gehen. Und das Skelett bei diesem Grabsteinmann war nur ein Versuch, denke ich. Das sollte zwar der Bote des Schwarzen Tods sein, aber daran glaube ich nicht so recht. Für mich war das eher ein Ablenkungsmanöver. Ich denke, dass er von einer ganz anderen Seite angreifen wird.«

»Kennst du Details?«

»Nein, John. Trotzdem habe ich nachgedacht. Nicht nur wir lauern darauf, dass sich etwas ereignet und wir eine Spur von ihm finden. Es könnte da noch einige Personen geben.«

»Welche denn?«

»Mallmann und die Cavallo.«

Ich schwieg. Suko hatte mit dieser Bemerkung tatsächlich ins Ziel getroffen. Der Schwarze Tod war nicht nur unser Feind, auch Justine Cavallo, die blonde Bestie, und ihr Partner Dracula II standen auf seiner Liste. Das hatten wir durch Justine Cavallo erfahren, die sich bei uns fast als Verbündete angebiedert hatte, damit wir mit ihr zusammen eine Allianz gegen den Schwarzen Tod bildeten. In diese offenen Hände hatten wir nicht eingeschlagen. Beide waren nach wie vor unsere Feinde, aber ganz ausschließen wollte ich das nicht. Manchmal muss man den Teufel mit seinen eigenen Waffen schlagen, denn der Schwarze Tod war mächtig. So mächtig, dass es selbst der Spuk nicht geschafft hatte, die Seele in seinem Reich zu behalten.

Für uns stand fest, dass der alte Feind Verbündete suchte.

Keiner von uns glaubte daran, dass er sich mit einem der mächtigen Dämonen zusammentun würde. Das konnte er sich nicht leisten. Er war ein Unhold der Macht, die er bereits in Atlantis besessen hatte. Aus diesem Grund mussten wir uns auch auf Kämpfe innerhalb der Dämonenreiche einstellen. Er ließ keine anderen Götter neben sich gelten.

»Nachdenklich, John?«

»Klar.«

Suko lächelte. »Da kannst du die Erinnerung an Sylt vergessen. Es wird zur Sache gehen.«

»Hast du mit Sir James darüber gesprochen?«, fragte ich.

»Auch. Er ist der Meinung, dass wir die Augen offen halten sollen. Nun ja, was man so sagt. Irgendwie herrscht Leerlauf. Selbst Sir James hat sich für mehrere Tage freiwillig in eine Klinik begeben, um sich mal richtig durchchecken zu lassen.«

»Sommerloch«, kommentierte Glenda. »Die Zeit der sauren Gurken. Und wir hängen hier herum.«

»Nimm doch Urlaub«, schlug ich vor.

»Schön. Fährt jemand mit?«

Suko deutete auf mich. »Er bestimmt.«

»Klar, warum nicht? Wenn wir dann irgendwo sind, gibt es unter Garantie Ärger. Dann werden sich unsere Freunde aus den anderen Reichen einen Spaß daraus machen, uns den Urlaub zu versauen. Nein, nein, so einfach ist das nicht.«

Ich zuckte mit den Schultern. Es war mal einer der Tage, an denen man keine große Lust verspürte, irgendwas zu tun. Der Schwarze Tod war zurückgekehrt. Wir hatten es nicht verhindern können. Durch einen Trick und seinen satanischen Helfer Namtar war ihm die Rückkehr gelungen.

Das waren Fakten, aber ich wollte nicht daran glauben, dass sich der Schwarze Tod noch länger zurückhielt. Irgendwann würde er aus seiner Höhle kommen und mit einem gewaltigen Schlag das Grauen bringen.

Davor fürchteten wir uns, auch wenn wir darüber nicht groß sprachen. Aber die Furcht war da, und sie würde bleiben, sich sogar noch verstärken mit jedem Tag, der verging, an dem nichts passierte.

»Ist es euch hier nicht zu ungemütlich?«, fragte ich in die Stille hinein.

»Willst du das ändern?«

Ich schaute Glenda in die Augen. »Klar, wir könnten Schluss machen und uns in ein nettes Lokal verdrücken.«

Glenda schüttelte den Kopf.

»Warum nicht?«

»Ich habe heute Abend noch einiges zu tun. So muss ich mich um die Wäsche kümmern. Ich möchte noch einkaufen. Was ein Single so tun muss, nicht wahr?«

Ich nickte und dachte dabei an mich. Meine Wäsche wusch ich nicht selbst, dafür sorgte Shao. Innerlich musste ich lachen. Da redeten wir über den Schwarzen Tod, und Minuten später war alles vergessen. Alltagsprobleme standen im Vordergrund.

Ich sprach Suko an. »Was ist denn mit dir? Hast du noch Lust auf einen kleinen Drink im Freien oder …«

»Keine Chance, John. Ich gehe heute Abend mit Shao ins Musical. Das hatte ich ihr versprochen. Übers Internet hat sie noch ein paar letzte Karten ergattern können.«

Ich winkte ab. »Und ihr wollt Freunde sein. Nein, nein, ihr solltet euch schämen.«

»Tja, da musst du schon den Abend allein verbringen«, meinte Glenda recht spitz.

Jetzt holte ich mir Oberwasser. »Ich kann auch Jane Collins anrufen. Die macht bestimmt mit.«

»Kannst du.«

»Werde ich mir überlegen.«

Glendas Blick ließ mich zusammenzucken. Die beiden Frauen vertrugen sich zwar, doch wenn es um mich ging, verhielten sie sich immer wie bissige Stuten.

Suko erhob sich als Erster. »Also, ich verabschiede mich schon mal. Den Wagen kannst du nehmen, John.«

»Mach ich doch glatt.«

Er grinste und winkte uns von der Tür noch mal zu.

Glenda warf einen Blick auf die Uhr. »Und ich ziehe mich auch zurück, mein Lieber. Schönen Abend mit Jane.«

»Kann sein, dass ich auch bei Bill lande.« Ich wollte Glenda wieder friedlicher stimmen.

»Das ist deine Entscheidung.«

Lächelnd zog Glenda von dannen, und ich blieb allein auf dem Schreibtischstuhl hocken.

Es war wirklich kein Abend, den man in der Wohnung verbringen sollte. Die Sonne hatte es an diesem Tag gut mit den Londonern gemeint, und auch jetzt strahlte sie vom Himmel.

Ich fühlte mich auch leicht kaputt. Es konnten noch die Nachwirkungen der Keitumer Nächte sein, und jetzt spielte ich wirklich mit dem Gedanken, ob ich mich nicht doch aufs Ohr legen sollte. Das wollte ich nicht hier entscheiden. Erst mal nach Hause fahren, eine Dusche nehmen und dann sehen, wie es weiterging.

Den Schwarzen Tod allerdings würde ich so leicht nicht aus dem Kopf bekommen …

Seit eine ziemlich hohe Straßengebühr für Londons City eingeführt worden war, hatte sich der innerstädtische Verkehr tatsächlich verringert. Ich kam sogar gut durch und geriet nur zweimal in kurze Staus, wobei einer durch einen Unfall entstanden war, denn da lag ein Radfahrer mitten auf der Straße. Ein Arzt kümmerte sich um den jungen Mann, der zum Glück einen Helm trug.

Ich überlegte noch immer, wie ich die restlichen Stunden verbringen sollte. Die Conollys gerieten dabei immer mehr in mein Blickfeld. Sheila und Bill hatten mich schon lange eingeladen, zu ihnen zu kommen und mal wieder zu plaudern.

Außerdem wusste Bill ebenfalls darüber Bescheid, dass der Schwarze Tod zurückgekehrt war. Im Internet suchte er fieberhaft nach Aktivitäten, die auf ihn als Verursacher schließen ließen.

Noch hatte er nichts gefunden, und auch mich ließ der

Schwarze Tod in Ruhe. Wobei er gerade mich hassen musste, denn ich hatte ihn damals mit dem silbernen Bumerang zur Hölle geschickt. Dass er je wieder zurückkehren würde, daran hatte ich nicht im Traum gedacht.

Aber jetzt war er da!

Verflucht noch mal, ich wollte mich nicht immer mit diesem riesigen schwarzen Skelett beschäftigen, aber diese Gedanken stiegen von ganz allein in mir hoch, und das ärgerte mich.

Ich entkam ihm nicht, obwohl ich ihn nicht sah. Er lag wie eine Bedrohung über meinem Leben, und ich fragte mich schon jetzt, wie man ihn wohl wieder vernichten konnte. Aber diesmal für alle Ewigkeiten.

Eine Lösung hatte ich nicht. Sie war auch jetzt nicht so wichtig, denn es ging um andere Dinge.

Zum Beispiel um das Heben des Tors zur Tiefgarage, damit ich freie Fahrt bekam. Ich wollte schon den entsprechenden Schlüssel in ein Schloss an der Zufahrt stecken, als ich sah, dass das Tor offen stand.

Es passierte nicht oft. Im Sommer schon, denn die Luft wurde sonst zu stickig.

Ich fuhr in die graue Düsternis. Dass hier unten so etwas wie eine Notbeleuchtung brannte, fiel erst später auf. Wer hier seinen Stellplatz hatte, der wusste genau, wie er zu fahren hatte, und auch für mich stand eine Parktasche bereit.

Ich rollte hinein, stellte den Motor ab und verließ den Rover. Sukos BMW stand nebenan. Er war wie immer super gepflegt. In dem schwarzen Lack hätte ich mich sogar spiegeln können. Früher war Sukos Hobby die Harley gewesen, heute war es der BMW.

Außer mir befand sich kein anderer Mensch in der Tiefgarage. Es war nur ein kurzer Weg bis zum Lift, dessen Tür sich schon bald öffnete, als ich den Kontaktknopf gedrückt hatte.

Ich stieg ein.

Da hörte ich das Flattern!

Im ersten Moment war ich irritiert, denn ich wusste nicht,

woher das Geräusch kam. Aber es war da, ich hatte mich nicht getäuscht. Weiterhin wollte ich nach oben, ging einen langen Schritt, erreichte den Lift und drehte mich vor der Rückwand um.

Die Tür schloss sich automatisch. Da glitten von zwei Seiten die Hälften aufeinander zu. Noch bevor sie eine Wand bilden konnten, hörte ich noch einmal das Flattern und erkannte durch den Spalt einen Vogel, der schon dicht vor der Lifttür flog und es im allerletzten Moment schaffte, zu mir in die Kabine zu fliegen.

Unwillkürlich riss ich die Arme schützend hoch. Es war nicht nötig, denn der Vogel griff mich nicht an. Er war über meinen Kopf hinweggeflogen und krallte sich an der Kabinendecke fest.

Wieso krallte?

Das schaffte kein Vogel. Der musste etwas haben, auf dem er sitzen konnte.

Ich schaute hoch – und sah die übergroße Fledermaus mit ihren ausgebreiteten Schwingen, die zusammen mindestens die Länge eines Männerarms erreichten.

Das war kein Vogel. Das war eine riesige Fledermaus, und trotzdem war sie das auch nicht zu hundert Prozent.

Als sie sich abstieß und auf die rechte Wand zuflog, gelang mir ein Blick auf das Gesicht.

Kein Dreieck, keine spitzen Ohren, sondern eine kompakte, dicke und echsenähnliche Fratze mit einem von spitzen Zähnen gefüllten Maul.

Maul und Körper!

Beide griffen mich an!

Luft!, dachte Glenda Perkins, nur frische Luft, als sie ihre Wohnung betrat. Es war draußen zu lange zu warm und zu schwül gewesen. Im Büro war es kühler gewesen, doch in der Wohnung klebte die Leinenbluse schon bald an ihrer Haut.

Dass sie die Wäsche waschen wollte, war keine Ausrede gewesen. Es hatte sich einiges angesammelt. Die schmutzigen Sachen lagen in einem Korb, der neben der Waschmaschine im Bad stand.

Auch hier stellte sie das Fenster auf Kippe, ließ die Tür offen und sorgte für den entsprechenden Durchzug, denn auch in dem nicht eben großen Bad stand die Luft.

In der Maschine war noch Platz. Glenda zog ihre Bluse aus und stopfte sie hinein. Die Wäsche lief im Schonwaschgang, das machte dem Stoff nichts. Dann entledigte sie sich auch der anderen Kleidung. Die Hose fand Platz am Haken, Slip und BH schwebten auch zu Boden, und Glenda tat das, auf das sie sich schon fast den ganzen Tag über gefreut hatte.

Sie duschte.

Es war ein herrliches Gefühl, sich unter die lauwarmen Wasserstrahlen zu stellen. Der Schmutz und vor allen Dingen der Schweiß des Tages wurden weggespült. Sie ließ sich auch Zeit mit ihrer Körperpflege und schaltete dabei ihr Denken aus. Das herrliche Gefühl wollte sie so intensiv wie möglich erleben.

Als auch die letzten Schaumreste im Abfluss verschwunden waren, verließ sie die Kabine und fühlte sich wirklich erfrischt. Das flauschige Badetuch roch leicht nach Parfüm und war wunderbar geeignet, um sich einzukuscheln.

Es ging ihr besser. Nahezu genussvoll trocknete sie sich ab. Die Haare hatte sie nicht gewaschen. So entfernte sie auch die Duschhaube und hängte sie an einen Haken.

Einige Schwaden hatten sich verteilt, und Glenda kam sich vor wie in einer Sauna. Sie zog sich einen Slip an und öffnete die Tür. Da war der Durchzug auf der nackten Haut zu spüren. In zwei Zimmern standen die Fenster weit offen. Glenda wollte sie schließen, denn sie fürchtete sich vor dem Durchzug, der ihr nicht gut bekam.

Sie schloss die Fenster nicht, sondern stellte sie gekippt. Zuletzt blieb sie im Schlafzimmer, um sich frische Kleidung aus dem Schrank zu holen. Locker, luftig und bequem sollte sie sein.

Sie ließ sich Zeit und schaute aus dem Fenster hinaus in einen Tag, der sich noch lange nicht verabschieden würde. Der Himmel lag sonnenklar über der Stadt. Nicht mal die Schatten der Dämmerung waren zu sehen. Es würde wieder ein schöner Sommerabend werden, auch wenn es hieß, dass es Gewitter geben könnte.

Davon war noch nichts zu sehen. Glenda dachte ernsthaft darüber nach, ob sie einen Fehler begangen hatte. Sie hätte sich mit John verabreden sollen. Die Wäsche wusch von allein. Aber jetzt anrufen und ihn bitten, das wollte sie auch nicht.

Ich bin blöd!, dachte sie und wollte sich schon vom Fenster abwenden, als sie stutzte.

Nicht weit von der Scheibe entfernt bewegte sich ein Vogel. Es war ein großes dunkles Tier, kein Spatz, auch keine Amsel oder Krähe mit schwarzem Gefieder.

Glenda Perkins war ein Kind der Großstadt. Derartige Vögel bewegten sich nur auf dem Land, nicht zwischen den Häusern. Es sei denn, das Tier hatte die Orientierung verloren.

Dass sie halb nackt am Fenster stand, wurde ihr nicht bewusst. Für sie war es nur wichtig, den Vogel zu beobachten, der sich ihrem Fenster näherte. Allerdings nicht auf dem direkten Weg. Er flog im Zickzack. Beim Näherkommen stellte Glenda fest, dass seine Schwingen ziemlich groß waren und auch eine ungewöhnliche Form hatten. Sie wirkten recht kantig, nicht so glatt und geschmeidig wie bei einem normalen Tier. Da hatte sich irgendein seltsames Tier verflogen und fand wahrscheinlich nicht den Rückweg in die freie Natur.

Daran glaubte Glenda Perkins nur kurze Zeit. Genau die Spanne, die ausreichte, um den Vogel näher zu bringen, sodass sie ihn besser erkennen konnte.

Dann sah sie ihn genauer. In seiner vollen Breite flog er auf ihr Fenster zu. Er hatte seine Schwingen ausgebreitet und bewegte sie kaum, da er sich von der Luft tragen ließ.

Glenda hatte keinen Blick mehr für den Körper. Sie sah nur noch den Kopf, und plötzlich hatte sie das Gefühl, allmählich zu Eis zu werden. Das war der reine Wahnsinn, das war unglaublich, denn dieser Vogel war kein Vogel.

Er war – eine übergroße Fledermaus!

Als Glenda das verarbeitet hatte, blieb sie zunächst einmal stumm. Sie hätte sowieso nicht gewusst, was sie sagen sollte, denn diese riesigen Fledermäuse kannte sie nicht. Zumindest nicht in diesen Breiten. Sie hatte mal Bilder von Tieren gesehen, die man in den südamerikanischen Ländern fand, die waren auch größer, aber mit dieser Fledermaus konnten auch sie nicht verglichen werden.

Es ging ihr um den Kopf.

Ja, er hatte Ohren. Nur längst nicht so spitz wie bei den normalen Fledermäusen. Schon jetzt ging Glenda von einer Mutation aus, und ihre Annahme wurde bestätigt, als sie sich auf das Gesicht konzentrierte.

Nein, das gehörte nie und nimmer zu einer Fledermaus. Dieses Gesicht war mehr eine Fratze mit einem breiten Maul, in dem scharfe Zähne wuchsen. Und es hatte auch mehr Ähnlichkeit mit dem einer Echse oder eines kleinen Drachen.

Da jagten viele Gedanken durch Glendas Kopf. Natürlich kannte sie sich aus. Schon zu oft war sie selbst in brandgefährliche Situationen hineingeraten. Sie wusste eine Menge über Vampire. Da brauchte sie nur an Justine Cavallo zu denken, aber das Ding hier hatte nichts mit ihr zu tun. Das war eine Mischung aus Vampir und einem anderen Wesen. Eine Abart. Ein vampirartiges Monstrum.

Mit einem letzten Schwung jagte das Ding auf das Schlafzimmerfenster zu. Glenda erschreckte sich so stark, dass sie mit einem leisen Schrei auf den Lippen zurückwich. Sie übersah dabei die Bettkante und landete rücklings auf der Matratze.

Zugleich hörte sie den dumpfen Laut. Da war die mutierte Fledermaus gegen die Scheibe geklatscht. Glenda fürchtete, dass das Glas brechen würde, aber es hielt.

Die Mutation zog sich wieder zurück, und Glenda Perkins erhob sich langsam von ihrem Bett. In den letzten Sekunden war sie schweißnass geworden. Sie atmete heftig, wischte über ihre Augen und schüttelte den Kopf. Von der Fledermaus war nichts mehr zu sehen. Sie hatte plötzlich das Gefühl, einen Traum erlebt zu haben.

Hinter der Scheibe war alles leer. Keine Fledermaus, kein anderer Vogel. Sie hatte freie Sicht.

Jetzt fiel ihr auf, dass die Scheibe noch immer schräg stand, und sie war froh, dass es das schlimme Wesen nicht geschafft hatte, sich durch den Spalt zu drücken.

Nein, nein, nein, ich habe nicht geträumt, dachte sie. Dieses Wesen hat es tatsächlich gegeben, und es ist gegen die Scheibe geflogen. Ich habe den Laut gehört.

Weil ihr an der Scheibe etwas aufgefallen war, ging sie näher an sie heran. In der Mitte zeigte sich auf der Außenseite ein feuchter Fleck, der vor dem Angriff noch nicht dort gewesen war.

Für Glenda gab es keinen Zweifel mehr. Die Fledermaus hatte sich vor dem Fenster gezeigt.

Im ersten Moment war sie ratlos. Sie wusste nicht, wie sie sich verhalten sollte. Es gab zwei Alternativen. Sie konnte das Fenster öffnen und nachschauen oder John Sinclair Bescheid geben. Auslachen würde John sie nicht. Zudem war sie in der Lage, ihm das Monstrum genau zu beschreiben. Und mörderische Fledermäuse, die das Blut der Menschen wollten, hatte er genug kennengelernt. Selbst Dracula II schaffte es, sich in eine riesige Fledermaus zu verwandeln, wenn er sich einen Fluchtweg suchte.

Glenda ging zum Kleiderschrank und streifte ein langes Hemd über, das auch die Hüften bedeckte. Dann kümmerte sie sich um das Fenster. Sie wollte es genau wissen und brauchte dafür einen besseren Blickwinkel. Wenig später war das Fenster offen.

Glenda lehnte sich noch nicht weit hinaus. Da war sie sehr

vorsichtig. Der Blick nach vorn zeigte ihr nichts. Wenn da Vögel herflogen, dann waren es zumeist Spatzen.

Sie schaute nach links.

Dort sah sie ebenfalls nichts Fremdes.

Dann der Blick nach rechts.

Die Hausfassade mit den Fenstern. Wenn sie nach unten schaute, sah sie in den Hof. Dort hatten Kinder ein Schwimmbecken aus Gummi aufgestellt und tobten im Wasser herum.

Im Nachhinein rann ihr ein Schauer über den Rücken, als sie daran dachte, was passiert wäre, wenn diese Mutation ein Kind angegriffen hätte. Daran wollte sie gar nicht denken.

Jedenfalls war die Fledermaus verschwunden oder hielt sich versteckt. Glenda musste mit allem rechnen.

Sie schloss das Fenster wieder, und bei den anderen, die noch gekippt standen, tat sie das Gleiche. Sicherheitshalber schaute sie sich in den Räumen um, ob sich nicht doch ein Wesen dort versteckt hielt.

Es war niemand in die Wohnung eingedrungen, und Glenda atmete erst mal auf. Aber sie wusste auch, dass das Erscheinen der Fledermaus kein Zufall gewesen war. Obwohl sie ihr nichts getan hatte, glaubte Glenda daran, dass ihr eine Botschaft überbracht werden sollte. Nur – wer steckte wirklich dahinter?

Eine Antwort konnte sie sich nicht geben. Fledermäuse passten zu Dracula II und zu Justine Cavallo. Dass sie dem trotzdem nicht so recht zustimmen wollte, lag daran, dass die Fledermaus nicht normal ausgesehen hatte. Sie war keine echte gewesen. Ihre Gestalt erinnerte mehr an eine Züchtung oder Mutation. Denn der Kopf stammte von einem anderen Wesen, das es auf der Erde nicht gab. Diese Fratze musste einem Tier aus einer anderen Dimension gehören.

Davon gab es viele. John Sinclair und Suko hatten da ihre Erfahrungen machen können.

Beim Namen John Sinclair dachte sie wieder an den Anruf. Sie ging zum Telefon und rief an. Auf dem Display erschienen die einzelnen Zahlen der gespeicherten Nummer, aber

John hob nicht ab. Er befand sich also nicht in seiner Wohnung.

»Ist er doch zu Jane Collins oder den Conollys gegangen«, flüsterte sie vor sich hin. Sie selbst konnte sich keine Antwort darauf geben, und sie überlegte, ob sie es auf Sinclairs Handy versuchen sollte. Von dem Gedanken nahm Glenda Abstand. Sie würde in einigen Minuten einen erneuten Versuch starten, und wenn sich John dann nicht meldete, sollte ihn das Handy alarmieren …

Das Ding war so schnell, dass es mir nicht mal gelang, an meine Waffe zu kommen. Ich konnte also nicht die Beretta ziehen und auf die Fledermaus schießen, die im Prinzip keine richtige war.

Wieder riss ich meine Hände hoch, um den ersten Angriff abzuwehren. Der Körper prallte dagegen, und dabei merkte ich für einen Moment, wie schwer das Tier war.

Mit den Fäusten schlug ich nach ihm. Über die Knöchel meiner rechten Hand schabte ein Messer mit mehreren Spitzen hinweg. Das kam mir zumindest so vor. In Wirklichkeit waren es die Zähne der kleinen Flugbestie gewesen.

Ich zog die Hände zurück und griff sofort wieder zu. Diesmal ließ ich mich nicht von dem flatternden Ding nervös machen. Ich bekam eine Schwinge zwischen die Finger und hielt eisern fest.

Durch heftige Bewegungen der anderen Schwinge wollte sich das Tier befreien. Der hässliche Schädel wirbelte dabei von einer Seite zur anderen. Schrille Schreie verließen das Maul, als hätte man einer Katze einige Male auf den Schwanz getreten.

In der engen Kabine war es nicht einfach, sich zu bewegen. Ich wollte das Ding loswerden und drehte mich mit ihm so gut wie möglich auf der Stelle.

Genau zum richtigen Zeitpunkt ließ ich meine Beute los, und so klatschte das Ding mit voller Wucht gegen die Kabinenwand. Ich hörte das Klatschen und wenig später das Knir schen, als einiges zu Brei oder zu Bruch ging. Meine Hände lösten sich von der Schwinge. Das Ding klatschte auf den Boden, wo es zuckend liegen blieb.

Sein Schädel war durch den Aufprall deformiert worden. Es sah aus, als hätte jemand mit der flachen Spatenseite dagegen geschlagen. Von ihm war nur ein undefiniertes Etwas zurückgeblieben, aber dieses Wesen war nicht vernichtet.

Es bewegte seine gesunde Schwinge und versuchte immer wieder, in die Höhe zu kommen.

Genau das würde ich nicht zulassen. Um es endgültig zu vernichten, reichte eine geweihte Silberkugel, die ich mitten in das hässliche Gesicht hineinschoss.

Das Zucken hörte auf, und ich gönnte mir eine kurze Pause, bevor ich wieder die Tür öffnete und den Rest in die Tiefgarage mit dem Fuß hineinschob. In einer Ecke ließ ich ihn liegen, holte meine Leuchte hervor und schaute mir das Ding an.

Es war tot – okay. Aber dafür hätte ich keine geweihte Silberkugel opfern müssen, denn der widerliche Körper verging nicht. Dieses Wesen war also nicht auf einer dämonischen Grundlage entstanden. Man musste es auf eine andere Art und Weise hergestellt haben. Aber wie? Wer hatte es geschafft, eine Fledermaus so zu verändern oder zwei unterschiedliche Tiere zu einem einzigen zusammenzubringen?

Ich wusste mir keinen Rat. Als einzige Möglichkeit fiel mir die Genmanipulation ein. Man hatte dieses Wesen auf eine derartige Art und Weise geschaffen und auf mich angesetzt.

Fragte sich nur, wer steckte dahinter? Wenn ich ehrlich sein sollte, fiel mir kein Name ein. Denn Professor Elax, der das Vogelmädchen Carlotta genmanipuliert hatte, war tot.

Hatten wir es wieder mit einem neuen Monstermacher zu tun? Oder steckte der Schwarze Tod dahinter? War dieser Angriff ein erstes Zeichen dafür, dass er sich auf der Welt bemerkbar machen wollte?

Mir fiel keine Antwort ein. Darüber nachdenken konnte ich oben in der Wohnung besser, da war die Luft nicht so stickig wie hier. Deshalb stieg ich in den Lift, der mich bis zur zehnten Etage brachte, wo ich ausstieg, mich vorsichtig umschaute und keinen Gegner sah, was mir gut tat.

Die Überreste des Angreifers lagen unten in der Tiefgarage. Dort sollten sie zunächst bleiben, bis ich den Kollegen Bescheid gegeben hatte, um sie abzuholen.

Die Wohnungstür hatte ich noch nicht richtig geöffnet, da hörte ich bereits das Klingeln des Telefons. Ich ahnte irgendwie, dass es in einem Zusammenhang mit dem Erlebten stand, und erwischte den Hörer, bevor der Anrufer auflegen konnte.

Meinen Namen konnte ich nicht nennen, weil einfach alles zu schnell ging. Glendas hastig gesprochene Worte sagten mir, dass ihr etwas passiert sein musste.

»John, du glaubst nicht, was ich erlebt habe.«

»Noch nicht, aber du wirst es mir erzählen.«

Das tat sie auch, nur musste sie erst mal zu Atem kommen. Was ich dann allerdings zu hören bekam, trieb mir die Nackenhaare in die Höhe. Für einen Unbeteiligten hätte es sich wie eine Lüge angehört. Ich allerdings glaubte Glenda jedes Wort, denn etwas Ähnliches war auch mir unten in der Tiefgarage widerfahren.

Und als sie mir das Geschöpf detailliert beschrieb, da stand es für mich fest, sodass ich sogar leise in den Hörer lachte. »Ja, Glenda, das kleine Monster kenne ich.«

Sie schwieg zunächst, weil sie so überrascht war. »Wie? Du kennst das Ding?«

»Klar.«

»Woher?«

»Weil ich von ihm angegriffen worden bin. Aber direkt und richtig. Uns trennte keine Scheibe.«

Anschließend hörte sie zu, was ich ihr zu sagen hatte, und sie konnte es kaum fassen.

»O nein, dann sind es also mehrere dieser Bestien, die hier in London umherfliegen.«

»Das muss man so sehen.«

»Und sie haben uns im Visier.«

»Ja.«

Beide wussten wir nicht, was wir sagen sollten. Wir hingen unseren Gedanken nach, bis Glenda nach einem tiefen Atemzug fragte: »Rechnest du damit, dass sie die Angriffe wiederholen?«

»Das kann ich nicht ausschließen. Wenn du willst, kannst du deine Wohnung verlassen und zu mir ziehen.«

»Unsinn, das will ich nicht. Außerdem ist das Ding ja geflüchtet. Ich mache mir vielmehr Gedanken darüber, wer oder was dahintersteckt. Kennst du da eine Lösung?«

»Leider nicht. Ich habe diese fliegenden Vampir-Monster noch niemals zuvor gesehen. Nur kann ich mir vorstellen, dass sie nicht von allein so gehandelt haben. Jemand muss sie geschickt haben, der nicht eben zu unseren Freunden zählt. Da müssen wir nicht lange …«

»Will Mallmann!«, unterbrach Glenda mich.

»Ja, das könnte sein.«

Glenda hatte den Zweifel aus meiner Stimme herausgehört. »Überzeugt klang das nicht, John.«

»Du hast richtig gehört, das bin ich auch nicht. Ich sehe keinen Grund dafür, dass Dracula II und Justine Cavallo so etwas in die Wege geleitet haben. Das will mir nicht in den Kopf. Wir haben schließlich in der letzten Zeit keinen richtigen Stress gehabt. Die blonde Bestie hat schon öfter eine Zusammenarbeit angedeutet, worauf ich natürlich nicht eingegangen bin. Da habe ich schon meine Bedenken, dass sie die fliegenden Bestien geschickt haben. Hinzu kommt noch etwas. Ich gehe davon aus, dass es keine Wesen sind, die den Vampirkeim in sich tragen. Wenn das der Fall gewesen wäre, dann hätte das Ding vergehen müssen, nachdem es von der Silberkugel getroffen worden war. Es war tot, ich habe ihm das Gehirn zerblasen, aber es hat sich nicht aufgelöst. Du weißt, was ich damit sagen will?«

»Ja, ja, schon. Es ist kein Vampir gewesen.«

»Eben.«

»Was dann?«

Ich erzählte Glenda, was ich mir gedacht hatte. »Meiner Ansicht nach ist es ein Wesen, das man genmanipuliert hat. So etwas kommt vor. Es ist freigekommen oder sie sind freigekommen und fangen jetzt an, Menschen zu terrorisieren.«

»So weit, so gut«, sagte Glenda. »Ich denke mir, dass sie nicht nur einfach auf Menschen fixiert sind. Sie haben sich ganz bestimmte ausgesucht. Nämlich dich und mich.«

»Gut gedacht.«

Glenda konnte wieder lachen. »Also sind wir die Zielscheibe dieser Wesen. Und es muss jemanden geben, der hinter ihnen steht und sie auch leitet.«

»Genau.«

»Jetzt bist du an der Reihe.«

So ähnlich wie Glenda hatte auch ich gedacht. Es drehte sich einiges in meinem Kopf. Für mich war es kein Zufall, dass sich die Angriffe auf Glenda und mich konzentriert hatten. Ich wäre auch nicht überrascht gewesen, wenn noch andere Menschen aus unserem Freundeskreis davon betroffen würden. Die Conollys. Oder Jane Collins und Lady Sarah Goldwyn. Man hatte es immer auf uns abgesehen, aber wir wussten auch, dass der Schwarze Tod zurückgekehrt war. Bisher hatte er noch nicht ein- oder angegriffen. Oft hatten wir darüber geredet und waren zu dem Schluss gelangt, dass er noch dabei war, sich einen Plan zurechtzulegen. Er war keiner, der zurückkehrte und dann wieder verschwand.

»Ich weiß, woran du denkst, John«, sagte Glenda leise.

»Das ist nicht schwer.«

»Glaubst du, dass der Schwarze Tod dahintersteckt? Dass es seine erste Attacke ist?«

»Tja, das ist schwer zu sagen. Es käme mir zwar befremdlich vor, aber bei ihm muss man mit allem rechnen.«

Glenda legte mir ihre Zweifel offen. »Auch mit solchen Monstern, John? Ist das seine Art?«

»Eigentlich nicht.«

»Das meine ich auch.«

»Trotzdem solltest du dich mal an die Vergangenheit erinnern. Der Schwarze Tod hat es immer wieder verstanden, sich Helfer an Land zu ziehen. Er fand Menschen, die ihm zu Diensten gewesen sind. Die ihm gehorcht haben, die alles für ihn taten. Warum sollte sich das heute geändert haben? Er wird sich auf die alten Zeiten besinnen und zuschlagen.«

»Und wer könnte sich auf seine Seite geschlagen haben?«

»Darüber kann ich nur spekulieren. Ich verdränge den Gedanken daran, ehrlich. Auch jetzt noch werde ich den Fall neutral angehen, bis ich den Beweis des Gegenteils habe. Alles andere ist nicht wichtig für mich. Ich möchte mich nicht in meinem eigenen Gedankenwirrwarr verrennen und lieber einen klaren Kopf behalten.«

»Klar, das ist bestimmt besser so«, gab auch Glenda zu. »Trotzdem mache ich mir meine Gedanken, weil er diesmal sogar mich mit hineingezogen hat.«

»Es kann auch sein«, sagte ich, »dass jemand diese fliegenden Monster nur zur Beobachtung geschickt hat.«

»Ach – meinst du?«

»Ja. Nur darfst du mich darauf nicht festnageln.«

»Okay, John, wir werden es abwarten. Hast du denn konkrete Pläne für die nahe Zukunft?«

»Nein, die habe ich nicht. Es gibt ja nichts, wo wir ansetzen können. Wir müssen abwarten, was noch passiert und ob es auch wieder passiert. Vielleicht haben wir dann eine Chance.«

»Gut, belassen wir es vorerst dabei. Jedenfalls werde ich keine unbedingt ruhige Nacht haben.«

»Wie gesagt, du kannst …«

»Nein, nein, ich bleibe allein. Trotz des Wetters werde ich die Fenster geschlossen halten. Und dass sie keine dämonischen Wesen sind, gibt mir auch irgendwie Auftrieb.«

»Wie gesagt, das denke ich mir. Es kann natürlich auch anders sein. Nur will ich es nicht so recht glauben.«

»Schon gut, alles klar. Pass auch du auf dich auf.«

»Keine Sorge, das werde ich. Und melde dich, wenn dir noch mal so ein Biest in den Weg fliegt.«

»Darauf kannst du dich verlassen.«

Nach diesem Gespräch brauchte ich erst mal einen Schluck. Alkohol nicht. Ich ging in die Küche. Shao, die auch für mich mit einkaufte, hatte mir den Kühlschrank wieder recht gut mit Getränken gefüllt. Für mich war es wichtig, etwas Kaltes zu bekommen, das mir schmeckte. Ich entschied mich für einen Multivitaminsaft, den ich mit Mineralwasser mischte. Das Getränk verscheuchte die Trockenheit aus meiner Kehle.

Mit dem Glas in der Hand durchwanderte ich meine Wohnung. In der letzten halben Stunde hatte sich die Lage radikal verändert. Plötzlich war wieder Spannung in mein Leben zurückgekehrt. Der Abend würde anders verlaufen, als ich es mir vorgestellt hatte.

Shao und Suko waren noch unterwegs. Natürlich wollte ich mich mit ihnen beraten. Es hätte mich zudem nicht gewundert, wenn auch sie angegriffen worden wären.

Glenda, ich – wer noch?

Jane und die Conollys gehörten noch zum Team. Ich überlegte, wen ich zuerst anrufen und warnen sollte. Meine Entscheidung fiel auf die Conollys. Nicht mein alter Freund Bill, sondern Sheila meldete sich. Sie freute sich wirklich, meine Stimme zu hören, denn sie lachte, als sie sagte: »Wenn du mit Bill sprechen willst, musst du ihn auf seinem Handy anrufen. Er ist noch unterwegs.«

»Wo?«

»Hier in London. Ein Kollege rief ihn an. Worum es geht, weiß ich nicht. Bill war auch nicht eben begeistert. Er meinte nur, dass er mal hinfahren und sich die Sache ansehen sollte. Aber kann ich dir helfen, John?«

»Nein, nein.«

Sie glaubte mir nicht so recht. »Oder wolltest du zu uns kommen?«

»Auch nicht, Sheila. Ich wollte nur ein paar Sätze mit deinem Mann wechseln.«

Sheila hatte ein gutes Gehör für Untertöne. »Wenn du das so sagst, John, dann stimmt etwas nicht. Dann hast du noch etwas in der Hinterhand. Daran glaube ich fest.«

Ich lachte, doch es klang nicht gut. »Was sollte ich denn in der Hinterhand halten?«

»John, bitte. Rede doch nicht um den heißen Brei herum. Ich weiß, dass er wieder zurück ist. Und der Schwarze Tod ist kein Spielkamerad. Bill und ich haben über ihn gesprochen. Wir können uns noch gut an die alten Zeiten erinnern. Wie ich dich einschätze, wartest du nur darauf, dass er zuschlägt …«

Ich musste lachen. »An dir ist wirklich eine Detektivin verloren gegangen, Sheila.«

»Erfahrung, John, weil ich euch Schlitzohren kenne. Wenn du mit Bill zusammenhockst, steckt immer was dahinter. Also, was hast du mit ihm besprechen wollen?«

Man konnte Sheila wirklich nichts vormachen. Ich stöhnte ihr ins Ohr und berichtete ihr dann von diesem fliegenden Monstrum, das eine entfernte Ähnlichkeit mit einem Vampir hatte.

»Aber das ist ja schrecklich«, flüsterte sie.

»Nun ja. Zumindest ist es unnormal. Glenda hat es gesehen. Ich habe es gesehen, und jetzt dachte ich, dass Bill es möglicherweise auch zu Gesicht bekommen hat. Falls es ihm noch begegnet, wollte ich ihn vorwarnen, damit er sich darauf einstellen kann. Das ist alles.«

Sheila musste erst nachdenken. »So leid es mir tut oder auch nicht, aber gesehen haben wir so ein Monstrum nicht. Du bist dir sicher, dass es kein Vampir ist?«

»Dann hätte meine Silberkugel eine Wirkung gezeigt«, erklärte ich.

»Da hast du recht. Er ist demnach normal gestorben.«

»Mehr verendet.«

»Und was denkst du?«

Ich hatte keine Lust, mit ihr über eine Genmanipulation zu

sprechen und deshalb sagte ich ihr, dass ich noch darüber nachdenken müsste.

»Verstanden, John. Ich werde Bill Bescheid geben, wenn er wieder bei mir ist.«

»Tu das. Er soll mich dann anrufen. Und bestell Johnny Grüße. Wir müssen uns irgendwann mal wieder sehen.«

»Unser Sohn ist nicht da. Er ist mit einem Kumpel unterwegs. Sie waren irgendwo im Norden auf einem Rockkonzert. Eigentlich wollte er heute Abend zurückkehren. Er hat schon angerufen, dass es später wird. Bei ihm ist das dann mitten in der Nacht.«

»Ja, ja, das möchte ich auch mal wieder. Aber die Zeit …«

»Bald werde ich dich bedauern.«

Ich musste lachen. »Gut, dann bis später.«

Mehr konnte ich nicht tun. Ich trank wieder einen Schluck und beschäftigte mich mit dem Gedanken, den nächsten Anruf zu tätigen. Ich wollte mit Jane Collins sprechen, denn auch sie musste gewarnt werden. Mittlerweile vermutete ich, dass es die Angreifer auf meinen gesamten Freundeskreis abgesehen hatten.

Bevor ich Jane erreichte, meldete sich das Telefon bei mir. Ich war darauf eingestellt, dass es einer meiner Freunde war, der zurückrief. Vielleicht Suko oder Bill. Aus diesem Grund meldete ich mich ziemlich locker.

Doch diese Lockerheit verschwand, als ich das hässliche Lachen vernahm …

Wer da lachte, wusste ich nicht. Ich hörte nur heraus, dass es sich um eine Männerstimme handelte. Und dass dieser Anrufer mir nicht eben positiv gegenüber stand.

Ich ließ das Lachen verklingen und wartete darauf, dass ich normal angesprochen wurde. Das passierte auch, und es sagte jemand meinen Namen.

»Sinclair …«

Wie er das Wort aussprach, ließ darauf schließen, dass er nicht eben mein Freund war und mich lieber tot als lebendig gesehen hätte.

»Wer sind Sie?«

Der Anrufer ging nicht auf meine Frage ein. »Das tut nichts zur Sache. Vorerst nicht.«

»Aha. Dann kann ich auflegen und …«

»Das ist dein Problem, Sinclair. Ich an deiner Stelle würde es nicht tun.«

»Warum nicht?«

»Weil ich dir was zu sagen habe.«

»Ich höre!«

»Hast du meinen kleinen Freund gesehen? Er hat dich doch bestimmt schon besucht – oder?«

»In der Tat. Er war da.«

»Aha. Und jetzt?«

»Sorry, aber jetzt gibt es ihn nicht mehr. Da hat er Pech gehabt. Er hätte sich einen anderen aussuchen sollen. Sein hässlicher Schädel war alles andere als kugelfest.«

»Du Schwein!«

»Keine Beleidigungen bitte. Hätte ich mir die Kehle durchbeißen lassen sollen?«

Der Anrufer ging nicht darauf ein. Seine Stimme hatte zudem einen anderen Klang angenommen. Sie kam mir nicht mehr so verstellt vor, und in meinem Kopf jagten sich die Gedanken.

Leider konnte ich sie nicht zu einem Ende bringen, denn die nächsten Worte lenkten mich ab.

»Es ist nur der Anfang gewesen, Sinclair. Nur ein kleiner Vorgeschmack. Sie sind wirklich gut, diese Monster. Und in der Masse sind sie nicht aufzuhalten. Kannst du das verstehen? Stell dir mal vor, es ist eine ganze Armee von Vampir-Monstern, die plötzlich über die Menschen herfallen. Über Dörfer, über Städte, über ganze Landstriche. Kannst du dir diese Panik vorstellen?«

»Das will ich nicht.«

»Aber du musst anfangen, dich mit dem Gedanken zu beschäftigen. Der Plan steht. Das große Grauen wird über die Menschen kommen. Die Zeichen sind gesetzt.«

»Welche oder wessen Zeichen?«

Wieder fing er an zu lachen. Auch diese Lache kam mir bekannt vor.

»Muss ich dir das sagen, Sinclair? Du solltest eigentlich selbst darauf kommen.«

»Du meinst den Schwarzen Tod?«

»Bravo – endlich.«

»Da kann ich mich nur wundern. Seit wann umgibt sich der Schwarze Tod mit derartigen …«

»Es ist der Anfang. Er will Zeichen setzen.«

»Und Sie nicht?«

»Doch, ich auch!«

Da funkte es bei mir. Plötzlich wusste ich, mit wem ich sprach. Es war so einfach gewesen, und ich wunderte mich, dass ich es nicht schon vorher herausbekommen hatte.

»Okay, van Akkeren, auch wenn du wieder da bist und Absalom dich freigelassen hat, ich verspreche dir, dass du auch an deiner neuen Aufgabe scheitern wirst. Du hast es nicht geschafft, Anführer der Templer zu werden, und ich sage dir jetzt und hier, dass du es auch nicht schaffen wirst, den Sieg des Schwarzen Tods zu erleben.«

Dass ich ihn an seiner Stimme erkannt hatte, war nicht mal überraschend für ihn gewesen, denn er reagierte mit keiner Bemerkung darauf. Stattdessen musste ich mir wieder seine Drohung anhören.

»Sinclair, die Zeiten haben sich geändert. Die alte Macht ist zu neuer Größe aufgestiegen, und du wirst es merken. Ab jetzt steht der Tod neben dir und deinen Freunden …«

Mehr sagte er nicht. Es war aus. Er schwieg, und ich erlebte eine tote Leitung.

Ich steckte nicht eben voller Freude, als ich das Telefon wieder auf die Station stellte. Vincent van Akkeren, der Grusel-Star, war ein nicht zu unterschätzender Gegner. Ich kannte ihn aus früheren Zeiten. Da hatte ich ihn besiegen und zum Teufel schicken können. Der hatte ihn auch nicht lange haben wollen und wieder zurückgeschickt. Van Akkeren hatte dann versucht, die Gebeine der Maria Magdalena zu finden, um einen perfekten Einstand als Anführer der Templer zu haben. Es war ihm nicht gelungen. Stattdessen hatte ihn der geheimnisvolle Absalom mitgenommen, aber jetzt war er wieder da. Man hatte den Verlierer nicht gerichtet und leider wieder zurückgeschickt.

Ich musste zugeben, dass sich der Schwarze Tod keinen besseren Partner hätte aussuchen können, der ihm den Weg frei machte. Es stand für mich auch fest, dass sich die Aktivitäten des Schwarzen Tods nicht nur auf die Menschen bezogen. Er wollte mehr, weit mehr. Er wollte auch die Macht im Reich der Finsternis, aber da würde er auf Widerstände treffen, die erst aus dem Weg geräumt werden mussten.

Leider hatte er den Spuk überlisten können, und so war er dann wieder zurückgekehrt.

Die Zukunft sah nicht gut aus, das musste ich zugeben. Nur sah ich keine Möglichkeit, sie zu verändern. Was mich besonders an van Akkerens Anruf gestört hatte, war die Tatsache, dass er nicht nur von mir, sondern auch von meinen Freunden gesprochen hatte. Da hatte ich natürlich große Ohren bekommen. Das sah ich nicht als Bluff an. Der Besuch des Vampir-Monsters bei Glenda Perkins war dafür Beweis genug.

Leider konnte ich nicht in Aktion treten. So konnte ich nur dann eingreifen, wenn Gefahr in Verzug war. Und dann war es meistens leider zu spät.

Ich griff wieder zum Telefon. Es gab noch jemanden, den ich warnen musste. Das war meine Freundin Jane Collins, die bei Lady Sarah Goldwyn wohnte und als Privatdetektivin arbeitete. Auch sie musste unbedingt Bescheid wissen.

Das Problem hieß Sarah Goldwyn. Wenn sie von den Ereignissen erfuhr, würde sie sich reinhängen wollen, und das wiederum wollte ich nicht. Also musste ich sehr behutsam zu

Werke gehen, falls sie abhob und nicht Jane, denn ich kannte Sarahs Neugierde.

Ich wartete darauf, dass sich Jane meldete, und es hob auch jemand ab. Leider war es Lady Sarah Goldwyn, die sich bestimmt kerzengerade hinsetzte, als sie meine Stimme hörte.

»Ach, du lebst auch noch?«

»Ja.«

»Hätte ich mir denken können. Wenn es anders gewesen wäre, hätte sich dein Tod bestimmt herumgesprochen, und diese Botschaft wäre sogar bis zu mir gedrungen.«

Ich musste etwas säuerlich grinsen und sagte: »Dein Humor ist mal wieder umwerfend.«

»Das ist er doch immer.« Die Horror-Oma wechselte das Thema. »So, warum rufst du mich an? Hast du Langeweile an diesem Abend? Möchtest du mal mit einer vernünftig denkenden Person sprechen oder …«

»Mehr oder.«

»Dann hältst du mich nicht für vernünftig?«

»Doch, natürlich«, sagte ich schnell. »Das hast du in den falschen Hals bekommen.«

»Dann stelle es richtig.«

»Eigentlich wollte ich mit Jane reden.«

»Hatte ich mir fast gedacht. Worüber denn?«

Diese Frage hatte ich erwartet. »Es geht mir um ein paar Informationen, bei denen sie mir hätte weiterhelfen können. Denke ich zumindest. Aber wie ich aus deinen Worten herausgehört habe, kann ich mir vorstellen, dass sie nicht da ist.«

»Richtig getippt.«

»Hm.«

»Und wenn du mich jetzt fragst, wann sie wiederkommt, kann ich dir keine konkrete Antwort geben. Es kann lange dauern. Jane ist unterwegs.«

»Ein Fall?«

»Nein, das nicht.« Lady Sarah hatte die Antwort mit einem satten Unterton in der Stimme gegeben, was mich aufhorchen ließ und leicht misstrauisch machte. »Sie hat sich schick gemacht und die Einladung eines Klienten angenommen. Die beiden sind ausgegangen. Erst essen, danach wohl tanzen und dann …«

»Ja, ja, schon gut. Du brauchst nichts mehr zu sagen. Ich kann mir den Rest denken.«

»Eifersüchtig?«, fragte Sarah lauernd.

»Nein, ich doch nicht«, erwiderte ich im Brustton der Überzeugung. »Wie kommst du darauf?«

»Hätte ja sein können.«

Ich war trotzdem rot angelaufen und freute mich, dass Sarah es nicht sah. »Wo sind die beiden denn hingegangen?«

»Ach, das weiß ich nicht so genau. Aber ich habe es mir aufgeschrieben. Moment.«

Dieses raffinierte Luder. Lady Sarah wusste genau, in welches Restaurant Jane eingeladen worden war. Sie wollte mich nur schmoren lassen und fragte honigsüß: »Bist du noch dran?«

»Sicher doch.«

Sie nannte mir den Namen eines Restaurants, in dem man vorzüglich aß und Tische schon Monate im Voraus bestellen musste. Das wusste ich aus den Zeitungen. Allerdings wäre mir der Appetit vergangen, denn diese Preise konnte ich nicht bezahlen.

»Dann muss der Klient aber vermögend sein«, kommentierte ich.

»Ist er auch.«

»Kennst du ihn?«

»Eigentlich nicht.«

Wieder ließ sie mich schmoren, und ich suchte nach weiteren Worten. Sarah kam mir wieder zuvor.

»Sag mal, was wolltest du eigentlich von Jane? Vielleicht kann ich dir ja helfen.«

»Nein, nein, bestimmt nicht.«

»Siehst du, John, und das glaube ich dir nicht. Es ist bestimmt kein privates Gespräch gewesen.«

»Halb und halb. Ich werde morgen noch mal anrufen. Du kannst sie schon vorwarnen. Vorausgesetzt, Jane kommt in dieser Nacht überhaupt nach Hause.«

»Das kann man wirklich nicht wissen, John. Eine Uhrzeit jedenfalls hat sie nicht genannt.«

»Gut, dann wünsche ich dir was.«

»Ich dir auch, mein Junge.«

Wieder machte der Ton die Musik, und ich ärgerte mich darüber. Ziemlich frustriert legte ich wieder auf. Dieser Abend war wirklich voll in die Hose gegangen.

Und ich hatte das Gefühl, dass die negativen Erlebnisse und Nachrichten noch längst nicht vorbei waren. Es war ein Anfang, nicht mehr. Das dicke Ende würde noch nachkommen.

Leider sollte ich mit dieser Vermutung recht behalten …

Es war ein menschenfeindlicher Ort. Eine Welt ohne Sonne. Nur Schatten und Dunkelheit. Niemand konnte hier überleben, zumindest nicht für längere Zeit, denn ein Mensch hätte hier nichts gefunden, was er als Nahrung hätte ansehen können.

Anders die Bewohner dieser Welt. Sie waren keine Menschen, auch wenn manche von ihnen so aussahen. Sie gehörten einer speziellen Spezies an, denn hier lebten Vampire. Schreckliche Blutsauger hausten zwischen den Felsen und Höhlen. Grauenhafte Gestalten, die sich nicht nach den menschlichen Regeln richten mussten, denn sie ernährten sich auf eine andere Art und Weise.

Sie tranken Blut!

Wer hier existierte, der lebte kein Leben, der vegetierte dahin. Der verging auch nicht, denn hin und wieder bekam er Nachschub. Wenn das der Fall war, verließen die bleichen Gestalten der Blutsauger ihre Verstecke, um den frischen Lebenssaft zu schlürfen, damit ihre ausgemergelten Körper wieder zu Kräften kamen.

Es war die Vampirwelt, die diese Aura abstrahlte, und zugleich eine Welt, die ein mächtiger Vampir erschaffen hatte, um hier unbehelligt zu sein. Sein Name war Will Mallmann oder besser bekannt unter seinem Kampfnamen Dracula II.

Er war der große Held. Er war der Herrscher. Er lebte in einem Haus, das auf einem flachen Hügel stand, denn so hatte er einen guten Blick über seinen Herrschaftsbereich.

Allein war er nicht, denn es gab noch jemanden, der in dieser düsteren Welt aus und ein ging. Eine Frau. Hellblond, mit einem perfekten Körper. Der pure Sex. Eine Person, die Männer um den Finger wickelte. Die mit ihnen ins Bett ging und dann, wenn der Typ dachte, dass seine Wünsche erfüllt wurden, ihr wahres Gesicht zeigte.

Dann biss Justine Cavallo zu und saugte ihn leer. Das Blut brauchte sie. Es war so köstlich. Es hielt sie am Leben. Hin und wieder sorgte sie auch in der Vampirwelt für Nachschub. Dann schleppte sie Menschen an, deren Verschwinden nicht weiter auffiel. Die niemand vermisste und die auch nicht in irgendwelchen Polizeiakten auftauchten.

Die Menschen waren die ideale Beute für die hier hausenden Blutsauger. Und wenn die Körper leer getrunken waren, hatte die dunkle Welt hier wieder Nachschub bekommen, denn wenn die Menschen erwachten, waren sie ebenfalls zu Vampiren geworden.

Ein Kreislauf des Schreckens, an den sich Justine Cavallo und Dracula II gewöhnt hatten.

Der Supervampir, der sich als legitimer Nachfolger des legendären Vlad Dracula ansah, hatte sich in der letzten Zeit zurückgehalten und sich in seine Vampirwelt zurückgezogen. Das Feld der normalen Welt hatte er der blonden Bestie Justine Cavallo überlassen und ließ sich Bericht erstatten.

Was er von ihr hörte, hatte ihn nicht zufriedengestellt. Seine großen Pläne waren gescheitert, er musste sie auf Eis legen. Es war im Moment nicht mehr möglich, die normale Welt mit Vampiren zu überschwemmen. Die Probleme waren größer geworden. Damit meinten er und Justine Cavallo nicht nur John

Sinclair und seine Freunde, sondern auch Feinde aus den eigenen Reihen.

Keine Vampire, sondern Schwarzblüter, und einer von ihnen stand ganz oben.

Es war der Schwarze Tod!

Justine und Mallmann fürchteten sich zwar nicht so sehr vor ihm, aber sie konnten es auch nicht hinnehmen, dass durch sein Erscheinen ihre eigenen Pläne gestört wurden. Deshalb musste etwas getan werden. Sie wollten den Schwarzen Tod so schnell wie möglich vernichten. Wenn sie einen eigenen Schatten besessen hätten, wären sie sogar darüber hinweggesprungen, aber den besaßen sie nicht. Trotzdem hatten sie versucht, John Sinclair auf ihre Seite zu ziehen, weil er einsehen sollte, dass sie nur gemeinsam eine Chance gegen den Schwarzen Tod hatten.

Leider hatte Sinclair nicht mitspielen wollen und war nicht auf ihr Angebot eingegangen. Aber das konnte sich noch ändern, denn jetzt war er da. Der Schwarze Tod war zurückgekehrt, und er würde seine Zeichen setzen, auf die sie warteten.

Während Dracula II in seinem Haus hockte und nachdachte, war Justine unterwegs. Sie hatte die Vampirwelt betreten und zwei Körper über ihre Schultern gelegt. Menschen, die sie in einem einsamen Hochland gefunden hatte. Ihr Blutdurst war durch sie gestillt worden, doch sie hatte sie nicht völlig leer gesaugt. Es blieb noch genügend übrig für die Bewohner dieser unheimlichen Welt.

Justine ging mit den beiden Opfern in die Dunkelheit hinein. Ihr Körper warf keinen Schatten. Sie war dunkel gekleidet. Das schwarze Leder umgab hauteng ihren Körper. Von unten her wurden die beiden Brüste in den Ausschnitt gedrängt. Das lange helle Haar wirkte in der Dunkelheit wie eine wandernde Insel.

Justine hatte die Welt kaum betreten, da kamen sie aus ihren Verstecken und Höhlen. Sie hörte ihre Schritte. Sie hörte das gierige Hecheln und das leise Stöhnen. Sie waren voll und ganz darauf fixiert, endlich wieder an das Blut zu kommen, denn die meisten von ihnen fühlten sich ausgedörrt wie ein altes Flussbett in der Wüste.

Als bleiche Schattengestalten tauchten sie vor Justine auf. Männer und Frauen, die heranschlichen und plötzlich einen Kreis um die blonde Bestie gebildet hatten.

Keinen Schritt weiter, sollte das heißen. Nicht mit deiner Beute. Der Geruch des Blutes machte sie verrückt. Sie würden sich gegenseitig zerreißen, um als Erste an die Opfer zu gelangen. Eine Raubtierfütterung hätte nicht schlimmer sein können.

Justine mochte sie nicht. Obwohl sie Verwandte waren, fühlte sie sich von ihnen abgestoßen. Wenn es nach ihr gegangen wäre, hätte sie die Wesen verbrannt, aber Dracula II wäre damit nicht einverstanden gewesen. Er wollte seine Truppe als Rückendeckung im Hintergrund wissen.

Zischelnde Stimmen erreichten sie. Von allen Seiten sprachen die Blutsauger auf sie ein.

»Her damit!«

»Wir wollen sie haben!«

»Gib sie uns!«

Justine lachte. Auch ihr war diese Gier nach Blut bekannt. Trotzdem wollte sie sich mit diesen Wesen nicht vergleichen. Sie nahm sie hin, aber sie würde sie nicht akzeptieren.

»Habt ihr wieder Durst?«

Als Antwort hörte sie ein Jaulen, das sie von allen Seiten erreichte. Ja, sie hatten Durst. Die Gier steckte in ihren Körpern. Nur die Sucht nach dem Blut hielt sie in dieser Welt noch aufrecht. Bekamen sie es nicht, würden sie vergehen. Zerfließen oder zu Staub zerfallen, der hier überall zu finden war. Auf den Felsen, in den Höhlen und auch in den kleinen Bauten, die wie Baracken aussahen.

Justine wusste genau, wenn sie zu lange wartete, würden es die Vampire nicht mehr aushalten können. Sie würden sich auf sie stürzen und die Beute entreißen.

Schon jetzt kamen sie näher. Streckten die Arme aus und

wurden von der Gier gepeitscht, sodass sie Ähnlichkeit mit Zombies hatten, die über Menschen herfallen wollten, um sie zu vertilgen.

Justine Cavallo lachte scharf auf. Das Lachen glich Schreien, die in die Welt hineinjagten und sich irgendwo als Echos verloren. Sie lachte noch, als sie die Körper von ihren Schultern rutschen ließ, sie lässig packte und mit der gleichen Lässigkeit wegwarf, als wären sie alte Lumpen. Ein Körper prallte rechts von ihr zu Boden, der andere auf der linken Seite.

Genau darauf hatten die lauernden Blutsauger gewartet. Es gab nichts mehr, was sie noch hielt. Aus ihren weit geöffneten Mäulern drangen spitze Schreie, als sie sich auf die frische Beute stürzten. Jeder wollte seine Zähne in die Körper schlagen, um möglichst viel vom Blut mitzubekommen.

Um Justine Cavallo kümmerte sich niemand mehr. Sie stand auf dem Fleck und hatte die Hände in die Seiten gestemmt. Grinsend schaute sie zu, was ihre Artgenossen trieben, von denen sie sich immer mehr distanzierte.

Das Überleben der Blutsauger war garantiert. Alles andere kümmerte sie nicht.

Sie ging weiter. Der Weg führte sie zum Haus auf dem Hügel. Dort wartete Mallmann auf sie. Sie mussten reden. Sie hatten einiges miteinander zu besprechen.

Der Weg war dunkel, wie alles in dieser Welt. Wie die Felsen, wie die Höhlen, die scharfen Grate und die verkommenen Bretterbuden. Über allem lag Staub als graue Schicht, die sich in den letzten Jahrhunderten angesammelt zu haben schien, so dicht war sie geworden. Die Füße der blonden Bestie schleiften durch den Staub, der in kleinen Wolken hochtrieb, was sie nicht mehr störte, denn Justine wusste genau, dass sie in dieser Welt nicht zu leben brauchte. Die normale mit all den Menschen und deren Errungenschaften, das war ihr wahres Zuhause, und das durchstreifte sie mit großem Vergnügen.

Um sie herum herrschte die große Leere und die Einsamkeit. Es gab nichts Optimistisches, kein Licht, keine Freude, kein Lachen. Und wenn jemand lachte, dann geschah dies aus Schadenfreude oder Triumph.

Auf halber Strecke blieb Justine stehen. Etwas hatte sie gestört. Sie konnte den Grund nicht benennen, aber es hatte eine Störung gegeben. So etwas konnte sie nicht zulassen und wollte der Störung auf den Grund gehen.

Mit den hier existierenden Blutsaugern hatte es nichts zu tun, die sandten keine Gefahrensignale aus, es musste schon etwas anderes sein, das sie gewarnt hatte.

Sie schaute sich um.

Dunkel war es. Und trotzdem konnte sie sehen, denn es hatte sich eine andere Finsternis ausgebreitet als in einer tiefen Höhle ohne Licht.

Es gab hier Licht. Und genau dieses steckte innerhalb der Finsternis. Es hielt sich im Hintergrund und sorgte dafür, dass die Dunkelheit aufgegraut wurde.

So hätte auch ein Mensch die Umrisse erkennen können. Die schroffen Felsen, die schmalen Wege, den Hügel und auch die Eingänge zu den einzelnen Höhlen. Die Umrisse der Häuser malten sich ebenfalls ab, und am liebsten hätte sie gegen die Bruchbuden getreten und sie in Stückwerk verwandelt.

Was hat mich gestört?, fragte sich Justine.

In ihrem neuen Zustand war sie sehr sensibel geworden. Sie konnte Gefahren riechen, die sich in ihrer Nähe verteilten. Erst später konnte sie sie sehen, und zumeist hatte sie recht.

Aber wer drang hier ein? Wer schaffte es? Okay, auch ein John Sinclair war schon hier gewesen, aber damals hatte sie ihn auch in diese Welt verschleppt.

Justine wusste von den Veränderungen. Der Schwarze Tod war da, und er gehörte nicht eben zu ihren Freunden, davon ging sie jedenfalls aus. Er wusste, dass er sich im Reich der Finsternis ebenfalls Feinde gemacht hatte, und die mussten bekämpft werden.

Dass er nicht allein angriff, stand für sie ebenfalls fest. Er suchte nach Helfern, und er würde welche finden.

Sie legte den Kopf zurück und schaute sich um. Ihr Blick glitt dabei auch in die Höhe. Es war keine Sonne zu sehen, nur ein dunkler Himmel, aber nicht völlig schwarz, denn auch dort malten sich einige Grautöne ab.

Es gab keine Wolken, es gab keinen Wind. Hier war nichts Menschliches vorhanden. Nur die Düsternis und ein bestimmter Blutgeruch, der immer vorhanden war. Mal stärker, mal schwächer. Er sorgte dafür, dass die Vampire ihre Nahrung nie vergaßen.

Was war hier? Was hatte sich verändert? Warum hatte sie der plötzliche Schub erreicht?

Justine grübelte nicht weiter. Aber sie beschloss, auf dem weiteren Weg noch stärker auf der Hut zu sein und sich auf eine Gefahr einzustellen.

Früher hätte sie darüber gelacht. Mit der Rückkehr des Schwarzen Tods hatte sich da einiges geändert. Wenn er wollte, fand er immer einen Weg in diese Welt.

Das Haus auf der flachen Hügelkuppe sah sie. Es stand dort wie anderswo eine Burg. Licht umgab es nicht, und es strömte auch nichts durch die dunklen Fenster. Mallmann hielt sich dort auf, und er fühlte sich sehr wohl darin.

Justine ging nicht mehr so zügig. Sie blickte sich auch öfter um. Deshalb sah sie auch den alten Friedhof, der bewusst angelegt worden war, denn es gab Blutsauger, die sich dort herumtrieben und sogar in Grüfte kletterten, die für sie gebaut worden waren.

Momentan bewegte sich dort nichts. Alte Grabsteine standen dort wie kleine Schornsteine ohne Rauch. Die Stille hatte sich wie ein Netz über den alten Totenacker gelegt, und doch hörte sie von dort einen leisen Schrei.

Sofort liefen ihre Gefühle Sturm!

Wie zum Sprung bereit stand sie auf der Schwelle, das Gesicht dem Friedhof zugedreht. Das war genau richtig, denn dort sah sie die Bewegung. Eine Gestalt tauchte auf. Sie musste in einem der Gräber gelegen haben, und im nächsten Augenblick sah sie etwas, das ihr Rätsel aufgab. Von der Gestalt huschte etwas in die Höhe. Justines Meinung nach konnte es nur ein Vogel sein, der mit schleppenden Flügelbewegungen über dem Grab kreiste, aus dem jetzt eine in Lumpen gehüllte Gestalt kroch und ihre Arme dem Vogel entgegenstreckte.

Die Cavallo griff noch nicht ein. Was flog da in der Luft? Hatte sie es mit einem Vampir zu tun? Der Gedanke war nicht falsch, denn es gab Blutsauger, die sich in Fledermäuse verwandeln konnten. Dazu zählte auch Dracula II. Er war es aber nicht, der sich eng kreisend über dem Grab bewegte. Mallmann war als Vampirgestalt viel größer.

Und er hätte auch nicht einen Artgenossen so angegriffen, wie es dieses Wesen tat.

Es jagte im Sturzflug nach unten. Dabei war es so schnell, dass die andere Gestalt nicht mehr ausweichen konnte. Sie riss zwar noch die Arme hoch, aber als Abwehrbewegung reichte das nicht aus. In den nächsten Augenblicken sank die Gestalt neben dem Grab zusammen, wobei der Angreifer dicht bei ihr blieb und den anderen Körper teilweise durch seine heftigen Flügelbewegungen verdeckte.

Justine Cavallo war klar, dass etwas in diese Welt eingedrungen war, das hier nichts zu suchen hatte. Etwas Fremdes und zugleich Feindseliges, sonst hätte es keinen Angriff gestartet.

Justine setzte sich in Bewegung.

Sie war schnell. Sie besaß wesentlich mehr Kraft als ein Mensch. Relativ gesehen konnte man sie schon als einen weiblichen Herkules bezeichnen, denn ihre Kräfte waren denen eines Menschen bei Weitem überlegen. Selbst denen eines normalen Vampirs, denn der Blutsauger auf dem Boden hatte keine Chance.

Justine setzte mit einem letzten Sprung über ein altes Grab hinweg, dann war sie da. Sie zögerte keinen Moment. Mit beiden Händen griff sie zu und bekam einen wulstigen Körper zu fassen, der sich zwischen zwei Flügeln befand, die durchaus so aussahen wie die einer Fledermaus. Aber Justine hatte schon längst erkannt, dass dieser Angreifer, den sie jetzt weggerissen hatte, keine Fledermaus war.

Sie hörte ein schrilles Geräusch. Sie sah das offene Maul und die vielen Zähne, zwischen denen noch Hautlappen und Fleischfetzen klebten, die sie dem Vampir aus dem Leib gerissen hatten.

In einem Anfall von Wut schleuderte Justine das Wesen zur Seite. Es krachte gegen einen Grabstein. Sie hörte auch etwas knacken, das bestimmt nichts mit dem Stein zu tun hatte, und kümmerte sich dann um den Blutsauger.

Er lag vor ihren Füßen am Boden. Er zuckte. Er bewegte sich. Justine musste nicht erst zweimal hinschauen, um zu sehen, was der Angreifer mit ihm gemacht hatte.

Die Haut an seiner rechten Gesichtshälfte war durch die scharfen Zähne abgerissen worden. Ein paar Streifen oder Lappen hingen nach unten. Dort wo die Haut fehlte, war eine feuchte Stelle zu sehen. Der Vampir streckte Justine seine Arme entgegen und bewegte auch die Hände, doch darum kümmerte sie sich nicht.

Sie schlug die Arme zur Seite, damit sie Platz für weitere Aktivitäten bekam.

Der Angreifer lag noch neben dem Grabstein. Er hatte Probleme damit, in die Höhe zu kommen. Ob der Aufprall für einen Bruch des Flügels gesorgt hatte, wusste Justine nicht, doch die relative Hilflosigkeit kam ihr sehr entgegen.

Sie riss den Eindringling hoch.

Ein Monster. Ja, das war ein Monster. Justine sah es genau, denn sie hatte das Wesen auch weiterhin im Griff behalten und hielt es so von ihrem Gesicht entfernt, dass sie in dessen Fratze schauen konnte. Da bewegten sich zwei kalte Augen. Da stand das Maul offen. Sogar zwei Ohren waren vorhanden, aber nicht das Gesicht einer Fledermaus, denn dieses hier sah völlig anders aus. Es war eine dichte und kompakte Fratze, nicht spitz, dafür platt, und trotzdem deutete sie eher auf ein Reptil hin als auf eine Fledermaus.

Justine hatte ein solches Wesen nie zuvor gesehen. Zur Familie der Blutsauger gehörte es nicht, obwohl es die breiten und auch kräftigen Schwingen einer Fledermaus besaß und sich wieder erholt hatte, denn es griff an.

Sein Kopf zuckte vor. Es stieß nach Justine. Es wollte wieder Beute für sein tödliches Gebiss finden, und genau das gefiel der blonden Bestie nicht.

Wieder zeigte Justine, was in ihr steckte. Blitzschnell hatte sie den Griff gewechselt. Ihre Finger umkrallten jetzt die Flügel, und im nächsten Augenblick zerrte sie mit viel Kraft die beiden Schwingen in verschiedene Richtungen weg.

Sie rissen ab.

Der Körper sackte zu Boden und plumpste wie eine weiche Masse vor ihre Füße. Das Maul stand noch immer offen. Leise und schrille Schreie wehten ihr entgegen.

Justine bückte sich. Mit einer Hand hob sie den Körper in die Höhe. Ein großer Stein stand in der Nähe.

Und gegen den drosch sie das Gesicht mehrere Male, bis sich der Körper nicht mehr bewegte.

Das war es gewesen!

Justine nickte. Sie war zufrieden, aber sie wollte den Kadaver nicht hier auf dem alten Friedhof liegen lassen. Sie musste ihn mitnehmen, denn sie war gespannt darauf, was Will Mallmann dazu sagte …

»Fahr nicht so schnell, Iceman!«

»Wieso?«

»Wir haben Zeit genug.«

»Aber der Wagen ist eine Schau.«

»Trotzdem«, sagte Johnny Conolly. »Ich habe keinen Bock darauf, im Krankenhaus zu landen. Fast hättest du ja schon den Wagen gegen einen Baum gesetzt.«

»Das war auf der Landstraße. Jetzt sind wir auf der Autobahn.«

»Soll ich fahren?«

»Nein, das ist mein Wagen.«

»Echt? Ich dachte immer, das Wohnmobil würde deinem Vater gehören, der es dir nur mal überlässt, weil er ein schlechtes Gewissen hat und sich um dich als Scheidungskind nicht so gekümmert hat, wie er es eigentlich hätte tun müssen.«

»He, bist du ein Pfaffe?«

»Wieso?«

»Der redet so.«

Johnny Conolly lachte. »Ich habe nur das wiederholt, was du mir mal gesagt hast. Nichts weiter.«

»Aber wie.«

»Nicht jeder benutzt die gleichen Wörter.«

»Das habe ich eben gehört.«

Johnny und sein Freund Harold Don Quentin befanden sich auf der Rückfahrt vom Rockkonzert, das sich über mehr als zwei Tage hingezogen hatte. Bis Liverpool, der Heimat der Beatles, hatten sie nicht gemusst, aber Birmingham reichte auch aus. Auf der grünen Wiese war die Schau abgelaufen, und die Leute waren begeistert gewesen. Es hatte auch nur einen kurzen Schauer gegeben, und dem waren Johnny und sein Kumpel entgangen, weil sie sich in den Wohnwagen zurückgezogen hatten.

Da hatten sie schon zu den Privilegierten gehört, denn die meisten Zuhörer schliefen in Zelten, was auch nicht immer das Gelbe vom Ei war. Besonders, wenn man die hygienischen Verhältnisse ins Kalkül zog. Da hatten sie es in ihrem Wohnmobil schon besser.

Jetzt befanden sie sich auf der Fahrt in Richtung London, doch die Stadt an der Themse lag noch einige Meilen entfernt. Da ihr Proviant aufgebraucht war, hatten sie schon vorher abgemacht, irgendwo eine Rast einzulegen.

Sie waren über die M 6 gefahren, die in die M 40 einmündete und sie über die Autobahn in die Nähe von London brachte.

Harold Don Quentin war eigentlich ein guter Typ. Nur bei

einem rastete er aus. Er hasste seinen Namen, und wer ihn voll aussprach, der bekam etwas zu hören.

Er wollte nur Hado genannt werden. Diejenigen, die ihn kannten, richteten sich danach und hatten ihren Frieden. Wer Bescheid wusste und es nicht tat, der bekam Ärger. Da hatte es auch schon mal Prügeleien gegeben.

Hado war etwas kleiner als Johnny. Die dunklen Haare trug er lang. Er hatte sich auch zwei Zöpfe geflochten wie sein Vorbild David Beckham, der neuerdings auch so herumlief. Nur hatte Hado überhaupt keine Ähnlichkeit mit dem Fußballer, denn die Haut des jungen Mannes war wesentlich dunkler. Es lag daran, dass sein Vater aus der Karibik stammte. Der war als junger Mann nach England geschickt worden, um eine Ausbildung zu machen. Bei einer Bank und einem Broker-Haus hatte er sich hochgearbeitet und war zu einem der Manager geworden, die von einem Ende zum anderen der Welt reisten.

Seine Ehe war darüber zerbrochen, um Hado hatte er sich kaum kümmern können, doch jetzt versuchte er, einiges nachzuholen und erfüllte seinem Sohn fast jeden Wunsch.

Hados Mutter ging es auch nicht schlecht, denn ihr geschiedener Mann überwies ihr jeden Monat eine erkleckliche Summe, mit der sie ein gutes Leben führen konnte. Sie lebte in einer neuen, recht lockeren Beziehung, die auch der Sohn akzeptierte.

Johnny versuchte es auf eine andere Weise. »Hatten wir nicht von einer Pause gesprochen?«

»Ja.«

»Ich wäre dafür.«

»Jetzt schon?«

Johnny hob die Schultern. »Ich habe Hunger.«

»Und ich Durst.«

»Super.« Johnny grinste. »Du kannst ruhig einen kippen. Hinterher fahre ich weiter.«

»Und kommen erst morgen früh an, wie?«

»Besser als gar nicht.«

Hado grinste. Er fuhr trotzdem nicht langsamer und schaffte es sogar, einen großen BMW zu überholen, dessen Fahrer nur den Kopf schüttelte, als er einen Blick nach rechts warf und den feixenden jungen Mann hinter dem Lenkrad sah.

»Mann, warum fahren eigentlich immer so alte Säcke diese Schlitten?«

Johnny gab die richtige Antwort. »Vielleicht können sie besser damit umgehen als du.«

»Super. Das musste ja kommen.«

Johnny wechselte das Thema. »Was ist jetzt? Legen wir eine Pause ein oder nicht?«

Sein Kumpel stöhnte auf. »Ja, um alles in der Welt. Du kannst einen ganz schön nerven.«

»Satte Gedanken kann ich mir noch nicht machen.«

»Ich auch nicht. Deshalb denke ich an was ganz anderes.«

»An was denn?«

»An die Zwillinge. Scheiße, das waren scharfe Bräute. Fast hätte ich sie so weit gehabt, dass sie einstiegen und mit uns gefahren wären. Aber eine von ihnen spielte nicht mit.« Er schlug mit der flachen Hand auf den Lenkradring. »Wenn die beiden bei uns gewesen wären, hätte ich sogar fünf Pausen gemacht.«

»Das nehme ich dir sogar ab.«

Hinter ihn hupte jemand. Das regte Hado auf. Er blieb bewusst auf der rechten Überholspur. Wenig später fuhr der Huper an ihnen vorbei. Es war der Fahrer des BMW.

»Arsch!«, rief Hado und zeigte den Stinkefinger.

»Fünf Meilen noch, dann können wir auf den Parkplatz einer Raststätte fahren«, meldete Johnny, der das Schild gesehen hatte.

»Okay, du sollst deinen Willen haben. Wo sind wir hier eigentlich?«

»Kurz vor High Wycombe.«

»Kenne ich nicht.«

»Ich auch nicht. Wir wollen ja nicht in den Ort.«

Hado grinste nur und fuhr jetzt gesitteter. Am Körper seines Idols Beckham hatte er mal eine weiße Jacke gesehen und sich sofort eine ähnliche gekauft. Die trug er jetzt zu seinen schwarzen Jeans mit den leicht ausgestellten Beinen.

Johnny hatte auf ein Jackett verzichtet. Er mochte seine rötliche Lederjacke, die ihm seine Mutter Sheila geschenkt hatte, nachdem er sie darauf hingewiesen hatte. Das T-Shirt mit der Aufschrift CHAMP war schwarz. Dafür leuchtete die Schrift in einem hellen Rot. Unter den Buchstaben zeigte sich eine Faust.

»Mein Vorschlag steht noch«, sagte Johnny.

»Welcher?«

»Dass du dir ruhig einen kippen kannst.«

»Ach, ich weiß nicht. Die vorletzte Nacht war schlimm genug.«

»Klar, da hast du gekotzt. Zum Glück nicht im Wagen.«

»Labere du nur. Mir ging es eben nicht gut. Außerdem hast du auch nicht nur Milch getrunken.«

Johnny grinste. »Nur habe ich früher aufgehört.«

Hado winkte ab. Für ihn war das Thema erledigt. Wenn er ehrlich gegen sich selbst war, musste er einsehen, dass ihn die Fahrerei schon geschlaucht hatte.

»Ich habe mich entschlossen, Johnny.«

»Wozu?«

»Dass du nach der Pause den Rest der Strecke fährst.«

»Sehr gut.«

»Dann werde ich ein Nickerchen machen.«

»Ist mir egal.«

Die große Hinweistafel auf die Raststätte tauchte auf, und Hado Quentin ging vom Gas. Der Wagen wurde langsamer. Johnny Conolly entspannte sich. Er schaute aus dem Fenster und beugte sich nach vorn, um einen Teil des Himmels sehen zu können. Im Winter wäre es längst dunkel gewesen. Aber der Monat Juli war bekannt für seine hellen Tage, die zudem lange andauerten. Da dunkelte es erst zwei Stunden vor Mitternacht richtig ein, und da sich an diesem Tag der Himmel fast ohne Wolken präsentierte, würde es noch recht lange hell bleiben.

Freies Feld säumte hier die Autobahn. Alles war flach. Es gab nicht mal eine Böschung. So sah der Himmel ziemlich weit und fast unendlich aus. Nur etwas wunderte Johnny Conolly. Das waren die Vögel, die sich unter dem Firmament bewegten. Sie flogen dort ihre Kreise, aber sie behielten dabei eine Richtung bei, denn sie näherten sich immer mehr der Raststätte.

»Was ist los?«

Johnny legte den Kopf schief. »Ich beobachte die Vögel.«

»Warum das denn? Ist das spannend?«

»In diesem Fall schon.«

»Warum?«

»Sie sind recht groß. Und sie bleiben zusammen. Bisher habe ich ein halbes Dutzend gezählt.«

»Wir sind hier auf dem Land. Hier gibt es Raubvögel.«

»Eigentlich schon.«

»Warum nur eigentlich?«

Johnny schaute noch einmal nach. Er blieb nach vorn gebückt und legte den Kopf schief. »Wenn es Raubvögel sind, dann kenne ich sie nicht.«

»Was stört dich denn?«

Johnny verzog den Mund. »Die haben so seltsame Flügel. Sie erscheinen mir irgendwie eckig.«

»Hähä.«

»Lach nicht. Das stimmt.«

»Soll ich mal stoppen? Dann kann ich sie auch sehen.«

»Nein, nein, fahr ruhig weiter.«

»Außerdem bist du kein Ornithologe.«

»Werde ich auch nie sein.«

»Und was willst du machen?«

»Mal sehen. Eigentlich hat mein alter Herr einen ganz guten Job. Der würde mir schon gefallen.«

»Reporter?«

»Ja, so ähnlich.«

»Ist nicht mein Ding. Ich sehe mal zu, dass ich Musiker werden kann. Der Beste seit Phil Collins. He, das wäre doch was. Da geht es mir dann super.«

»Ich wünsche dir viel Glück.«

Vor ihnen erschien die von Grünflächen gesäumte Abfahrt. An einer Seite zogen sich jetzt Büsche hin, die ziemlich tief in das Feld hineinreichten.

Bei ihrer Unterhaltung hatte Johnny nicht mehr an die komischen Vögel gedacht. Erst jetzt suchte er wieder den Himmel ab. Er konnte sie nicht mehr entdecken und dachte auch nicht weiter darüber nach.

Zu tanken brauchten sie nicht. So fuhren sie an den Säulen vorbei auf die Raststätte zu, die zu den Parkplätzen hin offen lag, an der Rückseite aber von einem dichten Waldsaum begrenzt wurde. So hatte sie durch die Natur einen gewissen Erholungswert bekommen.

Neben einem Truck stellten sie den Wohnwagen ab.

»Das hätten wir«, sagte Hado. »Zufrieden?«

»Klar. Und du?«

Quentin deutete zuerst auf seine Kehle und danach auf den Bauch. »Durst und Hunger.«

»Dann sind wir hier richtig.«

Beide verließen das Wohnmobil und schlossen die Tür. Johnny ging einige Schritte zur Seite und schaute zum Himmel. Die Vögel wollten ihm einfach nicht aus dem Kopf.

Er sah sie nicht mehr und wollte schon losgehen, als er doch noch einen bemerkte. Er befand sich hinter der Raststätte, und es sah so aus, als wollte er sich dort niederlassen. Die zackigen Schwingen fielen Johnny jetzt stärker auf, sodass ihm ein bestimmter Verdacht kam.

So sahen eigentlich Fledermäuse aus. Gegen diese Tiere hatte er nichts einzuwenden, solange es normale Fledermäuse blieben und sie sich nicht in zweibeinige Vampire verwandelten, wie es bei diesem Blutsauger Mallmann der Fall war.

Johnny wunderte sich auch darüber, dass die Tiere in der

Helligkeit flogen. Eigentlich waren sie Geschöpfe der Nacht und mieden das Licht.

Ein merkwürdiges Gefühl beschlich ihn, das auch nicht verschwand, als auch das letzte Tier seinen Blicken entschwunden war.

»He, kommst du oder nicht?«

»Klar, natürlich.«

Johnny hatte schon einige Dinge erlebt, die er nicht so leicht vergessen würde. Außerhalb der Familie hatte er freiwillig so gut wie nie darüber gesprochen, und mit Harold Don Quentin würde er das erst recht nicht tun.

Um das Rasthaus zu erreichen, mussten sie einen mit braunen Steinen belegten Weg entlanggehen. Momentan waren sie die einzigen Personen. Es kam ihnen niemand entgegen, sie wurden auch nicht überholt. In der Umgebung herrschte eine abendliche Ruhe.

Das Haus gehörte zu den Flachbauten. Holz und Steine waren verwendet worden. Es gab auch Platz genug für große Fenster, die vielen Gästen einen Blick nach draußen ermöglichten. Da konnten sie den Verkehr beobachten und froh darüber sein, mal nicht auf der Autobahn zu sein.

Zur gläsernen Eingangstür führte eine Treppe aus drei breiten Stufen hoch. Johnny war hinter seinem Kumpel geblieben. Während sich vor Hado die beiden Hälften der Tür zur Seite schoben, schaute sich Johnny noch mal um. Er blickte weniger zurück als in den Himmel, denn er hatte die seltsamen Vögel nicht vergessen.

Er sah sie nicht mehr. Das beruhigte ihn keinesfalls. Hinter dem Rasthaus war das Gelände unübersichtlich. Da hatte sich die Natur ausbreiten können. Sie bot auch Verstecke für die Tiere. Johnny hoffte, dass sich die Vögel dort zum Schlafen niedergelassen hatten.

»He, was ist denn los? Ich dachte, du wolltest was essen?« Hado beschwerte sich. Er stand in der offenen Tür und wartete auf Johnny.

»Schon gut, ich komme.«

»Suchst du immer noch nach den Vögeln?«

»Wenn du es genau wissen willst, Hado. Ich kann sie nicht vergessen. Sie passen einfach nicht hierher.« Johnny zuckte mit den Schultern. »Sie sind zu groß und zu ungewöhnlich.«

»Vergiss sie.«

»Vielleicht.«

Im Bereich des Eingangs befanden sich einige Spielautomaten. Nur einer davon war besetzt. Der Spieler glotzte auf das Bingofeld und ließ sich durch nichts stören.

Das Lokal war im Stil eines Western-Saloons eingerichtet. Sehr rustikal. Die Mitarbeiter und Mitarbeiterinnen hinter der Theke trugen ebenfalls Westernkleidung. Karierte Blusen, Hosen und Westen. Ihre Kopfbedeckungen glichen Stetsons.

Besonders voll war es nicht. Die meisten Tische waren leer. An den besetzten hockten Paare oder Einzelpersonen, die nicht gerade vor Fröhlichkeit überschäumten. Man unterhielt sich recht gedämpft. Da klang das Klirren der Bestecke manchmal lauter.

Um an das Essen zu gelangen, musste man sich selbst bedienen. Man konnte normale Steaks essen, aber auch Hamburger in den verschiedensten Variationen. Würste und Sandwiches konnten gekauft werden, und heiße Suppen standen ebenfalls zur Verfügung.

»He, Johnny, was nehmen wir denn?«

»Weiß noch nicht.«

»Ich brauche zwei Hamburger und eine Portion Pommes frites.«

»Kannst du.«

»Und was isst du?«

Johnny entschied sich schnell für zwei Sandwichs. Sie waren frisch hergestellt worden. Eins war mit Putenfleisch belegt, das andere mit Schinken.

Hado nahm ein großes Bier. Johnny entschied sich für Kaffee und Mineralwasser.

Beide gingen zu einem der Tische am Fenster, nachdem sie bezahlt hatten. Als sie saßen, grinste Hado und schaute dabei auf seinen Teller. »Das ist genau das, was ich brauche.«

»Na ja, wenn es dir schmeckt.«

»Cheers.« Quentin griff zum Bierglas und hob es an. »Hat doch heute alles gut geklappt – oder?«

»Klar, wir sind gut durchgekommen.«

Sie stießen an, und Hado machte sich sofort über sein Essen her. Auch Johnny verspürte Hunger. Er aß ebenfalls. Mit seinen Gedanken und den Blicken war er aber ganz woanders. Sie hatten sich beide einen Platz direkt am Fenster ausgesucht und schauten über den Parkplatz hinweg. Es würde noch länger hell bleiben, aber die Sonne hatte sich hinter langen Wolkenbänken zurückgezogen.

Leise Musik wehte durch den Raum. Westernklänge natürlich, aber nicht störend.

Johnny aß und schaute. Nicht nur durch das Fenster. Er beobachtete auch die anderen Gäste, von denen niemand Unruhe zeigte. Die Atmosphäre war normal, aber Johnny fand sich damit nicht zurecht. Etwas schwebte unsichtbar dahinter, und er selbst spürte ein gewisses Prickeln, das ihn einfach nicht losließ. Er hätte gern einen Blick hinter die Raststätte geworfen, doch dafür hätte sein Kumpel kein Verständnis gehabt, der aß und davon redete, wie toll das Rockkonzert gewesen war und dass sie so eine Tour unbedingt wiederholen müssten.

Johnny hörte ihn wohl. Er gab ihm jedoch keine Antwort, was Hado störte. »He, hörst du mir überhaupt zu?«

»Klar.«

»Du lügst. Mit deinen Gedanken bist du ganz woanders. Das sehe ich dir an.«

»Na ja, ich konzentriere mich.« Johnny trank einen Schluck Kaffee, der nicht so gut schmeckte wie der bei seiner Mutter.

»Die Vögel, wie?« Hado hob den Blick. An seiner Unterlippe klebte noch Soße, die er wegwischte.

»Genau die.«

»Hör doch auf damit. Die gehören hier in die Gegend, und damit hat es sich. Im Tower findest du auch die Raben. So lange sie noch dort sind, wird England nicht untergehen. Hier sind es eben andere. Du kommst aus der Großstadt und kannst nicht alles kennen.«

»Solche bestimmt nicht.«

Quentin winkte ab und trank Bier. Für ihn war das Thema erledigt. Er hatte keine Lust mehr, sich noch weiterhin darüber auszulassen.

Auch Johnny aß weiter. Er konnte Hado verstehen. An seiner Stelle wäre es ihm nicht anders ergangen. Er bemühte sich jetzt auch, weniger aus dem Fenster zu schauen, und konzentrierte sich auf das Essen.

Der Schatten war kaum zu sehen, so schnell huschte er außen an der Scheibe vorüber. Trotzdem drehte Johnny den Kopf, sah aber nichts mehr. Bis er in die Höhe schielte.

Da war er wieder!

Er schwebte in Dachhöhe. Johnny sah ihn genauer, weil er fast in der Luft stand. Den anderen Gästen war er nicht aufgefallen, nur Hado war durch Johnnys starre Haltung aufmerksam geworden. Er wollte eine Frage stellen, überlegte es sich anders und blickte dorthin, wo auch Johnny hinschaute.

»Nein«, sagte er leise.

»Wieso?«

»Das ist wirklich kein Vogel. Kein richtiger, meine ich. Der ist grauenhaft.«

»Er sieht mehr aus wie eine Fledermaus.«

»Da kannst du recht haben.«

Das Tier schwebte in der Luft. Beide Freunde sahen, dass es seinen Kopf von einer Seite zur anderen hin bewegte. Es war hell genug, um erkennen zu können, dass dieser Kopf kein normaler Vogel- und auch kein Fledermausschädel war. Er hatte zwar nach oben stehende Ohren, ansonsten war er mehr eine kompakte Masse.

»Was sagst du, Johnny?«

Der Angesprochene hob die Schultern. Das war keine Schau. Johnny fühlte sich tatsächlich überfragt. Er wusste nicht, was er noch glauben oder denken sollte. Es gab ja nicht nur den einen, sondern ein halbes Dutzend. Und wer wusste schon, welche Vögel noch in anderen Verstecken lauerten?

Er flog wieder.

Blitzschnell war er. Jagte in einem schrägen Winkel nach unten – und prallte gegen die Scheibe. Im letzten Augenblick hatte er seinen Flug abgestoppt, sonst hätte er sich womöglich verletzt. Die Scheibe war nicht nicht beschädigt worden, aber das Geräusch des Aufpralls hatte die beiden Freunde schon zurückzucken lassen.

Es war nicht laut gewesen. Das Tier musste alles genau getimt haben, und jetzt zog es sich auch nicht zurück, sondern blieb nahe der Scheibe in der Luft stehen, wobei es die Schwingen nur leicht bewegte.

Nein, das war kein Vogel. Das war auch keine normale Fledermaus. Das war eine Mutation. Ein Monster. Johnny brauchte nur in das Gesicht zu sehen, das für ihn keines war, sondern mehr eine widerliche Fratze mit einem breiten Maul, in dem Zähne wie Nägel wuchsen.

Sekundenlang gab sich das Wesen den Blicken der beiden hin. Dann stieg es nach oben und war weg.

Der Anblick hatte auch Hado die Sprache verschlagen. Das kam bei ihm nicht oft vor. Er saß auf seinem Platz und bekam den Mund nicht mehr zu. Auch seine Augen wollten sich nicht schließen. Johnny hatte einen derartigen Ausdruck bei ihm noch nicht gesehen.

»Das war kein Witz.«

Hado nickte. »Ich weiß«, hauchte er. »Wir sind auch nicht in einem Film – oder?«

»Nein.«

»Und es wird auch keiner hier gedreht?«

»Auch nicht.«

»Scheiße, was ist das dann?«

Er hatte laut gesprochen. An einem Tisch drehten sich die Gäste um und warfen den beiden missbilligende Blicke zu.

»Ich weiß es nicht.«

Hado schob seinen Teller zur Seite. »Die wollte zu uns, Johnny. Diese komische Flugente hat genau das Fenster angeflogen, hinter dem wir sitzen. Die wusste Bescheid. Die hat sich das Ziel gut ausgesucht, sage ich dir.«

»Kann sein, muss aber nicht.«

»Doch, doch, das ist es. Und das ist nur passiert, weil du bei mir bist, Johnny. Wir wissen doch alle, dass dein Leben nicht normal verlaufen ist. Oft genug stand etwas in der Zeitung, in dem dein Vater drin hing. Und das waren keine normalen Fälle. Außerdem ist dein Vater oft mit diesem Sinclair zusammen. Das muss auch ein ziemlich komischer Typ sein, den man nicht richtig einschätzen kann. Irgendwas hast du an dir.«

»Hör auf damit.«

»Ich wollte dir das nur sagen, und ich will diesen Scheißvogel nicht mehr in meiner Nähe wissen.«

»Was hast du vor?«

»Abhauen natürlich!«, blaffte Hado über den Tisch hinweg. »Ich bleibe hier keine Sekunde länger. Da kannst du dich auf den Kopf stellen und mit den Füßen wackeln.«

»Ich habe nichts dagegen.«

Hado Quentin war überrascht. »Du willst auch …«

»Ja.«

»Wann?«

»Sofort!«

Hado lachte. »Okay, du bist ja doch vernünftiger, als ich dachte.«

Johnny Conolly spürte genau, wie es in seinem Freund arbeitete. Dass er Angst davor hatte, noch einmal angegriffen zu werden.

Hado schaute durch das Fenster und flüsterte: »Zum Glück ist der Weg zum Wagen nicht sehr weit, das packen wir, wenn wir schnell sind.«

Der Ansicht war Johnny auch. Er stand sogar als Erster auf. Den Stuhl hatte er kaum zurückgeschoben, als er etwas sah, das ihm die Haare zu Berge stehen ließ.

Noch während er aufgestanden war, hatte sich die Tür geöffnet. Zwei Männer in Arbeitskleidung betraten die Raststätte. Das sah noch alles sehr normal aus. Nicht normal waren ihre Begleiter, die hinter ihnen in den Gastraum flogen.

Drei dieser fliegenden Monster jagten in den Gastraum hinein, und es dauerte nur Sekunden, bis Panik unter den Gästen ausbrach …

Justine Cavallo warf den Kadaver auf den Tisch, vor dem Dracula II saß. »Hier ist der Beweis.«

»Welcher?«

»Wir haben einen ungebetenen Eindringling. Ich konnte ihn erwischen, als er einen unserer Brüder angriff. Schau ihn dir genau an. Seine Schwingen habe ich ihm schon abgerissen. Das hier ist der Rest des Körpers, Will.«

Mallmann sagte zunächst nichts. Er schaute der blonden Bestie in die Augen, als wollte er prüfen, ob sie ihm auch die ganze Wahrheit gesagt hatte.

In Mallmanns Gesicht bewegte sich nichts. Er sah noch immer so aus wie früher, als er noch zu den normalen Menschen gehört hatte. Gealtert war er nicht. Weiterhin präsentierte er sein hageres Gesicht und die leicht vorspringende Römernase. Schmale Lippen ohne Blut, dafür dunkle Augen, die bis in die Seele eines Menschen blicken konnten. Das schwarze Haar auf dem Kopf. Die Geheimratsecken, die breite Stirn, auf der sich ein rötlicher Buchstabe schwach abmalte.

Es war ein D!

Dieser Buchstabe stand für Dracula, als dessen legitimer Nachfolger sich Mallmann fühlte.

Der Vampir blieb die Ruhe selbst. »Was ist das?«

»Ich sagte es dir. Dieser Eindringling.«

»Und er hatte Flügel?«

»Das auch. Ich habe sie ihm abgerissen. Er sollte mir nicht entkommen.«

Mallmann legte seine Hände auf den Kadaver. Er strich auch an den Ohren entlang und bog sie zur Seite. »Sie könnten zu einer Fledermaus gehören«, sagte er.

»Es war aber keine. Es ist eine Mutation. Halb Fledermaus und halb ...« Justine hob die Schultern. »Ich weiß es auch nicht so genau. Jedenfalls gehört es nicht zu uns. Es hat bewiesen, dass es unser Feind ist. Es griff andere an. Es hat einem unserer Vampire mit seinen Zähnen das Fleisch von den Knochen gerissen. Wahrscheinlich wollte er es fressen. Jetzt bist du an der Reihe.«

Mallmann sagte zunächst nichts. Er schaute genau hin und legte seine Stirn in Falten. Dann nahm er es in die Hand, untersuchte es von allen Seiten und schaute auch in das offene Maul hinein.

»Ich kenne es nicht!«

»Ich ebenfalls nicht. Aber wir sollten uns schon fragen, wie es in unsere Welt gekommen ist.«

Mallmann nickte. Dann wies er Justine an, den Kadaver aus dem Haus zu bringen und draußen liegen zu lassen.

Sie tat es, denn Mallmann hatte hier das Sagen. Nicht sie. Er war ihr Boss, was Justine allerdings manchmal ärgerte. Als sie wieder zurück in das Haus kam, in dem sich graues Licht ausgebreitet hatte, fiel ihr Blick auf den Spiegel, der mit seiner ebenfalls recht dunklen Fläche einen Teil der Wand bedeckte.

Er war so etwas wie ein magischer Zugang zu einer anderen Welt. Und umgekehrt natürlich auch. Durch ihn konnten Feinde und Freunde in die Vampirwelt geholt werden, und ihn benutzte Justine als Ausgang, um mit der Welt der Menschen Kontakt aufzunehmen.

»Durch ihn ist er nicht gekommen«, sagte Dracula II mit leiser Stimme, in der ein nachdenklicher Ton mitschwang.

»Ich weiß.«

»Und der andere Weg? Das Überwinden unserer Grenzen? Was sagst du dazu?«

Justine Cavallo ging in der Hütte auf und ab. Mal hatte sie die Hände zu Fäusten geballt, dann wieder gestreckt. In ihrem Gesicht arbeitete es. Sie kaute, ohne etwas zu essen, und als sie abrupt stehen blieb, drehte sie sich sofort wieder um.

»Wir haben Sinclair in unsere Welt geholt. Wir haben ihn vor einer Rückkehr des Schwarzen Tods gewarnt. Wir haben ihm klargemacht, dass wir auf seiner Seite stehen, wir haben ihm Tipps gegeben, doch er hat die Rückkehr nicht verhindern können. Der Schwarze Tod ist da. Er hat lange genug gewartet. Er hat sich seinen Plan ausdenken können. Er hat sich Helfer gesucht und einen von ihnen geschickt. Gewissermaßen als Vorboten, als Kundschafter.«

»Du bist davon überzeugt, dass diese Bestie zu ihm gehört?«

»Ja, das bin ich. Und ich will dir noch etwas sagen. Dieses Monster war kein Objekt der Magie.«

»Woher weißt du das?«

»Das habe ich gespürt. Ich hätte es wirklich gemerkt, glaube es mir. Es ist eine Mutation gewesen. Hergestellt durch eine Manipulation. Wir beide wissen, wozu die Genmanipulation in der Lage ist. Ich bin oft genug in der normalen Welt und laufe dort nicht mit geschlossenen Augen herum. Das sage ich dir.«

»Der Schwarze Tod hat ihn uns geschickt?«

»Ja, Will. Er hat gezeigt, dass wir uns hier nicht sicher fühlen können.« Sie deutete auf den Spiegel. »Ihn kannst du vergessen. Er ist nicht der einzige Weg in unsere Welt. Es gibt andere, und genau die hat der Schwarze Tod gefunden. Ich sage dir, dass es bei dem einen Monstrum nicht bleibt. Es hat große spitze Zähne. Vielleicht sollen sie auf uns hindeuten, aber es gehört nicht zu den Vampiren. Nie und nimmer. Das weiß ich genau.«

Mallmann nickte. »Dann müssen wir uns also darauf gefasst machen, dass es ihn gibt und dass er angreifen wird.«

»So sehe ich das auch.«

Dracula II nickte. »Was können wir dagegen unternehmen?«

»Kämpfen.«

Er lächelte breit. »Das weiß ich auch. Ich denke nur an die Helfer, die wir haben.«

»Du kennst sie. Es sind die Vampire. Aber ich habe gesehen, was passierte, als einer angegriffen wurde. Er hatte nicht die Spur einer Chance. Das Monster war stärker. Und so werden alle sein, die kommen werden. Da haben unsere Blutsauger nicht die geringste Chance. Sie werden einfach vernichtet. Zerrissen, wie auch immer. Nichts, gar nichts können wir tun.«

»Du hast es geschafft.«

Sie lachte vor ihrer Antwort. »Klar, das habe ich. Ich bin auch überzeugt, dass du es schaffst. Aber wir können nicht überall sein. Sie werden unsere Welt überschwemmen und werden versuchen, sie zu zerstören. Der Schwarze Tod ist unser Feind. Er will auf keinen Fall, dass wir weiterhin so mächtig bleiben. Wenn du anderer Meinung bist, sag es.«

»Nein.«

»Das wollte ich hören.«

In der folgenden Zeit herrschte zwischen ihnen das große Schweigen. Das graue Licht, das eigentlich kein Licht war, ließ die beiden Blutsauger aussehen wie Schattenmonster. Sie verschmolzen fast mit dem Grau, und beide drehten ihre Köpfe, sodass sie auf den großen Spiegel mit seiner grauen Fläche schauen konnten.

Wer genau hinsah, der musste erkennen, dass die Fläche nicht völlig glatt war. Sie bestand aus unzähligen kleinen Punkten, die hart zusammengepresst und so in der Lage waren, eine Fläche zu bilden. Ein Mensch hätte sich darin nicht sehen können, und Vampire hatten sowieso kein Spiegelbild. Es war also kein direkter Spiegel, sondern mehr ein Tor in eine andere Welt. Ein Durchgang, den Dracula II und Justine öfter für ihre Ausflüge benutzten.

Mallmann stellte Justine eine Frage. »Traust du dir zu, den Schwarzen Tod zu besiegen?«

»Es wird schwer sein.«

»Also nicht?«

»Das weiß ich nicht. Sinclair hat ihn einmal besiegt. Aber er ist trotzdem zurückgekehrt, was keiner für möglich gehalten hat. So müssen wir denken.«

»Eher nein, nicht wahr?«

»Ich habe mich ihm noch nicht direkt gestellt.«

Mallmann winkte ab. »Gut, lassen wir das.« Auch als Vampir hatte er seine menschlichen Verhaltensweisen nicht abgelegt. »Wir müssen davon ausgehen, dass er unsere Welt hier vernichten will. Dass er einen Anfang schafft. Er beginnt mit uns und nimmt sich dann andere Gegner aus den eigenen Reihen vor. Ich denke, dass seine Pläne so aussehen werden. Aber wir werden uns zu wehren wissen. Wir werden nicht zulassen, dass er unsere Welt zerstört. Wenn er angreift, stellen wir uns ihm entgegen. So sieht es aus.«

»Ich habe nichts dagegen. Aber ich sage dir gleich, dass es nicht mehr so leicht sein wird, ein Königreich der Vampire zu schaffen. Jetzt haben wir nicht nur Sinclair als Feind, sondern auch jemand aus den eigenen Reihen, wenn man es genau nimmt. Es kann sogar sein, dass wir diese Welt aufgeben müssen.«

Dracula II schwieg. Er presste seine Lippen nur noch härter zusammen, sodass der Mund sich kaum mehr abzeichnete. Dann schnippte er mit den Fingern seiner bleichen Hände. »Gut, ich habe einen Plan. Wenn es tatsächlich zu einem Angriff kommen wird, müssen wir bereit sein. Und deshalb werden wir unsere Armeen sammeln.«

»Die gierigen Blutsauger dort draußen?«

»Ja, wen sonst?«

»Vergiss sie. Diese Monstervampire oder was immer sie auch sein mögen, sind stärker. Die reißen ihnen mit ihren mörderischen Gebissen die Haut in Fetzen vom Körper. Sie werden sie vielleicht etwas aufhalten, aber nicht stoppen können.«

Mallmann schaute Justine von oben bis unten an. »So habe ich dich noch nie reden hören.«

»Und ich weiß, was ich sage, Will.«

Mit einer scharfen Bewegung winkte er ab. »Gut, Justine. Es hat keinen Sinn, wenn wir beide hier herumstehen und nur darüber reden. Wir müssen uns darauf einstellen. Einer von uns wird hier in der Hütte bleiben, der andere wird sich draußen umschauen. Sobald der Schwarze Tod mit seinen Helfern einen Angriff versucht, werden wir uns ihm entgegenstellen.«

»Da sind wir uns ja einig. Leider kennen wir weder den Tag noch die Stunde. Das kann jetzt sein, aber auch erst in …«

»Pssst!«

Der Zischlaut aus dem Mund des Blutsaugers ließ Justine verstummen. Mallmann hatte sich umgedreht. Sein Blick war jetzt auf die breite Spiegelfläche gerichtet.

Dort tat sich etwas!

Wieder bewies der Spiegel, dass er ein Phänomen war. Er gab den beiden Vampiren den Blick in eine andere Welt frei. Oder in einen Raum hinein, der im Nichts lag, in den Tunnel oder die Überlappungszone zwischen den beiden unterschiedlichen Welten. Der Spiegel war nichts anderes als ein Tor, und das stand jetzt offen.

Sie sahen und erkannten!

Ein Zuschauer hätte sich über die mächtigen Blutsauger gewundert. Denn jetzt legten sie ein sehr menschliches Verhalten an den Tag. Sie standen auf dem Fleck und staunten in den »Spiegel« hinein. Er war zu einer Leinwand geworden, zu einem Bildschirm, wie er auch in ein fremdes Raumschiff hineingepasst hätte.

Was sie an dunkler Umgebung sahen, hätte auch ein Teil des Alls sein können. In dieser Leere bewegten sich allerdings Gegenstände, und das waren keine Raumschiffe, wie man mit einem schnellen Blick erkannte. Damit hatten sie nichts zu tun. Was sich dort in dieser Zwischenwelt bewegte, kannte Justine sehr gut.

Vampir-Monster!

Kompakte Körper mit mächtigen Schwingen, die sich beinahe lässig beim Fliegen bewegten. Sie glitten auf und nieder, und es kam den Betrachtern fast provozierend langsam vor.

»Das sind sie!«, flüsterte die blonde Bestie, »und sie sind kaum zu zählen. Ein Schwarm, eine halbe Armee. Jetzt weißt du, Will, was sie wollen und was uns bevorsteht. Sie greifen bereits an oder sind auf dem Weg.«

Mallmann sagte nichts. Es war nur zu merken, wie es in ihm arbeitete. Er hatte diese Welt aufgebaut. Er hatte allen Schwierigkeiten getrotzt, und er wollte von hier aus sein Reich weiter ausbauen und dabei hineingreifen in die normale Welt.

Jetzt nicht mehr. Jetzt musste er die Vampirwelt gegen diese Armee von fliegenden Monstern verteidigen. Es schoss ihm auch durch den Kopf, dass die Vampirwelt für den Schwarzen Tod das perfekte Versteck war, von dem aus er seine Aktivitäten starten konnte.

So ähnlich dachte auch Justine Cavallo. »Ich sage dir, Will, dass sie kommen, um unsere Welt zu übernehmen. Einen besseren Ort kann der Schwarze Tod gar nicht finden.«

Mallmann schüttelte den Kopf. Der Buchstabe auf seiner Stirn leuchtete jetzt in einem tiefen Rot. »So weit wird es nicht kommen, Justine. Wir werden sie zurückschlagen.«

»Ja, vielleicht …«

»Du bist skeptisch?«

»Wir beide können sie schlagen. Wir können sie zerreißen, aber wir können nicht überall sein, wenn du verstehst, was ich meine. Sie werden unsere Welt hier überfallen, und sie werden sich diejenigen der Reihe nach vornehmen, die hier existieren. Wir werden letztendlich mit leeren Händen dastehen und auf die Kadaver unserer Helfer schauen. Dann werden wir gegen ihn antreten müssen, und ich weiß nicht, ob wir diesen Kampf gewinnen können.«

»Das höre ich nicht gern«, flüsterte Mallmann. Er grinste verzerrt und präsentierte dabei seine Blutzähne.

»Was willst du machen? Hilfe holen? Sinclair Bescheid geben?«

»Ich würde sogar über meinen eigenen Schatten springen«, erklärte Mallmann, »aber das wird Sinclair nicht akzeptieren, was ich verstehen kann. Wir sind Todfeinde. Wir können nicht zusammenkommen. Zu verschieden sind die Seiten, auf denen wir stehen.«

»Im Notfall …«

»Nein, auch dann nicht.«

»Ich würde nicht so radikal denken.«

Mallmann drehte den Kopf nach links und schaute Justine an. Sie meinte es ehrlich. Er kannte sie. Das perfekte Gesicht war geblieben. Vom Profil her sah sie aus wie in Stein gemeißelt. Nach wie vor richtete sie ihre Blicke auf den Spiegel, dessen Inhalt sich nicht verändert hatte. Noch immer schwebten dort die fliegenden Monster, aber es war nicht zu sehen, ob sie näher kamen oder in einer gewissen Entfernung blieben. Möglicherweise waren sie eine warnende Vorhut und …

Jeder Gedanke verging. Jede Spekulation wurde weggewischt, als die beiden Augenpaare sahen, was wirklich dort im Spiegel passierte. Da veränderte sich das Bild.

Im Hintergrund war eine Bewegung zu sehen. Dort zeichnete sich in der Dunkelheit ein Umriss ab. Ein mächtiger Klotz, der recht kompakt aussah, es aber in Wirklichkeit nicht war, denn bei genauerem Hinschauen wirkte er mehr wie ein Schatten.

»Will, da ist was!«

Mallmann nickte, dann trat er vor, weil er mehr erkennen wollte. Er hätte sich nicht zu bemühen brauchen, denn was sich in diesem Spiegel zeigte, das machte sich selbst auf den Weg. Ohne dass sie ein Geräusch hörten, schwang es vor, und diesmal sahen sie kein Vampir-Monster. Auch keines, das eine überdimensionale Größe gehabt hätte, es war etwas ganz anderes.

Dunkler als der Spiegel, sodass es sich von der Fläche abheben konnte. Es näherte sich. Es gab kein Geräusch von sich, aber es wurde immer deutlicher.

Gewaltig. Schwarz und trotzdem glänzend. Eine immense Gestalt, kein Mensch, nur das Gerüst davon.

Ein monströses Skelett mit einem mächtigen Knochenschädel, in dem zwei rote Augen glühten.

Als Zeichen seiner Macht hielt das Skelett eine Sense mit höllisch scharfer Klinge in der Hand.

Es gab keinen Zweifel, wer sich den beiden Zuschauern innerhalb dieses Spiegels zeigte.

Es war der Schwarze Tod!

Die Aufregung verschwand nicht. Sie steckte in mir. Ich bekam sie nicht weg. Sie war wie ein böses Kribbeln, das mich vom Kopf bis zu den Füßen erfasst hatte. Es war möglich, dass mich mein vegetatives Nervensystem alarmierte, wobei es mich gleichzeitig bereit für die Zukunft machte.

In meiner Wohnung fühlte ich mich wie ein Gefangener. Mehrere Stimmen in meinem Innern teilten mir mit, dass an anderer Stelle etwas passierte und ich hier in der Bude wirklich so etwas wie ein Gefangener war. Es hatte auch keinen Sinn, nach draußen zu gehen. Es reichte mir schon, wenn ich ab und zu durch die Fenster blickte und nach einem fliegenden Monster Ausschau hielt, aber auch das war nicht zu sehen. Der Abend war da, die Helligkeit war noch geblieben, und das tat mir auch gut, denn so würde ich den einen oder anderen Angreifer erkennen können, wenn er wirklich kommen sollte.

Ich wartete auf ihn. Es war nicht nur die Vampir-Mutation, sondern auch die Person, die im Hintergrund stand und deren Rückkehr ich nicht hatte verhindern können.

Den Beweis besaß ich nicht, aber mein Gefühl sagte mir, dass der Schwarze Tod dahintersteckte und einen ersten Großangriff vorbereitete. Ich war sein größter Feind. Ich hatte ihn damals mit dem silbernen Bumerang vernichtet. Jetzt, wo er zurück war, würde er grausame Rache nehmen wollen.

Ich öffnete ein Fenster.

Man hatte von einer Abkühlung geschrieben und auch gesprochen. Die Wetterleute schienen recht zu haben. Es war wirklich kühler geworden. Mir tat es gut, die Nase in den Wind zu halten.

Nein, es war kein zweiter Angreifer zu sehen, der es auf mich abgesehen hätte. Dabei war es so einfach für ihn. Er brauchte nur in meiner Nähe zu bleiben und einen günstigen Moment abzuwarten. Es traf nicht zu, und so konnte ich das Fenster wieder beruhigt schließen.

Dann klingelte es.

Zweimal sogar!

Hektisch hörte es sich an. Ich eilte in den Flur, auch weil ich damit rechnete, dass Glenda es sich anders überlegt hatte und jetzt zu mir kommen wollte.

Der Blick durch das Guckloch zeigte mir, dass ich mich geirrt hatte. Vor der Tür standen Suko und Shao. Um das festzustellen, hatte mir ein kurzer Blick genügt. Es war mir noch etwas in seinem Gesicht aufgefallen, das ich zwar registrierte, doch ich dachte darüber nicht weiter nach, sondern zog die Tür auf.

Suko schaute mich an.

Ich starrte in sein Gesicht – und sah jetzt das Blut, das aus einer Risswunde an der Stirn gesickert war und noch immer sickerte. Mit einem Taschentuch, an dem sich schon zahlreiche Blutflecken zeigten, wischte Suko über die Wunde hinweg.

»Kommt rein.«

Suko ging als Erster. Shao folgte ihm. Ihrem ernsten Gesicht war anzusehen, dass es Ärger gegeben hatte.

»Ich gehe mal ins Bad, John.«

»Okay, du kennst den Medizinschrank ja.«

Im Wohnzimmer setzte sich Shao auf eine Sessellehne. Ich wollte ihr auf den Schreck etwas zu trinken anbieten, stellte zuvor allerdings eine Frage. »Was ist denn passiert?«

»Wir wurden angegriffen, John.«

»Bitte?«

»Ja, von fliegenden …«

Jetzt machte es in meinem Kopf klick, und ich führte ihren Satz zu Ende. »Fliegenden Monstern.«

»Genau!«, flüsterte sie staunend.

»Es war unten in der Tiefgarage?«

»Ja, bist du Hellseher?«

»Nein, aber mir ist das Gleiche passiert. Wenn du nach unten fährst, findest du den Kadaver noch in der Ecke. Ich hatte bisher keine Zeit, ihn wegräumen zu lassen.«

Suko kehrte zurück. Er hatte sein Gesicht gesäubert und ein Pflaster über die Wunde geklebt.

Shao kam mir mit ihrer Bemerkung zuvor. »John ist das Gleiche passiert wie uns. Auch ihn hat man angegriffen.«

Suko musste lachen. »Aber du hast die Attacke besser überstanden als wir.«

»Glück.«

»Der Kadaver liegt noch unten«, sagte Shao.

Suko hatte sich inzwischen einen Platz ausgesucht. »Es ist meine Schuld«, sagte er. »Ich bin angegriffen worden, und alles ging so schnell. Ich bekam kaum die Arme zur Abwehr hoch. Als ich reagierte, war es bereits zu spät. Da hatte diese Flugbestie bereits zugebissen und mir die Haut von der Stirn gekratzt.«

»Das ist nicht gut, Suko. Das war auch kein dämonisches Wesen. Ich hatte das Glück, meinen Angreifer mit einer geweihten Silberkugel erwischen zu können. Aber er starb normal.«

»Er zerfiel nicht?«

Ich nickte. »Genau. Und damit haben wir ein Problem. Unser Gegner war oder ist nicht schwarzmagisch, sondern normal, würde ich mit Einschränkungen sagen.«

»Weiter, John.«

»Sorry, aber ich kann nur spekulieren. Ich vermute, dass jemand eine Mutation für einen anderen geschaffen hat, der diese Wesen jetzt einsetzt. Wir beide sind nicht als Einzige überfallen worden. Bei Glenda hat man es auch versucht, es jedoch nicht geschafft. Das Ding ist nur gegen die Scheibe geflogen. Wenn du das alles zusammenrechnest, kommst du zu dem Schluss, dass man es auf unser Team abgesehen hat, und das besteht ja noch aus mehr Personen, wenn du so willst.«

»Hast du schon mit Bill gesprochen?«

»Nein, nur mit Sheila.«

»Und?«

Ich schüttelte den Kopf. »Nichts, hat Sheila gesagt. Bill war noch nicht da. Kannst du dir vorstellen, wie ich mich fühle? Ich sitze hier auf heißen Kohlen. Ich weiß, dass möglicherweise etwas passieren wird, aber ich weiß nicht, wo und wie. Das ist beschissen, da bin ich ehrlich.«

»Da gehört noch jemand zu uns«, sagte Shao leise. »Jane Collins und Sarah Goldwyn.«

»Ich weiß. Jane ist nicht da, sagte mir Sarah. Sie ist mit einem Klienten essen.«

»Oh …«

»Kann sie doch.«

»Egal.« Suko winkte ab. »Du hast recht, John, wir sitzen hier wie in einem Knast und können nur reden.«

»Und darüber reden, wer derjenige ist, der diese fliegenden Monster befehligt.«

»Hast du eine Idee?«

Ich schaute meinen Freund länger als gewöhnlich an. »Ich schätze, dass ich die gleiche Idee habe wie du.«

Er sprach es aus. »Der Schwarze Tod …«

»Ja, das glaube ich auch. Obwohl ich erstaunt bin. So hat er sich früher nicht benommen. Da ist er gekommen, um direkt anzugreifen. Ich gehe auch deshalb davon aus, dass er dahintersteckt, weil nicht nur einer von uns attackiert worden ist. Er will gleichzeitig alle haben, die mit mir, sage ich mal, in Verbindung stehen. Er muss mich einfach hassen, denn ich habe ihn vernichtet. Ich hätte ja auch nie an eine Rückkehr geglaubt, aber man soll ja niemals nie sagen.«

»Stimmt.« Suko stand auf. »Es stellt sich die Frage, was wir tun können.«

»Andere schützen. Glenda, Sheila, Bill, Lady Sarah. Vielleicht auch Jane Collins und Sir James.«

»Traust du dir das zu?«

»Nein, das nicht. Es geht nicht. Es sei denn, wir würden alle zusammen in einen Raum sperren und sie bewachen.«

»Also bleibt uns nur übrig, selbst aktiv zu werden«, sagte Shao. »Aber wo fangen wir an? Welche Spuren gibt es?«

Ich schüttelte den Kopf. »Es gibt keine. Die Spuren, die es gab, haben wir vernichtet.«

»Also müssen wir warten.«

»Ja.«

Das gefiel uns nicht. Ich wollte etwas tun, wenn auch nur telefonieren. Deshalb rief ich bei Glenda an, die sich schnell meldete.

»Ach, du bist es, John.«

»Ja.«

»Und? Hast du was herausgefunden?«

»Nein, eigentlich nicht. Ich wollte mich nur erkundigen, wie es dir geht, Glenda.«

»Gut, aber es ging mir schon mal besser.«

»Hast du …«

»Nein, habe ich nicht. Ich sah keine dieser fliegenden Bestien mehr. Sie haben Ruhe gegeben.«

Mit der nächsten Erklärung überraschte ich sie. »Shao und Suko wurden auch angegriffen.«

Verblüfftes Schweigen.

»Ja, du hast richtig gehört. Man hat die beiden angegriffen. Es waren ebenfalls die uns bekannten Monster. Wir müssen jetzt die Augen offen halten. Shao, Suko und ich gehen davon aus, dass es jemand auf das Sinclair-Team abgesehen hat, sich selbst aber zurückhält, was man ja kennt.«

Sie wusste sofort, was ich meinte. »Der Schwarze Tod!«

»Richtig.«

Ich hörte Glenda schlucken. »Es ist vielleicht dumm, danach zu fragen, aber hast du schon einen Plan?«

»Nein, den habe ich nicht.«

»Ich wüsste auch keinen.«

»Wir sind übereingekommen, die Augen offen zu halten. Wir

bleiben in Verbindung, und ich möchte, dass keiner sein Handy ausschaltet. Das werde ich auch Sheila und Bill sagen.«

»Ist klar, John, ich passe auf.« Glendas Stimme zitterte leicht. »Es wird bestimmt keine tolle Nacht, denke ich mal.«

»Davon kannst du ausgehen.«

Sie stellte noch eine Frage. »Gibt es wirklich keine Chance, an die Biester heranzukommen?«

»Nein, ich sehe keine. Ich weiß auch nicht, wie viele es sind. Da müssen wir uns schon auf eine Menge dieser Vampir-Monster einstellen.«

»Das denke ich auch.«

Ich beendete das Gespräch. Es tat mir leid, dass ich Glenda nicht hatte aufheitern können, aber so lief das nun mal. Der Gegner war uns leider immer einen Schritt voraus, und das ärgerte mich gewaltig.

»Sheila?«, fragte Suko.

»Ja.«

Ich griff wieder zum Telefon. Sheila meldete sich mit lockerer Stimme. »He, du bist es schon wieder. Hast du so eine große Sehnsucht nach Bill?«

»Nicht nur nach ihm. Auch nach dir.«

Sie hatte schon zu einem Lachen angesetzt. Das jedoch verschluckte sie, denn sie hatte den Ernst in meiner Stimme nicht überhört.

»Es gibt Probleme, nicht wahr?«

»Leider.«

»Dann sag sie mir.«

Ich wollte nicht mit der Tür ins Haus fallen und erklärte ihr mit behutsameren Worten, auf was sie sich möglicherweise einzustellen hatte.

Sheila Conolly begriff. »O Gott«, flüsterte sie. »Ich mache mir weniger Sorgen um Bill und um mich als um Johnny. Er ist mit einem Freund auf der Rückfahrt von einem Rockkonzert. Und irgendwie gehört er ja auch zu unserem Team, oder?«

»Ja, wenn auch nicht direkt.«

»Ich mache mir trotzdem Sorgen. Wenn er sein Handy eingeschaltet hat, kann ich ihn erreichen.«

»Okay, tu das. Aber sag ihm nichts von dieser Gefahr. Das
behalten wir am besten für uns.«

»Geht klar. Ich spiele einfach die besorgte Mutter.«

»Was dir ja nicht schwerfallen wird.«

Sie lachte nicht mal, bevor sie auflegte. Auch mir war das Lachen vergangen. Ich blickte Shao und Suko an. »Es gibt einen
Lichtblick. Diese fliegenden Killer haben Sheila in Ruhe gelassen und …«

Keiner von uns sprach mehr, denn das Telefon klingelte. Ich
rechnete damit, dass es Sheila war oder auch Glenda, aber ich
hatte mich geirrt.

»John, störe ich?«

»Nein, Sarah, überhaupt nicht.«

»Ich muss mit dir reden und dir etwas sagen …«

Ich ahnte, was kam. Da auch Shao und Suko mithören sollten, stellte ich den Lautsprecher an, und so bekamen sie jedes
Wort der Horror-Oma mit, deren Stimme sich auch verändert
hatte und sehr nachdenklich klang. »Ich habe hier vor meinem
Fenster ungewöhnliche Vögel gesehen. Eigentlich sind es keine
Vögel. Sie sehen aus wie Fledermäuse, aber das trifft auch nicht
zu …«

»Wie viele hast du gesehen?«

»Vier habe ich gezählt.«

Mein Herz übersprang einen Schlag. Der erste Schreck hatte
mich wirklich stumm gemacht.

»John, ich möchte nicht überängstlich sein, aber komisch ist
das schon.«

»Weiß ich, Sarah.«

»Soll ich sie weiterhin im Auge behalten?«

»Wenn es eben geht, schon.«

»Gut, werde ich machen. Ich sage dir Bescheid, wenn …«

»Nein, nicht. Es wird am besten sein, wenn ich zu dir komme,
Sarah.«

Ich hörte sie stöhnen. »John, bitte, so schlimm ist es nicht. Ich bin auch kein kleines Kind mehr und …«

»Das weiß ich, Sarah. Aber ich sage dir auch, dass diese Wesen gefährlich sind. Wäre Jane da, wäre das etwas anderes. Deshalb ist es besser, wenn ich …«

»Nein, du brauchst nicht meinen Leibwächter zu spielen, John. Ich werde zu dir kommen. Ich nehme mir ein Taxi, dann bin ich sicher. Ist das akzeptiert?«

Ich stand vor einer schweren Entscheidung. Gern stimmte ich nicht zu, aber ich kannte auch Sarahs Dickkopf. »Na gut, wenn du willst, machen wir das so.«

»Okay, dann bis gleich.«

Als ich aufgelegt hatte und mich wieder umdrehte, da schaute ich in die Gesichter meiner Freunde. Weder Suko noch Shao machten einen glücklichen Eindruck. In einer Situation wie dieser wusste keiner so recht, was richtig war und was nicht.

»Sie hat eben ihren eigenen Kopf«, kommentierte Shao.

Da konnte ich nur zustimmen, fügte aber noch eine Bemerkung hinzu. »Hoffentlich wird der ihr nicht zum Verhängnis. Also, ein gutes Gefühl habe ich bei der ganzen Sache nicht …«

Es war, als hätte jemand den Menschen ein Zeichen gegeben, sich von einer Sekunde zur anderen zu verändern. Die meisten hatten ruhig an ihren Tischen gesessen und gegessen und getrunken. Urplötzlich war alles anders.

Da flogen die drei Monster durch die offene Tür, und sie verfolgten zuerst die beiden Männer, die ihnen den Weg freigemacht hatten. Die Gäste kamen überhaupt nicht dazu, sich auf den Angriff einzustellen. Zugleich flogen ihnen die Flugmonster in die Rücken, krallten sich dort fest und bissen sie in die Nacken.

Die Schreie der Neuankömmlinge gellten durch die Raststätte, bis hinein in die Küche an der Rückseite der Theke. Die Tür stand offen. Ein Koch mit weißer Mütze verließ seinen Arbeitsplatz und wollte sehen, was passiert war.

Er sah die beiden Flug-Monster, die sich bereits auf den Weg gemacht hatten. Die von ihnen attackierten Männer lagen schreiend und blutend am Boden, sie aber jagten in den Raum hinein und flatterten in Höhe der Decke, von wo aus sie den besten Überblick hatten. Jetzt erst fiel auf, wie mächtig die Spannweite ihrer Flügel war.

Es gab keinen Gast mehr, den es noch auf seinem Stuhl gehalten hatte. Alle waren sie aufgesprungen, auch Johnny und Hado machten da keine Ausnahme.

Zum Glück befanden sich keine Kinder in der Raststätte, aber die Schreie der Erwachsenen reichten auch aus. Noch hatte keiner seinen Schock überwunden, sodass er fliehen konnte. Auch Johnny und sein Freund standen wie gebannt vor ihren Stühlen.

Hado hielt es nicht mehr aus. Er griff über den Tisch hinweg und bekam Johnny zu fassen. »Du Hundesohn, das gilt uns. Du hast sie gesehen!« Er brüllte ihm ins Gesicht. Speicheltropfen erwischten die Haut des Jungen.

»Ich weiß es doch nicht!«, schrie Johnny zurück, aber andere Schreie übertönten den seinen, denn jeder hatte gesehen, wie sich eine der Bestien von der Decke löste, weil sie sich ein Ziel ausgesucht hatte.

Sie jagte auf Johnny und seinen Freund zu.

Der junge Conolly sah es, weil er den Kopf gedreht hatte. Die Menschen um ihn herum taten nichts, auch Hado bewegte sich nicht, so war Johnny der Einzige, der reagierte. Mit beiden Händen umfasste er die Stuhllehne und riss das Sitzmöbel hoch. Die Stühle sahen zwar schwer aus, waren es jedoch nicht, und so hob Johnny seinen Stuhl hoch und schwang ihn über den Kopf.

Das fliegende Monster stieß zu.

Johnny rammte ihm den Stuhl entgegen, den er eisern festhielt. Wie ein Geschoss prallte das Ding gegen die untere Seite der Sitzfläche. Es geriet aus dem Rhythmus, wurde zurückgestoßen und landete neben dem Tisch auf dem Boden.

Conolly junior wusste sehr gut, dass er noch nicht gewonnen hatte. Deshalb ließ er nicht locker. Er schwang den Stuhl noch mal hoch, dann ließ er ihn mit aller Wucht auf den Körper krachen und hörte die schrillen Schreie des Wesens.

Wieder ein heftiges Flattern der Schwingen. Der starke Stoß von unten, der Johnny zurücktrieb. Er stolperte, ohne allerdings zu fallen. Nur hatte er das Hochkommen der Bestie auch nicht verhindern können, die noch aus der Bewegung heraus angriff.

Hätte sie sich Johnny ausgesucht, wäre sie gegen den Stuhl geflogen, den der Junge noch festhielt. Hado allerdings war waffenlos und noch immer in seinem Schrecken erstarrt.

Die kleine Bestie drehte sich um und startete den Angriff. Zu einer Abwehrbewegung kam Hado nicht. Plötzlich hatte er das Wesen am Hals hängen. Er drehte sich, rutschte dabei aus und fiel rücklings über den Tisch, von dem er das Essen samt Geschirr wegräumte.

Das offene Maul der Bestie schwebte über seinem Gesicht.

»Arm hoch!«, brüllte Johnny.

Hado reagierte soeben noch rechtzeitig. Er konnte seine Kehle schützen. Trotzdem erwischte ihn der Biss. Nur hackten die Zähne nicht in seinen Hals. Sie durchbohrten den dünnen Stoff und hackten sich in seinem Arm fest.

Der Schrei war fürchterlich und sorgte gleichzeitig dafür, dass Johnny aus seiner Erstarrung gerissen wurde.

Er sah seinen Freund in Gefahr. Die Zähne würden sich in den Arm hineinfressen, und das tief bis an den Knochen.

Die Gabel lag noch auf dem Tisch. Harold Don Quentin hatte sie mitgenommen, aber plötzlich wurde sie von Johnnys rechter Hand umklammert. Er wusste nicht, wie dick die Haut der Bestie war und ob er überhaupt durchkam. Doch er musste etwas tun, um seinem Freund zu helfen, und so suchte er sich ein besonderes Ziel aus.

Es war das linke Auge der Bestie.

Kurz zielen, dann zustoßen!

Treffer!

Die drei Zinken der Gabel verschwanden in der weichen Augenmasse des Monstrums, und Johnny drückte sie so tief wie möglich hinein. Er schrie dabei, um einen Teil des Frustes loszuwerden. Ihm selbst traten fast die Augen aus den Höhlen. Er hielt die Gabel eisern fest – und sah, dass das Monster reagierte.

Jetzt brüllte es auf. Es verspürte Schmerzen. Es zuckte hoch, weg von Hado.

Johnny zog die Gabel wieder aus der Augenhöhle hervor. Eine gelbgrüne Masse quoll nach, aber das Monstrum war auf einem Auge blind. Einen kleinen Vorteil hatten sie.

»Komm jetzt!«, schrie Johnny.

Hado hatte ihn verstanden. Er stemmte sich hoch. Im Moment konnte er sich frei bewegen. Das kleine Monster war zum Nebentisch geflogen und führte dort etwas wie einen wilden Tanz mit flatternden Schwingen auf.

Hado schaute auf seinen Arm. Er war verletzt. Die Wunde zeichnete sich ziemlich tief ab. Johnny wusste, dass sein Freund sie nicht zu lange anstarren durfte. Von allein konnte er sich nicht bewegen, deshalb zerrte Johnny ihn weg.

»Los, raus hier!«

»W – was …?«

»Komm endlich mit!«

Johnny zerrte ihn einfach hinter sich her dem Ausgang entgegen, und er hoffte, dass sie ihn und das Freie unbeschadet erreichten …

Lady Sarah Goldwyn gehörte beileibe nicht zu den ängstlichen Frauen. Schon gar nicht in ihrem Alter, das sie als biblisch einstufte, wenn sie mit manchen Leuten darüber sprach.

Doch es gab Ausnahmen. Und eine solche war jetzt eingetreten. Allein in ihrem Haus zu sein machte ihr nichts aus, doch sie fürchtete sich vor diesen Wesen, die sie einige Male vor den Scheiben ihrer Fenster gesehen hatte.

Das waren keine Vögel, die Futter haben wollten. Das waren auch keine verirrten Fledermäuse, sondern irgendwelche Mutationen, die es auf dieser Welt nicht gab. Dafür in anderen Dimensionen, und da musste sich ein Tor geöffnet haben.

Sarah hatte im Wohnzimmer gesessen und von dort aus mit John Sinclair telefoniert. Sie stand jetzt auf und verspürte schon einen leichten Schwindel, den sie keinesfalls auf ihr Alter schieben wollte, sondern auf das Erlebte.

Sie hatte John den Vorschlag gemacht, sich ein Taxi zu bestellen, und daran wollte sie sich auch halten. So schnell wie möglich musste sie sich in Sicherheit bringen.

Lady Sarah war ein Mensch, der viel Taxi fuhr. Sie kannte viele Fahrer, und sie wollte sich einen bestimmten aussuchen, dessen Nummer sie gespeichert hatte. Es war ein sehr netter junger Farbiger, mit dem sie sich immer prächtig unterhalten hatte.

Den Hörer hielt sie schon in der Hand, als sie noch einmal einen Blick zum Fenster hinwarf.

Der Einbruch der Dunkelheit würde noch auf sich warten lassen. Zwar schien auch die Sonne nicht mehr, aber hinter dem Fenster und damit im Hof war es noch hell.

So sah sie auch den Schatten.

Sarah erschrak. Das Monster war wieder da. Es hatte sich das Wohnzimmerfenster ausgesucht, als schien es genau zu wissen, dass es unter Beobachtung stand.

Sarah tat nichts. Vergessen war der Anruf. Sie wollte sich auch nicht bewegen, um die Gestalt nicht unnötig auf sich aufmerksam zu machen.

Der Kopf war vorgestreckt. Er klebte fast an der Außenseite der Scheibe. Sie sah auch das Maul und die spitzen Zähne darin. Ein richtiges Haigebiss, dachte sie und schauderte zusammen. Das fliegende Untier bewegte seine Schwingen nur sehr sacht. Es war für es einfach, sich in dieser Stellung zu halten.

Die Sekunden tropften dahin. Wie viele vergingen, wusste Sarah nicht. Ihr war das Gefühl für Zeit verloren gegangen.

Eine innere Stimme drängte sie, endlich John Sinclair anzurufen. Aber es gab auch eine zweite Stimme, die sie drängte, sich zurückzuhalten, um nicht die Aufmerksamkeit des Monsters zu erregen.

Es glotzte noch immer in das Haus.

»Hau ab«, flüsterte Sarah, »flieg endlich weg!« In den letzten Sekunden war sie stark ins Schwitzen gekommen. Auf ihrem Rücken rann der Schweiß als kalte Kügelchen entlang. Er lag auch auf ihrem Gesicht, und sie spürte ihn ebenfalls an den Händen.

Das Monster schien sie gehört zu haben. Sarah konnte es kaum glauben, doch nach einer recht heftigen Bewegung der beiden Flügel war es verschwunden.

Für einen Moment schloss die Horror-Oma die Augen. Sicher fühlte sie sich nicht. Sie war nur froh, dieses hässliche Ding nicht mehr sehen zu müssen und sich wieder ihrem Anruf widmen zu können.

Manchmal kann das Schicksal grausam sein. Und manchmal will es auch einen Schlussstrich ziehen.

Ein Geräusch, das zwischen Klirren und Platzen lag, schreckte die alte Frau auf. Sie hob den Kopf, schaute zum Fenster und hatte das Gefühl, dass ihr Leben ab jetzt im Zeitlupentempo ablief.

Sie schaute den Scherben entgegen, die nach innen fielen. Sie sah das Loch und dahinter das Monster, aber auch noch ein zweites, das im Rückraum lauerte.

Der Weg war frei.

Sarah schrie nicht. Ihre Kehle war trocken geworden. Sie konnte das erste Monster nicht aufhalten, das sich durch die Fensteröffnung drückte und von der inneren Bank her fast wie ein Hase in das Haus hineinsprang.

Eine Schale fiel zu Boden. Eine Vase mit Blumen kippte ebenfalls um. Wasser lief in den Teppich hinein, und erst jetzt wurde der Horror-Oma klar, in welcher tödlichen Gefahr sie wirklich steckte.

Wenn sie sich im Freien bewegte, nahm sie ihren Stock mit. Dass er neben dem Sessel stand, in dem sie gehockt hatte, glich einem Zufall. Aber sie fand es gut, denn der Stock war die einzige Waffe, mit der sie sich wehren konnte.

Sarah Goldwyn umfasste den Griff mit beiden Händen und wuchtete den Stock hoch. Sie wollte ihn so fest wie möglich halten. Wenn sie sich verteidigte, sollte ihr Arm nicht einknicken.

Der unheimliche Eindringling hatte nicht sofort Kurs auf sie genommen, sondern flatterte im Zimmer umher, wobei er sich dicht unter der Decke hielt. Wahrscheinlich suchte er eine günstige Angriffsposition. Wäre diese Szene als Film im Kino gelaufen, hätten sicherlich einige Zuschauer gelacht, aber Sarah war danach nicht zumute. Sie hatte sich breitbeinig hingestellt, um die nötige Standfestigkeit zu bekommen. Der Stock wies dabei schräg in die Höhe, mit der Spitze zielte sie gegen den Bauch des Monstrums.

Der Angriff!

Schnell und von einem schrillen Schrei begleitet. Hätte Lady Sarah anders gestanden, sie wäre nicht in der Lage gewesen, so schnell zu reagieren wie jetzt. So ließ sie das Vampir-Monster kommen und gab sich selbst durch einen Schrei den nötigen Ansporn. Dann rammte sie das Ende des Stocks gegen die Unterseite des Körpers. Sie wünschte sich dabei, dass sich der Stock in eine Lanze verwandelte, doch der Gefallen wurde ihr nicht getan.

Sarah spürte den Gegendruck. Sie musste etwas zurückweichen, aber sie hielt ihren Stock fest und drückte noch mal nach, damit diese fliegende Bestie weg von ihr kam.

Was sie nicht für möglich gehalten hatte, trat ein. Das widerliche Wesen kippte zur linken Seite hinweg und fiel dem Fußboden entgegen. Dass es dort nicht landete, lag an den schnellen Bewegungen der Schwingen. Aber es war im Zimmer zu eng. Außerdem standen viele Möbel herum, und so schlugen die Schwingen dagegen, was für das Vampir-Monster hinderlich war.

Sarah bekam Luft. Zwar sah sie auch das zweite Monstrum nahe des Fensters, aber darum wollte sie sich jetzt nicht kümmern. Sie musste die Zeit zur Flucht nutzen und wollte es auch schaffen, sich hier im Haus zu verstecken. Zumindest für eine Weile, die ausreichte, um Hilfe zu holen. Sie dachte dabei an die Polizei und die Feuerwehr.

Wäre sie 40 Jahre jünger gewesen, hätte sie kein Problem damit gehabt. In ihrem Alter allerdings trugen sie die Beine nicht mehr so schnell, auch wenn sie den Stock jetzt als Stütze benutzte. So humpelte und schlurfte sie aus dem Wohnzimmer, erreichte sogar den Flur und hatte sich bisher nicht einmal umgedreht.

Das tat sie auch jetzt nicht. Sie starrte nach vorn. Das Gesicht glich einer verzerrten Maske, auf der die Haut sehr dünn lag und verschiedene Falten bildete.

Ihre Beine waren schwer. Es gelang ihr nur mühsam, die Füße zu heben, aber sie wollte es schaffen. Sie musste es. In der Küche stand ein weiteres Telefon. Dort gab es zwar auch ein Fenster, aber das konnte die Horror-Oma nicht ändern.

Wie oft war sie diesen Weg gegangen. Unzählige Male. Angst kannte sie zwar, aber ihr Mut war stärker. In diesem Fall allerdings hatte sie den Eindruck, dass sie es diesmal nicht schaffte. Sie hätte auf Johns Vorschlag eingehen sollen. Das wäre besser gewesen. Vielleicht wäre er noch rechtzeitig gekommen.

Sie war sicher, dass der zweite Verfolger ihr Haus erreicht hatte. Es hatte auch niemand aus der Nachbarschaft das Zerspringen der Scheibe gehört. Außerdem war das Wetter schlechter und kühler geworden. So hielten sich keine Nachbarn im Hof auf.

Füße und Stock tackten immer in gewissen Abständen auf den Boden. Der Weg war nicht mal sehr weit, er kam der alten Frau nur so vor. Jede Folterstrecke hat ein Ende. Da machte diese hier auch keine Ausnahme. Lady Sarah sah an der rechten Seite den Türrahmen und auch die geschlossene Tür, die sie erst aufdrücken musste.

Sie tat es mit der linken Hand und wäre beinahe abgerutscht. Dann stieß sie die Tür nach innen. Sarah stolperte in die Küche hinein. Mit einer Gegenbewegung wollte sie die Tür wieder zurück schlagen, was ihr auch gelang. Nur fiel sie nicht ins Schloss. Das hätte sich anders angehört. Sie prallte leider gegen den Körper des Flugvampirs und wurde durch die Gegenreaktion wieder so weit zurückgestoßen, dass sie Lady Sarah an der Schulter erwischte.

Sie wurde herumgedreht, schaute auf die Tür und sah in ihrem Ausschnitt die beiden in der Luft flatternden Monster.

Nicht geschafft!, dachte sie. Ich habe es nicht geschafft!

Dann sackten ihr die Beine weg ...

Johnny und sein Freund sahen grauenhafte Bilder. Allerdings anders als normal. Die einzelnen Teile liefen nicht ineinander über, um sich zu einem Bild zu formen, die jungen Männer erlebten sie anders. Als wären die Szenen zusätzlich in mehrere Teile zerhackt worden, um die Bilder für einen Moment stehen zu lassen, damit sie auch wahrgenommen werden konnten.

Schreckliche Szenen spielten sich innerhalb des Restaurants ab. Drei Monster hatten die Menschen angegriffen und taten es noch. Zwei kümmerten sich um die Gäste, eines um die Flüchtenden, zu denen auch Johnny und Hado gehörten.

Die Leute, die sich noch nicht auf dem Weg zur Tür befanden, hatten die Übersicht verloren. Sie rannten schreiend und voller Panik durch das Lokal. Sie achteten nicht darauf, wo sie hinliefen. Da fielen Stühle um. Da glitten die Scherben des Geschirrs über den Boden hinweg. Da waren Speisereste und Flüssigkeitslachen zu Rutschfallen geworden. Die Küchentür war zugeschlagen worden, aber davor, an und hinter der Theke, herrschte die große Panik.

Menschen bewegten sich hektisch. Männer versuchten, ihre Frauen zu schützen. Sie schrien auch und schlugen mit den Armen nach den angreifenden Bestien.

Einige hatten sich so gut bewaffnet wie eben möglich. Sie hielten die Messer oder Gabeln ihrer Bestecke in den Händen, trafen auch, aber sie schafften es nicht, die Monstervampire zu stoppen. Selbst das Monster mit dem einen Auge machte mit und stürzte sich mit flatternden Flügelschlägen nach unten.

Ein Mann wurde von dem Ding erwischt und durch den Aufprall zu Boden gedrückt. Er lag auf dem Rücken. Das kleine Monster hielt seine Brust besetzt und biss mehrmals zu. Der Mann blutete bereits stark. Er war nicht der Einzige. Anderen ging es ebenfalls schlecht. Sie wehrten sich verzweifelt, schlugen um sich, brüllten und versuchten, unter den Tischen Deckung zu finden, was ihnen nicht gelang, denn die Angreifer waren schneller und geschickter.

Immer wieder fegten sie heran. Einen Kreis drehen, neue Ziele anvisieren und zuschlagen – das ging blitzschnell.

Ein Vampir-Monster hielt sich in der Nähe des Ausgangs auf und attackierte dort die Menschen. Alle wollten dort hinaus. Es war niemand da, der irgendwelche Fenster eingeschlagen hätte, und so blieb ihnen nur der eine Fluchtweg.

Hado drehte fast durch. Er zitterte, er jammerte, er schrie auch. Wäre er von Johnny nicht festgehalten worden, wäre er längst in sein Verderben gelaufen. So aber wurde er weitergezogen, auch wenn er stolperte und einfach nicht aufhören wollte zu schreien.

Auch Johnny war von der Angst und der Panik erfasst worden, doch er hatte sich schnell wieder in der Gewalt. Er war es gewohnt, schreckliche Situationen zu erleben und auch zu durchleiden. Er kannte sich aus. Er wusste, dass es nichts brachte, wenn er in Panik verfiel, und danach richtete er sich.

Wer keinen klaren Kopf behielt, der war verloren. Man musste sich zusammenreißen, so schwer es auch jedem fiel.

Ein älterer Mann hatte es geschafft, vor den beiden Jungen herzulaufen. Er war im Zickzack geflohen und musste Erfahrungen haben. Er hatte sich geduckt und seine Hände zum Schutz über den Kopf gerissen. Er brauchte nur ein paar

Schritte, um die Tür zu erreichen, die ständig aufschnappte und wieder zufiel.

Das sah eines der Vampir-Monster. Plötzlich war es da. Johnny brüllte noch einen Warnschrei. Zu spät, die Bestie hockte bereits auf dem krummen Rücken des Mannes und schlug ihr Gebiss in dessen Nacken.

Der Flüchtling fiel nach vorn. Er rutschte über den Boden hinweg. Johnny sah, dass Blut aus seiner Nackenwunde spritzte, und zögerte keine Sekunde.

Er sprang auf den Mann zu und packte die Bestie mit beiden Händen. So riss er sie vom Rücken weg. Das Maul war blutig geworden. Hautfetzen klemmten zwischen den Zähnen. Bevor das Tier wusste, was mit ihm passierte, hatte Johnny sich gedreht. Dann schleuderte er die Mutation mit voller Wucht gegen die Wand. Er hörte es klatschen. Das Ding fiel zu Boden und war im Moment mit sich selbst beschäftigt.

Das war die Chance zur Flucht.

»Los!«, brüllte Johnny Hado zu.

Der hörte nicht. Wie festgewachsen stand er auf dem Fleck, Augen und Mund offen. Er jammerte dabei, holte hektisch Atem. Er blutete im Gesicht, und Johnny musste wieder eingreifen. Er packte seinen Freund, schleuderte ihn herum und stieß ihn auf die im Moment geschlossene Glastür zu, deren Hälften sich vor ihm öffneten.

Der Weg ins Freie war frei!

Trotzdem musste Johnny ihm noch einen Stoß geben, damit er die Schwelle überschritt. Er jammerte dabei. Er drehte sich um, und Johnny packte ihn wieder. Gemeinsam liefen sie dorthin, wo das Wohnmobil stand. Es war der einzige Fluchtpunkt in der Nähe, der eine relative Sicherheit bot. Hado lief wie ein Automat neben ihm her. Er war zwar nur am Arm erwischt worden, aber er hatte sich ein paar Mal über das Gesicht gewischt und das Blut aus der Armwunde dort verteilt.

Hado hatte sich wieder gefangen. Trotzdem stand er dicht vor dem Durchdrehen. Er sprach und brüllte Johnny dabei an.

»Das hat dir gegolten, Conolly. Nur dir, das weiß ich. Du – du – bist nicht normal. Das warst du nie. Du und deine Alten …«

»Halt deine Schnauze!«, brüllte Johnny ihn an. Auch seine Nervenstränge standen kurz vor dem Zerreißen.

Sie rannten weiter. Eigentlich hatten sie nicht so weit von der Raststätte entfernt geparkt. Trotzdem kam ihnen der Weg bis zum Wohnmobil ziemlich weit vor.

Wäre der Angriff mitten in der Großstadt erfolgt, hätte die Polizei längst eingegriffen. Sicherlich war sie auch hier alarmiert worden. Nur dauerte es hier länger, bis Hilfe eintraf. Und auch die Beamten würde es schwer haben, mit den fliegenden Bestien fertig zu werden. Das stand für Johnny fest.

Hado Quentin hielt tatsächlich den Mund. Er rannte jetzt stolpernd neben Johnny her. Er schaute auch nicht zurück. Das tat Johnny ebenfalls nicht. Das Auto war wichtiger.

Der kühle Wind schwappte gegen sein Gesicht. Er brachte auch die Feuchtigkeit erster Regentropfen mit, doch darauf achtete Johnny nicht. Er wollte so schnell wie möglich von hier weg und dann auch seine Eltern oder seinen Patenonkel John Sinclair alarmieren.

Der Wagen war nicht zu übersehen. Als weißer Kasten auf vier Rädern ragte er von der Asphaltfläche in die Höhe. Der Truck daneben war inzwischen weggefahren worden.

Johnny erreichte den Wagen zuerst. Er ließ sich gegen die Fahrertür fallen. »Den Schlüssel«, sagte er keuchend. »Los, du musst mir den Schlüssel geben!«

»Was?«

»Den Schlüssel fürs Auto, verflucht!«

Hado hatte ihn nicht verstanden. Er hörte überhaupt nichts. Er war von der Rolle. Das mit Blut verschmierte Gesicht bot einen schlimmen Anblick, und der Mund war zu einem scharfen Grinsen verzogen.

Johnny nahm sich die Zeit, einen Blick auf die Raststätte zu werfen. Hinter den Scheiben tobte noch immer der Kampf. Johnny hätte gern geholfen, nur musste er sich jetzt um die eigene Sicherheit kümmern, und das war schwer genug, denn er sah das Flugmonster in der Luft. Es hatte die Raststätte verlassen und flog suchend seine Kreise.

Für Johnny stand fest, dass es nach einer Beute Ausschau hielt. Und die Beute sollten er und Hado sein.

Noch hatte das Monstrum sie nicht gesehen. Das konnte sich bald ändern. Deshalb musste Johnny schneller sein. Er fuhr seinen Freund mit lauter Stimme an.

»Den Schlüssel, los! Ich will endlich den Schlüssel haben! Hast du nicht gehört?«

Endlich begriff Hado. »Ja, ja – der Schlüssel!«

»Gib ihn her!«

Hado zuckte zusammen. Seine Hand glitt in die Tasche. Er holte den Schlüssel raus. Johnnys Hand schnappte nach ihm wie die Zunge des Frosches nach einem Insekt.

Mehr hatte er nicht haben wollen. An der Fahrerseite standen sie bereits. Er schaute auch nicht zurück, sondern schloss die Tür auf und schob seinen Freund in den Wagen.

Johnny selbst hatte dieses Wohnmobil nur einmal für eine kurze Strecke gefahren. Er traute sich aber zu, damit fertig zu werden. In einem Extremfall wie diesem konnte man eben alles.

Hado war auf dem Fahrersitz geblieben. Das wollte Johnny nicht. »Los, weiter!«

»Ich …?«

»Ja. Auf den anderen daneben.«

»Gut, ja.«

Er war noch von der Rolle. Wahrscheinlich bekam er gar nicht richtig mit, was hier passierte. Aber er gehorchte und rutschte auf den Beifahrersitz.

Bevor Johnny einstieg, warf er noch einen Blick zurück. Er suchte das Flugmonster. Im Moment sah er es nicht. Als Hoffnungszeichen nahm es Johnny nicht hin. Diese Bestien würden so leicht nicht aufgeben.

Rein in den Wagen.

Durchatmen!

Er steckte den Schlüssel ins Zündschloss. Drehte ihn. Der Motor sprang sofort an, und der erste Stein polterte Johnny vom Herzen.

Ein scharfes Grinsen huschte über seine Lippen. Er strich die Haare aus der schweißnassen Stirn. Den Innenspiegel brauchte er nicht zu richten. Mit den Gängen kam er zurecht. Eine Automatik gab es nicht, und fast hätte er gejubelt, als sich der Wagen die ersten Meter vorschob.

Geschafft hatten sie es noch nicht. Aber sie waren ein gutes Stück vorangekommen.

Er fuhr auf die Ausfahrt des Parkplatzes zu und dachte daran, wie es weitergehen würde. Natürlich taten ihm die Menschen leid, die zurückgeblieben waren. Er hoffte, dass es die meisten von ihnen schafften und fliehen konnten.

Dann musste er seine Eltern anrufen, um ihnen Bescheid zu geben. Auch John Sinclair musste Bescheid wissen. Was hier passiert war, konnte nicht mit normalen Maßstäben gemessen werden. Er sah es als einen Überfall schwarzmagischer Kräfte an. Über die Gründe wollte er zu diesem Zeitpunkt nicht nachdenken, doch er wurde den Eindruck nicht los, dass vor allen Dingen er Ziel des Überfalls gewesen war. Die Monster hatten sich auf ihn und seinen Begleiter konzentriert, und da musste irgendein Grund vorhanden sein, den sich Johnny momentan nicht vorstellen konnte.

Seine Eltern konnte er nur über Handy erreichen. Während der Fahrt war das nicht möglich. Und Hado wollte er den Apparat nicht überlassen. Der stand noch zu stark unter Stress.

Es gab nur die Möglichkeit, irgendwo anzuhalten und dann das Telefongespräch zu führen.

Innerhalb kürzester Zeit waren ihm diese Überlegungen durch den Kopf gehuscht. Er hatte erst jetzt die Ausfahrt der Raststätte erreicht und musste kurz anhalten, weil der Verkehr im Moment recht dicht war. Sekunden später sah das anders aus. Da befand er sich auf der Autobahn und fuhr in Richtung Südosten.

Und jetzt erst kam die Polizei. Es waren nicht wenige Wagen. Ihre Lichter huschten als bläuliche Gespenster über beide Fahrbahnen der Autobahn. Wie viele Fahrzeuge es waren, blieb Johnny unbekannt. Er kam nicht dazu, sie zu zählen.

Aber sie kamen, und das war wichtig. Sie würden die restlichen Monster mit ihren Kugeln durchlöchern. Er wünschte sich, dass die Geschosse sie auch vernichteten.

Conolly junior gab Gas. Je länger er den Wagen fuhr, umso sicherer wurde er. Der große Druck verschwand. Auch das Zittern legte sich. Er konnte sich wieder um sich selbst kümmern und stellte fest, dass er am gesamten Körper in Schweiß gebadet war. Es war für ihn Nebensache. Viel wichtiger war, dass ihnen die Flucht gelang und dass Gegenmaßnahmen ergriffen werden konnten.

Johnny suchte nach einer Stelle, an der er anhalten und telefonieren konnte. Im Moment sah er die Chance nicht. Glatt und ohne Einbuchtung führte das graue Band der Autobahn weiter.

»Johnny …?«

»Ja, was ist?«

»Ist alles wieder okay?«

Er hätte Hado gern eine beruhigende Antwort gegeben. Dann aber hätte er lügen müssen, und das wollte er nicht.

»Ganz okay ist nichts. Aber es sieht so aus, als hätten wir es geschafft.« Da hatte er nicht mal gelogen, denn Blicke in den Spiegel hatten ihm klargemacht, dass sie nicht verfolgt wurden. Zumindest nicht so offen, als dass die Verfolger hätten schnell entdeckt werden können.

»Ich blute.«

»Stimmt.«

»Das ist doch Scheiße!«, schrie Hado los. »Das ist nicht zu begreifen!«

»Hör auf zu schreien.«

»Aber es ist so.«

»Ich weiß. Wir kommen auch weg, verlass dich drauf.«

Hado war noch nicht fertig. »Aber so was kann es doch nicht

geben. Nein, das ist – ich werde noch verrückt. Das fasse ich nicht. So was kann man keinem erzählen.«

»Sollst du auch nicht.«

»Und was machen wir?«

»Abhauen.«

Die Antworten hatten Hado keine Sicherheit gegeben. Er schaute auf seinen blutverschmierten Arm und sah auch die Bisswunden. Es schüttelte ihn, er musste schlucken, aber er presste die Lippen zusammen und stöhnte nicht.

Johnny hatte sich voll und ganz auf die Fahrt und auf die Suche nach einem geeigneten Halteplatz konzentriert. Er musste einfach in London Bescheid geben. Zudem ging er davon aus, dass diese Angriffe bestimmt noch nicht beendet waren.

»Wenn ich das alles erzähle, hält man mich für verrückt!«, flüsterte Hado.

»Du brauchst ja nichts zu erzählen.«

»Das kann ich nicht.«

»Wieso?«

»Man wird mich fragen, woher ich die Wunde habe. Meine Mutter ist sowieso neugierig. Und sie war dagegen, dass ich zum Rockkonzert fahre. Das kommt auch noch hinzu. Nein, nein, so super ist das alles wirklich nicht.«

»Aber du lebst.«

Hado sagte zunächst mal nichts. Dann musste er Johnny recht geben. »Ja, wir leben beide. Und mein Leben habe ich wohl dir zu verdanken, wie?«

Johnny winkte ab. »Nein, wir haben einfach nur Glück gehabt. Glaub mir das.«

»Ich allein wäre untergegangen.«

»Wenn du das meinst, okay.«

Johnny hatte keine Lust mehr, sich noch länger über die Dinge zu unterhalten. Er musste sich auf das Fahren konzentrieren. Zwar war die Dunkelheit noch nicht hereingebrochen, aber der Regen war zu einem Niesel geworden und hatte als Sprüh die Fahrbahn genässt, was sie leicht rutschig machte.

Aus diesem Grund fuhr Johnny langsamer, als er eigentlich hätte fahren wollen. Im Graben wollte er nicht landen, sondern heil und gesund zu Hause eintreffen.

»Ich rufe zu Hause nicht an«, sagte Hado.

»Ist auch gut so. Einer reicht.«

»Meine Mutter würde durchdrehen. Manchmal ist sie hysterisch, wenn sie mit irgendwelchen Dingen nicht zurechtkommt. Einfach schrecklich, die Frau.« Er winkte mit dem gesunden Arm ab. »Außerdem würde sie mir kein Wort glauben.«

»Du musst es wissen.«

Mehr sagte Johnny nicht, denn er hatte eine Haltebucht entdeckt, die ihm ideal erschien. Er setzte den Blinker, das Wohnmobil rollte von der glatten Bahn ab. Er hielt an.

Hado schaute Johnny fragend an. »Was soll das denn? Was willst du? Wir wollten doch so schnell wie möglich nach London.«

»Werden wir auch hinkommen. Aber zunächst muss ich telefonieren.«

»Ach. Mit wem denn?«

»Mit zu Hause.«

»Die lachen dich aus.«

»Bestimmt nicht.«

Johnny hatte sein Handy ausgeschaltet. Er machte es betriebsbereit. Die Nummer war einprogrammiert. Er hoffte nur, dass einer seiner Elternteile im Haus war. Am liebsten wäre ihm sein Vater gewesen und noch lieber natürlich John Sinclair.

Er hatte Pech. Seine Mutter meldete sich.

Zuerst hatte ihre Stimme noch ruhig geklungen, als sie allerdings den Namen ihres Sohnes hörte, bekam sie einen leicht schrillen Klang.

»Johnny, gut, dass du anrufst …«

»Wieso? Was ist denn?«

»Ich kann es dir nicht sagen. Aber irgendetwas liegt in der Luft. Das spüre ich. John Sinclair hat auch schon angerufen und gefragt, ob alles in Ordnung ist.«

»Sollte es denn Ärger geben?«

»Ich habe keine Ahnung.«

»Wo ist Dad?«

»Noch unterwegs. Er wird bald kommen, hoffe ich. Aber was ist mit dir? Wo steckst du? Ich wollte dich erreichen, doch …«

»Mir geht es gut.«

Sheila besaß einen Sinn für Zwischentöne. »Das hörte sich aber für mich nicht so an.«

»Na ja, es ist auch etwas übertrieben. Ich habe Glück gehabt. Und Hado auch.«

»Johnny, was ist passiert?«

Der Junge, eigentlich schon ein junger Mann, nahm seiner Mutter das Versprechen ab, sich nicht aufzuregen. Erst dann kam er zur Sache und berichtete mehr stichwortartig, was ihnen in der Raststätte widerfahren war.

»Nein, das stimmt nicht!«

»Doch, Mum, es stimmt. Ich habe dich nicht angelogen. Wir sind tatsächlich von Monstern überfallen worden und konnten ihnen mit viel Glück entkommen.«

»Aber warum ist das passiert?«, flüsterte sie.

»Keine Ahnung.«

»Und du bist dir sicher, dass es Monster gewesen sind?«

»Ja, bin ich mir.«

Sheila musste schlucken. »Was können wir denn jetzt tun?«

»Ich werde weiterfahren. Du kannst John Sinclair Bescheid geben. Auch Dad. Ich habe nämlich so eine komische Idee.«

»Welche?«

»Dass der Angriff etwas mit mir zu tun hatte. Kaum waren sie da, wurden wir angegriffen. Und an der Tür auch. Ich kann es nicht beweisen, aber ich lasse es mir auch nicht ausreden. Warum das so ist, weiß ich nicht. Ich habe ihnen nichts getan. Sie haben mich einfach attackiert und auch Hado. Er ist verletzt, aber nicht schwer.«

»Und was ist mit dir?«

»Ich habe Glück gehabt.«

»Das ist unglaublich«, fasste Sheila noch mal zusammen.

Sie wollte wissen, wo sich Johnny im Moment befand.

»Zwischen Hillingdon und High Wycombe.«

»Da müsst ihr ja noch einige Meilen fahren.«

»Ich weiß, aber das schaffen wir.«

»Gut, dann werde ich John anrufen.« Sheila stöhnte auf. »Ich hatte es mir gedacht, Johnny. Ich hatte es im Gefühl, als John Sinclair anrief. Es sieht alles so glatt aus, aber es ist nicht glatt. Und jetzt weiß ich, dass die Dinge allmählich aus dem Ruder laufen. Wir bekommen sie nicht in den Griff.«

»So darfst du nicht denken. Bleib bitte im Haus. Sobald es geht, werde ich dich wieder anrufen.«

»Ja, tu das.«

Bevor seine Mutter noch mehr sagen konnte, hatte Johnny den schmalen Apparat wieder ausgeschaltet. Er drückte sich in seinen Sitz und schloss für einen Moment die Augen. Er merkte, wie er zitterte. Die schrecklichen Bilder wollten so leicht nicht weichen. Immer wieder sah er die Raststätte vor sich und deren Inneres, in dem die Hölle losgebrochen war.

»He, träumst du?«

»Nein, nein.« Johnny schüttelte den Kopf. »Ich habe nur kurz nachgedacht.«

»Dann können wir ja weiterfahren – oder?«

»Machen wir.«

Johnny schaute nach vorn. Der Regen hatte sich als unzählige kleine Tropfen auf der Frontscheibe niedergelassen. Dahinter verschwamm die normale Welt in einem düsteren Grau, sodass er nicht in der Lage war, etwas Klares zu erkennen.

Er holte tief Luft. Griff wieder zum Schlüssel, um den Motor zu starten, als er in der Bewegung erstarrte.

Vor dem großen Fenster entstand eine Bewegung. Nicht auf dem Erdboden, sondern in der Luft. Dort flog etwas umher, das sicherlich kein Vogel war.

Johnny schluckte. Er drehte den Zündschlüssel etwas. Die Elektrik lief. Er schaltete die Wischer ein.

»He, warum fährst du nicht?«, beschwerte sich Hado.

Johnny deutete nach vorn. »Sie sind wieder da!«, flüsterte er.

Hado schrie auf!

Nichts passierte. Zumindest nicht bei uns. Wir hätten es uns gemütlich machen und ein Bier trinken können, doch davon waren Shao, Suko und ich weit entfernt.

Wir taten nichts. Wir konnten nichts tun. Wir konnten nur warten, denn wir hatten uns selbst in die Lage hineingebracht. Es hatte die Angriffe auf meine Freunde und mich gegeben. Suko und ich hatten sie abwehren können, aber was war mit Glenda und Lady Sarah?

Glenda rief an.

Als sie meine Stimme hörte, die nicht eben ruhig klang, lachte sie leise. »Keine Sorge, John, ich wollte nur melden, dass ich keinen Besuch bekommen habe. Zumindest keinen neuen.«

»Dafür Lady Sarah.«

»Was? Sie auch?«

»Leider. Ich kann es mir nicht erklären …«

»Aber ich, John, aber ich. Das ist keine einzelne Attacke mehr. Das ist ein gezielter Angriff auf uns alle. Verstehst du? Sie wollen uns vernichten.«

»Allmählich muss man es so sehen.«

»Und ich wette, dass der Schwarze Tod dahintersteckt …« Ihre Stimme wurde leiser. »Da wissen wir dann, was uns in der Zukunft bevorsteht. Der Kampf ums Überleben wird härter, John. Es könnte sein, dass uns das Glück mal verlässt.«

»Das kann man so sehen. Noch machen wir weiter. Halte trotzdem die Augen offen.«

»Werde ich tun, keine Angst.«

Suko und Shao hatten mitgehört. Dass Glenda nicht direkt angegriffen worden war, beruhigte uns zwar etwas, aber die Nacht lag noch vor uns und konnte noch lang werden.

Suko tippte auf seine Uhr. »Ich will ja nicht den Teufel an die Wand malen, John, aber es ist schon recht viel Zeit vergangen. Lady Sarah müsste eigentlich schon längst hier sein.«

Ich schaute ihn an, überlegte und nickte. »Ja, jetzt, wo du es sagst.«

»Wir sollten mal anrufen.«

Ich überlegte noch. »Sarah wollte sich ein Taxi nehmen.«

»Wenn sie nicht abhebt, ist sie vielleicht unterwegs.«

Ich zögerte nicht mehr und griff wieder zum Telefon. An diesem Abend war es wirklich das wichtigste Instrument. Sehr bald klingelte es bei Lady Sarah durch.

Sie hob nicht ab.

Also war sie unterwegs. Das hätte mich eigentlich beruhigen müssen. Leider war dies nicht der Fall. Ich hatte den Apparat wieder auf die Station gestellt und schaute mit einem bestimmten Blick ins Leere, der Suko aufmerksam werden ließ.

»He, was geht dir denn durch den Kopf?«

Ich hob die Schultern. »Ich kann es nicht genau sagen, aber eine Freude ist es nicht. Wie lange fährt man denn von Sarah bis zu uns?«

»Keine Ahnung. Das kommt auf den Verkehr an.«

Ich wartete nicht mehr länger. Innerhalb weniger Sekunden hatte ich einen Entschluss gefasst. »Ich fahre zu ihr.«

Suko war überrascht. »Du willst wirklich zu ihr?«

»Genau.«

»Warum? Sie ist unterwegs und ...«

»Das ist eben nicht sicher«, erklärte ich. »Oder würdest du das auf deinen Eid nehmen?«

»Nicht direkt.«

»Eben.« Ich deutete auf meine Brust. »Da ist eine innere Stimme, die mich warnt und beunruhigt. Zudem habe ich das Gefühl, dass wir inmitten einer Schlinge sitzen, die sich immer mehr zuzieht. Ich möchte nicht so lange warten, bis sie unsere Hälse zugezogen hat.«

»Wie du meinst. Soll ich ...«

»Nicht mitkommen«, sagte ich. »Halte du hier zusammen mit Shao die Stellung und wirf hin und wieder mal einen Blick aus dem Fenster.«

»Okay, bis später.«

Ich eilte aus der Wohnung. Jetzt wünschte ich mir, ein Engel mit Flügeln zu sein, denn in meiner Brust zog sich etwas zusammen. Ich kannte dieses Gefühl. Es trat immer dann ein, wenn bei mir die Angst einfach zu groß wurde ...

Shao stand auf und ging zum Fenster. Sie schaute erst durch die Scheibe, dann öffnete sie das Fenster, um einen Blick nach draußen zu werfen. Entdecken konnte sie nichts, was gefährlich aussah.

»Es ist nichts«, sagte sie und schloss das Fenster wieder.

Suko hob die Schultern. »Hatte ich mir gedacht. Ich denke, dass diese Brut erst mal Respekt bekommen hat.«

»Oder sich neu formiert.«

»Kann auch sein.«

Shao klatschte in die Hände. Allerdings wollte sie keinen Beifall spenden. »Wenn wir nur wüssten, wer sie sind und woher sie stammen. Es sind keine dämonischen Wesen. Man kann sie mit normalen Waffen töten. Kugeln, vielleicht auch mit einem Messer oder so. Aber wo leben diese Wesen? Wo kann man sie auf dieser Welt finden?«

»Sicherlich nicht in der freien Natur.«

»Was heißt das?«

Suko überlegte einen Moment. »Ich könnte mir vorstellen, dass sie gezüchtet worden sind. In einem Genlabor. Dass irgendein verrückter Wissenschaftler es geschafft hat, diese Mutationen herzustellen. Ja, das meine ich ernst.«

»Wäre eine Möglichkeit.«

»Leider sind mir keine bekannt. Die arbeiten zu sehr im Geheimen. Und sie finden auch immer wieder Geldgeber, die Forschungen vorantreiben wollen. Die Welt ist ...«

Wieder meldete sich das Telefon. Suko stoppte seine Rede sofort und schaute Shao an.

»Lady Sarah ist es bestimmt nicht«, flüsterte sie.

»Das denke ich auch.«

Shao wollte nicht mehr sprechen. Sie stand dem Apparat zudem am nächsten.

»Hier bei Sinclair«, meldete sie sich. Ein kurzes Zuhören, dann der leise Ruf. »Du bist es, Sheila!«

Was Shao dann hörte, bekam Suko nicht mit. Sie hatte den Lautsprecher nicht eingeschaltet. Leider war es keine gute Nachricht, das sah Suko ihrem Gesicht an. Die Züge schienen eingefroren zu sein. Auch die Farbe ging etwas zurück.

Dann sprach sie endlich und sagte: »Nein, John ist zu Sarah Goldwyn gefahren. Ich sage ihm Bescheid, wenn er zurückkommt. Er weiß mehr. Und noch etwas, Sheila. Das ist alles kein Zufall. Wir alle befinden uns im Zentrum einer gigantischen Verschwörung, sage ich mal. Und wir müssen höllisch achtgeben.«

Sie hörte noch einen Moment zu, dann legte sie auf.

»Was war denn?«

Shao schüttelte den Kopf. Sie setzte sich wieder auf die Lehne eines Sessels. Dann wischte sie über die Augen und das gesamte Gesicht hinweg. »Du wirst es kaum glauben«, flüsterte sie.

Suko hielt es nicht aus und fragte: »Ist was mit Bill?«

»Nein, mit Johnny.«

»Was?«

»Ja. Er ist unterwegs. Auf der Rückfahrt zusammen mit einem Freund. Sie haben ein Rockkonzert besucht. Als sie an einer Raststätte Halt machten, wurden sie und die Gäste dort angegriffen. Sheila hat keine genaue Zahl, aber ich gehe davon aus, dass es mehrere der Monster gewesen sind, die auch uns attackiert haben.«

Jetzt war Suko auch blass geworden. Mit leiser Stimme fragte er: »Die beiden sind entkommen?«

»Ja.«

Für einen Moment schloss Suko die Augen. Schnell öffnete er sie wieder, als er Shaos Stimme hörte.

»Was kommt da nur auf uns zu?«

Suko schüttelte den Kopf. Er gab eine ehrliche Antwort und sagte: »Ich weiß es nicht …«

DER ANGRIFF

Dracula II und Justine Cavallo waren abgebrüht und durch nichts so leicht zu erschüttern. Was sie allerdings jetzt in ihrer ureigensten Vampirwelt in einem Spiegel präsentiert bekamen, erschütterte selbst sie, und sie wichen vor dem Anblick zurück. Er war grauenhaft. Eine Szene des Schreckens, die nach Gewalt roch.

Gewalt war ihnen selbst nichts Fremdes, doch sie empfanden es als schlimm, dass sich dieses Bild in einem Spiegel, der zugleich ein transzendentales Tor war, abzeichnete und ihnen somit bewies, dass auch sie nicht mehr unantastbar waren.

Der ungewöhnliche Spiegel an der Wand ihrer Hütte wirkte wie der Bildschirm eines Raumschiffs, auf dem sich das abzeichnete, was sich in einer fernen Galaxis abspielte.

Fern war das Bild auch und trotzdem nah, und es zeigte ihnen, dass auch ihre Macht Grenzen hatte.

Im Hintergrund stand er – der Schwarze Tod!

Ein riesiges dunkles Skelett. Bewaffnet mit einer mächtigen Sense, deren Klinge wie eine polierte Glasscherbe schimmerte und auch an einer gewissen Stelle einen sanften roten Streifen bekommen hatte.

Es war der Widerschein der roten Glut, die sich in seinen Augen festgesetzt hatte. Schaurig sahen sie aus. Höllenfeuer schien sich darin zu vereinigen, und die Augen waren starr nach vorn gerichtet.

Ebenso wie die seiner Helfer, die den Schwarzen Tod umschwebten. Kleine fliegende Monster mit breiten Mäulern und scharfen Gebissen. Die kompakten Körper wurden von zwei Flügeln flankiert, die an die Schwingen von Fledermäusen erinnerten, aber die Körper selbst sahen anders aus. Nichts hatten sie mit denen von Fledermäusen gemein.

»Es stimmt also«, flüsterte Justine Cavallo, die blonde Bestie. »Es stimmt wirklich.«

»Was meinst du damit?«

»Dass er uns angreifen will.« Sie musste plötzlich schrill lachen. »Er will tatsächlich hinein in unsere Welt.«

»Und dann?«

»Wird er versuchen, sie zu zerstören, Will.«

Mallmann sagte nichts. Normalerweise hätte er gelacht, weil er bisher die von ihm aufgebaute Vampirwelt als unzerstörbar angesehen hatte. Die Blutsauger lebten in der immer währenden fahlen Dunkelheit in den Höhlen oder Hütten. In Spalten und Grüften unter der Erde hausten sie und warteten an all diesen Stellen auf frisches Menschenblut, mit dem Justine Cavallo sie versorgte.

Das alles war wunderbar gelaufen. Es hatte nie Probleme gegeben, nun aber sah es anders aus. Ein Angriff stand bevor, und im Mittelpunkt hielt sich der Schwarze Tod auf.

Einer, der längst vernichtet war, es jedoch geschafft hatte, wieder in den Kreislauf des Grauens zurückzukehren. Er war die Bösartigkeit in Person, der große Menschenverächter. Er wollte nicht nur die Macht über die Menschen, sondern auch die über andere dämonische Reiche, um schließlich der absolute Herrscher zu sein.

»Und mit uns fängt er an«, flüsterte Justine.

»Was hast du gesagt?«

»Nichts, Will.«

»Können wir ihn stoppen?«

Beinahe hätte Justine Cavallo gelacht, als sie diese Frage aus dem Mund des Supervampirs hörte. Es war so irreal für sie, so verkehrt. Ausgerechnet er, der wirklich vor keinem Furcht hatte, stellte diese Frage. Zu Recht, wie sie zugeben musste, denn ihre Vampirkräfte reichten wahrscheinlich nicht aus, um das düstere Gebilde mit seinen Helfern zu stoppen. Sie hatten sich vorgenommen, diese Welt zu übernehmen, und das würden sie auch eiskalt durchziehen.

Im Moment waren beide ratlos, aber Dracula II, auf dessen Stirn das D glühte, fand eine Lösung. »Wir werden nicht aufgeben«, versprach er, »wir werden an unsere Stärke glauben. Das habe ich mir geschworen. Was ist mit dir?«

»Du kannst auf mich zählen.«

»Gut. Wie machen wir es?«

»Wir lassen sie kommen.«

»Und was ist mit ihm?«

Justine lachte. »Ich kenne ihn nicht, aber ich kann mir vorstellen, dass er seine Helfer nicht grundlos mitgebracht hat. Ich denke mir, dass er sie vorschicken will. Er selbst bleibt zunächst im Hintergrund. Einer wie er hat sich zuvor informiert. Er weiß, dass wir nicht allein hier in unserem Reich existieren. Er wird von unseren zahlreichen Artgenossen wissen. Es wird ihm klar sein, dass sie sich auf unsere Seite stellen werden und dass er sie aus dem Weg räumen muss. Genau deshalb hat er seine verfluchte Armee mitgebracht.«

Mallmann sprach kein einziges Wort dagegen. So wie die blonde Bestie hatte er ebenfalls gedacht. Der Schwarze Tod schlug nicht einfach nur zu, nein, auch er verfolgte einen Plan und war so mit den Menschen zu vergleichen.

Dracula II versuchte zudem, sich in seine Lage zu versetzen. Wenn es ihm gelang, die Vampirwelt in den Griff zu bekommen, besaß er ein perfektes Versteck, das für ihn bereits vorbereitet worden war. Er musste sich um nichts kümmern. Er fand hier ideale Bedingungen vor. Es musste ihm nur gelingen, die ehemaligen Bewohner zu vertreiben oder zu töten, wie es in seinem Fall besser passte.

Justine Cavallo hatte bereits erlebt, wie es seine Helfer anstellten, hier die Herren zu werden. Sie schnappten sich die Blutsauger und rissen ihnen kurzerhand die Haut vom Leibe. Dann würden sie ihnen die Knochen brechen und die Reste irgendwo hinschleudern.

Auch vor den Blutzähnen der beiden Vampire brauchte er sich nicht zu fürchten. Bei ihm gab es kein Fleisch, es gab keine

Haut, auch keine Adern, in denen Blut floss. Er bestand aus dunklen Knochen, das war alles.

Mallmann bemerkte Justines Blick. »Und? Hast du einen Ausweg gefunden?«

»Ja und nein.«

»Sag ihn mir!«, forderte sie.

»Kampf. Es gibt keinen anderen Weg. Die Richtung heißt Kampf und auch Taktik. Wir werden uns nicht kampflos ergeben und ihm diese Welt auch nicht kampflos überlassen. Du hast es vorgemacht. Du hast einen seiner Helfer zerrissen. Genauso werden wir es auch halten, wenn wir angegriffen werden, das sage ich dir.«

»Einverstanden.«

»Nur er ist das Problem.«

Justine streckte ihren Arm aus. »Nimm dich vor seiner Sense in Acht. Er kann sie perfekt führen. Er ist ein wahrer Meister in der Handhabung dieser Waffe.«

»Ja, das weiß ich.«

Sie schwiegen. Es war alles gesagt worden. Zwar hätten sie ihre Helfer noch alarmieren können, das ließen sie jedoch bleiben. Wenn die Eindringlinge kamen, wussten sie genau, was sie zu tun hatten. Dann würden sie versuchen, an deren Blut heranzukommen, wobei sich die Frage stellte, ob es tatsächlich Blut war, das ihnen schmeckte.

Noch tat sich in dem Tor nichts. Die Szene war erstarrt. Sie glich jetzt einem schaurigen Bild, bei dem besonders deutlich der Hintergrund hervortrat.

Der Schwarze Tod sah keinen Grund, sich zu bewegen. Er war jemand, der sein Erscheinen auskostete. Mit keinem Wort und mit keiner Geste gab er bekannt, was er vorhatte.

Auch Dracula II und Justine Cavallo redeten nicht mehr. Sie blieben still, hielten sich zurück und warteten darauf, dass die andere Seite die Initiative ergriff.

»Er lässt uns schmoren«, flüsterte Justine.

»Ich weiß.«

»Bewusst?«

Mallmann hob die Schultern. »Kann sein, er wartet darauf, dass wir ihn angreifen.«

Die blonde Bestie lachte leise. »Da hat er sich geschnitten. Er will was von uns, nicht wir von ihm.« Sie konzentrierte sich auf das monströse schwarze Skelett und suchte nach einer Schwachstelle.

Nein, da war nichts zu sehen. Es gab nichts. Das schwarze Riesenskelett war perfekt, ebenso wie seine Sense, die schon so viele Gegner vernichtet hatte.

Der Schwarze Tod hatte Feinde. Auch unter den Menschen. Da stand John Sinclair an erster Stelle. Als der Cavallo dieser Name einfiel, begann sie sich zu ärgern.

Okay, sie passten nicht zusammen. Sie waren Todfeinde. Beiden war es bisher nicht gelungen, sich gegenseitig auszuschalten. Justine hatte immer versucht, sich in der normalen Welt etwas aufzubauen. Ein zweites Standbein, eine Welt, in die sie sich zurückziehen konnte, zusammen mit zahlreichen Gleichgesinnten, die, von ihr angesteckt, hinter dem Blut der Menschen her waren. Das wäre das perfekte Pendant zu der Vampirwelt geworden.

Es hatte bisher nur in Ansätzen geklappt, denn immer wieder war ihr John Sinclair in die Quere gekommen. Als Niederlagen wollte sie sich diese Auseinandersetzungen nicht eingestehen, eher als Patt.

Dann jedoch hatte sich einiges verändert. Der Schwarze Tod war zurückgekehrt. Justine Cavallo und Will Mallmann hatten versucht, den Geisterjäger auf ihre Seite zu ziehen. Sie wollten die Zusammenarbeit, aber Sinclair hatte sich stur gestellt. Er spielte nicht mit, obwohl der Schwarze Tod auch ihn auf seiner Liste hatte. Schließlich war er es gewesen, der ihn mit dem silbernen Bumerang vernichtet hatte. Jetzt konnte er darauf nicht mehr stolz sein, denn die Karten waren wieder neu gemischt worden. Es kam darauf an, wer die Trümpfe in den Händen hielt. Wie es aussah, besaß der Schwarze Tod die besseren. Die blonde Bestie war ehrlich genug, dies zuzugeben.

Sie strich einige Strähnen aus ihrer Stirn, bevor sie Mallmann wieder ansprach.

»Wenn sie angreifen, sollten wir hier nicht in der Hütte bleiben. Ich denke, dass wir Platz brauchen. Und der ist hier leider sehr begrenzt. Ist das auch deine Meinung?«

»Ja.«

»Und wie willst du gegen sie kämpfen?«

»Das weiß ich noch nicht.«

»Du bist als Fledermaus stärker. Ich kann mich leider nicht verwandeln. Es wäre mir jetzt zugute gekommen.«

»Noch warten sie.«

»Ja, aber wo?«

Mallmann breitete die Arme aus. »Es ist ein Tor. Dahinter liegen viele Wege. Ich glaube nicht, dass sie aus der normalen Welt gekommen sind. Sie finden auch Verbindungen zu anderen Dimensionen, und das macht sie so stark. Der Schwarze Tod eröffnet ihnen Wege, an die wir bisher nicht herangekommen sind.«

»Gehen wir?«

»Noch nicht.«

Mallmann wollte wirklich warten, bis sich auf der anderen Seite etwas tat. Der Schwarze Tod würde alles daransetzen, um diese Welt unter seine Kontrolle zu bringen. Lange genug hatte er gewartet, jetzt war diese Zeit vorbei.

Und es trat ein!

Plötzlich bewegte sich das gewaltige Skelett. In der Dunkelheit, die es umgab, sah es aus, als geriete ein schwarzer Vorhang um es herum in Bewegung. Da schien sich die andere Welt zu öffnen, um Platz für den Weg zu schaffen.

Das Skelett flog heran.

Nein, es schwebte. Es brauchte keine Schwingen oder Flügel zu bewegen. Im Gegensatz zu seinen Helfern. Als hätten sie einen Befehl bekommen, so bewegten sie die Schwingen mit langsamen, aber auch irgendwie zackigen Bewegungen.

Mallmann und Justine tauschten einen Blick.

Dann nickte Dracula II. »Es ist so weit. Sie kommen.« Seine Stimme klang tonlos und doch irgendwie kalt.

»Gut.« Justine sprach ebenfalls leidenschaftslos. Sie war es auch, die den ersten Schritt nach hinten ging. Als Erste erreichte sie den Ausgang. Sie zerrte die breite Tür auf und trat rückwärts nach draußen. Erst als sie dort für einen Moment stand, blickte sie sich um. Eine Gefahr für sich sah sie nicht. Durch die offene Tür schaute sie zurück in das dunkle Blockhaus. Mallmanns Körper nahm ihr einen Teil der Sicht auf den Spiegel. Doch sie erkannte genug, um zu wissen, wie der Hase lief.

Es war kein Bluff gewesen.

Sie kamen wirklich, und das merkte auch Mallmann, denn jetzt drehte er sich um und verließ das Haus. Neben Justine blieb er stehen, die ihre Hände rieb. Auf ihren Lippen lag das kalte Lächeln wie vom Frost geschickt. Die Augen leuchteten. Wer sie so ansah, musste meinen, dass sie sich auf den Kampf freute.

In diesem Moment verließen die ersten Vampir-Monster das Spiegeltor ...

Mein Herz klopfte fast schneller, als sich die Reifen des Rover drehten. Mein Ziel war ein Haus in Mayfair. Darin wohnte Lady Sarah Goldwyn, die Horror-Oma. Um sie machte ich mir große Sorgen, denn sie hätte eigentlich schon in meiner Wohnung eintreffen müssen. Am Telefon hatte sie mir erklärt, sich ein Taxi nehmen zu wollen. Das wäre alles okay gewesen, aber sie war nicht bei mir eingetroffen, und sie hatte sich auch nicht am Telefon gemeldet.

Das war Grund genug für mich gewesen, in den Wagen zu steigen, um zu ihr zu fahren. Zudem war sie allein an diesem Abend. Jane Collins, ihre Mitbewohnerin, war mit einem Klienten zum Essen gefahren.

Für die Horror-Oma war es nichts Außergewöhnliches, einen Abend oder auch mal eine Nacht allein zu verbringen. Darum hätte ich mich auch nicht gekümmert. Es gab für mich allerdings einen Grund. Sarah Goldwyn hatte vor ihrem Fenster genau eines der Monster gesehen, von dem ich in der Tiefgarage angefallen worden war und das auch Suko und Shao nicht verschont hatte. Selbst Glenda hatte es von ihrer Wohnung aus beobachten können, und nun noch die Horror-Oma.

Ich fragte mich natürlich, wer oder was dahintersteckte, und war zu einem schlimmen Ergebnis gelangt, ohne dafür jedoch besondere Beweise bekommen zu haben.

Es war der Schwarze Tod!

Er musste es einfach sein. Er war längst zurück. Er hatte sich Zeit für den ersten Angriff gelassen, und da er das gesamte Sinclair-Team hasste, würde es ihm ein besonderes Vergnügen bereiten, uns alle gemeinsam auslöschen zu können.

Zuzutrauen war ihm alles, denn er war einfach gezwungen, seine Zeichen zu setzen. So konnte ich mir gut vorstellen, dass die Angreifer, eine Mutation, die meiner Ansicht nach eine Mischung aus Fledermaus und Reptil darstellte, von ihm losgeschickt worden waren, um eiskalt und gnadenlos zuzuschlagen.

Das war bereits der Fall gewesen, aber es war Suko und mir gelungen, den Spieß umzudrehen.

Würde das auch Sarah Goldwyn schaffen?

Ich wusste es nicht. Ich kannte sie gut. Sie war zwar eine alte Dame, aber fit im Kopf und fit für ihr Alter – auch körperlich. In der letzten Zeit hatte sie sich etwas zurückgehalten, was ihren Einsatz gegen Dämonen und ähnliche Kreaturen anging. Es gab Zeiten, da hatte sie fast jeden Monat einmal in irgendeiner Gefahr geschwebt. Sie war nicht jünger geworden, und da hatte sie sich gewissermaßen zu meiner Beraterin entwickelt, die mir bei mystischen und geschichtlichen Nachforschungen aufgrund ihres großen Wissens und ihrer erstklassigen Bibliothek half.

Jetzt hatte ich Angst um sie!

Eine widerliche und irgendwie klebrige Angst, die ich auch nicht loswurde. Sie steckte fest in meinem Innern und breitete sich immer mehr aus. Ich glaubte sogar, nicht mehr normal atmen zu können. Irgendwo in meinem Brustkasten klemmte etwas.

Hoffentlich war ihr nichts passiert. Ich mochte sie. Nachdem meine Eltern gestorben waren, hatte ich sie in gewisser Hinsicht als Mutterersatz betrachtet, zudem hatte sie mich oft genug als ihren Sohn bezeichnet.

Nein, der Druck in der Brust ließ nicht nach, als ich den Rover durch das abendliche London lenkte und vor einer Ampel stoppen musste, weil sie rot zeigte.

Das ärgerte mich. Fahren – stehen bleiben? Ich spielte tatsächlich mit dem Gedanken und brauchte mir darüber keinen Kopf mehr zu machen, denn es meldete sich mein Handy.

Da ich stand, konnte ich gut telefonieren. Es war Suko, der mich sprechen wollte.

»He, was ist? Ich bin noch nicht bei …«

»Vergiss das einen Moment.«

Nach diesem Satz schoss mir das Blut in den Kopf. Wenn Suko so sprach, gab es Probleme.

»Sheila rief an. Und sie fragte nicht danach, wie es uns geht. Bei ihr ging es um Johnny …«

Danach hörte ich nur noch zu und spürte, dass mir der Schweiß ausbrach. Johnny hatte die Chance bekommen, Sheila alles zu erklären, und so erfuhr ich, dass er und sein Freund von den gleichen Monstern angegriffen worden waren wie wir.

»Das ist kein Zufall, Suko.«

»So sehe ich das auch.«

»Ein Plan«, flüsterte ich und wusste, dass ich blass geworden war. »Ein Plan, den der Schwarze Tod in die Wege geleitet hat. Er hat seine Vasallen geschickt. Sie sollen ihm den Weg freimachen. Davon bin ich überzeugt.«

»Ich wollte es dir nur sagen, John. Ansonsten bleiben Shao und ich in deiner Wohnung.«

»Noch eins. Was ist mit Bill?«

»Sheila hat nicht von ihm gesprochen. Ich nehme allerdings an, dass sie ihn informiert hat.«

»Danke, dass du angerufen hast, Suko. Ich muss weiter.«

»Wann bist du denn bei ihr?«

»Das kann ich noch nicht sagen. Ich hoffe, es in wenigen Minuten geschafft zu haben.«

»Dann grüß die alte Lady von mir.«

»Danke, das werde ich machen.«

Hinter mir hupten andere. Ich warf einen Blick auf die Ampel, die schon längst umgesprungen war. Das satte Grün leuchtete mir entgegen. Es ist auch die Farbe der Hoffnung, doch ich musste mir ehrlicherweise eingestehen, dass meine Hoffnung recht gering war. Zu stark spürte ich den Einfluss des Schwarzen Tods. Es konnte auch sein, dass ich mir das alles nur einbildete.

Den Rest des Weges hatte ich schnell zurückgelegt. Wobei meine Sorgen und Bedenken nicht geringer geworden waren. Es gab keine Beweise dafür, aber die Bedrohung stand. ER war es. Der verfluchte Schwarze Tod. Er versuchte einen Rundumschlag. Er wollte alle erwischen, Johnny Conolly mit eingeschlossen. Auch konnte es sein, dass sein Vater bereits in der Klemme steckte und nicht in der Lage gewesen war, einen Hilferuf abzugeben.

Um einen Parkplatz machte ich mir keine Sorgen. Zur Not konnte ich auf dem Gehweg parken.

Zeitgleich mit mir fuhr von der anderen Seite ein Taxi vor. Es stoppte in Höhe des Hauses, das auch mich interessierte. War das der Wagen, den Lady Sarah gerufen hatte? Warum kam er so spät? Irgendwas war da faul. Eine Tür öffnete sich. Es war nicht die Fahrertür, sondern die an der hinteren rechten Seite.

Aus dem Wagen stieg eine Frau. Jane Collins. Sie hatte sich einen dünnen Mantel übergeworfen, dessen Kragen sie jetzt hochstellte, weil der Wind etwas kühl geworden war.

Jane schaute sich nicht großartig um. Sie wartete nur, bis der

Fahrer losfuhr. Ich blendete kurz auf. Das irritierte Jane, und sie blickte zu mir hin.

Als der Rover auf sie zurollte, wusste sie, wer etwas von ihr wollte. Ich blieb nicht im Auto und ließ es am Straßenrand stehen, was hier nicht erlaubt war.

»Du, John?«

»Ja, wie du siehst.«

Sie erkannte an meinem Gesichtsausdruck, dass etwas nicht stimmte.

»Was treibt dich denn her?«

»Hoffentlich nur ein Irrtum.«

»Wieso?«

»Warst du nicht essen?«

»Ja, nur kurz. Dann hatte ich alles erledigt. Das scheint sich ja schon herumgesprochen zu haben.«

Ich ging nicht darauf ein und sprach von Lady Sarah, was Jane verwunderte. »Gibt es Probleme mit ihr?«

»Ich hoffe nicht.«

»Bitte, was ist los?«

Da Jane mich festhielt, schüttelte ich ihre Hand ab. »Das erzähle ich dir später. Lass uns ins Haus gehen.«

»Klar, natürlich.«

Sie holte den Schlüssel hervor und lief mit schnellen Schritten über den Weg, der den kleinen Vorgarten teilte. Die Tür hatte sie schnell aufgeschlossen, und ich merkte, wie sich mein Herzschlag beschleunigte. Mein Mund war trocken geworden, und ich fühlte mich wie in einer Presse, als ich hinter Jane das Haus betrat ...

Lady Sarah Goldwyn hatte die Küche erreicht. Mehr aber nicht. Kein Fluchtweg, keine Chance. Zwei brutale Verfolger, denen sie nicht entkommen konnte.

Die Beine waren ihr weggesackt. Langsam war sie zu Boden gefallen. So langsam, dass sie sich nicht verletzte. Hoch konnte sie auch nicht. Sie lag in der Küche und hielt den Kopf zur Seite gedreht. Ihr Blick war starr und glitt über den Küchenboden hinweg. Sarah hatte das Gefühl, paralysiert zu sein. Es war ihr nicht mehr möglich, sich zu bewegen. Eine andere Macht hielt sie in ihrem Würgegriff. Wenn sie Luft holte, schmerzten die Lungen. Ihr Kopf steckte voller Gedanken. Ein wahnsinniges Durcheinander war dort entstanden, sodass sie keine Klarheit bekam.

Eines aber stand fest: Sie hatte verloren, und es würde niemand erscheinen, um ihr zu helfen.

Der Geruch des Putzmittels drang noch in ihre Nase. Sie sah die Tischbeine in der Nähe. Sie fragte sich auch, wie viel Zeit vergangen war, seit die beiden Bestien durch das zerstörte Fenster in die Wohnung eingedrungen waren, um sie anzugreifen.

Nichts, gar nichts kam ihr in den Sinn. Alles war so fremd und anders geworden. Es gab nur noch die Leere um sie herum. Sie wollte auch nicht mehr denken, erst recht nicht an die Zukunft. Am liebsten wäre ihr ein Schleier gewesen, der sich über alles gelegt hätte, um das große Aus zu begleiten.

Über sich hörte sie ein Flattern.

Ja, sie waren da. Noch immer da. Die alte Frau hörte auch die Schreie, bösartige Laute, vom Tod persönlich stammend, der sein Schweigen aufgegeben hatte.

Dicht flogen sie über Sarahs Kopf hinweg. Sie spielten mit ihr. Sie spürte den Luftzug der Schwingen. Einige Male wurde sie sogar von ihnen berührt. Da strichen sie durch ihr Haar, und im nächsten Augenblick vernahm sie wieder die Schreie.

Sarahs Mund war trocken geworden. Sie hatte auch keine Tränen mehr. Nichts war mehr wie sonst. Es war seltsam. Eine große Klarheit war über sie gekommen, in die drei Buchstaben hineingeschrieben worden waren, die ihre eigene Psyche immer wiederholten.

TOD!

Ja, der Tod. Es war der Tod, der unsichtbar neben ihr stand und seine knöchernen Klauen bereits ausgestreckt hatte. Ein kalter, ein böser Tod, der alles Leben auslöschte. Für immer und ewig.

Sehr alt war sie geworden. Sie hatte mehrere Männer überlebt. Ihr Leben war vor allen Dingen in den letzten Jahren sehr aufregend gewesen. Sie hatte Dinge erlebt, an die andere Menschen nicht einmal dachten.

Das Herz schlug noch.

Hart und laut sogar. Herzschlag bedeutet Leben, für Sarah Goldwyn galt das jedoch nicht mehr. Mit jedem Schlag des Herzens schien sie dem Tod ein Stück näher zu kommen. Schon jetzt durchdrang sie die Kälte, und der beim Fallen vorgerutschte Stock erschien ihr als der große Hohn. Er brachte ihr keine Stütze und keine Hilfe mehr. Es war vorbei. Das Leben würde sich auflösen.

Und es würde niemand kommen, um ihr zur Seite zu stehen. Ich habe den Fehler gemacht!, dachte sie. Ich – ich ganz allein. Ich hätte John Sinclair kommen lassen sollen, dann hätte ich vielleicht noch eine Chance gehabt.

Lady Sarah schrie. Etwas fiel auf ihren Rücken. Es hakte sich fest. Sie wusste, dass es die Krallen eines fliegenden Monstrums waren, einer widerlichen Vampirbestie mit höllisch scharfen Zähnen.

Das Ding blieb auf ihrem Rücken hocken. Sarah bewegte sich nicht von der Stelle. Keine Abwehrbewegung. Es hatte keinen Sinn. Mit bloßen Händen hätte sie nichts dagegen unternehmen können. Das fliegende Grauen hielt sie voll im Griff.

Sarah hörte sich atmen. Zischend stieß sie die Luft aus. Noch konnte sie es, und sie merkte, wie der warme Atem an ihrem Gesicht entlangfuhr. Schweiß klebte auf der Haut. Der Druck in ihrem Rücken war schwer. Sie merkte, wie sich die Krallen bewegten. Sie schabten über den Rücken hinweg.

Der Stoff ihres Kleides riss!

Die zweite Bestie flog heran. Sehr tief, sodass selbst sie als liegende Person das Monster sehen konnte. Ein schneller flüchtiger Schatten, aus dessen Maul schrille Schreie drangen.

Einen Moment später landete das Wesen ebenfalls auf ihrem Rücken. Jetzt spürte sie die Gewichte zweier Bestien. Sie konnte nicht mehr atmen, nur noch stöhnen, und vor ihren Augen veränderte sich etwas. Ihr wurde schwarz, als wäre schon der Schatten des Todes herangeglitten. Wenig später war er wieder verschwunden. Leider nicht der Druck auf ihrem Rücken, den sie immer stärker erlebte.

Noch verhielten sich beide recht still. Nur hin und wieder zuckten ihre Krallen. Die dann …

Ihre Gedanken rissen ab. Eine Welle aus Schmerzen überspülte sie. Es war grauenhaft. Sarah hatte so etwas noch nie erlebt. Ihr gesamter Rücken schien in Flammen zu stehen, und dieses Flammenmeer erwischte auch ihren Kopf.

Sie wusste nicht mehr, wo sie war. Die Flammen löschten alles aus. Kein Fühlen, keine normale Welt. Kein Sehen, alles war vorbei. Es gab nur die Schmerzen, die mit ihrer brutalen Kraft auch den Kopf erreichten.

Lady Sarah atmete nicht mehr. Sie röchelte nur noch. Blut sickerte aus Wunden. Sie hatte auch keine Chance mehr, sich zu bewegen, geschweige denn, in die Höhe zu kommen. Das Leben wurde ihr entrissen, und sie spürte auch die Zähne an zwei verschiedenen Stellen an ihrem Hals.

Schatten rollten lautlos heran.

Tiefschwarze Schatten …

O Gott!, dachte sie noch. O Gott – hilf – hilf mir bitte …

Die Schatten wurden stärker …

Jane war vor mir in den Flur gegangen. Nach zwei Schritten stoppte sie, während hinter mir die Tür wieder zufiel. Langsam drehte die Detektivin den Kopf. Als ich in ihr Gesicht schaute, wusste ich, was sie dachte.

Das Gesicht zeigte kaum einen Ausdruck. Es war zu einer Maske geworden, und in die Züge hinein hatte sich so etwas wie ein Wunsch gedrängt.

Bitte nicht! Hoffentlich nicht!

»Es ist so still, John …«

»Ja«, sagte ich mit einer Stimme, die auch einem Fremden hätte gehören können. »So verflucht still …«

»Sarah hätte uns gehört.«

»Ich weiß.«

»Sie wäre gekommen.«

Ich nickte.

Jane schwankte etwas. »Ich kann nicht mehr, John. Bitte, ich kann es nicht. Geh du vor – bitte …«

»Okay.« Ich schob mich an ihr vorbei und hatte den Eindruck, über einen weichen Sumpfboden zu laufen. Mein Herz schlug noch. Nur war es in der Brust eingepresst, und irgendwann würde es zerdrückt werden. Schweiß war mir ausgebrochen, der Flur, den ich so gut kannte, kam mir plötzlich vor wie der Weg in ein Leichenhaus.

Ich würde die Küche zuerst erreichen. Sie lag an der linken Seite. Schon jetzt sah ich, dass die Tür offen stand. Nichts Besonderes, in diesem Fall schon. Da sah ich alles mit anderen Augen. Als ich näher auf das erste Ziel zuging, erschrak ich zutiefst. Ich erlebte das Gefühl, den Boden unter den Füßen zu verlieren. Ich hatte noch nichts gesehen, doch ich wusste Bescheid.

Die letzten Schritte fielen mir am schwersten. Ich ging sie auch nur sehr langsam.

Hinter meinem Rücken hörte ich die scharfen Atemzüge meiner Freundin Jane. Sie erlebte die gleichen Gefühle wie ich.

Ich erreichte die Tür.

Die Drehung nach links.

Der erste Blick!

Nein, nein, nein …

Hados Schrei klang in Johnny Conollys Ohren nach. Auch er hätte am liebsten aufgeschrien, aber er riss sich zusammen.

Stattdessen stierte er durch die Scheibe, und was er sah, das entsprach einer grausamen Wirklichkeit. Es war nicht aus der Welt zu schaffen. Ein grauenhaftes Wesen flatterte vor dem Wagen in der Luft. Es war ihnen nicht neu, die beiden jungen Männer kannten es aus der Raststätte, aber es hatte an Scheußlichkeit nichts verloren.

Die sperrigen Flügel. Der hässliche Körper, das grässliche Maul mit den Zähnen, die bösen Augen. Das Lauern darauf, dass etwas passierte, um dann zuschlagen zu können.

Hado Quentin, Johnnys Begleiter, hatte sich wieder beruhigt. Er atmete tief ein, und es hörte sich an wie ein Röcheln. Johnny konnte es ihm nachfühlen, denn er hatte bereits Bekanntschaft mit dem Wesen gemacht. Dessen Zähne hatten ihm eine blutende Wunde zugefügt. Jetzt hielten sich die Schmerzen bei ihm in Grenzen. Aber die Angst war da, die den Jungen anders aussehen ließ. Er wollte seinen Protest bekannt geben. Er keuchte nur noch. Speichel spritzte aus seinem Mund. Tropfen berührten die Scheibe. Dünne Fäden rannen an seinem Kinn entlang. Er heulte mehr, als dass er die Luft einsaugte. Er schlug seine Hände vors Gesicht. Er jammerte, und mit seiner Reaktion machte er auch Johnny verrückt.

»Hör endlich auf!«, fuhr der seinen Kumpel an.

»Ich kann nicht! Ich will nicht sterben! Ich will es nicht …!« Seine Stimme überschlug sich. Er schüttelte sich. Tränen strömten aus seinen Augen. Bei ihm traf wirklich das Sprichwort zu, dass er Rotz und Wasser heulte.

Johnny überlegte, was er unternehmen sollte. Es stand für ihn fest, dass sie hier nicht ewig im Wagen sitzen konnten, um auf bessere Zeiten zu warten. Wenn es ihnen nicht gelang, die Bestie zu töten, würde der mörderische Mutant sie weiterhin verfolgen. Auf seinen Kumpel konnte sich Johnny auch nicht verlassen. Er machte ihm nicht mal einen Vorwurf. Ich hätte bestimmt nicht anders gehandelt!, dachte Johnny. Aber ich habe mehr erlebt. Ich weiß, dass es andere Welten mit anderen Feinden gibt. Und ich bin kein Kind mehr.

Kein Kind!

Fast erwachsen.

Als Kind war er von Nadine, der Wölfin mit der menschlichen Seele, beschützt worden. Das war nun vorbei. Ihr war die menschliche Gestalt wieder zurückgegeben worden, und sie lebte jetzt in einer anderen Welt.

Also allein aus dieser Klemme kommen. Ohne Hados Hilfe. Das ging nur, wenn er das Wohnmobil verließ. Er musste sich dem Monster stellen. Als er sich mit diesem Gedanken angefreundet hatte, dachte er darüber nach, welche Waffen er besaß.

Leider keine mit geweihten Silberkugeln geladene Pistole. Aber in der Seitentasche seiner Cargohose steckte ein Taschenmesser mit recht langer Klinge.

Johnny handelte sofort. Als er den Klettverschluss aufriss, zuckte Hado zusammen.

»Was war das?«

»Keine Aufregung.«

»Was hast du vor?«

Johnny warf einen Blick nach links. Er blickte in eine schweißüberströmte Maske der Angst. »Es ist alles ganz einfach. Ich werde nach draußen gehen und mich dem Monster stellen.«

Hado sah aus, als wollte er fragen oder schreien, aber er bekam keinen Ton heraus.

»Du bleibst hier!«

Hados Mund klappte zu. Er nickte. Doch verstanden hatte er es nicht. Das konnte er auch nicht. Für ihn war es nicht zu fassen, dass sich ein Mensch in diese Gefahr begab.

Als hätte die lauernde Bestie etwas von dem Plan erfahren, setzte sie sich in Bewegung.

Ein schneller Schlag mit den Schwingen reichte aus, um die Scheibe zu erreichen. Übergroß erschien sie davor. Beide Freunde duckten sich. Sie hörten den Aufprall, doch sie sahen nicht, was wirklich passiert war. Sehr schnell blickten sie wieder in die Höhe. Die Bestie war nicht mehr zu sehen. Und auch die Scheibe hatte gehalten.

Für Johnny stand fest, dass sie keinesfalls den Rückflug angetreten hatte. Sie würde ihre Kreise drehen und einen erneuten Anlauf nehmen.

Beim zweiten Mal würde der Aufprall stärker sein. Dann zerbrach das Sicherheitsglas der Scheibe, und das Vampirwesen würde in die Enge des Wagens eindringen.

»Ich muss weg!«

»Was?«, keifte Hado.

»Ich muss raus!«

Johnny ließ sich nicht beirren. Zwei Sekunden später hatte er die Tür aufgestoßen. Er ließ sich aus dem Wagen fallen und hämmerte die Tür sofort wieder zu. Dann lief er mit schnellen Schritten auf das Buschwerk am Rande des Parkplatzes zu.

Ihr Wohnmobil stand allein hier. Niemand dachte hier daran, von der Autobahn abzufahren und eine Rast einzulegen. Genau das kam Johnny sehr entgegen. Zeugen konnte er nicht gebrauchen. Wenn, dann musste er allein damit fertig werden.

Er war in das Buschwerk eingetaucht. Mit dem rechten Fuß war er noch in einen weichen Hundehaufen getreten, was ihm in diesem Fall nichts ausmachte. Er schob sich durch das Buschwerk, bis er die Rückseite erreicht hatte. Erst hier zog er das Taschenmesser hervor und klappte es auf. Sein Blick blieb an der relativ langen Klinge hängen, und in seinen Augen war der Glanz zu sehen.

Johnny wusste, was er sich zutrauen konnte. Nicht zum ersten Mal stand er einem gefährlichen Gegner gegenüber. Dieser aber würde ihn töten und dabei zerreißen wollen. Die schrecklichen Bilder aus der Raststätte hatten sich in Johnnys Erinnerung eingebrannt.

Vor ihm breitete sich freies Feld aus. Auf ihm lag bereits ein abendlicher Dunstschleier. Die Luft war doch feucht geworden. In der Nacht würde es sicherlich Nebel geben.

Johnny schaute nach oben. Er suchte seinen Gegner. Er glaubte nicht daran, dass er sich zurückgezogen hatte.

Wo steckte er?

Nichts war zu sehen. Nur ein leicht grauer Himmel, aus dem die Sonne verschwunden war.

Nein, das Biest hatte sich bestimmt nicht zurückgezogen. An so viel Glück wagte Johnny nicht zu glauben. Das war alles anders. Er diktierte die Bedingungen, nicht Johnny, und er würde zurückkehren, wann es ihm Spaß machte.

Außerdem gab es genügend Deckung für ihn. Selbst im fernen Wald hinter der Rasenfläche.

Conolly junior lief an der Rückseite des Gebüschs entlang, bis er dessen Rand erreicht hatte. Von dort aus betrat er wieder den Parkplatz. Er schaute jetzt auf die Frontseite des Fahrzeugs und sah hinter der Scheibe den Umriss seines Freundes wie eine Statue. Harold Don Quentin, Hado genannt, bewegte sich um keinen Millimeter. Er war in seiner Angst erstarrt.

Johnny rechnete mit einem Angriff des fliegenden Monsters. Er war bereit, sich dem Killer zu stellen.

Noch passierte nichts. Die Bestie lauerte irgendwo, und Johnny stellte sich breitbeinig hin, damit er auch nicht zu übersehen war. So heldenhaft wie seine Pose aussah, fühlte er sich nicht. Sein Herz hämmerte. Es war die einzige Chance, die sie hatten. Wenn dieses Vampirmonstrum sie unterwegs auf der Autobahn angriff, würden sie den Überblick verlieren. Da musste es dann zu einem Unfall kommen. Ohne Kontrolle konnte nicht gefahren werden.

Ob es darauf wartete?

Johnny traute dem Wesen alles zu. Für einen Moment dachte er auch an seine Mutter, die sich schreckliche Sorgen machte. Ihr würde es beinahe noch schlimmer ergehen als ihm.

Die Flugbestie kam.

Plötzlich schoss sie in die Höhe wie ein Tontaube, die darauf wartete, abgeschossen zu werden. Sie raste durch die Luft, sie hielt ihr Maul weit offen, und so etwas wie ein schrilles Gelächter jagte Johnny Conolly entgegen.

Ein erster Impuls riet ihm, wegzulaufen, was er allerdings

nicht tat. Er blieb stehen, und sein rechter Arm mit dem Messer in der Hand zuckte zur Seite.

Bisher hatte er die Waffe an seinen Körper gedrückt gehabt. Dass die Mutation sie jetzt sah, war ihm egal. Er konnte jetzt nicht mehr verschwinden.

Das Tier mit den kantigen Schwingen raste heran. Es war wahnsinnig schnell, trotz der flatterhaften Flugbewegungen. Es fegte durch die Luft, das Maul stand weit offen, und er hörte auch die leisen Schreie, die ihm entgegendrangen.

Es flog in einer bestimmten Höhe und hätte Johnnys Kopf voll erwischt.

Auf einmal spürte Johnny in sich eine eisige Kälte. Er wartete ab, er war so ruhig geworden, und genau im richtigen Moment huschte er nach rechts weg und ließ sich zugleich fallen.

Ihm kam zugute, dass ihn sein Freund Suko öfter mal zum Training mitgenommen hatte. So war Johnny von ihm in Kampftechniken eingeweiht worden und wusste auch, wie er zu fallen hatte, ohne dass er sich etwas prellte oder verstauchte.

Einmal rollte er sich um die eigene Achse und hörte den schrillen Schrei der Bestie.

Johnny blieb breitbeinig knien. Er schaute in die Höhe. Der Angreifer war in den grau gewordenen Himmel gestoßen, drehte dort eine Kurve und startete einen erneuten Angriff.

In einem schrägen Winkel jagte er auf sein Ziel zu. Johnny riskierte alles. Er stand nicht auf. Er erwartete das Biest, das an der Vorderseite fast nur noch aus Maul bestand, bestückt mit widerlichen hellen und spitzen Zähnen.

Es war da!

Jetzt brüllte Johnny. Zugleich riss er beide Arme hoch. Er hatte seine rechte Hand mit der linken unterstützt, um auch wuchtig genug zustoßen zu können.

Dem Aufprall konnte er nicht entgehen. Er wurde auf den Rücken geschleudert und auch von den flatternden Schwingen erwischt. Aber er hatte es geschafft, die Klinge tief in den Körper zu stoßen. Das Monster schien an ihr festzukleben.

Die Messerklinge war plötzlich zu einem Griff geworden, den Johnny nicht losließ.

Er hielt die Augen offen, und er sah deshalb auch, wo das Messer die Gestalt erwischt hatte. Dicht unter dem Hals war es tief in den Körper eingedrungen.

Die Bestie keifte und schrie fürchterlich. Sie tanzte noch auf der Klinge. Sie schlug mit den Schwingen um sich. Durch diese Bewegungen wurde die von dem Messer verstopfte Wunde erweitert, und eine dicke rote Flüssigkeit rann aus ihr hervor.

Johnny konnte ihr nicht entgehen. Das Zeug tropfte nach unten und erwischte seinen Körper. Er drehte den Kopf so zur Seite, dass er nicht auf den Mund getroffen wurde. So wurde nur sein Hals erwischt, an dem das Zeug herabrann.

Wieder die Bewegungen der Flügel. Sehr heftig, sehr kraftvoll. Und diesmal reichte es dem Vampir-Monster aus, um sich zu befreien. Es rutschte von der Klinge weg und stieg in die Höhe.

Johnny lag halb auf dem Rücken und starrte dem Wesen nach. Aus der Wunde tropfte weiterhin Blut. Es klatschte in dicken Tropfen zu Boden und blieb dort wie kleine Farbkleckse liegen.

Johnny nahm sich die Zeit und stellte sich wieder normal hin. Es ging ihm besser. Den ersten Angriff hatte er überstanden. Doch es war noch nicht zu Ende, das wusste er selbst.

Das Flugmonster ließ er nicht aus den Augen. Es flog nicht mehr weg. Es drehte seine Kreise über seinem Kopf, aber sie sahen nicht mehr so elegant aus wie sonst. Die tiefe Wunde machte diesem Wesen zu schaffen. Genau das wunderte Johnny und ließ ihn zugleich hoffen. Dass so etwas geschehen war, ließ nur einen Schluss zu. Es war kein schwarzmagisches Wesen, kein Dämon. Es musste eines sein, das von dieser Erde stammte, auch wenn es so anders aussah. Vielleicht war es manipuliert worden.

Es flog noch immer. Aber nicht mehr wie sonst. In Etappen. Es ruckte in die Höhe, nur war es ihm dort nicht möglich, sich zu halten. Immer wieder sackte es durch, fing sich, schrie. Der Kopf zuckte hin und her, und Johnny, der am Boden stand, musste sich hin und her bewegen, um alles zu verfolgen.

»Komm schon«, flüsterte er, »na los, komm. Ich warte auf dich. Ich will dir den Gnadenstoß geben …«

Als hätte ihn die Mutation gehört, ließ sie sich fallen. In kurzer Zeitspanne hatte sie die Entfernung zwischen sich und Johnny um die Hälfte verkürzt.

Tiefer fiel es nicht. Wieder schlug es mit den Flügeln um sich, die so aussahen wie die einer Fledermaus, nur viel größer waren.

»Komm endlich!«, brüllte Johnny. Er war aufgepeitscht und wie von Sinnen.

Das Wesen gab nicht auf. Unter sich sah es das Opfer. Seine Krallen zuckten bereits in der Luft, aber da gab es nichts, nach dem es hätte greifen können.

Um die Stichwunde herum hatte sich ein roter Fleck ausgebreitet, und noch immer tropfte es hervor. Johnny sorgte durch schnelle Ausweichbewegungen dafür, dass er nicht getroffen wurde. Wobei er das Wesen nicht aus den Augen ließ.

Es war auf Gewalt programmiert, und in der nächsten Sekunde griff es an!

Wie ein Stein fiel es nach unten, die Flügel angelegt. Johnny, der den Kopf in den Nacken gelegt hatte, schaute genau hin, um im richtigen Moment das Richtige zu tun.

Voll hätte ihn das Wesen erwischt, wäre Johnny nicht zur Seite gesprungen.

So raste es neben ihm vorbei und klatschte auf den Boden. Es entstand ein Geräusch, als hätte jemand eine Masse Teig dorthin geschleudert. Es war voll mit seinem hässlichen Gesicht aufgeprallt, das eigentlich nur noch Matsch sein musste.

Die Schwingen zuckten, aber sie bewegten sich nicht mehr so schnell wie sonst.

Genau das nutzte Johnny aus. Mit einem heftigen Fußtritt drehte er das Wesen so, dass es für einen Stich mit dem Messer genau richtig lag.

Diesmal schrie Johnny auf. Er musste es tun, um seine Spannung loszuwerden.

Die Klinge rammte in die Tiefe.

Und sie traf!

Johnny spürte kaum Widerstand, als das Messer in das hässliche Gesicht rammte. Der Stahl hatte noch das linke Auge in Mitleidenschaft gezogen, aus dem eine Flüssigkeit hervorspritzte, die Johnnys Kleidung erwischte.

Er sprang zurück. Das Messer hielt er stoßbereit. Die Spitze zeigte auf die Gestalt.

Er war bereit, noch einmal zuzustoßen, wenn es dem Mutanten gelang, sich zu erheben.

Der Kopf bewegte sich. Er schnellte von einer Seite zur anderen. Johnny war nicht klar, ob sein Gegner im Sterben lag. Er wollte auf Nummer sicher gehen, nahm das Messer wieder in beide Hände und rammte die Klinge in den hässlichen Schädel.

Das reichte aus.

Ein letztes Zucken, dann war es vorbei. Tot lag das Vampir-Monster vor seinen Füßen. Die langen Ohren waren zu den Seiten weggeknickt wie alte Blätter.

Johnny wankte zurück. Er lachte. Er musste einfach lachen, und die Tränen rannen ihm dabei aus den Augen. Er hatte es geschafft. Mit einem Taschenmesser, und er kam sich vor, als hätte er die große Feuertaufe seines Lebens bestanden …

Jemand schlug Johnny auf die Schulter. Sein Lachen brach ab, und er drehte sich um.

Hado stand vor ihm. Er zog ein Gesicht, als wüsste er nicht, ob er lachen oder weinen sollte. Scheu schaute er auf das am Boden liegende tote Etwas.

»Das Ding ist tot!«, erklärte Johnny. »Und zwar endgültig.«

Hado nickte. Vorsichtig trat er näher an den Kadaver heran. Trotzdem blieb er noch in einer gewissen Distanz stehen und fragte leise und krächzend: »Was ist das?«

Johnny zuckte mit den Schultern. »Genau kann ich dir das auch nicht sagen. Es ist eine Mutation. Wahrscheinlich ein genmanipuliertes Ding. Eine Mischung aus Fledermaus und irgendwas. Jedenfalls ist es kein niederer Dämon, das steht fest.«

»Hä?«

»Ja, du hast schon richtig gehört. Ich weiß auch genau, was ich gesagt habe.«

»Dämonen gibt es doch nicht. Nicht wirklich, meine ich. Meistens sind es Menschen, die sich so nennen. Rockgruppen und – na ja, ich weiß auch nicht – oder?«

Johnny nickte. Er wollte die Diskussion nicht noch erschweren. »Du hast schon recht. Man kann es nicht genau sagen. Aber komisch ist es schon. Das ist irgendwie zurückgeblieben von dieser neuen Züchtung.« Johnny sprach einfach drauflos, und er hörte seinen Freund schwer atmen.

»Hast du was?«

Hado schluckte. »Ja, ich habe was. Ich denke nämlich an die anderen Biester. Das Ding hier ist ja nicht allein gewesen, verflucht noch mal. Wir haben es gesehen, und jetzt frage ich dich, wo findet man die übrigen?«

»Keine Ahnung.«

Hado presste die Hände gegen seine Wangen. »Meinst du, dass sie die Menschen in der Raststätte gekillt haben? Oder verletzt? Ein Blutbad angerichtet?«

»Keine Ahnung. Jedenfalls habe ich die Sirenen der Rettungskräfte gehört.«

»Dann haben die Bullen die Dinger bestimmt erschossen.« Hado nickte. »Das geht ja wohl.« Er schaute auf das Messer, das Johnny noch immer festhielt. »Du hast es sogar damit geschafft.«

»Ja, das war auch gut so. Oder großes Glück. Wären das Dämonen gewesen, hätten wir ziemlich blöd ausgesehen. Dann hätten wir kaum eine Chance gehabt.«

»Du weißt das besser, wie?«

Johnny hob nur die Schultern. Er wollte sich nicht näher zu

den Dingen äußern. Es existierten einfach zu viele Fragen, die er nicht beantworten konnte. Es war auch nicht sein Fall. Er würde ihn nicht lösen können, das stand fest. Darum musste sich jemand wie John Sinclair kümmern.

Es gab noch eine andere Seite. Warum waren gerade sie beide von dem fliegenden Monster verfolgt worden? Diese Frage beschäftigte ihn. Sie hätten auch andere Menschen verfolgen können. Möglicherweise hatten sie es auch getan. Bestimmt nur über den Parkplatz hinweg. Warum war man ihnen nachgeflogen? Schließlich gab es eine große Distanz zwischen dem Parkplatz und dieser Abfahrt.

Er konnte sich selbst keine Antwort geben. Es war jetzt wichtig, dass er nach London kam und John Sinclair informierte. Auch seine Eltern mussten informiert werden. Man musste der Reihe nach vorgehen und alles sehr genau durchdenken.

»Was machen wir mit dem Ding?«

Die Frage hatte Johnnys Gedankenstrom unterbrochen. »Wir nehmen es mit.«

»Was?« Hado trat zurück. Energisch schüttelte er den Kopf. »Nein, das mache ich nicht. Ich packe das Biest nicht in meinen Wagen. Auf keinen Fall der Welt.«

Johnny widersprach. »Aber es ist tot.«

»Trotzdem. Ich will den Kadaver nicht in meinem Auto haben. Das würden meine Eltern genauso sehen. Wenn ich wüsste, dass dieses Ding hinten im Wohnmobil liegt, würde ich glatt durchdrehen.«

Johnny kannte seinen Freund. Man konnte mit ihm auskommen, aber es gab bei ihm eine Grenze, die er nicht überschritt. Wenn er sich mal was in den Kopf gesetzt hatte, führte er es auch durch. Und das bis zum bitteren Ende.

»Okay, du hast den Wagen. Wir können es nicht hier auf dem Weg liegen lassen. Da vorn ist das Gebüsch.«

»Willst du es anfassen?«

»Ja, warum nicht?«

Hado sagte nichts mehr. Er schaute zu, wie Johnny sich

bückte und es sich dann anders überlegte. Der Kadaver ließ sich mit den Füßen bewegen, und das tat er jetzt. Er drückte ihn vor sich her, bis er den Rand des Gebüschs erreicht hatte. Dann klemmte er es in Bodenhöhe zwischen die dicht belaubten Zweige eines Buschs. Er merkte sich die ungefähre Stelle. Das Beweismaterial wurde bestimmt abgeholt. Und dann wollte er dabei sein.

Hado hatte auf ihn gewartet. »Fahren wir jetzt?«

»Klar.«

»Super.« Er konnte wieder grinsen. »Hattest du nicht versprochen, dass du fahren willst?«

»Keine Sorge. Ich halte schon durch.«

Hado nickte nur. Trotzdem sah er aus wie jemand, dem man sein bestes Spielzeug weggenommen hatte …

Sie kamen. Und sie kamen mit Wucht!

Justine Cavallo und Dracula II standen in ihrer ureigenen Welt und konnten nur zuschauen. Da die Tür weit offen stand, gelang ihnen der Blick bis in die Hütte zum Spiegel hin, aus dem sich die Flugmonster lösten. Innerhalb der Spiegelfläche hatten sie recht klein ausgesehen. Jetzt zeigten sie ihre wahre Größe, besonders dort, wo sie mehr Platz bekamen, denn sie hatten die Hütte verlassen und konnten sich ausbreiten.

Justine hatte zu Beginn noch versucht, sie zu zählen. Sehr bald gab sie es auf. Der Eingang hatte sich verdunkelt durch die zahlreichen Körper, die noch immer ins Freie drängten. Eigentlich hätten sie schon längst angegriffen werden müssen, aber sie flogen an ihnen vorbei und zerstreuten sich sogar. In der Luft und hoch über den Köpfen der beiden fächerten sie auseinander, um die Vampirwelt unter ihre Kontrolle zu bringen. Die Zuschauer hätten sich den einen oder anderen schnappen können. Das ließen sie sein. Die Vampir-Monster taten ihnen nichts, und auch sie wollten im Moment nichts provozieren.

Der Strom dünnte aus. Vereinzelt verließen noch einige dieser Flugmonster die Hütte, dann war sie leer, was Justine dazu veranlasste, hineinzulaufen.

Sie hatte Mallmann erst gar nicht gefragt, denn sie wollte etwas Bestimmtes wissen. Die ganze Zeit über war ihr der schreckliche Anblick des Schwarzen Tods nicht aus dem Gedächtnis gegangen. Jetzt wollte sie wissen, ob er sich noch sichtbar zeigte, denn auch das war neu gewesen.

Sie betrat die Hütte sehr vorsichtig und schaute sich auch sofort um. Es war nichts zu sehen, was ihr verdächtig erschienen wäre. Die Wesen hatten die Hütte nur als Durchflugstation benutzt.

Ihr Blick fiel auf den Spiegel!

Er war leer!

Die Gestalt des Schwarzen Tods konnte nur noch als Erinnerung angesehen werden. Er hatte seine Boten geschickt und wartete erst mal ab.

Justine spürte die Wut in sich hochsteigen. Am liebsten wäre sie in den Spiegel oder das Tor hineingesprungen und hätte es zerschmettert. Sie hatte es immer als Vorteil angesehen, so unabhängig zu sein, doch nun musste sie das Gegenteil erleben.

Die andere Seite hatte es benutzt, um in ihr Refugium einzudringen. Es passierte nichts ohne Grund. Die Antwort konnte sie sich geben. Sie waren gekommen, um zu vernichten. Sie würden die Welt übernehmen und die Vampire zerstören.

Das traute sie ihnen zu. Sie waren keine Menschen, auch keine Vampire, aber sie brauchten sich vor den Blutsaugern nicht zu verstecken, denn sie waren schneller.

Als sie die Schritte hinter sich hörte, drehte sie sich nicht um. Sie wusste ja, wer kam.

»Sie sind weg, und er ist weg!«

Mallmann legte seine Hände auf Justines Schultern. »Ich weiß es.«

»Glaubst du, dass der Schwarze Tod sich im Hintergrund hält?«

»Vorerst schon. Er wird seine Boten machen lassen, weshalb sie gekommen sind. Und wenn alles vorbereitet und diese Welt gereinigt ist, wird er selbst erscheinen. Er wird vielleicht hier sein neues Reich errichten wollen. Besser kann es ihm nicht gehen. Es ist alles perfekt, und durch den Spiegel kann er die Welt jederzeit wieder verlassen.«

»Du sagst das so.«

»Weil es stimmt.«

Justine musste lachen. »Hast du vergessen, dass wir auch noch da sind?«

»Nein, das habe ich nicht. Im Gegensatz zu dir kenne ich den Schwarzen Tod. Ich habe ihn einige Male in meiner ersten Existenz erlebt, und ich muss dir sagen, dass ich mich schlecht gefühlt habe. Da war nichts zu machen. Ich konnte ihn als Mensch nicht besiegen, und jetzt, als Vampir, werde ich auch meine Probleme haben.«

»Das hört sich nicht gut an.«

»Es ist auch nicht gut.«

Justine ließ sich mit der nächsten Frage Zeit. »Dann willst du ihnen diese Welt also überlassen?«

»Nein, nicht freiwillig.«

»Also Kampf!«

»Genau!«

Die blonde Bestie drehte sich schwungvoll herum. Mallmanns Hände rutschten von ihren Schultern weg. Ihr Blick bekam einen kalten Ausdruck, und sie nickte Mallmann zu.

»Dann machen wir es doch!«

»Ja.«

Beide schauten sich an. Beide wussten, dass sie in einer gewissen Art und Weise verunsichert waren, was ihnen bisher noch nie widerfahren war. Wenn Gegner auftauchten, waren sie vernichtet worden. Sie hatten sich immer ihr Blut geholt, und alles war recht einfach gewesen. Das sah jetzt nicht mehr so aus. Da waren gewisse Dinge auf den Kopf gestellt worden. Wenn sie sich selbst gegenüber ehrlich waren, mussten sie sich eingestehen, dass ihnen diese Welt nicht mehr gehörte. Das war jetzt vorbei. Sie spielten nur noch die zweite Geige.

Aber sie würden nicht aufgeben. Ohne sich abgesprochen zu haben, drehten sie sich um. Gemeinsam verließen sie die Hütte. Wer sie so sah, der hätte sie für ein normales Paar halten können und auf keinen Fall für zwei höllisch gefährliche Blutsauger.

Vor der Tür drehte sich Justine noch mal um. Sie warf einen Blick auf den Spiegel, der jetzt leer war und aussah wie immer.

Dracula II war schon nach draußen getreten. Das D auf seiner Stirn leuchtete. Er schaute in seine Welt hinein. Er suchte den dunklen Himmel ab. Er ließ seinen Blick auch über den Erdboden gleiten. Es war ja nicht nur finster oder stockdunkel. Es gab Schatten, aber sie besaßen in ihrem Innern eine gewisse Helligkeit, sodass der Betrachter den Eindruck haben konnte, dass es hier versteckte Lichtquellen gab, die nur nicht frei lagen, sondern von irgendwelchen Tüchern bedeckt wurden.

Vampire sehen auch in der Dunkelheit. Auch die beiden hatten keine Probleme damit, das erkennen zu können, was weiter entfernt von ihnen lag. Sie sahen den Himmel und auch die Bewegungen darunter. Mächtige Schatten, die ihre Kreise zogen. Die sich mit langsam anmutenden Schwingenbewegungen durch die Luft bewegten und sich zudem in der gesamten Umgebung verteilt hatten.

Wer als Mensch in diese Welt kam, der hatte immer das Gefühl, von einem permanenten Blutgeruch umgeben zu sein. Für Justine und Mallmann war dies anregend und wahrscheinlich auch für die Eindringlinge, die ihre Opfer suchten.

Es gab genügend andere Blutsauger in dieser Welt. Sie lebten in den Höhlen, in den Gräbern und Grüften des extra errichteten Friedhofs. Sie waren immer da, obwohl man sie kaum sah. Dann saßen sie in ihren Verstecken und lechzten nach Blut.

Beide zuckten zusammen, als sie einen schrillen Schrei hörten. Er war irgendwo vor ihnen aufgeklungen. Wo genau, konnten sie nicht bestimmen.

Sie schauten sich an.

Justine nickte. »Sie werden unsere Freunde zerreißen, wenn das so weitergeht.«

»Das fürchte ich auch.«

»Und?« Justine rieb ihre Hände.

»Wir werden es nicht zulassen«, erklärte er.

»Das ist gut.«

Mallmann nickte ihr zu. »Wir machen uns auf den Weg. Du normal, ich als Vampir, und ich weiß, dass sie gegen mich nicht ankommen. Du holst sie dir am Boden, ich pflücke sie aus der Luft und werde sie schon dort vernichten.«

»Dagegen habe ich nichts.«

Sie klatschten sich ab. Dann drehte Mallmann sich um und ging weg. Die blonde Bestie schaute ihm nach. Er lief nicht weiter. Bereits nach wenigen Schritten begann bei ihm die Verwandlung. Es sah ungewöhnlich aus, noch immer, obwohl Justine es kannte. Im Gehen nahm seine Gestalt eine andere Form an. Zuerst breitete sie sich aus, dann sackte sie zusammen und verlor an Größe.

Ein paar Bewegungen nach vorn, und dann wurde sie zu einem großen fliegenden Dreieck.

Justine schaute ihm nach. Dracula II stieg in die Luft. Es war einfach herrlich. Er flog geschmeidig, er schien gewichtslos zu sein. Eine riesige Fledermaus, kraftvoll und mit Krallen versehen, die wie gewaltige Hände wirkten.

Es waren die Momente, in denen sich Justine auch ärgerte und vor sich hinfluchte. Sie erlebte einen Frust darüber, dass sie nicht die Person war, der es gelang, in die Höhe zu steigen. Sie musste leider auf dem Boden bleiben und dort kämpfen. Ein Fliegender hatte viel mehr Vorteile als einer, der sich nur am Boden bewegte.

Sie blickte ihm nach. Justine sah, wie er sich in der Luft drehte und dabei an Höhe gewann.

Mallmann war nicht zu einer richtigen Fledermaus geworden. Er hatte noch seinen Menschenkopf, auf dessen Stirn das D leuchtete. Doch auch diese Farbe nahm ab, je weiter er sich entfernte. Feinde waren ihm noch nicht begegnet. Justine wusste, dass es nicht mehr lange dauern würde, bis es zu den ersten Kämpfen kam.

Sie wandte sich ab.

Bei einem Menschen wäre das Gefühl des Alleinseins stärker geworden. Nicht so bei der blonden Bestie. Ihr ging noch einmal durch den Kopf, was sie erlebt hatte, und jetzt spürte sie einen wahnsinnigen Hass auf die Eindringlinge.

Sie wurde sich auch ihrer eigenen Kraft bewusst und ballte die Hände zu Fäusten. Dabei warf sie einen Blick in den dunklen Himmel. Mindestens fünf oder sechs Flugmonster glitten darüber hinweg, und sie hörte aus der Ferne wieder Schreie.

Ihr Körper straffte sich. Sie nickte vor sich hin.

Dann ging sie los …

Sheila Conolly ging durch ihre Wohnung und hatte das Gefühl, über glühende Kohlen zu laufen. Der Anruf ihres Sohnes hatte sie aus der Fassung gebracht. Es war für sie unheimlich schwierig, einen Normalzustand zu erreichen.

Das Telefon blieb stumm. Auch Johnny hatte sie nicht erreichen können. Bei Bill hatte sie es nicht versucht, aber lange würde sie nicht warten. Er musste schließlich darüber informiert werden, was sich während seiner Abwesenheit getan hatte.

Er hatte versprochen, nicht zu spät zu kommen, und zumeist hielt er sich auch daran.

Sie wollte Suko oder John auch nicht auf die Nerven fallen. Telefonanrufe können oft störend sein und einen Menschen in einer Lage treffen, in der er nicht gestört werden will.

Immer wieder schaute sie in den Garten. Sie musste dabei an Johnny denken. Er war ihr Hauptproblem. Er hatte diese fliegenden Monster gesehen, und dass sie von ihm keine weitere Nachricht erhalten hatte, zerrte an ihren Nerven.

Dann fiel ihr Glenda Perkins ein. Sheila wusste durch ihren Anruf bei Suko, dass auch sie die Flugwesen gesehen hatte. Es konnte sein, dass sie inzwischen mehr wusste, und genau das wollte Sheila herausfinden. Außerdem ging sie davon aus, dass sich Glenda noch in ihrer Wohnung befand.

Während sie wählte, ging sie in ihrem großen Wohnzimmer auf und ab. Und sie hörte damit nicht auf, nachdem sich Glenda mit recht zaghafter Stimme gemeldet hatte.

»Ich bin es, Sheila.«

»Oh …«

»Und? Was gibt es bei dir?«

»Wieso?«, fragte Glenda. »Woher …«

»Ich weiß es eben. Und zwar durch Johnny.« Knapp erklärte sie, was ihr Sohn erzählt hatte.

»Mein Gott, das ist ja grauenhaft!« Es war zu hören, wie entsetzt Glenda war.

»Ich weiß, dass es schlimm ist. Sehr schlimm sogar. Ich habe die Hoffnung trotzdem nicht aufgegeben. Aber du kannst dir vorstellen, wie nervös ich bin. Bill ist nicht da, und ich traue mich nicht mal, in den Garten zu gehen.«

»Das kann ich verstehen. Auch ich werde keinen Fuß vor die Tür setzen, Sheila.«

»Klar. Und du hast sie wirklich gesehen?«

»Ja.«

»Wie sahen sie denn aus?«

Glenda gab eine Beschreibung. Als sie die mächtigen Zähne erwähnte, bekam Sheila eine Gänsehaut. Sie stellte sich dabei vor, wie wehrlos ihr Sohn war. Angriffe dieser fliegende Bestien konnten gar nicht mit bloßen Händen abgewehrt werden.

»Das ist grauenhaft.«

»Ja, das weiß ich, Sheila.«

»Können wir denn was tun?«

Die Antwort war von einem Lachen begleitet. »Nein, wir können dagegen nichts tun. Gar nichts. Ich bleibe im Haus, obwohl ich gern bei dir sein würde.«

»Nimm dir doch ein Taxi und komm.«

»Nein, ich fühle mich hier sicherer. In der letzten Zeit habe ich immer wieder nachgeschaut, aber keine dieser fliegenden Bestien gesehen. Das gibt mir Mut.«

»Ja, dann werde ich warten müssen.«

Bei den letzten Worten war Sheilas Stimme regelrecht weggesackt, und Glenda wollte ihr einfach Mut zusprechen.

»Bitte, Sheila, du musst das nicht alles zu schwarz sehen. Denk daran, wie oft du schon in der Klemme gesteckt hast. Oder deine Familie. Ihr habt es immer wieder geschafft, und das ist doch toll. Oder nicht?«

»Richtig. Aber jede Glückssträhne hat einmal ein Ende. Das solltest du auch wissen.«

»Wir packen es!«

Sheila musste lachen. »Danke, dass du mich aufheitern willst.«

»Und was hat John Sinclair dazu gesagt?«

»Nichts, Glenda. Ich möchte ihn nicht stören. Wie ich hörte, ist er zu Lady Sarah Goldwyn gefahren, um sie …«

»Warum das denn?«, fragte Glenda in den Satz hinein.

»Ich kann es dir nicht genau sagen. Er befürchtet wohl das Allerschlimmste.«

»Nein, nur nicht das.«

Jetzt war die Reihe an Sheila, Glenda Perkins etwas aufzuheitern. »Bitte, du darfst dir keine unnötigen Sorgen machen. John wird es schon packen. Aber ich stelle mir eine ganz andere Frage und denke darüber nach, was noch auf uns zukommt.«

»Das kann ich dir auch nicht sagen.«

»Wer steckt dahinter?«

Glenda quälte sich mit der Antwort. Das merkte auch Sheila. »Man hat so Vermutungen«, rückte sie schließlich heraus.

»Und welche?«

»Ich weiß nicht, ob …«

»Bitte, sag es. Ich hänge auch im Schlamassel und möchte es einfach wissen.«

»Ja, gut. Ich denke da an den Schwarzen Tod.«

Sheila sagte nichts. Sie biss sich auf die Unterlippe. Aber sie konnte nicht vermeiden, dass sich Schweiß auf ihre Stirn legte und sie leicht zu zittern begann.

Damals, als er noch nicht vernichtet worden war, hatte sie genug über ihn gehört und ihn auch selbst erlebt. Jetzt aber lagen die Dinge anders. Er war lange verschwunden gewesen, vernichtet sogar, und jetzt sollte er zurückgekehrt sein? Sie hatte davon gehört, aber so recht glauben konnte sie es nicht.

»Wie – äh – wie kommst du auf ihn? Hast du Beweise?«

»Nein, Sheila, die habe ich nicht. Aber die Art des Angriffs lässt auf ihn schließen. Er schlägt an verschiedenen Stellen zu, und er hat John Sinclair und seine Freunde im Sinn. Genau das ist es, was mir Probleme bereitet. Wenn nur John oder Suko angegriffen worden wären oder die beiden gemeinsam, wäre ich mir weniger sicher. Plötzlich sind auch die anderen Freunde in der Schusslinie. Er schlägt auch bei ihnen zu. Bei mir, bei Johnny, vielleicht auch bei Lady Sarah. Es ist für mich ein Rundumschlag, das kannst du mir glauben. Aber einen endgültigen Beweis habe ich für diese Theorie nicht.«

»Klar. Der wird noch kommen.«

»Nein, nein, wir können uns ja auch wehren.«

»Du?«

»Ich denke da mehr an John und Suko. Der Schwarze Tod ist schon einmal besiegt worden, und ich gebe die Hoffnung nicht auf, dass es auch ein zweites Mal klappt.«

Sheila lächelte, obwohl Glenda es nicht sehen konnte. Sie bedankte sich für das Gespräch und fügte noch hinzu, dass ihr die Unterhaltung gut getan hatte.

»Wir dürfen den Optimismus nicht verlieren.«

»Ich werde daran denken, Glenda.«

Es wurde wieder still im Haus. Sheila hörte ihr eigenes Atmen, das schon einem Seufzen glich. Sie schaute dabei ins Leere und versuchte, ihre Gedanken zu ordnen.

Vergeblich. Zu viel war auf sie eingestürmt. Sie kam zu keinem Resultat. In ihrem Magen hatte sich etwas zusammengezogen, und auch das Gefühl leichter Übelkeit blieb.

Sheila ging in die Küche und kippte Mineralwasser mit etwas Orange in ein Glas. Sie trank langsam, um den bitteren Geschmack aus dem Mund zu bekommen, und hatte das leere Glas noch nicht richtig abgesetzt, als sie von der Haustür her ein Geräusch hörte.

Zunächst zuckte sie zusammen, dann fiel ihr ein Stein vom Herzen, als sie die Stimme ihres Mannes hörte, die völlig normal und auch irgendwie zufrieden klang.

»Ich bin wieder da. Habe mich beeilt. Jetzt können wir noch in aller Ruhe eine Flasche Rotwein trinken.«

Sheila gab keine Antwort. Stattdessen verließ sie die Küche und ging in den Eingangsbereich.

Bill war dabei, seine dünne Jacke auszuziehen. Mit einem Lachen auf dem Gesicht drehte er sich um – und schaute geradewegs in Sheilas Gesicht hinein.

Augenblicklich schrillten bei ihm die Alarmglocken. »He, was hast du, Sheila?«

Ihre Lippen zuckten. Nur mühsam brachte sie eine Antwort zustande. »Johnny – Johnny – er ist …«

Mehr konnte sie nicht sagen. Weinend fiel sie in die Arme ihres Mannes …

Bill hatte seiner Frau einen doppelten Whisky eingeschenkt. Sie saß noch immer zitternd im Sessel und hielt das Glas mit beiden Händen umklammert. Die Augen waren verweint, hin und wieder zog sie die Nase hoch und wollte nichts mehr sagen.

Der Reporter hatte die gesamte Wahrheit erfahren und musste zugeben, dass auch er ratlos und geschockt war. Er wunderte sich auch darüber, dass er als einzige Person bisher ausgelassen worden war. Er hatte auf seinem Weg nach Hause nichts Ungewöhnliches beobachtet. Man hatte ihn in Ruhe fahren lassen.

Jetzt war alles wie mit mächtigen Hammerschlägen auf ihn

eingestürmt. Er fühlte sich im Moment ziemlich down und hatte das Kinn in beide Hände gestützt.

»Ja«, sagte er und suchte noch nach den richtigen Worten. »Dann hast du mit Johnny nicht mehr telefoniert?«

»Nein.«

»Er wird es geschafft haben!« Bill ärgerte sich, dass ihm nichts anderes als Trost eingefallen war, aber auch er konnte nicht über seinen Schatten springen.

»Das weiß ich nicht, Bill«, erklärte Sheila traurig. »Ich komme mir vor, als würde ich neben mir selbst stehen. Es ist alles so schrecklich geworden. Das ging Schlag auf Schlag. Ich bin nicht mal dazu gekommen, richtig Atem zu holen.«

»Hat er dir die Raststätte genannt, an der es passierte?«

»Den Namen nicht. Sie liegt in der Nähe von High Wycombe, mehr weiß ich nicht.«

»Dann ist er nicht zu weit von London entfernt.«

»Das ist richtig.«

»Und deshalb denke ich, dass er bald hier eintreffen müsste«, sagte der Reporter.

»Dein Wort in Gottes Ohr. Doch recht glauben kann ich daran wirklich nicht.«

Bill lächelte. Es sah zwar etwas verzerrt aus, aber er schaffte es trotzdem. »Du hast nicht versucht, ihn anzurufen?«

»Doch, aber ich kam nicht durch.«

»Dann werde ich es noch mal versuchen und …«

Bill und Sheila saßen einen Moment später wie zwei Ölgötzen da. Ihr Telefon klingelte, und plötzlich starrten beide nur den Apparat an.

»Nimmst du ab?«, flüsterte Sheila, die auch jetzt ihre Starre beibehielt.

»Klar.«

Bill fühlte sich alles andere als wohl. Aber er ging den schweren Weg und nahm den Hörer an sich. Mit leiser Stimme sagte er seinen Namen, um einen Moment später zusammenzuzucken und steif stehen zu bleiben.

»Johnny!«

Plötzlich bewegte sich auch Sheila wieder. Allerdings nur für eine Sekunde, dann saß sie wieder starr und schaute ihren Mann an, der den Hörer hart umklammert hielt.

Er sagte nichts, er lauschte nur, dann nickte er und fragte: »Also, du bist wirklich schon in London?«

Die Antwort verstand Sheila nicht, aber sie ließ ihren Mann nicht aus dem Blick.

»Gut, Johnny, gut. Dann wird es ja nicht mehr zu lange dauern. Halte die Ohren steif – ja?«

Auch jetzt vernahm Sheila die Antwort nicht, doch der Blick in das Gesicht ihres Mannes zeigte ihr, dass die Starre daraus verschwunden war und es von einem breiten Lächeln überzogen wurde.

»Was ist denn, Bill?« Sheila konnte sich nicht mehr zurückhalten.

Ihr Mann winkte ab. »Immer der Reihe nach. Zunächst das Wichtigste. Johnny lebt. Er ist auch nicht verletzt. Er hat die Angriffe überstanden.«

»Angriffe?«

»Ja, es gab noch einen zweiten.«

»Um Himmels willen, wo denn?«

»Auf dem Rastplatz. Kurz nachdem er mit dir telefonierte. Das ist jetzt alles okay, Johnny befindet sich auf dem Weg zu uns. Er fährt erst seinen Freund Quentin nach Hause. Er will dann noch mal anrufen. Ich denke, dass ich ihn abhole. Es ist ja nicht weit.«

Sheila schüttelte den Kopf. »Mein Gott, der Junge«, flüsterte sie. »Dieser Teufelskerl. Er hat es tatsächlich überstanden. Das hätte ich bald nicht mehr für möglich gehalten.«

»Manchmal steht das Glück auch auf unserer Seite«, sagte Bill und lächelte breit.

»Ja, da hast du recht.«

Der Reporter stand auf und ging zum Schrank. Einen kleinen Whisky konnte er jetzt vertragen. Der Druck im Magen war verschwunden. Er wollte die wohlige Wärme spüren, die der Alkohol verbreitete. Mit dem Glas in der Hand ging er zur Terrassentür. Es war noch nicht richtig dunkel geworden. Die Rollos standen noch hoch, und Bill betrat einen Garten, in dem es nach Sommerblumen roch und der Wind gegen sein Gesicht fächerte. Es tat gut, die Luft einzuatmen. Da spürte er das Leben, das für ihn wie neu entstanden war.

Das etwas schlechtere Wetter des frühen Abends hatte sich wieder verzogen. Es war warm geworden. Man konnte wirklich von einer lauen Sommernacht sprechen. Am Himmel, dessen Farbe eine Mischung aus Dunkelblau und Grau war, malten sich die Sterne ab, die sich um einen wie gezeichnet dastehenden Halbmond gruppierten, als wollten sie dem Betrachter ein besonderes Bild bieten.

»Und?«, fragte Sheila leise. »Siehst du was?«

»Nein, nur einen herrlichen Himmel. Ich habe auf der Fahrt hierher ebenfalls nichts gesehen.«

»Aber es gibt sie, Bill.«

»Das glaube ich dir. Und ich möchte auch nicht behaupten, dass wir von einem Angriff verschont bleiben. Es ist alles möglich, und ich denke, dass wir in dieser Nacht nicht zum Schlafen kommen.«

»Damit rechne ich auch.«

Bill schloss die Tür und betrat das Zimmer wieder. Sheila saß auf ihrem Platz. Es war ihr anzusehen, dass sie etwas zu sagen hatte, aber sie suchte noch nach den richtigen Worten.

»Bill, du weißt nicht, wer dahinterstecken könnte?«

Er blieb vor seiner Frau stehen. »Nein, im Moment habe ich mir keine Gedanken darüber gemacht. Ich hatte andere Dinge im Kopf. Vor allen Dingen unseren Sohn.«

»Der Schwarze Tod«, flüsterte sie.

Bill setzte sich neben Sheila auf die Sessellehne. Er leerte sein Glas und nickte. Dann strich er gedankenverloren über ihre Schulter hinweg. »Das ist nicht mal so weit hergeholt«, sagte er mit leiser Stimme. »Weißt du denn Genaueres?«

»Nein, Bill. Ich habe nur Vermutungen.« Sie berichtete von ihrem Gespräch mit Glenda Perkins.

Damit lief sie bei ihrem Mann offene Türen ein. Bill fasste zusammen, indem er sagte: »Dann müssen wir uns also mit dem Gedanken anfreunden, dass er dahintersteckt.«

»Ja, das müssen wir wohl.«

»Und weiter?«

»Ich weiß es nicht, aber dir muss ich nicht erst sagen, mit welchem Hass er uns verfolgt. Diese Angriffe sehen nach einem großen Plan aus.«

»Stimmt.« Bill rutschte von der Lehne. Er griff wieder zum Telefon. »Ich werde jetzt Suko anrufen. Es kann sein, dass sich etwas Neues ergeben hat.«

Suko meldete sich sofort. Als er Bills Stimme hörte, stellte er nur eine Frage. »Du bist okay?«

»Bin ich.«

»Hast du auch …«

Der Reporter ließ ihn nicht ausreden. »Nein, Suko, ich habe nicht. Mir sind diese Flugmonster nicht begegnet. Ich kenne sie bisher nur von Johnnys Beschreibungen her.«

»Da hast du Glück gehabt. Shao und ich wurden ebenso angegriffen wie John.«

»John, das ist das Stichwort. Was ist mit ihm?«

»Er ist zu Lady Sarah gefahren.«

»Und?«

»Ich habe bisher nichts von ihm gehört.«

»Wie stufst du das ein?«

»Nicht unbedingt positiv.«

Bill räusperte sich. »Nun ja, ich stecke nicht so tief in der Sache drin wie du, Suko, aber ich kann mir gut vorstellen, dass nicht alles glattgegangen ist.«

»Eben.«

»Willst du weiterhin warten?«

»Ja. Zunächst mal. Ich gebe ihm noch eine Viertelstunde. Dann rufe ich bei der Horror-Oma an.«

»Würde ich auch so sehen. Noch eine Frage, Suko. Was sagt denn dein Bauchgefühl?«

»Wenn es sprechen könnte, Bill, würden mich seine Worte nicht eben erheitern.«

»Danke, das wollte ich nur wissen.«

»Ich wäre schon längst dort. Aber ich muss hier die Stellung halten. Sollten die Bestien angreifen, möchte ich nicht, dass Shao allein in der Wohnung ist.«

»Das verstehe ich. Bis dann …« Bill unterbrach das Gespräch, atmete tief durch und drehte sich zu Sheila hin um. Sein Gesichtsausdruck machte ihr nicht eben Mut.

»Schlechte Nachrichten, Bill?«

Er hob die Schultern und wirkte leicht ratlos. »Ich würde eher sagen, dass es gar keine Nachricht gewesen ist.«

»Aber die kann auch schlecht sein – oder?«

»Ja, das kann sie.«

Vor ihrer Frage holte Sheila tief Luft. »Lady Sarah …?«

Bill schwieg …

Der Schock kann einen Menschen treffen, wenn ihn plötzlich etwas überrascht. Er kann positiv und auch negativ sein.

Bei Jane und mir war er negativ.

Wir standen auf der Schwelle zur Küche und glaubten beide, dass es nicht wahr sein konnte. Wir waren wie paralysiert.

Auf dem Boden lag Lady Sarah!

Und sie lag in ihrem Blut!

Wir konnten in ihr Gesicht schauen, auf dessen wachsbleicher Haut sich Blutspritzer verteilt hatten. Sie sah aus wie eine leblose Puppe, die überfallen worden war.

Aber sie war keine Puppe, und das Blut war ebenso echt wie die Wunden an ihrem Körper.

Dachte ich was? Nein, ich konnte nicht denken. Ich stand neben mir, und trotzdem spürte ich einen heißen Schmerz, der durch meinen Körper lief wie eine Flamme.

Ich hatte schon viele schreckliche Bilder und grauenhafte Szenen erlebt, mit denen ich zurechtkommen musste. Aber es gab nur ganz wenige, die mich so berührten wie diese hier.

Das war schlimm. Wie damals, als meine Eltern ums Leben gekommen waren. Und auch hier lag jemand zu meinen Füßen, der mir viel bedeutet hatte. Aber nicht nur mir, auch Jane Collins, die das Gleiche sah wie ich.

Wir beide sprachen nicht. Es war einfach unmöglich. Wir standen da und starrten nach vorn. Zugleich auch zu Boden.

Ich wollte vorgehen, Lady Sarah anheben, sie ansprechen, aber ich war wie gelähmt. Sie lag da so still, so tot, und genau das wollte nicht in meinen Kopf hinein.

Sie durfte nicht tot sein. Nicht Lady Sarah Goldwyn, die Horror-Oma, die so viel überstanden und niemals aufgegeben hatte. Sie hatte sich immer wieder aus den gefährlichsten Situationen herauswinden können, manchmal auch ohne Hilfe, doch dieses Mal waren wir zu spät gekommen. Das wusste ich.

Sie hatte einen schlimmen Tod gehabt. Das sahen wir ihr an. Man hatte ihren Körper gezeichnet. Man hatte ihm tiefe Wunden zugefügt, die nie mehr verheilen würden.

Aber ihr Gesicht zeigte einen Ausdruck, als hätte sie in den letzten Sekunden ihres Lebens noch etwas Schönes gesehen. Vielleicht war ihr ja der Blick ins Paradies gegönnt worden. Einer Frau wie ihr bestimmt. Lady Sarah hatte es wirklich nur gut mit den Menschen gemeint.

In derartigen Augenblicken geht einem Menschen das Zeitgefühl verloren. So war es auch bei mir. Ich wusste nicht, wie lange ich auf der Stelle gestanden hatte, als ich plötzlich ein Geräusch hörte, das mich erweckte. Der Laut war nicht zu beschreiben. Er konnte von einem Tier ebenso wie von einem Menschen stammen, aber er hatte mich aus der Lethargie gerissen, und ich drehte mich zur Seite.

Jane Collins hatte ihn ausgestoßen. Auch ihr war jetzt klar geworden, dass sie kein Wort mehr mit Lady Sarah würde sprechen können. Lange hatte sie bei ihr gewohnt, und jetzt war es vorbei.

Sie weinte. Sie klammerte sich am Türrahmen fest, um nicht in die Knie zu brechen. Sie blickte mich an, aber sie sah mich nicht, weil ihre Augen voller Tränen waren. Noch immer verließen die Geräusche ihren Mund, die so schlimm klangen.

Ich war selbst von der Rolle und hätte am liebsten meine Wut, meine Trauer und meinen Schmerz hinausgeschrien, aber ich schaffte es nicht. Ich bekam keinen Laut hervor und stand auf der Türschwelle, als hätte man mich angenagelt.

Plötzlich rannte Jane weg. Bei den ersten Schritten hörte ich noch ihren verzweifelten Schrei, der mir so schlimm unter die Haut drang. Irgendwo wurde wenig später eine Tür aufgerissen und fiel mit einem Knall wieder zu.

Dann war ich mit der Toten allein!

Janes hektische Bewegung hatte auch mir meine Starre genommen. Ich tat, was ich tun musste, und ging mit kleinen Schritten in die Küche hinein auf Lady Sarah zu.

War sie wirklich tot?

Noch hatte ich es nicht genau festgestellt, doch mich hatte der erste Eindruck bei solchen Dingen selten getrogen. Ich musste es herausfinden, wich dem auf dem Boden klebenden Blut so gut wie möglich aus und kniete mich neben meiner mütterlichen Freundin nieder.

Ich fühlte nach.

Kein Puls!

Kein Herzschlag!

Kein Zucken der Hauptschlagader!

Es gab keinen Zweifel. Vor mir lag Lady Sarah, die nie mehr das Licht der normalen Welt erblicken würde, obwohl ihre Augen offen standen. Wie oft hatte sie sich in Gefahr begeben. Wie oft hatten wir sie dann daraus hervorgeholt, und wie oft hatten wir sie davor gewarnt, sich nicht in Gefahr zu begeben.

Sie hatte sich in der letzten Zeit zurückgehalten. Sie war auch älter geworden. Große Aktivitäten konnte man von ihr nicht mehr verlangen. Das hatte sie schließlich eingesehen.

Nicht weit entfernt lag ihr Stock. Auf den hatte sich Lady Sarah immer wieder verlassen, doch an diesem Tag hatte er ihr nicht geholfen.

Mein Blick glitt über ihren Körper. Überall sah ich die Wunden. Das Kleid war zerfetzt. Der Stoff sah aus wie mit Messern zerschnitten, und auch die Wunden darunter boten einen schlimmen Anblick. Das Blut hatte sich auf dem ganzen Körper verteilt. Richtig dick lag es an ihrer Kehle. Da sah es aus wie gestockter roter Schaum. Ich musste kein Hellseher sein, um herauszufinden, dass der Kehlenbiss tödlich gewesen war.

Auch ich merkte jetzt, dass ich wie ein Mensch reagierte. Ich spürte diesen furchtbaren Druck im Hals und auch, dass mir die Tränen in die Augen stiegen. Zurückhalten konnte ich sie nicht mehr. Sie liefen mir an den Wangen entlang, und gleichzeitig breitete sich in mir Hass aus.

Der Hass auf den oder die Killer!

Es lag auf der Hand, wer Lady Sarah umgebracht hatte. Ich brauchte nur an den Angreifer zu denken, der mich in der Tiefgarage überfallen hatte. An sein Gebiss, an diese spitzen Zähne.

Sarah Goldwyn war ihnen nicht mehr entgangen. Bei ihr hatten die mörderischen Vampir-Monster voll zugeschlagen. Sie hatten sich das richtige Opfer ausgesucht, und ich verfluchte mich selbst, dass ich nicht schon früher zu ihr gefahren war. Bestimmt hätte ich ihr zur Seite stehen können. So aber war alles vergebens.

Als letzte Geste des Abschieds streichelte ich über ihr Gesicht. Die Haut war so dünn, und sie fühlte sich sehr glatt an. Mein Gott, was hatten die Augen so fröhlich und auch willensstark blicken können, nun aber war der Blick leer, und er würde sich auch nicht mehr füllen, das stand fest.

Ich schloss ihr die Augen. Während ich das tat, merkte ich, dass ich immer stärker weinte. Es war mir nicht möglich, den

Strom der Tränen zu stoppen. Das musste einfach raus. Es konnte sein, dass ich mich später erleichtert fühlte.

In meinem Kopf trieben auch keine Rachegedanken. Ich dachte nicht an Vergeltung. Ich war zunächst nur erschüttert und wahnsinnig traurig. Für mich persönlich würde sich nicht viel ändern. Allerdings für Jane Collins. Sie würde jetzt allein in diesem Haus leben, das stand fest. Sarah hatte ihr versprochen, ihr nach ihrem Tod das Haus zu vererben.

Im Moment war alles so unwichtig geworden. Ich erhob mich wieder, und meine Glieder schienen eingefroren zu sein, so steif war ich geworden.

Lady Sarah lag neben mir. Ich schaute durch die offene Tür in den Flur. Dort war weder etwas zu sehen noch zu hören. Die Totenstille blieb um mich herum bestehen.

Meine Beine waren schwach. Ich atmete schwer, und ebenso schwer lehnte ich mich auch gegen den Türpfosten. Dass Jane nicht aus dem Haus gelaufen war, wusste ich. Ich überlegte, ob sie hoch in ihre Wohnung gelaufen war, doch da hatte ich nichts gehört. Hier unten war nur eine Tür zugefallen.

Ich verließ die Küche. Mit langsamen Schritten ging ich tiefer in den Flur hinein. Aus dieser Richtung hatte ich das Husten oder Keuchen gehört. Die Tür zu Lady Sarahs Wohnzimmer war nicht ganz geschlossen. Durch den offenen Spalt drang mir das Geräusch erneut entgegen. Jetzt erkannte ich, dass Jane Collins es abgegeben hatte.

Ich stieß die Tür auf.

Jane saß in dem Sessel, in dem sich Lady Sarah immer so wohlgefühlt hatte. Die Detektivin hielt den Kopf angehoben. So konnte sie mir entgegenschauen.

Sie sah mich, aber sie schaute durch mich hindurch. Die Tür schloss ich nicht, denn ich ging zur Seite und holte mir einen der antiken Stühle mit dem Rohrgeflecht als Sitzbespannung.

Im schrägen Winkel setzte ich mich nahe zu Jane und nahm ihre Hände in meine. Sie fühlten sich kalt an. Ich war nicht mal sicher, ob Jane es merkte.

Doch sie hatte etwas bemerkt, denn sie bewegte ihre Lippen, die so blass waren, ganz im Gegensatz zu dem rötlichen verweinten Gesicht.

»Sie ist wirklich tot – nicht?«

»Ja – leider.«

Jane zog ihre Hände zurück. Sie presste sie gegen ihre Augen und schüttelte den Kopf. Ein erneuter Weinkrampf überfiel sie nach dieser Antwort. Sie konnte nicht anders. Wenn jemand Verständnis für sie hatte, dann ich, denn Lady Sarah Goldwyn war zu Jane Collins wie eine Mutter gewesen. Zugleich auch die beste Freundin, und die beiden hatten sich wirklich blendend verstanden.

Irgendwann schaffte sie es wieder, einige Worte zu sprechen. »Es ist so endgültig, John, und das ist das Schlimme. Der Tod ist endgültig. Ich weiß es, ich habe ihm unzählige Male ins Gesicht geschaut, aber ich kann es trotzdem nicht begreifen. Das ist es, was mich verrückt macht und diese Leere in meinen Kopf bringt.«

Mir brauchte sie das nicht zu sagen. Ich wollte sie auch nicht unterstützen. Wir wussten ja selbst, wie der Hase lief. Auch mir war der Tod schon in vielen Variationen begegnet, aber er ist immer besonders schwer zu ertragen, wenn es einen Bekannten oder einen Freund trifft. Wir alle hatten die Horror-Oma gemocht, sehr sogar. Und jetzt gab es sie nicht mehr als lebende Person. Damit mussten wir erst mal fertig werden.

Auf der anderen Seite durften wir auch nicht in eine zu tiefe Phase der Trauer verfallen, denn unsere Feinde waren leider nicht tot. Die lebten noch, und sie würden jetzt triumphieren, denn ein Ziel hatten sie schon erreicht.

»Ich bin schuld«, flüsterte Jane mit erstickt klingender Stimme. »Ja, ich allein.«

»Unsinn.«

»Sag das nicht!«, fuhr sie mich an. »Sag das nicht. Ich habe sie allein gelassen. Wäre ich mit dem Typen nicht zum Essen gegangen, was sowieso keinen Folgeauftrag gebracht hat, wäre ich hier bei ihr geblieben und hätte sie retten können. Dann wäre das nicht passiert, John. Darauf gebe ich dir Brief und Siegel.«

»Kann sein, Jane, aber bitte, du brauchst dir keine Vorwürfe zu machen. Es ist das Schicksal. Du hast sie oft genug allein gelassen. Es ist nie etwas passiert. Wie hättest du wissen können oder sollen, dass gerade an diesem Abend die andere Seite zuschlägt?«

»Es war dumm von mir, mich zum Essen einladen zu lassen. Der Kerl ist ein Blender, ein Aufschneider. Deshalb bin ich so schnell wie möglich nach Hause gekommen. Und jetzt das hier.« Sie schüttelte den Kopf. »Schrecklich, John. Diese Vorwürfe werde ich in meinem ganzen Leben nie mehr los, das weiß ich.«

In Momenten wie diesen hatte es keinen Sinn, dagegen zu sprechen. Beide fühlten wir uns so schrecklich hilflos. Wir konnten Lady Sarah nicht mehr zurückholen. Es hatte eine schöne Zeit gegeben, in der sie gelebt hatte. Ich war dankbar, dass ich sie gekannt hatte.

Trotzdem bohrte der Schmerz in mir, denn es kam mir vor, als wäre meine zweite Mutter gestorben. Ich musste auch noch begreifen, dass ich Worte wie »mein lieber Sohn« nicht mehr hören würde.

Die andere Seite war schneller gewesen und auch stärker. Aber wer war sie?

Die Vampir-Monster flogen nicht einfach so durch die Gegend. Es gab jemanden, der sie befehligte. Und da der Schwarze Tod wieder zurückgekehrt war, konnte ich mir vorstellen, dass er im Hintergrund die Fäden zog und dieses Grauen gebracht hatte.

»Wir werden etwas tun müssen, John …«

»Ja, ich weiß.«

»Man muss die Tote untersuchen und …«

»Später, Jane. Zuvor möchte ich noch ihren oder ihre Mörder finden.«

Meine Bemerkung hatte Jane Collins aus ihrem Trauma zurück in die Realität gebracht. Sie schaute mich aus ihren verweinten Augen an, und ich wusste, dass sie eine Frage quälte, die sie allerdings nicht aussprach. Deshalb half ich ihr auf die Sprünge.

Dass das Fenster in diesem Zimmer zerstört war, bemerkte ich wie nebenbei. Es war klar, wie die Mörder den Weg ins Haus gefunden hatten, aber ich fragte mich, ob sie bereits verschwunden waren oder nicht noch in der Nähe herumflogen, falls sie sich nicht im Haus versteckt hielten. Auch das war eine Möglichkeit, wobei ich eher auf das Fenster tippte und jetzt darauf zuging.

Gern hatte Lady Sarah in dem neu gestalteten Hinterhof gesessen. Zu dieser Jahreszeit war er ein Paradies für junge und alte Menschen, und Sarah hatte sich dort immer sehr wohl gefühlt.

Sie würde nie wieder unter Bäumen sitzen, deren dichte Kronen Schatten spendeten. Der späte Abend war lau. Erst sehr langsam schlich die Dunkelheit heran. Trotz der angenehmen Temperaturen hielt sich niemand im Hof auf.

Düster war er. Schatten lagen auf dem Boden und krochen in die Ecken hinein. Durch die Fenster an den Rückseiten der gegenüberliegenden Häuser drang gelblicher Lichtschein. Mir allerdings kam er vor wie die kalte Farbe des Todes.

Das Glas lag noch in Scherben auf dem Boden. Es knirschte unter meinen Schuhen, als ich mich bewegte. Jane saß auch weiterhin in Sarahs Sessel. Ich blickte von meiner Position aus auf ihren gebeugten Rücken. Es würde lange dauern, bis sie Lady Sarahs Tod überwunden hatte. Denn es war die Horror-Oma gewesen, die sie aufgenommen hatte, nachdem sie dem Teufel entrissen worden war.

Als ich neben Jane stehen blieb, schielte sie mich von der Seite her an. »Und? Wie sieht es aus?«

Ich hob die Schultern. »Nichts.«

»Du hast sie gesucht, nicht wahr?«

»Ja.«

Jane setzte sich wieder aufrecht hin. »Sie sind noch da, John. Das spüre ich. Sie sind zwar geflohen oder haben sich versteckt, aber nicht so weit entfernt. Sie haben einen Auftrag, den sie erfüllen müssen, und dem werden sie auch nachkommen.«

»Dann rechnest du mit einem Angriff?«

»Ja.«

Ihre Überzeugung griff auch auf mich über. »Wie wäre es dann, wenn wir das Haus durchsuchen? Ich denke, dass es auch hier Verstecke für diese Monster gibt. Bestimmt rechnen sie damit, dass wir nicht mehr daran denken.«

»Gut.«

»Kommst du mit?«

Jane schüttelte den Kopf. »Nur bis zu Sarah.« Sie schluckte, bevor sie weitersprach. »Ich möchte von ihr noch Abschied nehmen und werde deshalb in die Küche gehen.«

»Das kann ich verstehen.«

Jane Collins stand schwerfällig auf. Sie sah aus, als müsste sie das Gehen erst noch lernen. Beinahe hätte ich sie gestützt, aber das war nicht nötig. Noch bevor sie das Zimmer verließ, fing sie sich wieder und nahm eine normale Haltung ein. Wir gingen schweigend durch den Gang. Ich stoppte vor der Treppe, die nach oben führte.

Es war dort nicht finster, denn im Flur in der ersten Etage, wo auch Jane wohnte, brannte Licht.

Sie war inzwischen weitergegangen und drehte sich auch nicht mehr um, bevor sie die Küche betrat. Wenig später hörte ich ihren leisen Aufschrei. Sie würde alles noch mal durchmachen. Genau das musste sein. Möglicherweise erlebte sie so eine seelische Reinigung.

Ich blieb an der Treppe stehen und schaute über die Stufen hinweg in die erste Etage. Da bewegte sich nichts. Da huschte kein Schatten über den Boden oder die Wände. Es blieb alles normal, aber dem Frieden traute ich nicht.

Erst wenn ich auch das Dachgeschoss durchsucht hatte, dann …

Etwas lenkte mich ab.

Ich schaute dorthin, wo die Treppe endete. Ein Geräusch hatte ich nicht gehört. Dafür hatte ich aber die Bewegung bemerkt. Einen Schatten, der zuckend über den Boden huschte.

Fast in derselben Sekunde hörte ich die Schreie. Sie waren hoch und schrill. Dann erschienen aus dem Hintergrund die beiden flatternden Wesen, die über die Treppe hinwegstürzten und auf mich zuflogen. Die Mäuler hielten sie offen, und sie präsentierten mir ihre Gebisse mit den blutigen Zähnen.

Es war Lady Sarahs Blut …

Justine Cavallo hatte sich in der Vampirwelt eigentlich nie richtig wohl gefühlt. Sie hatte ihr mehr neutral bis negativ gegenübergestanden. Ihr Reich war die normale Welt, in der sie tun und lassen konnte, was sie wollte.

Jetzt allerdings lehnte sie die Vampirwelt noch mehr ab. Daran ändern konnte sie nichts. Es gab sie, es würde sie auch weiterhin geben, denn sie glaubte nicht daran, dass man sie so einfach zerstören konnte. Dafür allerdings besetzen, und das war wieder für sie etwas anderes. Sie wehrte sich dagegen. Sie wollte sich dieses düstere Reich von niemandem nehmen lassen, schließlich war dies der Ort für einen perfekten Rückzug.

Jetzt leider nicht mehr. Die verfluchten Mutationen hatten ihn überfallen, und Justine sah sie durch die Luft schweben. Sie segelten dort mit ihren breiten und zackigen Schwingen wie Schatten. Ihre gierigen Augen waren auf der Suche nach Beute. Hin und wieder stießen sie nach unten, und so manches Mal hörte Justine den Schrei einer ihrer Artgenossen, wenn er von den Monstern angegriffen wurde.

Sie wurden getötet. Nicht nur das, man vernichtete sie. Entweder am Boden oder in der Luft, denn oft genug wurden sie auch von den Krallen in die Höhe gezogen.

Justine sah sie dann zappeln, aber losgelassen wurden sie nicht. Sobald einer der ausgemergelten Blutsauger von den

Krallen dieser Wesen gefangen genommen worden war, flogen andere darauf zu und zerrissen es noch in der Luft.

Dracula II in seiner Gestalt als überdimensionale Fledermaus griff dabei nie ein. Justine sah ihn nicht. Sie wusste auch nicht, wo sie ihn finden konnte.

Auch sie selbst war noch nicht angegriffen worden, obwohl sie auf dem Weg zu dem alten Friedhof durch ihr helles Haar ein perfektes Ziel bot. Die Angreifer hatten sich auf die leichter zu besiegenden Feinde konzentriert. An den Schwarzen Tod dachte sie in diesen Sekunden nicht. Er war für sie zu einer Figur im Hintergrund geworden, aber sie hatte ihn auch nicht vergessen.

Der Weg führte bergab. Sie kam sich vor, als würde sie in einer Rinne laufen. Sie war von schwarzgrauem Gestein umgeben. Ein kalter Geruch wehte ihr entgegen, aber den kannte sie. Bis zum Friedhof war es nicht mehr weit, und dann sah sie bei den alten Grabsteinen und Grüften, die so etwas wie eine Heimat für die Blutsauger darstellen sollten, die Bewegungen.

Normal war das nicht!

Justine Cavallo blieb für einen Moment stehen und konzentrierte sich auf das Gebiet. Über ihre Lippen drang ein leises Zischen. Sie merkte, dass es in ihr brodelte, und sie sah, dass zwei Vampir-Monster über dem Gelände kreisten. Sie schauten einfach nur zu, was unter ihnen ablief.

Die Schreie!

Die Schreie vom Boden des Friedhofs. Justine hörte sie genau, und sie sah auch, was passierte. Zwei dieser verfluchten Wesen waren in ein großes offenes Grab geflogen und hatten sich eine Gestalt geholt. Die Krallen klemmten in den Haaren, und an dieser grauen Masse zogen sie die Gestalt hoch. Justine konnte für den Blutsauger nichts mehr tun, höchstens seine Einzelteile aufsammeln, wenn die beiden Mutationen mit ihm fertig waren, aber es gab noch andere.

Jetzt zeigte sie, welche Kraft in ihr steckte. Sie jagte in langen Sprüngen kraftvoll auf den Friedhof zu. Und sie war schnell, denn ihre Füße schienen den Boden kaum zu berühren. Sie übersprang drei, vier Hindernisse und erreichte den Friedhof.

Im Moment landeten wieder zwei Vampir-Monster auf dem Gräberfeld an der anderen Seite.

Um sie kümmerte sich Justine nicht. Sie interessierten die beiden, die eine Gruft umschwebten, um den Blutsauger abzupassen, wenn er aus ihr hervortrat.

Justine griff ein.

Dann zeigte sie, wozu sie fähig war und welche Kräfte tatsächlich in ihr schlummerten. Sie nahm sich nicht erst das eine und danach das zweite Monster vor, sondern bekam beide gleichzeitig an verschiedenen Flügeln zu packen und stieß ein Lachen aus, das wie ein Trompetenstoß in die Dunkelheit gellte.

Dann schlug sie zu. All der Hass und der Frust mussten sich freie Bahn verschaffen. Justine bewegte die Arme zugleich und wuchtete die beiden Wesen aufeinander zu, sodass sie mit ihren hässlichen Köpfen zusammenkrachten.

Der dabei entstehende Laut gefiel Justine. Sie hatte die kleinen Bestien nicht losgelassen und versuchte es auf eine andere Art und Weise. Die Körper riss sie wuchtig in die Höhe. Danach schleuderte sie sie nach unten, sodass die Köpfe das harte Gestein trafen.

Wieder krachte es in den Schädeln. Da brachen Knochen, und auch ein Knirschen war zu hören.

Justine löste ihre Hände. Sie brauchte die fliegenden Killer nicht noch mal anzuheben. Sie lagen bewegungslos am Boden, und ihre Schädel sahen auch nicht mehr so aus wie sonst. Ob sie tot waren, wusste die blonde Blutsaugerin nicht. Sie wollte nur auf Nummer sicher gehen.

Zuerst packte sie die rechte Schwinge oben am Rand. Und wie einen Papierstreifen riss sie das Ding entzwei.

Mit den anderen drei Flügeln geschah das Gleiche. Dabei zuckten die Wesen nicht mal, sodass Justine davon ausging, sie endgültig ausgeschaltet zu haben.

Sie lachte.

Es war der Sieg, den sie gewollt hatte. Der erste Sieg in dieser Vampirwelt, seit sie von den verfluchten fliegenden Killern besetzt worden war.

Sie trat zurück und ließ ihre Blicke über den düsteren Friedhof gleiten. Ob ihre Aktion von den anderen Bestien beobachtet worden war, wusste sie nicht. Sie konnte es nur hoffen, damit sie bemerkten, dass sie nicht so einfach zu fassen war.

An der rechten Seite tat sich nichts, an der linken ebenfalls nicht. Es blieb relativ ruhig, aber sie sah die Schatten in der Luft, und sie bekam mit, dass sie immer wieder schräg nach unten flogen und dabei zustießen, um sich neue Opfer zu holen.

Justine sah ein, dass sie nicht viel ausrichten konnte. Es waren einfach zu viele Angreifer, die sich im Umkreis verteilt hatten. Sie hatten die Welt tatsächlich in Besitz genommen, und Justine wusste nicht, wo sie anfangen sollte. Sie waren einfach überall. Oben, auch unten. Sie huschten durch die Luft und tauchten ab, wenn sie neue Gegner sahen.

Die hier existierenden Vampire hatten keine Chance. Sie waren einfach zu schwach. Sie wurden gepackt und in die Höhe gerissen oder blieben auch am Boden, wo sie das gleiche Schicksal ereilte wie ihre Artgenossen. Da wurden sie einfach zerrissen oder auch zerschlagen. Wenn sie versuchten, sich zu wehren, blieben diese Bemühungen bereits im Ansatz stecken.

Dracula II griff nicht ein.

Das wunderte Justine, doch wenig später schon ärgerte sie sich darüber. Warum ließ er zu, dass seine Vampire vernichtet wurden?

Justine wusste es nicht. So kannte sie ihn nicht. Gut, er hatte mit ihnen nicht viel zu tun. Sie waren Fußvolk, nicht mehr. Sie brachten ihm kein Blut, das Gegenteil traf zu. Sie selbst mussten noch durch Justine versorgt werden, um überleben zu können.

Und jetzt wurde aufgeräumt. Der Schwarze Tod hatte seine Helfer geschickt. Und er hatte sich genau die richtigen ausgesucht. Wenn sie angriffen, konnte es nur einen Sieger geben.

Im Moment hatte Justine Ruhe. Die Vampir-Monster hatten wohl mitbekommen, wie es ihren Artgenossen ergangen war, und hielten sich sicherheitshalber zurück.

Weiter vom Friedhof entfernt suchten sie auch in Bodenhöhe. Hier aber blieben sie zumeist über dem Gräberfeld und für die Cavallo nicht erreichbar.

Aber sie sah, was bereits mit den Vampiren passiert war. Die Feinde hatten sie kurzerhand fallen gelassen oder weggeworfen. Mit verrenkten Gliedern lagen sie zwischen den Grabsteinen. Bei manchen fehlten sogar die Köpfe, weil sie abgerissen worden waren. Andere waren einfach nur zerbrochen worden.

Justine hasste die Eindringlinge noch stärker. Sie hatte das Gefühl, von einer roten Welle überschwemmt zu werden. Sie wartete auf neue Angreifer, denen sie das gleiche Schicksal zufügen wollte.

Ihre Feinde waren schlau. Geschickt hielten sie sich über ihr und beobachteten sie. Justine besaß zwar mehr Kraft als ein normaler Mensch, doch so hoch springen und auch fliegen konnte sie nicht. So musste sie darauf warten, dass sie angegriffen wurde, was nicht passierte, obwohl sie sich so offen zeigte.

In Justine kochte es. Manchmal schrie sie ihren Hass hinaus. Dann verzerrte sie ihr perfektes Gesicht zu einer Grimasse. Durch ihre dünne und geschmeidige Lederkleidung war sie selbst ein Schatten unter Schatten, der immer wieder mit den dunklen Stellen der Umgebung verschmolz, um dann blitzschnell wieder aufzutauchen.

Irgendwo schrie jemand gellend auf. Justine blieb stehen. Es war eine Stelle am Rande des Friedhofs. Sie hatte den Schrei von vorn gehört, wo Bäume wuchsen, die nicht mehr waren als ein blattloses, staubiges und pulvertrockenes Gehölz.

Genau dort passierte es. Dort hielten sich zwei Blutsauger versteckt. Aber sie waren entdeckt worden. Gleich vier Angreifer stürzten sich auf sie. Es war auch egal, dass sie dabei in Justines Reichweite gerieten. Sie wollten die Vernichtung und ihren Auftrag durchziehen.

Die blonde Bestie rannte hin. Sie flog fast über den Boden und dann war sie da.

Wieder verwandelte sie sich in einen tödlichen Wirbelwind. In ihrem Zustand verspürte sie keine Schmerzen. Da war sie keinesfalls mit einem Menschen zu vergleichen, und zwei von ihnen bekam sie mit den ersten Griffen zu packen.

Justine zerrte sie vom Boden hoch und schlug wieder die Schädel gegeneinander. Dann schleuderte sie die Gestalten weg, um sich um die nächsten zu kümmern.

Ihnen war es inzwischen gelungen, die beiden Vampire zu packen. Der eine Blutsauger klemmte zwischen den Zähnen, die seinen dünnen Hals durchbeißen wollten, der zweite hatte bereits einen Arm verloren. Er lag auf dem Rücken und schlug mit dem unversehrten Arm um sich.

Justine war klar, dass sie die Vampire nicht mehr retten konnte. Aber sie musste ihrem Hass freien Lauf lassen, und so stürzte sie sich auf die Flugmonster.

Das Erste hatte den Hals durchbissen. Wie eine Puppe lag der fahle Blutsauger auf dem staubigen Gestein. Dann griff Justine ein. Von hinten packte sie die Gestalt. Sie bekam den Schädel zu fassen und drehte ihn herum wie einen Korken in der Flasche. Den Körper hatte sie dabei zwischen ihre Beine geklemmt, und sie wusste auch, dass sie sich kaum mehr Zeit lassen konnte.

Etwas riss innerhalb des Halses. Wieder war das Knirschen zu hören. Angewidert schleuderte Justine den Körper zur Seite, der sich nicht mehr bewegte.

Die zweite Blutbestie hatte es mittlerweile geschafft, dem schwachen Blutsauger auch den zweiten Arm abzubeißen. Er wollte jetzt an die Kehle heran, was für ihn leicht war, weil das Geschöpf auf dem Rücken lag.

Justine schlug zu.

Diesmal setzte sie ihre Handkante ein. Hinzu kam die Kraft, die in ihr steckte. Ein Mensch wäre durch einen derartigen Treffer vom Leben in den Tod befördert worden, hier brachen nur die Knochen. Das reichte aus. Das kleine Monster blieb starr liegen.

Es gab noch die beiden anderen in der Nähe. Sie lagen noch immer am Boden. Der Aufprall ihrer Köpfe hatte sie benommen werden lassen, und Justine erledigte den Rest.

Diesmal trat sie zu.

Genau gezielte Tritte reichten aus, um die Angreifer für alle Zeiten zu zerstören.

Wieder vier weniger. Sie nickte vor sich hin und dachte daran, dass es im Prinzip recht leicht gewesen war. Und darüber machte sie sich Gedanken. Die Zeit konnte sich die blonde Bestie nehmen, da ihr momentan keine Gefahr drohte.

Ganz sicher war sich Justine nicht. Aber sie glaubte mittlerweile daran, dass sie es nicht mit dämonischen Feinden zu tun hatte. Die hier gehörten nicht in ihre Kategorie. Sonst hätte sie sie nicht durch Schläge vernichten können. Sie waren irgendwelche Vampirmutationen, auf die der Schwarze Tod setzte.

Aber woher kamen sie? Wo hatte er sie sich hergeholt? Das war die große Frage. Justine ärgerte sich darüber, dass sie keine Antwort geben konnte. Das passte nicht zu ihm. Wo hatte er sie aufgetrieben?

Sie bückte sich und hob einen schlaffen Körper an. Er war recht schwer. Das lag an dem kompakten Körper, während die Schwingen wie kaputte Segel nach unten hingen.

Der Kopf hatte mit einem menschlichen Schädel nichts zu tun. Er war eingedrückt, und das Gesicht bestand aus einer formlosen Masse. Aus ihr leuchtete das Weiß der spitzen Zähne, die sich im gesamten Maul verteilten und gleich aussahen.

Bei den normalen Vampiren, auch bei ihr, war es anders. Da reichten die beiden Blutzähne aus, und so waren diese fliegenden Geschöpfe auch nicht in ihren Kreis einzuordnen.

Was war da passiert?

Justine ärgerte sich, weil sie keine Antwort wusste. Voller Wut warf sie den Kadaver wieder weg. Welchen Plan hatte sich der Schwarze Tod ausgedacht?

Mit Dracula II hatte sie oft genug über dieses mächtige Supermonster gesprochen. Er kannte den Schwarzen Tod noch aus früheren Zeiten, durch dessen Sense war seine Frau Karin gestorben, und sein Hass war damals riesengroß gewesen.

Das war er jetzt auch noch. Nur eben aus anderen Gründen, weil der Schwarze Tod ihm sein Reich wegnehmen wollte, und das schien ihm tatsächlich gelungen zu sein.

Die Ruhe, die Justine umgab, gefiel ihr gar nicht. Es war für sie eine bedrückende Stille. Selbst die Schreie waren nicht mehr zu hören. So musste sie sich mit dem Gedanken abfinden, dass die Blutsauger nicht mehr so existierten, wie sie es sich gern vorgestellt hätte. Sie waren auch nicht mehr als leblose Kadaver, und die fliegenden Killer waren über sie hinweggekommen wie eine tödliche Flut.

Sie entfernte sich vom Ort des Grauens. Wieder schaute sie zum dunklen Himmel. Es gab nur noch wenige Flugmonster, die dort ihre Kreise zogen. Zumindest in dieser Höhe. Wenn sie höher flogen, wurden sie verschluckt.

Justine merkte den leichten Druck in ihrem Körper. Da reagierte sie wirklich wie ein Mensch. Auch die Gefühle entsprachen denen eines Menschen. Sie verließ den alten Friedhof, der wirklich zu einer Stelle der Vernichtung und des Todes geworden war, um tiefer in die Vampirwelt hineinzuschreiten. Sie wollte wissen, was geschehen war. Ob es noch Blutsauger gab, auf die sie sich verlassen konnte.

Es gab sie. Aber sie konnte sich nicht mehr auf sie verlassen, denn die Masse der Flugmonster hatte ganze Arbeit geleistet. Die Körper lagen am Wegrand. Man hatte sie regelrecht zerstört und zerrissen. Einige »lebten« noch, aber sie hatten keine Glieder mehr wie früher. Einigen fehlten die Arme, anderen hatte man die Beine abgerissen. Als Justine sie passierte, öffneten und schlossen sie ihre Mäuler und reagierten wie Fische, die nach Luft schnappten, obwohl sie als Vampire nicht zu atmen brauchten.

Wenn Justine stehen blieb und in die Gesichter schaute, erkannte sie die flehenden Blicke. Helfen konnte sie auch nicht. Die Blutsauger mussten sich selbst helfen, und wenn sie es schafften, sich in die Höhe zu stemmen, bewegten sie sich wie Krüppel weiter. Eine Gefahr stellten sie nicht mehr dar.

Justine wusste nicht genau, wie viele dieser Vampire in der Welt existierten. Doch sie ging jetzt davon aus, dass es keinen normalen Blutsauger mehr gab. Die Angreifer waren einfach zu stark gewesen. Auch sie wäre zerrissen worden, hätte sie sich nicht so stark gewehrt.

Es war vorbei. Nichts würde mehr sein wie sonst. Man hatte dem Schwarzen Tod den Weg bereitet.

Am Beginn eines Hohlwegs blieb sie stehen. Rechts bildete das dunkelgraue Gestein so etwas wie eine Böschung, auf der ebenfalls der graue Staub wie angeklebt lag. Wenn sie diesen Weg weiterging, würde sie in ein noch unwirtlicheres Gelände dieser Vampirwelt gelangen. In eine Felsenregion, in der es überhaupt kein Leben gab. Sie wusste auch nicht, ob ihre Artgenossen sich dort aufhielten. Sie hätte es sich gewünscht, aber das musste alles abgewartet werden.

Andere Antworten waren für sie wichtiger. Wo steckte Will Mallmann, alias Dracula II?

Diese Frage konnte sich Justine Cavallo nicht beantworten. Sie suchte den Himmel ab, doch zu finden war nichts. Da gab es keine Bewegung mehr. Die Schwärze war vorhanden. Das riesige Tuch, das sich in die Unendlichkeit hineinzog, das unter Umständen mehrere Welten miteinander verband, blieb leer.

Flucht?

Sie beschäftigte sich automatisch mit diesem Gedanken, obwohl sie es nicht einsehen konnte. Justine wollte einfach nicht glauben, dass sich Mallmann zurückgezogen hatte. Das war nicht seine Art. Er gehörte zu denjenigen, die nie aufgaben.

Dracula II war nicht nur mächtig, sondern auch schlau. Er sah ein, dass es nicht leicht war, gegen den Schwarzen Tod zu bestehen. Er konnte sich nicht einfach zum Kampf stellen. Er hätte vor ihm fliehen, ihn jedoch nicht vernichten können.

Genau darüber dachte Justine nach. Dracula II war geflohen, und sie ging davon aus, dass es sich dabei um eine taktische

Flucht handelte. Er würde sich zwar verstecken, aber er würde auch immer wieder Kräfte sammeln, um dann zuschlagen zu können. Er war ein Spieler. Er steckte voller Raffinesse. Er kannte seine Welt, und er kannte auch die Tricks. Bei einem offenen Kampf wäre er unterlegen, ebenso wie sie. Das gab Justine Cavallo zu. Sie war ehrlich gegen sich selbst und wusste ihre Möglichkeiten genau einzuschätzen.

Justine war jemand, der in Bewegung bleiben musste. Sie gehörte nicht zu denen, die lange in irgendwelchen Särgen lagen und auf günstige Gelegenheiten warteten, um an die Nahrung zu kommen. Sie unternahm immer wieder selbst etwas, aber nicht hier, sondern in der normalen Welt, die für sie voller Nahrung steckte. Sie hatte versucht, sich auf der normalen Welt eine Gefolgschaft aufzubauen, was ihr leider nicht gelungen war, denn da gab es einen mächtigen Störenfried namens John Sinclair.

Sie hassten sich.

John hätte sie gern vernichtet, und Justine hätte mit großem Vergnügen das Blut des Geisterjägers getrunken.

Aber es gab seit einiger Zeit eine Gemeinsamkeit. Das war der Schwarze Tod. Auch John Sinclair hasste ihn. Er hatte ihn schließlich getötet und hätte nie damit gerechnet, dass er auf so spektakuläre Art und Weise zurückkehren würde.

Er war da.

Die Welt sah jetzt anders aus.

Man musste sich Gedanken machen und neue Strategien finden. Es bedeutete, dass alte Feindschaften ruhig gestellt wurden, um den gemeinsamen Gegner zu bekämpfen.

Das war noch nicht ganz gelungen, aber irgendwann musste auch Sinclair einsichtig werden.

Er konnte auch zu einer Zusammenarbeit gezwungen werden, denn Justine glaubte nicht daran, dass der Schwarze Tod seinen alten Feind in Ruhe lassen würde.

Strategien finden. Sich von einem Schock erholen. Nachdenken. Mit aller Kraft gemeinsam zuschlagen. Das alles schoss ihr durch den Kopf. Noch waren es Theorien, doch Justine würde alles daransetzen, um dies zu ändern. Das musste sie einfach tun.

Zunächst einmal wollte sie hier für klare Verhältnisse sorgen, und deshalb blieb sie auch nicht mehr an dieser Stelle stehen, sondern fing an zu klettern.

Für sie war es wichtig, eine gewisse Höhe zu erreichen. Sie wollte einfach den Überblick bekommen.

Und so stieg sie in die Felsen hinein. In die schräge Böschung, die sie mit Leichtigkeit erkletterte, denn sie fand an recht vielen Stellen Halt für ihre Füße.

Eine Katze hätte sich nicht besser zurechtfinden können, und Justine lachte leise auf, als sie die Kuppe erreichte und dort erst mal stehen blieb. Der Platz war ideal. Hier konnte sie sich umschauen. Hier würde sie den Himmel besser beobachten können, und hier bot sie selbst auch ein gewisses Ziel.

Sie hoffte sogar darauf, dass sie noch von einigen der Flugbestien angefallen wurde, aber im Moment war der dunkle Himmel leer. Es glitt kein Schatten über ihn hinweg. Am meisten berührte sie negativ, dass ein gewisser Will Mallmann nicht zu sehen war. Dass er geflohen war, konnte sie sich nicht vorstellen.

Der Himmel blieb finster.

Auf der Erde sah er manchmal dunkelblau aus. Hier war davon nichts zu merken. Ein tiefes Grau, von keinem Lichtfleck durchbrochen. Die große Decke, die alles andere unter sich verschwinden ließ.

Keine Sterne. Kein Mond, nicht mal ein Schimmern – und trotzdem bewegte sich dort etwas.

Justine lächelte. Es war ein großes Wesen. Sie rechnete auch mit Dracula II, aber sie hatte sich geirrt. Sehr schnell musste sie feststellen, dass dies nicht der Fall war.

Ihr Gesicht verzerrte sich. Wäre sie ein Mensch gewesen, hätte sie scharf eingeatmet. So aber war nur ein Zischen zu hören, und dann bekamen ihre Augen eine Starre.

Jetzt sah sie, wer sich dort zeigte.

Der Schwarze Tod!

Nicht mehr im Spiegel. Er hatte die Grenzen gesprengt und war tatsächlich in die Vampirwelt eingedrungen, was für Justine kaum nachvollziehbar war, obwohl sie damit hatte rechnen müssen. Aber diese plötzliche Konfrontation bereitete ihr schon Probleme, denn sie fühlte sich allein. Da gab es keinen Helfer an ihrer Seite. Leider hielt sich Will Mallmann zurück.

Der Schwarze Tod kam nicht, er trat auf. Er genoss seinen Auftritt. Er brauchte auch nicht zu gehen, er musste keine harte Unterlage haben, denn er schwebte heran. Er war das gewaltige Monstrum, das alles beherrschte. Er kam, er war der Sieger, er war es von alters her gewohnt, und das hatte er nicht vergessen.

Er war der Mächtige. Seine Gegner aber lagen im Staub. Tot, vernichtet, verloren.

Auf einmal war der Himmel und die Umgebung darunter für die blonde Bestie zu einer riesigen Leinwand geworden, die der Tod als Regisseur nutzte. Das dunkle Knochengestell, das leicht grünlich schimmerte, besaß den perfekten Überblick. Es schwebte näher und hatte die skelettierten Arme ausgebreitet, als wollte es damit die gesamte dunkle Fläche des Vampirwelthimmels umfassen.

In einem genügenden Abstand schwebten seine Helfer. Sie wirkten harmlos im Vergleich zu dieser mächtigen Gestalt, die schon in der alten Vergangenheit Angst und Schrecken verbreitet hatte.

Er hielt seine Sense fest. Ein höllisch scharfes Instrument. Eine Waffe, die schon Generationen von Menschen mit dem Tod in Verbindung gebracht hatten, und genau das war auch hier wichtig. Er musste sie haben, denn er tötete damit.

Der dunkle Himmel gehörte ihm. Er war der Herrscher, und er würde den Kampf niemals einstellen.

Um seine Knochengestalt herum sah der Himmel noch dunkler aus. Als trüge der Schwarze Tod eine Kutte. In den Augen glühte es, und es war das gleiche Glühen, das sich auch auf Mallmanns Stirn abzeichnete, wenn das D zum Ausdruck kam.

Aber Mallmann war nicht da. Dracula II hatte sich zurückgezogen. Justine verstand es nicht. Sie kannte ihn als eine Gestalt, die sich vor nichts und niemandem fürchtete. In diesem Fall aber schien Mallmann eingesehen zu haben, dass er zu schwach war.

Die Horror-Gestalt nahm Justines gesamtes Blickfeld ein. Es konnte auch sein, dass es ihr nicht mehr möglich war, woanders hinzuschauen. Der Schwarze Tod hatte sie einfach in den Bann gezogen.

Er besaß eine Waffe. Sie nicht. Wenn er angriff, musste sie schnell sein und versuchen, ihre Kraft auszuspielen. Leider würde sie ihn nicht so zerschmettern können wie seine Helfer. Dazu war er einfach zu mächtig. Und er war durchaus in der Lage, sie mit einem Handstreich wegzufegen.

Es hatte auch keinen Sinn, vor ihm fliehen zu wollen. Es gab nichts in dieser düsteren Welt, wo sie auch nur eine Spur von Sicherheit gehabt hätte. Er war hier eingedrungen und beherrschte alles, was sonst Mallmann und ihr gehört hatte.

Justine schaute sich in ihrer Umgebung um. Nein, da existierte kein Versteck. Sie würde auch weiterhin allein bleiben und auf die verfluchte Bestie warten.

Den langen Griff der Sense hielt der Schwarze Tod mit beiden Knochenfingern fest. Hin und wieder bewegte er die Waffe, deren Metall so stark glänzte, dass es sogar in der Dunkelheit Reflexe warf.

Er schwebte noch näher heran. Da war nichts zu hören. Kein Rauschen, wenn die Gestalt Luft bewegte, alles geschah mit einer Gänsehaut erzeugenden Lautlosigkeit.

Justine fragte sich, ob sie Angst verspürte.

Nein, nicht direkt. Es gab auch andere Menschen, die ihm

schon gegenübergestanden hatten und am Leben geblieben waren. Da brauchte sie nur an John Sinclair zu denken.

Sie würde den Kampf annehmen. Über die Folgen machte sich die blonde Bestie keine Gedanken. Wenn sie starb, dann war es Schicksal. Dann würde die Sense sie regelrecht aufspießen.

Wie nahe ihr der Schwarze Tod schon gekommen war, konnte sie nicht mit Bestimmtheit sagen. In dieser grauen Finsternis war es schwer, Entfernungen abzuschätzen. Er konnte plötzlich über sie kommen und versuchen, sie mit einem Schlag der Sense zu vernichten.

Auch darauf war sie vorbereitet, denn sie vertraute auf ihr Reaktionsvermögen und ihre Schnelligkeit.

Noch ein Blick in das Gesicht.

Ein Skelett. Leicht grünlich schimmernd, als hätten die alten Knochen Schimmel angesetzt. Hinzu kamen die Augen, die in einem düsteren Rot glühten.

Es war etwas, das einen Menschen schon ablenken konnte. Und auch Justine als Vampirin machte da keine Ausnahme.

Wenn sie ehrlich gegen sich selbst sein wollte, fand sie den Anblick sogar faszinierend. Man konnte sogar darin eintauchen und …

Ein Zucken der Gestalt.

Etwas schnitt wie eine riesige Scherbe durch die Luft, und seitlich fegte die Sense auf Justines Hals zu …

Ich hatte es gewusst, geahnt, wie auch immer. Lady Sarahs Mörder hielten sich im Haus versteckt, und sie waren noch nicht zufrieden mit ihrer Bluttat.

Jetzt wollten sie mich!

Es war ihr Pech, dass sie sich in der Enge des Treppenhauses nicht ausbreiten konnten. Sie mussten dicht zusammenbleiben und konnten nicht mal nebeneinander her fliegen.

Ich hatte sie gesehen. Ich war zurückgesprungen und hatte

dabei meine Waffe gezogen. Noch in der Bewegung ließ ich mich auf die Knie fallen und zielte auf das erste Monster.

Zwei geweihte Silberkugeln jagte ich in den Körper hinein und erwischte dabei den Kopf.

Genau das hatte ich gewollt. Nicht mal ein schriller Schrei war zu hören, als das Monster abstürzte und auf die erste Treppenstufe fiel. Aber es kam sofort wieder hoch, wenn auch nicht so elegant wie beim ersten Anflug.

Ich sah das zerstörte Gesicht, nur war dieser Angreifer noch nicht ganz tot.

Darum konnte ich mich nicht kümmern, denn das zweite Killerwesen war da.

Aber nicht das griff mich an, sondern das verwundete. Es hatte seine noch verbliebene Kraft gesammelt und flog mit aufgerissenem Maul auf mich zu. Ich warf mich zurück, prallte gegen die Wand und hörte dann die Stimme von Jane Collins.

»Ich bin auch noch da, John! Für Sarah! Alles für die tote Sarah, ihr verfluchten Killer!«

Dann schoss auch sie!

Ich sah nicht, ob sie getroffen hatte. In meiner Nähe huschte nur ein Schatten über den Boden, den flatternde Schwingen hinterlassen hatten.

Monster Nummer eins hatte es geschafft, bis an meine Kehle zu kommen. Aber es biss nicht zu. Ich schaute auf den halb zerstörten Schädel, und dann hämmerte ich die Waffe dagegen.

Das Ding fiel zu Boden und blieb dort liegen. Einen weiteren Angriff würde es nicht durchziehen können.

Ich stieg über den Kadaver hinweg. Jane drehte mir den Rücken zu. Das andere Wesen war tiefer in den Gang hineingeflogen. Es lag ebenfalls wie Abfall auf dem Boden, und Jane hielt die Mündung ihrer Waffe auf es gerichtet.

»Am liebsten würde ich dich mit meinen eigenen Händen in Stücke hacken! Du hast sie getötet! Du hast einen Menschen umgebracht, an dem ich mehr als an jedem anderen gehangen habe. Eine Kugel ist für dich zu schade, verfluchte Bestie!«

Sie wollte wieder schießen, doch ich fiel ihr in den Arm. »Nein, Jane, lass es sein! Du kannst dir die Kugeln sparen!«

Es sah so aus, als wollte sie nicht auf mich hören. Da ich sie weiterhin am Arm festhielt, merkte ich, dass sich ihr Körper entspannte. Sie nickte und drehte sich weg.

Ich hielt Jane nicht auf. Sie lehnte sich gegen die Wand und hob den Kopf, um gegen die Decke zu schauen. Nur ihre schweren Atemstöße waren zu hören.

Derweil schaute ich mir die beiden Angreifer an. Ja, sie waren tot. Unsere Kugeln hatten ihnen das Leben genommen, aber sie lösten sich nicht auf. Das wiederum bestärkte mich in dem Gedanken, dass es keine dämonischen Geschöpfe waren, sondern irgendwelche genveränderten Wesen. Vielleicht hatte jemand sie gekreuzt. Hätten sie zu den dämonischen Helfern gehört, wäre ihr Verhalten jetzt völlig anders gewesen. Dann hätten sie sich aufgelöst und wären entweder als schmierige Masse oder als Staub am Boden liegen geblieben.

So aber lagen sie da, als wären zwei Hasen erschossen worden.

Das war für mich schon eine Überraschung, denn damit hatte ich in Verbindung mit dem Schwarzen Tod, der sich normalerweise mit anderen Helfern umgab, nicht gerechnet. Hier hatte er ganz tief in die Trickkiste gegriffen und uns etwas geschickt, das wir nie auf seiner Seite vermutet hätten.

Er hatte dazugelernt.

Das nahm ich mal als Resultat der Angriffe hin. Er selbst hielt sich zurück und schickte zunächst seine Helfer vor. Je mehr sie aus meinem Dunstkreis töteten, desto besser war es für ihn. Er wollte freie Bahn haben, und einen Menschen, der mir persönlich sehr nahegestanden hatte, hatte er bereits geschafft.

Ich stand auf dem Fleck wie auf einer glühenden Herdplatte. In meinem Innern bewegte sich Feuer, über meinen Rücken hinweg lief ein eisiger Schauer.

Ich drehte mich zu Jane Collins hin um. Sie stand auch weiterhin mit dem Rücken zur Wand, aber sie hatte sich wieder gefangen, obwohl auf ihren Wangen noch rote Flecken tanzten.

»Ich denke, es sind alle gewesen«, sagte sie.

»Ja, das meine ich auch.«

Jane überlegte einen Moment. »Sicherheitshalber möchte ich trotzdem im Haus nachschauen.«

»Das übernehme ich.«

»Gut, dann gehe ich …«, Sie winkte ab und schluckte die weiteren Worte.

Ich legte beide Hände gegen ihre Wangen. »Jane, bitte, was ich dir jetzt sage, das hört sich zwar profan an, aber ich sage es trotzdem. Das Leben geht weiter. Es muss weitergehen, auch ohne Sarah, wenn du verstehst. Wir werden nicht aufgeben. Wir machen weiter, und irgendwann werden wir den Schwarzen Tod noch mal zur Hölle schicken. Dann aber für immer, das verspreche ich dir.«

»Wir werden sehen.«

Ich ließ von ihr ab und stieg die Stufen der Treppe hoch. Obwohl ich das Haus gut kannte, kam ich mir fremd vor. Lady Sarah lebte nicht mehr. Sie war auf schlimme Art und Weise gestorben. Das musste ich erst begreifen. Ich konnte es noch nicht. Ich glaubte, überall ihre Stimme zu hören, ihr Lächeln zu sehen, das Funkeln ihrer Augen …

Wieder wurde mir die Kehle eng. Ich steckte plötzlich voller Wut und Hass. Wäre mir jetzt jemand über den Weg gelaufen, der mich angreifen wollte, ich wäre durchgedreht und hätte jedes Maß verloren.

Es trat nicht ein. Ich stieg weiterhin unbehelligt die Treppe hoch und erreichte die erste Etage, in der die Detektivin Jane Collins ihre kleine Wohnung hatte.

Mein Gott, wie hatte sie sich hier immer wohl gefühlt. Trotz des großen Altersunterschieds waren die beiden Freundinnen gewesen, gehalten durch das starke Band des Vertrauens und der Sympathie.

Meine Beretta behielt ich sicherheitshalber in der Hand, als ich die Zimmer durchsuchte. Dort hatte sich nichts verändert. Ich sah alles so, wie ich es kannte. Niemand hatte für ein Chaos gesorgt. Es waren auch keine Fenster eingeschlagen worden – und, was am allerwichtigsten war, es lauerte niemand auf mich.

Nach der Durchsuchung stieg ich eine Etage höher. Unter dem Dach war alles aus- und umgebaut worden. Hier befand sich das Archiv der beiden Frauen. Jane liebte die Disketten, CDs und DVDs, Sarah die Bücher und auch ihre Gruselfilme, die in Kassetten dicht an dicht – ebenso wie die Bücher – in den Regalen standen.

Auch hier lauerte kein Flugmonster auf mich. Ich öffnete eines der schrägen Dachfenster und schaute hinaus.

Der Abend hatte sich verabschiedet. Die Nacht war angebrochen. Und mit ihr hatte sich die Dunkelheit über die Stadt gelegt. Ein nächtlicher Schleier, noch gefüllt mit der Wärme des vergangenen Tages, aber von einem kühleren Wind durchweht.

Ich schloss das Fenster wieder und ging den Weg zurück. Die Beretta hatte ich wieder verschwinden lassen.

Jane Collins stand nicht mehr im Flur. Ich hörte sie auch nicht, was schon seltsam war. Mein Herz klopfte schneller, und mein Magen zog sich zusammen, als ich einen Blick in die Küche warf, in der die tote Sarah Goldwyn lag.

Ich sah ihren Leichnam nicht mehr, denn Jane hatte eine Decke darüber ausgebreitet. Nur noch die Umrisse waren zu erkennen.

Jane selbst fand ich in Sarahs Wohnzimmer, wo wir so oft gemeinsam gesessen hatten. Sie saß neben dem runden Tisch. Auf der Platte lag noch die Häkeldecke.

In den Händen hielt Jane ein Glas. Es war Cognac, den sie trank, als ich die Schwelle übertrat.

»Nichts«, sagte ich. »Das Haus ist clean.«

Sie nickte nur.

Ich wusste, wo die Gläser standen, holte mir eines und schenkte mir ebenfalls einen Schluck ein. Gern wäre ich die Nacht über bei Jane geblieben, doch ich ging davon aus, dass das hier erst der Anfang gewesen war. Es würde noch etwas folgen, aber bestimmt nicht an diesem Ort, sondern an einem anderen. Das stand für mich fest.

»Ich werde mich um alle Dinge kümmern, die noch zu tun sind, John. Der Leichnam muss abgeholt werden und …«

»Moment mal, Jane. Das stimmt, was du sagst. Ich möchte, dass sie zum Yard gebracht wird. Sie kann dort untersucht werden.«

»Wenn du meinst.«

»Ich könnte sie noch in dieser Nacht abholen lassen.«

»Das möchte ich nicht.«

»Warum nicht?«

Jane drehte mir ihr Gesicht zu. Ihr Blick war so starr, und sie sprach mit tonloser Stimme. »Hast du damals, als deine Eltern starben, nicht auch von ihnen Abschied genommen?«

»Habe ich.«

»Auch allein?«

»Sicher.«

»Das möchte ich auch.« Sie holte gequält Atem. »Lady Sarah war für mich nicht nur einfach eine Bekannte oder Vermieterin, nein, John, sie ist viel mehr gewesen. Sie war ein Teil meines Lebens, so muss man das sehen. Sie hat mich damals aufgenommen, als ich nicht wusste, wohin ich gehen sollte. Als ich mich fühlte wie zwischen Baum und Borke. Da ist Sarah für mich da gewesen. Das habe ich nicht vergessen. Und deshalb werde ich ganz allein von ihr Abschied nehmen, wenn du mir das gestattest.«

»Das ist selbstverständlich.«

»Danke.«

Ich trank wieder einen Schluck. Das Getränk war nicht scharf. Es lief als Strom in meinen Magen hinein, aber ich leerte das Glas nicht bis zum Grund.

»Dann werde ich wohl gehen«, sagte ich mit leiser Stimme. »Ich denke nicht, dass hier noch etwas passieren wird. Es sei denn, diese Wesen wollen auch dich …«

»Da brauchst du dir keine Gedanken zu machen, John. Ich weiß, wie ich mich wehren kann.«

Jane winkte mir schleppend zum Abschied zu, als ich mich erhoben hatte und auf die Tür zuging. Bevor ich das Zimmer verließ, drehte ich mich um.

Jane Collins hatte ihre Haltung nicht verändert. Nach wie vor saß sie mit gesenktem Kopf auf dem Stuhl und war voll und ganz in ihrer Trauer gefangen.

Es war besser, wenn ich jetzt ging. Mit allem, was sie mir gesagt hatte, hatte sie ja recht. Hier kam einiges zusammen. Janes Verhältnis zu Lady Sarah war ein anderes als meines zu ihr. Das musste man immer wieder betonen. Sie war für sie so etwas wie eine Ersatzmutter gewesen, wobei ich über ihre Eltern kaum etwas wusste, wie mir erst jetzt auffiel. Irgendwann würde ich sie danach fragen.

Aber auch mir war ein lieber Mensch entrissen worden. Ich begann wieder damit, den Schwarzen Tod wahnsinnig zu hassen, auch wenn er nicht direkt die Horror-Oma getötet hatte.

Ich musste lächeln, als mir der Spitzname in den Sinn kam. Ja, so hatten wir sie genannt, und sie war immer stolz auf ihren Kampfnamen gewesen. Aber jetzt war alles vorbei. Dahin. Nur noch Erinnerung an einen wunderbaren Menschen.

Mit diesem Gedanken öffnete ich die Haustür und trat hinaus in die Dunkelheit der Nacht. Ich holte tief Atem, um meine Nervosität wieder in den Griff zu bekommen, was leider nicht möglich war. Ich stand auch weiterhin unter Strom und rechnete mit plötzlichen Angreifern aus der Höhe.

Es war und blieb ruhig. Ich ging zu meinem Rover, der nicht abgeschleppt worden war oder eine Kralle bekommen hatte, und stieg ein. Der Innenraum kam mir vor wie eine angeheizte Sauna. Wahrscheinlich lag es auch an mir, dass ich die Wärme so spürte.

Ich wusste, dass sich meine Freunde Gedanken um mich machten. So wollte ich zumindest ein Lebenszeichen geben, aber ich würde mich mit meinem Bericht zurückhalten.

Suko hob ab.

»John, he! Du hast uns auf die Folter gespannt. Wir haben früher mit einer Nachricht gerechnet. Ist alles in Ordnung bei dir? Bringst du Lady Sarah mit?«

Beinahe hätte ich bitter aufgelacht. Das verbiss ich mir und sagte nur: »Ich mache mich jetzt auf den Weg ...«

Suko legte auf und schaute nachdenklich auf den Hörer. Shao fiel es auf.

»Was hast du denn?«

»Eigentlich nichts.«

»Und warum bist du so nachdenklich?«

Suko deutete auf das Telefon. »Es lag an dem Anruf. Oder vielmehr an Johns Stimme.«

»Wieso?«

Suko kniff die Augen zusammen und dachte kurz nach. »Sie klang verändert. Nicht normal. Zu leise. Auch zu deprimiert. Als hätte er etwas Schweres hinter sich.«

»O nein«, flüsterte Shao. »Da wird doch nicht etwas mit Sarah Goldwyn passiert sein?«

Suko hob die Schultern.

Seine Partnerin ließ nicht locker. »Hat er denn nichts weiter gesagt?«

»Nein, das ist es ja eben. Er hat mich nicht zu Wort kommen lassen. Es wird Gründe gegeben haben. Ich denke mir, dass er uns alles berichten wird, wenn er hier ist.«

»John hat Lady Sarah nicht mal erwähnt?«, flüsterte Shao. »Das lässt mich nichts Gutes hoffen.«

»Ja, mich auch nicht.«

»Sollen wir etwas unternehmen?«

»Nein, warten.«

Sie lachte. »Warten. Wie so oft in den letzten Stunden.«

»Ich kann es leider nicht ändern, Shao.«

Sheila war auch dafür, dass Bill losfuhr, um Johnny von den Quentins abzuholen. So hatte er sich in seinen Porsche geklemmt und war um ein paar Ecken in südöstliche Richtung gefahren. Er wusste, wo die Quentins wohnten. Es war dort sehr ländlich. Man ging in dieser Gegend gern spazieren, und die Quentins boten den Leuten in ihrem kleinen Restaurant einen Rast- und Ruhepunkt an. Nebenbei betrieben sie noch einen Antikshop, der zusätzlich etwas Geld abwarf.

Bill musste von der normalen Straße abbiegen und auf ein Gelände fahren, das eine Lücke zwischen Wäldern und Wiesen schloss. Das Haus der Quentins war von innen und außen beleuchtet. Auf dem Parkplatz standen einige Autos, doch ein Wohnmobil fiel dem Reporter nicht auf. Die Jungen waren noch nicht da.

Bill stieg aus. Der Shop war schon geschlossen, aber das kleine Restaurant hatte noch geöffnet. Es befand sich unten im Haus. Oberhalb davon lebten die Quentins.

Wegen der Wärme hatte man die Tür aufgelassen. An zwei rustikalen Tischen saßen Gäste und tranken Bier. Wie Touristen sahen sie nicht aus. Es schienen entfernte Nachbarn zu sein. Außerdem unterhielten sie sich mit dem Besitzer, der dabei war, Flaschen in ein Kühlfach zu stellen. Er blickte auf, als Bill das Lokal betrat.

»Hallo, Mister Conolly, ich wusste, dass Sie Ihren Sohn abholen würden. Die Jungs werden gleich kommen. Möchten Sie in der Zwischenzeit etwas trinken?«

»Ein Wasser wäre nicht schlecht.«

»Gut, bekommen Sie.«

Bill wunderte sich darüber, dass der Mann sogar italienisches Wasser führte. Bill schenkte sich selbst ein und hörte Quentin zu, der davon sprach, dass die Jungs auf dem Rockkonzert eine Menge Spaß gehabt hatten.

»Hat Hado das erzählt?«

»Ja.«

»Wann denn?«

»Ach, das weiß ich nicht genau. Es war jedenfalls heute Morgen, kurz vor der Abreise.«

»Da war alles in Ordnung, nicht?«

»Klar, sicher. Was sollte denn nicht in Ordnung gewesen sein? Nein, die haben das schon gut gemanagt.«

»Freut mich.«

»Hatten Sie Sorgen?«

Bill hob die Schultern. »Die Jungs sehen sich zwar als erwachsen an, aber man macht sich doch immer noch Sorgen.«

»Stimmt.« Quentin winkte einige Male mit der linken Hand. »Besonders dann, wenn ich an meine eigene Jugend denke. Joho, das darf ich gar nicht erzählen.«

Bill lächelte nur. Ansonsten trank er das Wasser und bewegte unruhig seine Füße. Beruhigt war er keineswegs. Er würde es erst sein, wenn Johnny heil und gesund vor ihm stand.

Relativ oft schaute er zu der offenen Tür. Noch sah er kein Licht, das sich dem Haus näherte, doch das änderte sich recht schnell, als das helle Gewand über den Parkplatz floss und sehr bald auch Bills Porsche erfasste.

Jetzt fiel ihm der erste Stein vom Herzen. Er legte ein paar Münzen auf die Theke und ging nach draußen. Im Freien bewegte er sich nicht mehr so schnell, sondern normal.

An der Fahrerseite verließ Johnny das Wohnmobil. Sein Freund war schon ausgestiegen. Er wartete und machte einen leicht verunsicherten Eindruck, der auch nicht verschwand, als seine Mutter den Antikshop verließ und auf ihn zukam.

»Da seid ihr ja wieder«, rief sie und umarmte ihren Sohn, der sich recht steif verhielt.

Bill war zu seinem Sohn getreten und schaute Johnny an. »Alles okay?«

»Bis jetzt schon. Hado hat es noch nicht richtig verkraftet, was da passiert ist.«

»Du denn?«

»Ich bin gefahren.«

»Wir reden gleich über alles.«

Mrs Quentin wunderte sich über ihren Sohn, der wenig erzählte. »Bitte, ich möchte jetzt was trinken. Das nehme ich mir mit nach oben. Ich bin kaputt.«

»Dann kannst du nur froh sein, dass Johnny den Wagen fuhr.«

»Klar, der hat die besseren Nerven.«

Die Frau schüttelte den Kopf. »Wie soll ich das denn wieder verstehen?«

»Nichts. Sage ich dir alles später.«

»Da bin ich gespannt.«

Hado ging zu Johnny. Beide schauten sich an, bevor sie sich abklatschten. Dann verschwand Hado im Haus.

»Verstehen Sie das, Mister Conolly?«

Bill hob die Schultern. »Auch junge Leute sind mal müde. Das muss man ihnen zugestehen.«

»Ja, schon, aber sein Benehmen ist doch recht seltsam gewesen. Das muss ich schon sagen.«

Johnny hatte mittlerweile seine Reisetasche geholt. Er nickte der Frau zu. »War eine tolle Reise, Mrs Quentin. Und das Konzert war allererste Sahne.«

»Meinem Sohn scheint es nicht so gefallen zu haben.«

»Doch, aber er hat sich verausgabt.«

»Aha. Oder hat das etwas mit seiner Verletzung am Arm zu tun, die ich auch gesehen habe?«

»Das ist nur ein Kratzer gewesen. So was passiert mal im Eifer des Gefechts.«

Mrs Quentin winkte ab. »Da bin ich ja nur froh, nicht dabei gewesen zu sein.«

»So schlimm war's nun auch wieder nicht.« Johnny reichte der Frau die Hand und verabschiedete sich.

Dann ging er mit seinem Vater ein paar Schritte weiter zum Porsche. Er stieg ein, legte die Tasche auf den Notsitz und schloss die Tür. Auch Bill saß bereits hinter dem Steuer.

Er startete noch nicht. Zuerst musste er eine Frage loswerden. »Diese Verletzung, Johnny, ich nehme an, du weißt, wo Hado sie sich geholt hat?«

»Klar.«

»War es das Monster?«

»Leider.«

»Und was ist mit dir?«

»Ich bin davongekommen und habe außerdem einen Angreifer vernichten können.«

»Wie denn?«, fragte Bill verwundert.

»Mit meinem Taschenmesser.«

Der Reporter sagte nichts darauf. Er startete den Porsche, setzte zurück und schlug das Lenkrad nach links ein. Erst als das Haus hinter ihnen lag, begann er wieder zu sprechen. »Ich denke, dass du mir einiges zu berichten hast.«

»Stimmt.«

»Und was ist genau geschehen?«

Johnny winkte ab. »Das ist eine lange Geschichte.«

»Dann erzähle das Wesentliche. Ich will ja nicht wissen, wie gut oder schlecht die Rockgruppen gewesen sind.«

Bill fuhr bewusst langsam, weil er alles genau mitbekommen wollte, was ihm sein Sohn erzählte. Er unterbrach ihn auch nicht. Er bekam nur einige Male große Augen und schüttelte den Kopf. Dass es so schlimm gewesen war, hatte er sich nicht vorgestellt. Er war einiges gewöhnt, aber dieser Bericht verschlug ihm den Atem.

»So, und jetzt weißt du alles.«

Bill nickte. »Stimmt. Nur habe ich noch immer keine vernünftige Erklärung.«

»Die habe ich auch nicht.«

»Obwohl es einen Zusammenhang gibt.«

»Wobei?«

Bill räusperte sich. »Das ist nicht so leicht zu erklären, aber ihr seid nicht die Einzigen, die von diesen Wesen angegriffen wurden. Das steht fest.«

Johnny staunte erst mal. »Wer denn noch?«

»John und Suko. Auch Glenda Perkins hat sie gesehen und auch Sarah Goldwyn.«

»Das kann doch nicht wahr sein!«

Bill hob die Schultern. Sie fuhren über eine schmale Straße und wurden von zwei Motorradfahrern überholt. Die Rücklichter der Maschinen waren schnell in der Dunkelheit verschwunden.

»He, ich warte auf eine Antwort.«

»Weiß ich, Johnny, aber die kann ich dir nicht so hundertprozentig geben. Ich denke, dass es um eine große Sache geht, in die wir alle involviert sind.«

»Ja, aber was haben wir getan? Das ging wahnsinnig schnell. Die Monster waren da. Hätte ich nicht ein Taschenmesser bei mir getragen, würde ich jetzt nicht hier sein. Denk mal nach, Dad. Mit einem Taschenmesser habe ich dieses dämonische Wesen erledigt.«

»Bist du denn sicher, dass es sich um ein solches gehandelt hat?«

»Wieso nicht?«, flüsterte Johnny erstaunt. »Das zu unterscheiden kannst du mir zutrauen.«

»Ich will dich auch nicht belehren, aber du solltest mal nachdenken.«

»Tue ich auch.«

»Gut. Denk daran, wie es dir gelungen ist, das Wesen zu töten. Mit einem Taschenmesser.«

»Ja. Und?«

»Mit einem Taschenmesser!«, betonte Bill.

Diesmal erhielt er keine schnelle Antwort. Johnny dachte nach und nickte nach einer Weile. »Ja, jetzt verstehe ich. Wie ist es möglich, so ein Monstrum aus dem Dämonenreich mit einem Taschenmesser zu töten. Ist eigentlich nicht drin.«

»Genau.«

»So können wir daraus folgern«, fuhr Johnny fort, »dass dieses Ding gar kein Dämon gewesen ist. Oder keine dämonisch beeinflusste Kreatur.«

»Bingo.«

Johnny sagte erst mal nichts. Er raufte sich die Haare und

fragte dann: »Aber wieso, zum Henker, laufen diese Wesen hier auf der Erde herum? Kannst du mir das sagen?«

»Ich nicht.«

»Okay, wer dann? John?«

»Das glaube ich nicht«, sagte Bill mit leiser Stimme. »Ich denke eher, dass es der Schwarze Tod kann.«

»Was hast du gesagt?« Johnnys Stimme klang überlaut und schrill. »Das kann doch nicht wahr sein! Der Schwarze Tod ist …«

»Wieder da!«

Mit dieser Antwort hatte Bill seinen Sohn geschockt. Es brachte nichts, wenn er damit hinter dem Berg hielt. Johnny musste die Wahrheit erfahren, damit auch er sich darauf einstellen konnte.

»Du lügst nicht – oder?«

»Nein, Junge, bestimmt nicht.«

»Das ist ja schlimmer, als ich dachte. Der Schwarze Tod also. Ich war ja noch jung, aber beginnen jetzt die alten Zeiten wieder von vorn? Sei ehrlich, Dad.«

»Wir alle wollen es nicht hoffen.«

»Aber ihr befürchtet es.«

»Da muss ich dir leider zustimmen.«

Johnny schwieg für eine Weile. Danach kam er darauf zu sprechen, dass auch andere Menschen aus dem Umkreis des Geisterjägers Besuch erhalten hatten.

»Es kann ein Rundumschlag sein«, sagte Bill.

»Aber bei euch ist nichts passiert?«

»Zum Glück nicht.«

»Schließt du es denn aus?«

»Auf keinen Fall. Ich habe ja mein Handy mit und deiner Mutter ans Herz gelegt, dass sie anrufen soll, wenn ihr etwas nicht mehr normal und gefährlich erscheint. Zum Glück ist das Ding stumm geblieben, aber wir werden uns wohl seelisch darauf einstellen müssen, dass auch wir nicht verschont bleiben.«

Johnny sagte nichts mehr. Er schaute aus dem Fenster, und Bill entdeckte die feine Gänsehaut auf der Wange seines Jungen, der natürlich auch weiterhin nachdachte und noch eine wichtige Frage loswerden musste.

»Kannst du dir vorstellen, dass gerade der Schwarze Tod zu solchen Hilfstruppen greift?«

»Nein, kann ich nicht.« Bill betätigte den Blinker, um in eine schmale Wohnstraße einzubiegen, die nicht mehr weit von der Straße entfernt lag, in der sie wohnten.

Da klingelte das Handy.

Es steckte in der Halterung. »Nimm du ab«, sagte Bill.

»Ja, mach ich.« Johnny meldete sich nicht. Die Anruferin war schneller.

»Bill, ich …«

»Nein, Mum, ich bin es.«

»Johnny, du!«

»Was ist denn?«

»Wo seid ihr?«

»Nicht mehr weit weg.«

»Dann gebt acht. Ich glaube, dass sie auch uns gefunden haben. Ich bin mir nicht sicher, doch als ich aus dem Fenster schaute, habe ich einen großen Schatten gesehen, der nicht weit entfernt durch die Dunkelheit segelte.«

»War es ein Monster?«

»Zumindest war es kein Vogel. Glaube ich einfach nicht.«

»Okay, Mum, wir passen auf.«

Bill hatte zugehört und bereits die Konsequenzen gezogen. Er gab Gas, und sein Gesicht wirkte wie versteinert.

»Glaubst du Mum?«

»Ja, Johnny, ich glaube ihr. Sie ist bestimmt nicht überspannt. Und warum sollten ausgerechnet wir verschont werden?«

»Gegenfrage. Warum greift man uns überhaupt an?«

»Gute Frage. Weil ein gewisser John Sinclair unser Freund ist. Und der hat den Schwarzen Tod damals vernichtet. Jetzt wird er Rache nehmen wollen und alle vernichten, die sich in

Johns Schatten bewegen. Einen anderen Grund kann ich mir nicht vorstellen.«

Es war alles gesagt worden. Es gab nur noch den Spannungsbogen zwischen ihnen, der sich verdichtet hatte, weil sie das Haus fast erreicht hatten.

Bill hatte das Tor nach seiner Abfahrt nicht wieder geschlossen. So stand es weit offen, und er lenkte sein Fahrzeug auf das Grundstück. Bis zu dem etwas erhöht liegenden Haus schlängelte sich der Weg in Kurven hin. Die Umgebung wirkte völlig normal. Geschickt verteilte Lampen gaben ein entsprechendes Licht, in deren Schein zwar zahlreiche Insekten umherflogen, aber keine Flugmonster, wie Johnny sie beschrieben hatte. Die Umgebung machte einen völlig normalen Eindruck. Davon ließen sich die beiden Conollys jedoch nicht täuschen. Es konnte auch alles anders kommen, und das in einer äußerst kurzen Zeitspanne.

Die Scheinwerferlichter des Porsches erreichten bereits die Haustür, als Bill den Wagen nach links auf die breite Zufahrt vor der großen Garage lenkte.

Dort stoppte Bill.

Johnny hatte sich bereits losgeschnallt und wollte aussteigen.

»Moment noch«, sagte sein Vater. »Erst schauen wir uns ein wenig um.«

»Man kann nicht viel sehen.«

Bill ließ sich davon nicht beirren. Er duckte sich, drehte den Kopf in die verschiedenen Richtungen und musste sich eingestehen, dass nichts Verdächtiges in der Nähe kreiste.

»Wir können aussteigen.«

Sie taten es gemeinsam. Bill bedauerte, dass er seine Beretta im Haus hatte liegen lassen. Wenn sie jetzt angegriffen wurden, waren sie waffenlos, abgesehen von Johnnys Taschenmesser. Ob das noch mal so gut half, wagte Bill zu bezweifeln.

Sie ließen den Porsche vor der Garage stehen. Es waren nur ein paar Schritte bis zur Haustür, die von innen geöffnet wurde.

Vater und Sohn gingen recht zügig, aber sie drehten sich dabei immer im Kreis, um die Blicke überall zu haben.

»Kommt!«, rief Sheila aus dem Haus.

In diesem Moment lösten sich die beiden Flugmonster aus der Dunkelheit des Gartens. Sie waren schnell, und sie jagten auf Johnny zu, als wollten sie sich für den Tod ihres Artgenossen rächen …

Justine Cavallo wusste, dass es jetzt auf jede Sekunde oder sogar auf Sekundenbruchteile ankam. Der Schwarze Tod war nicht irgendein Gegner. Er war jemand, der sich nicht ausrechnen ließ. Der lange Wege in kürzester Zeit zurücklegte und deshalb immer für eine böse Überraschung gut war.

Justine rannte nicht zurück. Was sie tat, das beherrschten sonst nur die Action-Spezialisten in den Hollywood-Streifen. Dazu gehörte schon eine wahre Artistik.

Die blonde Bestie schleuderte ihren Körper zurück. Sie landete jedoch nicht am Boden, sondern schlug mehrere Salti rückwärts hintereinander. Ein perfekter Flickflack, der soeben noch zum richtigen Zeitpunkt begonnen hatte, denn sie schaffte es, dem verfluchten Sensenblatt zu entwischen.

Sie bekam auch keinen Hauch mit, wie die tödliche Gefahr an ihr vorbeiwischte. Sie wollte nur so schnell wie möglich eine genügend große Distanz zwischen sich und diesen mörderischen Henker bringen.

Und das schaffte sie.

Nach dem letzten perfekt getimten Salto stand sie wieder normal auf ihren Füßen und schaute nach vorn.

Ob der Schwarze Tod überrascht war oder nicht, konnte sie nicht sagen, jedenfalls stand er für einen Moment still, wie erstarrt. Auch die Sense schien zu Eis geworden zu sein. Justine konnte nicht anders, sie musste diesem Geschöpf einfach ins Gesicht lachen. Mit einer wilden, schon provozierenden Bewegung strich sie ihre Haare zurück. Beim Lächeln entblößte sie die spitzen Vampirzähne, und sie sah aus, als wollte sie der Gestalt jeden Moment an die dunklen Knochen springen.

Zum ersten Mal sah sie ihn so nah und stellte fest, dass er tatsächlich so etwas wie einen Umhang trug, denn hinter ihm war es noch dunkler. Da schien die Finsternis alles gefressen zu haben, was sich ihr in den Weg gestellt hatte.

Die Augen glühten. Wahrscheinlich verbargen sie das wahre Geheimnis des Schwarzen Tods. Seine Antriebskraft, den Motor der Macht, der dafür sorgte, dass alles andere brutal aus dem Weg geräumt wurde.

Ein Vampir hat normalerweise keine Gefühle. Es sei denn die Gier nach Blut. Als normales Gefühl konnte man das kaum einordnen. Bei Justine Cavallo war es anders. Sie fühlte etwas. Liebe nicht, dafür das Gegenteil. Hass, aber auch eine Freude im negativen Sinne und auch eine Sicherheit und Arroganz. Die Freude darüber, dem Gegner überlegen zu sein oder ihm zumindest eine Niederlage beigebracht zu haben.

Das war hier der Fall.

Sie traute sich jetzt mehr. Sie wollte den Schwarzen Tod locken. Sie musste dabei nur den Schlagbereich der tödlichen Sense meiden und zusehen, dass sie an ihr vorbeikam, um dann direkt in die Nähe des Skeletts zu gelangen.

Justine vertraute voll und ganz auf ihre Kraft. Sie traute sich sogar zu, dem Monstrum einige Knochen zu brechen. Und genau darauf konzentrierte sie sich.

Unmöglich war das nicht, denn Justine war stärker und auch beweglicher als alle Menschen. In ihr steckte eine Kraft, die kaum zu fassen war, und die wollte sie einsetzen.

Justine Cavallo war eine Person der schnellen Entschlüsse. Was sie sich in den Kopf gesetzt hatte, das führte sie sofort durch, falls es möglich war.

Hier war es möglich. Hier gab es keine Hindernisse zwischen ihr und dem Gegner.

Das mächtige Skelett hatte sich noch nicht bewegt. Es stand nach wie vor an der gleichen Stelle. Die roten Augen sahen aus wie glühende Sonnenscheiben. In ihnen würde sich auch nichts verändern und Justine andeuten, dass ein Angriff bevorstand.

Sie lief los.

Und sie war schnell. Das Märchen von den Siebenmeilenstiefeln schien bei ihr wahr geworden zu sein, und auch jetzt tat der Schwarze Tod nichts. Er blieb stehen, nicht mal die Sense zuckte, und Justine sprang genau an der Stelle vom harten Boden ab, die sie sich ausgesucht hatte.

Mit beiden vorgestreckten Beinen rammte sie das Knochengestell des Monsters – und erlebte nichts.

Keine Reaktion!

Der Schwarze Tod wich nicht von der Stelle. Seine Knochen waren hart wie Granit. Dafür erlebte Justine eine Gegenreaktion, mit der sie nicht gerechnet hatte. Trotz ihrer Kraft musste auch sie den Gesetzen der Physik folgen. Es hatte den Aufprall gegeben. Eine Sekunde danach erlebte sie den Gegenstoß.

Dass sie so weit zurückgeworfen wurde, damit hätte sie nicht gerechnet. Sie schlug mit dem Rücken auf. Ein Mensch hätte vor Schmerzen geschrien, die aber empfand Justine nicht. Sie schrie nur ihre Wut hinaus und sah plötzlich an ihrer rechten Seite das scharfe Blatt der Sense.

Und das bewegte sich!

Im Nu wurde der blonden Bestie klar, in welcher Gefahr sie sich befand. Die mörderische Waffe würde angehoben werden, um dann zuzuschlagen. Einen derartigen Treffer verkraftete auch die Vampirin nicht.

Justine rollte sich weg. Sie war sehr schnell, und ebenso flink kam sie wieder auf die Beine.

Noch in der Bewegung sah sie, wie das Blatt der Sense hochschwang. Es war eine geschmeidige Bewegung des Schwarzen Tods, die so gar nicht zu seinem starren Körper passte.

Justine Cavallo sah ein, dass sie zu langsam gewesen war. Um etwas zu ändern, war es jetzt zu spät, denn die Waffe fegte mit einer wahnsinnigen Geschwindigkeit über den Boden, während der mächtige Dämon sich zugleich auf die Blutsaugerin stürzte …

Der Weg zu meiner Wohnung fiel mir schwer. Ich hatte den Rover in der Garage abgestellt und war diesmal nicht von einer Flugbestie angegriffen worden. Mit müden Schritten und wie mit Blei gefüllten Füßen verließ ich die Liftkabine und schritt den Flur entlang. Auf meiner Haut lag eine dünne Eisschicht.

Ich konnte mich einfach nicht von dem schlimmen Bild der toten Sarah Goldwyn befreien und hatte mich auch nicht an die Tatsache gewöhnt, nie mehr mit der Horror-Oma sprechen zu können. Das alles war vorbei. Die Stimme, das Funkeln in den Augen, ihre Sorge um mich, das verschmitzte Lächeln oder die gemütlichen Stunden in ihrem Wohnzimmer, das auf so herrliche Art und Weise nostalgisch war – das alles würde es nicht mehr geben.

Vielen Gefahren hatte Lady Sarah getrotzt, doch das Schicksal war letztendlich stärker gewesen. Aber sie war nicht in ihrem Bett gestorben, sondern durch zwei fliegende Vampir-Monster auf grausame Art und Weise.

Ich wollte nicht darüber nachdenken, was sie in den letzten Sekunden des Lebens gedacht und erlebt hatte. Sicherlich hatte sie Schmerzen gehabt und sich womöglich gefragt, warum ihr keiner half.

Genau die Frage stellte auch ich mir und produzierte so gewisse Schuldgefühle, die für eine so starke Beklemmung in mir sorgten. Wäre ich zu ihr gefahren, hätte ich es vielleicht geschafft, aber ich hatte mich ja zu leicht von ihr überreden lassen.

Und wem hatte ich das alles zu verdanken? Wer steckte dahinter?

Einen endgültigen Beweis hatte ich noch nicht bekommen, aber ich konnte mir vorstellen, dass der Schwarze Tod zu einem Generalangriff geblasen hatte. Er wollte Akzente setzen. Er wollte seine Feinde loswerden und sich nicht mehr auf einen so langen Kampf einlassen, weil auf ihn auch andere Aufgaben warteten.

Ich hatte meine Wohnungstür erreicht und blieb für wenige Sekunden in Gedanken versunken davor stehen.

Hier war alles normal. Ich konnte die Tür aufschließen und die Wohnung betreten. Ich konnte mit anderen Menschen sprechen, lachen oder weinen. Auch essen und trinken, und das alles würde es für Sarah Goldwyn nicht mehr geben.

Shao und Suko fand ich bei mir nicht mehr vor. Das hatte ich mir auch gedacht. Sie waren sicherlich nach nebenan gegangen und hielten sich dort auf.

Ich schaute mich in der leeren Wohnung um, und das Gefühl der Spannung fiel von mir ab, als ich sah, dass mich niemand erwartete. Da gab es kein Monster, das irgendwo gelauert hatte.

Ich sah es als positiv an, allein zu sein. So ging ich in die Küche und holte mir etwas zu trinken. Die kalte Flüssigkeit tat gut. Sie schaffte mir das Kratzen aus dem Hals.

Es war so still. An manchen Abenden oder in manchen Nächten liebte ich die Stille. Heute nicht. Da kam sie mir bedrückend vor und auch lauernd, als hielte sich etwas darin verborgen.

Ich stellte die leere Flasche Wasser in einen Korb und verließ die Küche. Als ich in Höhe des Telefons stand, dachte ich darüber nach, die Conollys und auch Glenda Perkins anzurufen. Glenda hatte die Flugwesen ebenfalls gesehen, bei den Conollys wusste ich nichts, nur konnte ich mir schlecht vorstellen, dass sie von den Angriffen verschont blieben.

Ich verließ mein Apartment. Im Flur begegnete mir ein Mieter, der schwere Taschen trug. Er nickte mir kurz zu und verschwand in seiner Wohnung. Mir fiel auf, dass ich ihn bisher noch nie zuvor gesehen hatte. In diesem Haus zogen viele aus und auch wieder ein. Zusammen mit Suko und Shao gehörte ich zu den Menschen, die am längsten hier wohnten.

Komisch, welche Gedanken mir jetzt durch den Kopf gingen. Daran hatte ich sonst nicht gedacht.

Bei meinen Freunden klingelte ich kurz an. Sehr schnell wurde mir die Tür geöffnet.

Suko stand vor mir.

Er schaute mich an und wusste Bescheid.

»Was ist passiert?«, flüsterte er.

»Bitte, lass mich rein.«

»Okay.«

Ich ging an ihm vorbei. Mein Herz klopfte wieder schneller, und mir wurde beinahe übel. Ich bewegte mich wie im Traum, und Shao, die soeben aus der Küche kam, schaute mich an wie einen Geist und hätte fast die Teekanne fallen lassen.

Sie stellte sie schnell ab und sagte mit leiser Stimme: »Ich hole dir auch eine Tasse.«

Suko drückte mich in einen Sessel. Ich nahm es kaum wahr. Erst als ich saß, wurde es mir bewusst. Allmählich lichtete sich der Schleier vor meinen Augen.

Shao brachte den Tee.

Keiner der beiden sprach ein Wort. Sie schauten mich an und sahen, dass meine Hand zitterte, als ich die Tasse anhob. Ich blickte ins Leere, als ich trank. Ich spürte den Druck in der Brust, mir war wieder leicht übel geworden, aber einmal musste es raus.

»Ich bin zu spät gekommen«, sagte ich mit tonloser Stimme.

»Und weiter?«

Ich schaute Suko kurz an. »Ja, wie ich schon sagte, ich kam zu spät. Ich konnte nichts mehr tun …«

Mein Freund begriff. »Ist sie – ist sie – tot?«

Ich nickte. Sprechen konnte ich nicht. Meine Kehle war wie zugeschnürt. Ich musste schlucken und kämpfte zugleich wieder gegen die Übelkeit an.

Shaos Aufschrei drang nur gedämpft an meine Ohren. Alles erlebte ich wie durch einen Wattefilter, und ich nahm auch Sukos Reaktion wahr, ein tiefes, schmerzerfülltes Stöhnen. Wir alle hatten sie gekannt und auch gemocht, aber jetzt war es aus.

Ich kam mir vor wie in einer Szene, die in sich selbst erstarrt war und aus der es keinen Ausweg gab. Es war grauenhaft. So konnte das Leben nicht sein, aber es gehörte nun mal dazu. Das musste ich einsehen. Ich würde es auch einsehen, aber es dauerte seine Zeit.

Ich wusste auch, dass meine Freunde auf einen Bericht warteten, und sagte mit krächzender Stimme: »Jane und ich haben sie gefunden. Sie wurde in ihrer eigenen Wohnung umgebracht.«

Shao stand hastig auf und verließ das Zimmer. Dann schlug heftig die Tür zum Bad zu.

Suko und ich waren allein. Wir blickten uns an. Jetzt sah mein Freund so ähnlich aus wie ich. Er schaute mich an und trotzdem ins Leere. Durch seinen Kopf huschten bestimmt die gleichen Gedanken und Vorwürfe, aber er sagte nichts. Er strich nur über sein Gesicht und schaffte schließlich ein Nicken.

»Ich kann mir vorstellen, was du gefühlt hast.«

»Klar. Und Jane ebenfalls. Wir sind einfach zu spät gekommen. Wir haben nicht richtig reagiert, Suko. So und nicht anders muss man es sehen.«

»Keine Vorwürfe.«

Ich winkte ab.

»Du kannst nichts dazu. Es war ihr eigener Wille.«

»Ja, schon«, sagte ich bitter. »Ich kenne dich, Suko. Wenn du an meiner Stelle gewesen wärst, du hättest dir auch Vorwürfe gemacht. Das weiß ich. Dazu kenne ich dich lange und gut genug.«

»Wahrscheinlich. Und wie hat es Jane aufgenommen?«

»Sie ist bei ihr geblieben. Sie will die ganze Nacht bei ihr sein und so etwas wie eine Totenwache halten. Ich habe sie nicht davon abgehalten.«

»Sie wird mit ihren Nerven am Ende sein.«

»Bestimmt.«

Suko fragte nach einer Pause: »Und wie ist sie gestorben? Wer hat es getan?«

»Die beiden Vampir-Monster griffen sie an. Sie zerstörten ein Fenster und konnten so in das Haus eindringen. Sie waren brutal und auch gnadenlos, Suko. Sie haben Sarah Goldwyn nicht die Spur einer Chance gelassen, das muss man leider sagen. Nichts, keine Chance. Und das genau ist das Schlimme.«

»Wir konnten sie töten.«

»Sarah nicht. Sie besaß keine Waffe. Das ist leider so. Ich kann es nicht ändern.«

Suko senkte den Kopf. »Jetzt hat es alle erwischt.«

Mich irritierte die Bemerkung etwas. Ich hob den Kopf und schaute ihn starr an. »Wie hast du das gemeint?«

»Johnny auch.«

Fast wäre ich aus dem Sessel geschnellt. Ich klammerte mich an den Lehnen fest, und Suko winkte mit beiden Händen ab. »Keine Sorge, ihm geht es gut. Aber er wurde auf dem Weg von einem Rockkonzert zurück nach Hause von den gleichen Monstern attackiert, das weiß ich von Shao. Er hat es geschafft, John.«

Zum ersten Mal seit dem Eintreten in die Wohnung atmete ich tief durch. »Wenn die Monster noch einen von uns erwischt hätten ...« Ich sprach nicht weiter, denn mir fiel plötzlich Glenda Perkins ein. »He, was ist mit Glenda?«

»Sie befindet sich in ihrer Wohnung. Es ist ihr nichts passiert. Da kannst du beruhigt sein.«

Ich schüttelte den Kopf. »Beruhigt bin ich nicht. Das hier ist ein Generalangriff auf uns alle. Auf das gesamte Team. Der Schwarze Tod ist wieder da und hat zum großen Schlag ausgeholt. Er wird alles vernichten, was er sich vorgenommen hat. Er hat nichts vergessen. Wie auch?« Ich winkte ab.

»Da hast du recht.«

Mein Gehirn arbeitete wieder normal. »Einer, Suko, fehlt noch auf unserer Rechnung.«

»Und wer?«

»Sir James.«

»Himmel, du hast recht. An ihn habe ich gar nicht gedacht. Ob er auch in Gefahr ...«

Ich hielt mein Handy schon in der Hand. Am besten erreichte man Sir James in seinem Club, der neben Scotland Yard sein zweites Zuhause war. Wo er ansonsten wohnte, wusste ich nicht. Er hatte mal von einer Wohnung in der Innenstadt gesprochen.

Im Club kannte man meinen Namen, und so wurde Sir James schnell ans Telefon geholt, als ich mich meldete.

»John …?«

Wieder klemmte meine Kehle fast zu. Ich hatte Mühe, die Worte herauszubekommen.

»Was ist denn?«

»Lady Sarah ist tot!«

Schweigen, nichts als Schweigen. Der große Schock, die Überraschung. Sir James konnte nichts sagen. Ich machte mir leichte Vorwürfe, weil ich nicht mit der Tür ins Haus hätte fallen dürfen, aber ich hatte einfach keinen Nerv gehabt, ihn großartig vorzubereiten, und so war er von der grausamen Tatsache überfallen worden.

Ich wollte auch jetzt nicht sprechen und zunächst abwarten, bis er sich gefangen hatte. Seine Stimme klang fremd und kratzig. »Ich – äh – habe Sie richtig verstanden?«

»Haben Sie, Sir.«

»Darf ich fragen, wie Lady Sarah gestorben ist?«

»Nicht auf natürliche Art und Weise«, erklärte ich stöhnend. Danach brach es aus mir hervor. Ich berichtete innerhalb kürzester Zeit alles, was mir und meinen Freunden widerfahren war.

Sir James hörte nur zu. Er war nicht so stark emotional beteiligt wie ich. Verständlich, aber die Trauer würde auch ihn erfassen, dessen war ich mir sicher. Er hatte Sarah gemocht, das wussten wir.

»Wer sind diese Wesen, John?«

»Vampir-Monster. Aber keine dämonischen Produkte. Man kann sie mit einer normalen Kugel töten oder wie es Johnny Conolly gelang, mit einem Messer.«

»Keine dämonischen Kreaturen? Sind Sie sicher?«

»Ja.«

»Und trotzdem mischt der Schwarze Tod mit?«

»Er zieht im Hintergrund die Fäden.«

»Haben Sie einen Beweis?«

»Nein, Sir, keinen sichtbaren beziehungsweise konkreten. Es sind einfach die Tatsachen, die dafür sprechen. Der Schwarze Tod ist wieder da. Und er ist nicht nur so einfach gekommen, um uns einen guten Tag zu wünschen, er hat schon seine Gründe gehabt, so zu handeln. Und er wird Zeichen setzen, davon bin ich überzeugt. Seine Rache hat er lange genug auf Eis gelegt. Jetzt schlägt er zu.«

»Dann sind Sie alle in Gefahr, denn der Schwarze Tod will das gesamte Team vernichten. Nur hatte er bei Lady Sarah leichteres Spiel als bei Ihnen und Suko.«

»Auch das ist richtig.«

Sir James dachte nach. »Ich glaube nicht, dass ich Sie schon danach fragen kann, welchen Plan Sie haben. Im Moment läuft noch alles durcheinander.«

»Genau. Wir werden uns nur zusammensetzen müssen, um Pläne zu schmieden. Der Schwarze Tod will mit einem Schlag alles beherrschen, und das ist schlimm. Er hat sich Helfer besorgt. Ich weiß nicht, woher sie kommen, aber sie sind äußerst gefährlich. Obwohl, Sir, wenn ich jetzt darüber nachdenke, mir etwas einfällt. Ja, jetzt ist mein Gehirn wieder klarer. Ich bekam einen Anruf. Es wurde nicht viel gesagt, aber ich weiß, wer der Anrufer war.«

»Wer denn?«

»Vincent van Akkeren, der Grusel-Star!«

Sir James schwieg. Es war der nächste Hammer für ihn. Er brauchte etwas, bis er sich gefangen hatte. Dann stöhnte er auf. »Sagen Sie nicht, dass van Akkeren und der Schwarze Tod zusammenarbeiten.«

»Doch, der Meinung bin ich. Er braucht einen Helfer. Er selbst ist zu scheußlich, um irgendwo allein zu erscheinen. Die Menschen würden durchdrehen, wenn sie ihn sehen. Und deshalb ist er darauf erpicht, einen Vertreter zu haben, der ihm bestimmte Arbeiten abnimmt.«

»Dann wird er ihm auch die fliegenden Killer besorgt haben.«

»Davon gehe ich zu diesem Zeitpunkt aus.«

Der Superintendent atmete schwer. »Worauf müssen wir uns Ihrer Meinung nach einstellen, John?«

»Auf Angriffe und Gefahren, die aus dem Hinterhalt erfolgen, Sir. Ich kann mir zudem vorstellen, dass auch Sie nicht verschont werden.«

»Das hatte ich mir schon gedacht. Jetzt weiß ich zumindest Bescheid.« Er räusperte sich. Immer wenn er das tat, neigte sich ein Gespräch bei ihm dem Ende entgegen. Jetzt war es auch so. Er erklärte mir, dass ich ihn jederzeit anrufen konnte, und umgekehrt war es natürlich auch so. Auch ich würde ihm Bescheid geben, sollte sich etwas Neues ereignen, das die Spirale des Grauens noch höher drehte.

Wir beendeten das Gespräch. Ich war froh, den Hörer aus meiner schweißnassen Hand legen zu können, und blickte meinem Freund Suko ins Gesicht. Er hatte über Lautsprecher zugehört und machte alles andere als einen zufriedenen Eindruck.

»Keiner von uns kann sich sicher sein.«

»Stimmt.«

»Und du glaubst wirklich, dass van Akkeren ebenfalls dahintersteckt?«

»Ja. Ich bin davon überzeugt, dass er hier in unserer Welt die Fäden zieht. Dass er dem Schwarzen Tod die Helfer gebracht hat. Dass er auf der Schiene des Grauens mitfährt. Eine andere Möglichkeit sehe ich leider nicht. Das ist eben so.«

»Niemand weiß, wo man ihn erreichen kann.«

»Stimmt.«

»Was sind das für Killer?«

Ich hob die Schultern. »Keine Ahnung. Es sind neu erschaffene Geschöpfe. Durch Manipulation. Sie sind hergestellt oder geschaffen worden. Mehr kann ich dazu auch nicht sagen. Monster. Möglicherweise nach irgendwelchen Vorbildern in einer dämonischen Welt. Aber darüber zu diskutieren, ist einfach müßig.«

»Das ist wohl wahr.«

Shao kehrte zurück. Sie sah noch immer verweint aus und

hatte sich das Gesicht gewaschen. Um die Augen herum breitete sich eine Rötung aus. Hilflos wirkte sie, ebenso wie wir.

»Kann man denn gar nichts tun?«, fragte sie mit leiser Stimme.

Ich schüttelte den Kopf. »Leider nicht. Wir müssen abwarten, das ist alles.«

»Worauf? Auf den nächsten Toten? Oder die nächste Tote?«

»Hoffentlich nicht.«

»Willst du nicht Glenda anrufen, John?«

»Nein. Sie wird noch früh genug erfahren, was mit Sarah Goldwyn passiert ist.«

»Ist vielleicht besser so. Da gibt es noch die Conollys. Sie sollten Bescheid wissen.«

Das war zu überlegen. Auch wollte ich wissen, wie es Johnny ergangen war. Eigentlich hätte er schon zu Hause sein müssen. Trotzdem griff ich etwas zögernd zum Hörer …

Es war alles so schnell gekommen, dass Bill nichts unternehmen konnte. Wie der berühmte Blitz aus dem heiteren Himmel. Genau die Flugmonster, die er aus Johnnys Beschreibung kannte, sah er nun mit eigenen Augen. Er musste feststellen, dass sein Sohn nicht übertrieben hatte. Das waren tatsächlich Flugmonster. Kompakte Körper mit Schwingen, die denen von Fledermäusen ähnelten. Bill sah auch die widerlichen Mäuler, die weit offen standen. Er sah die mörderischen Zähne, die Messer ähnelten und leicht durch die Haut eines Menschen drangen.

Johnny rannte auf die offene Haustür zu. Für einen winzigen Moment erschien dort Sheila, die sich aber sofort wieder zurückzog, als sie den Schrecken in der Luft sah.

Schaffte Johnny es?

Nein, er schaffte es nicht. Wie ein schwerer Stein fiel eines der Vampir-Monster nach unten. Es erwischte Johnnys Rücken und auch seinen Nacken. Der Aufprall war so stark, dass Johnny in die Knie ging, auf allen vieren landete und weiterkroch.

Bill schrie den Namen seinen Sohnes. Er selbst rannte auch, aber er kam sich vor wie jemand, der sich heftig bemühte und trotzdem nicht richtig vorankam.

Johnny lag plötzlich auf dem Bauch. Bill hatte ihn fast erreicht, als das zweite Wesen da war.

Erst war es für ihn nur ein Schatten, dann wurde das Flugmonstrum konkret.

Bill schrie auf, als er nichts mehr sehen konnte und Krallen gegen seinen Kopf und durch die Haare drückten. Sie schabten wie Messer über die Haut hinweg. Im Laufen gelang es dem Reporter, beide Arme hochzureißen. Er fasste über seinen Kopf und bekam das Monster zu packen. Eine glatte Haut, an der die Hände abrutschten, aber Bill fasste nach und hatte zudem das Glück, nicht in das offene Maul zu fassen. Er bekam die beiden Schwingen zwischen die Finger und riss das Monster von sich weg. Es fiel zur rechten Seite hin, landete flatternd auf dem Boden, aber darum kümmerte sich Bill nicht. Er rannte weiter zu Johnny.

Sein Sohn hatte es geschafft. Er war wieder auf die Füße gekommen und schlug mit den Fäusten nach dem flatternden Wesen.

»Ins Haus!«, brüllte Bill.

Johnny sprang zurück.

Er stolperte dabei. Ein Maul schnappte nach ihm, doch da erschien Sheila auf der Schwelle der offenen Tür. Mit beiden Händen griff sie nach ihrem Sohn und bekam ihn so zu packen, dass sie ihn ins Haus zerren konnte. Dort fiel Johnny zu Boden und räumte noch irgendeinen Gegenstand zur Seite, der scheppernd umfiel.

Bill war da. Er griff das Flugmonstrum mit den bloßen Fäusten an. Auf jeden Fall musste er verhindern, dass die Bestie ins Haus eindrang. Im Flug erwischte er sie und drosch sie zur Seite, sodass er jetzt für einen Augenblick Zeit hatte.

Mit einem Sprung erreichte er das rettende Haus, und Sheila reagierte perfekt. Genau im richtigen Augenblick schlug sie die

Tür zu, und sie hörte den dumpfen Aufprall, als eines der Flugmonster gegen die Außenseite der Tür prallte.

Sie hatten es geschafft. Vorläufig zumindest, denn keiner von ihnen glaubte, dass die Angreifer aufgeben würden. Sie waren erschienen, um zu töten, und das würden sie auch durchziehen.

Bill stieß gegen den Schirmständer, den Johnny bei seiner Flucht umgerissen hatte. Im Bereich des Eingangs war es heller, und so schaute Bill in den Spiegel und erschrak vor sich selbst.

Der Angriff war nicht ohne Folgen für ihn geblieben. Aus den Wunden, die die Krallen in der Kopfhaut hinterlassen hatten, rann Blut. Es hatte sich auf der Stirn verteilt und war auch bis auf die Wangen geflossen. Die Haare waren zerzaust. Einige Büschel fehlten, aber es war den Bestien nicht gelungen, ihre Zähne in seinen Hals zu schlagen und ihn so lebensgefährlich zu verletzen.

Auch Johnny hatte was abbekommen. Auf dem Rücken war seine Kleidung zerrissen. Darunter malten sich dünne rote Streifen auf der Haut ab. Ansonsten war er okay.

Sheila wollte ihren Mann ansprechen, der aber war weg und lief schon in sein Arbeitszimmer. Als er zurückkehrte, hielt er die Beretta hoch.

»Das hat mir gefehlt.«

»Mir auch«, sagte Johnny.

»Sehen sie so aus, wie du sie erlebt hast?«

»Ja, es sind diese Monster. Sie müssen mich verfolgt haben. Ich konnte nichts tun und …«

»Nein, Johnny«, sagte Sheila. »Sie haben dich nicht wirklich verfolgt. Dass sie hier sind, hat einen anderen Grund.«

Bill und sein Sohn schauten Sheila aus großen Augen an. Dass sie mit einer so festen Stimme gesprochen hatte, überraschte sie.

»Weißt du mehr?«

Sie nickte ihrem Mann zu und strich dabei das Haar zurück. Auf den Wangen hatten sich rote Flecken gebildet, ein Beweis dafür, dass Sheila noch immer aufgeregt war.

»Die Angriffe sind kein Zufall. Ich habe mit Suko telefoniert. Es ist schlimm. Auch John, Glenda und Suko sind von diesen Flugbestien attackiert worden ...«

Knapp aber präzise berichtete Sheila, was sie wusste. Allmählich ging auch Johnny und seinem Vater ein Licht auf.

»Dann ist alles gelenkt. Dann hat man es auf den Freundeskreis des Geisterjägers abgesehen.«

»Ich glaube, so müssen wir es sehen, Bill.«

»Aber wer?«, rief Johnny dazwischen.

Sheila wusste so schnell keine Antwort. Sie schaute betreten zu Boden. Nicht so ihr Mann. »Ich kann mir vorstellen, wer da die Fäden im Hintergrund in den Händen hält. Er will mit einem Schlag versuchen, all seine Gegner aus der Welt zu schaffen. Der Schwarze Tod ist zurückgekehrt. Nur er kann dahinterstecken.«

Johnny sagte nichts. Nur seine Lippen zuckten. Sheila schaute ins Leere, und Bill holte ein Taschentuch hervor. Er stellte sich vor den Spiegel und wischte das Blut aus seinem Gesicht. Dann drehte er sich wieder um.

»Ja«, flüsterte Sheila, »so muss es sein. Ich kann mir auch nichts anderes vorstellen. Der Schwarze Tod ist wieder da, und er hat Helfer gefunden. Das bekommen wir zu spüren.« Sie schüttelte sich. »Es ist hart, das zu wissen, und ich weiß nicht, wie man ihn wieder zurück in die Hölle oder in das Reich des Spuks schicken soll. Tut mir leid, da bin ich leider überfragt.«

Bill winkte ab. »Es hat auch keinen Sinn, dass wir uns weiterhin darüber Gedanken machen. Wir müssen jetzt mehr an uns denken und daran, dass die beiden Flugmonster sicherlich nicht verschwunden sind. Sie haben ihre Aufgabe nicht erfüllt. Ich gehe davon aus, dass sie weiterhin versuchen werden, in unser Haus einzudringen.«

»Da müssten sie eine Scheibe einrammen«, sagte Johnny.

»Und? Wäre das für sie ein Problem?«

»Wahrscheinlich nicht.«

»Eben.«

»Du hast doch noch eine zweite Waffe hier im Haus«, sagte Johnny. »Kann ich die haben?«

»Nein!«, rief Sheila erschreckt. »Das ist …«

»Mum.« Johnny drehte sich scharf um. »Ich bin erwachsen geworden. Verstehst du das nicht?«

»Trotzdem …«

»Er hat recht, Sheila. Außerdem bin ich der Ansicht, dass Johnny mit einer Waffe verantwortungsvoll umgehen kann. Er wird sich damit schon nicht unglücklich machen. Das hier ist eine Ausnahmesituation. Daran solltest du auch denken.«

Sheila hatte beide Männer gegen sich, und das erstickte ihren Protest. Außerdem hatte sie selbst erlebt, wie gefährlich diese Angreifer waren, und deshalb stimmte sie zu.

Bill übergab Johnny seine Pistole. Er verschwand und kehrte mit der Ersatzwaffe wieder zurück. Sheila schaute noch immer skeptisch, aber das machte ihnen nichts.

»Wo fangen wir an zu suchen?«, fragte Johnny.

»Wir bleiben zunächst mal im Haus.«

»Gut.« Johnny ging auf den Monitor zu. Die Kameras vorn waren eingeschaltet. Sie übertrugen das Bild auf den Schirm neben der Tür, aber es war nichts Verdächtiges zu sehen. Nicht direkt vor dem Haus und auch nicht im großen Vorgarten, der ebenfalls überwacht wurde. Der Reihe nach holte sich Johnny die Ausschnitte heran.

»Da sind sie wohl nicht.«

»Sie können sich versteckt haben«, sagte Sheila. »Denkt daran, dass es dunkel genug ist.«

Bill war auch der Meinung. Er und Johnny sprachen über einen Plan. Sie würden jedes Fenster abgehen und nach draußen schauen, aber sie würden keines öffnen.

»Da bekommen wir aber nicht viel zu sehen«, meinte der Junge.

»Das weiß ich. Es ist auch nur ein erster Check. Später sieht es dann anders aus. Ich denke, dass wir nach draußen gehen und uns dort umschauen.«

»Okay.«

Bill schlug seinem Sohn auf die Schulter. »Es tut mir leid, dass du da mit hineingezogen bist. Das ist nicht meine Schuld, Junge. Die Karten werden von einer anderen Seite verteilt.«

Johnny konnte das Lachen nicht unterdrücken. »Weißt du, Dad, daran habe ich mich gewöhnt. Schließlich bin ich ein Kind meiner Eltern, und da habe ich schon viel erlebt.«

Sie teilten sich auf. Bill übernahm den gefährlicheren Part. Er ging in das große Wohnzimmer, dessen Fenster eine gesamte Front einnahm und versenkt werden konnte.

John war in den kleineren Zimmern unterwegs, zusammen mit seiner Mutter.

Als Bill das große Zimmer betrat, löschte er das Licht. Er wollte von draußen nicht gesehen werden und sich von der Helligkeit nicht ablenken lassen.

Über das Zimmer hatte sich der Mantel der Stille ausgebreitet. Niemand war in das Haus eingedrungen. Es gab kein zerstörtes Fenster. Hier hätten die Monstren viel zu tun gehabt, um die Scheibe zu zerstören, die recht dick war.

Bill trat dicht an sie heran. Er schaute nach draußen. Der rechte Arm hing an seinem Körper herab. In der Hand hielt er die Beretta und war bereit, jederzeit auf ein Ziel zu feuern.

Er sah nichts.

Der Garten lag vor ihm in der nächtlichen Ruhe. Hin und wieder sah er eine Bewegung. Die war auf den Wind zurückzuführen, wenn er mit den Zweigen oder Blättern spielte.

War es die Ruhe vor dem Sturm?

Bill schaute aus verschiedenen Winkeln durch die Scheibe. Er beobachtete besonders die Lichtinseln im Garten, aber auch dort sah er nichts Verdächtiges. Nicht einmal ein Vogel schwebte durch die gelblichen Strahlen. Dafür sah er einen Igel, der sich schnell über den Rasen bewegte und den Pool mied, dessen Wasseroberfläche sich kaum kräuselte. Ein paar Blätter schwammen dort wie kleine durchgeweichte Boote. Das war alles. Im Garten herrschte die Normalität.

Bill wusste nicht, wie er sich verhalten sollte. Er wollte einfach nicht daran glauben, dass die Monster verschwunden waren. So leicht gaben sie nicht auf. Sie konnten überall in der Nähe sein und sich sogar auf dem Dach versteckt halten.

Dort allerdings wollte Bill nicht nachschauen. Er setzte darauf, dass die Monster das Haus anderweitig unter Kontrolle hielten und sich irgendwann zeigen mussten, wenn sie tiefer flogen. Wenn das eintrat, würde Bill sich nicht mehr …

Ausgerechnet jetzt klingelte das Telefon und unterbrach seinen Gedankengang. Bill hätte es am liebsten schrillen lassen, doch in einer Lage wie dieser konnte er das einfach nicht riskieren. Schließlich waren auch seine Freunde involviert, und er glaubte nicht daran, dass um diese Zeit jemand anrief, der ihm nur eine gute Nacht wünschen wollte.

Er hob ab.

»Conolly.«

»Ich bin es …«

Dem Reporter fiel ein Stein vom Herzen, als er die Stimme seines Freundes hörte. »John, endlich. Ich hätte dich ja längst zurückgerufen, aber es ging nicht.«

»Jedenfalls bist du okay, oder?«

»Ja, das bin ich. Oder fast.«

»Wieso?«

Bill ließ das große Fenster nicht aus den Augen, als er telefonierte. Er berichtete von seinen Erlebnissen vor dem Haus und dass er jetzt auf einen neuen Angriff wartete. »Aber jetzt bin ich bewaffnet, John. Die holen sich blutige Köpfe.«

»Du kannst sie wirklich mit einer Kugel vernichten. Sie braucht nicht mal geweiht zu sein.«

»Gut, John. Andere Dinge sind wichtiger, denke ich. Ist es letztendlich tatsächlich ein Angriff des Schwarzen Tods, dem wir uns hier gegenübersehen?«

»Davon bin ich überzeugt. Er hat seine Helfer vorgeschickt.

Er will es mit einem Schlag versuchen, und er hat sogar Erfolg gehabt, Bill. Leider, muss man sagen.«

Bei den letzten Worten war die Stimme seines Freundes abgesackt. Bill merkte den kalten Schauer auf seiner Haut und auch, dass seine Kehle plötzlich eng wurde.

»Wie muss ich das verstehen, John?«

»Sie haben an den verschiedensten Orten angegriffen. Der Schwarze Tod wollte uns in dieser Nacht alle treffen. Und bei einer Person hat er Erfolg gehabt.«

»Bei wem?«

»Lady Sarah.«

Bill schwieg. Sekundenlang. Und in dieser Zeitspanne veränderte sich einiges bei ihm. Aus den Poren drang der kalte Schweiß, sein Herz schlug schneller. Es kam ihm wie eingeklemmt vor, und er hatte Probleme, Luft zu holen. Seine Kehle wurde trocken, und zugleich wusste er, dass John von ihm eine Antwort erwartete.

»Ist sie – ist sie …«, Bill bekam das letzte Wort nicht mehr heraus.

»Ja, sie ist tot.«

Bills Knie wurden weich. In seinem Kopf rauschte es. Er fühlte sich wie erstarrt.

»Bitte, John, sag das nicht.«

»Doch.«

»Ermordet, nicht?«

»Ja.«

»Von wem?«

»Du kennst die Killer.«

Bill Conolly stöhnte auf. »Waren es diese Flugmonster, die Lady Sarah getötet haben?«

»Genau die waren es.«

Der Reporter wankte zurück und ließ sich in einen Sessel fallen. »Ausgerechnet sie. Ausgerechnet Sarah, die sich nicht zu wehren weiß …«

»Er will es auf einen Schlag schaffen.«

Bill zog die Nase hoch. »Bist du sicher, dass der Schwarze Tod dahintersteckt?«

»Bin ich.«

»Und weiter?«

»Was meinst du?«

Der Reporter suchte nach den richtigen Worten. »Ich wundere mich, dass er sich mit Wesen abgibt, die man nicht als dämonisch ansehen kann. Du hast gesagt, John, dass man sie mit normalen Waffen töten kann. Wenn ich genauer darüber nachdenke, stimmt das auch, denn Johnny hat es bewiesen. Er konnte den Angreifer mit dem Messer aus der Welt schaffen. Das ist doch nicht der Stil des Schwarzen Tods, meine ich.«

»So denke ich auch, Bill. Ich habe noch vergessen, dir etwas zu sagen. Unser Freund hat jemanden dazwischengeschaltet. Ich habe von ihm einen Anruf erhalten, und ich weiß jetzt, wer sich dahinter verbirgt, obwohl der Anrufer eigentlich nur gelacht hat.«

»Wer war es denn?«

»Van Akkeren.«

Bill hörte die Wahrheit, und es traf ihn erneut wie ein Hammerschlag. Auch er kannte den Grusel-Star und wusste um dessen Gefährlichkeit. Van Akkeren würde alles tun, was dem Schwarzen Tod gefiel. Wenn jemand je einen perfekten Helfer suchte, dann hatte er in van Akkeren die richtige Person gefunden. Er ging über Leichen. Er hatte die Hölle hinter sich, und er brachte sie auch zu den Menschen.

»Hat es dir die Sprache verschlagen?«

»In etwa schon.«

»Du musst dich trotzdem darauf einrichten, dass er mit im Spiel ist. Möglicherweise als der große Joker. Mehr kann ich dir noch nicht sagen, Bill. Das musst du verstehen. Konkret waren bisher diese Mutationen oder genmanipulierten Wesen. Alles andere ist irgendwie noch Verdacht: Allerdings ein sehr konkreter.«

»Da kann man wohl nichts machen – oder?«

»Nein. Vorerst nicht. Wir befinden uns noch in der Rücklage. Ich hoffe nur, dass es sich bald ändert.«

»Dann weiß ich Bescheid, John. Ich verspreche dir eins. Ich werde meine Augen nicht verschließen. Wer immer hier erscheint, bekommt es mit mir zu tun und mit Johnny, denn ihm habe ich ebenfalls eine Waffe überlassen. Wir werden sie gemeinsam jagen.«

»Tut das, aber seid vorsichtig.«

Bill, der wieder zum Fenster schaute und hinter der Scheibe nichts sah, versprach es. »Du kannst dich auf mich verlassen. Aber es ist schlimm, was mit Lady Sarah geschehen ist. Wenn ich daran denke, dass ich das Sheila erzählen muss ...«

»Ja, es ist tragisch, Bill.«

Der Reporter wusste nicht mehr, was er sagen sollte. Mit müder Stimme verabschiedete er sich und legte auf. Er merkte, dass er zitterte, und seine Handflächen waren schweißnass geworden.

Bill schrak zusammen, als rechts von ihm Sheila und Johnny an der Tür erschienen.

»Nichts«, meldete sein Sohn. »Wir haben uns wirklich die Augen aus dem Kopf verrenkt, aber die Biester halten sich zurück. Die sind einfach zu schlau.«

Es war für beide zu sehen, wie mühsam Bill seinen Kopf drehte. Sheila brauchte nur einen Blick in das Gesicht ihres Mannes zu werfen, um zu wissen, dass einiges nicht in Ordnung war.

»Was ist passiert, Bill?«

»Etwas Schreckliches«, flüsterte er ins Leere.

Sheila stand für einen Moment steif. Dann ging sie auf ihren Mann zu. »Du hast telefoniert, nicht?«

»Ja.«

»Mit wem?«

»John rief an«, murmelte er.

»Und weiter?«

»Die Monster haben es geschafft. Eine Person aus unserem

Freundeskreis lebt nicht mehr.« Bill glaubte, dass ein Fremder sprach und nicht er. »Es ist Sarah Goldwyn …«

Sheila wankte zurück. Sie schrie dabei leise auf, und dieser Schrei tat Bill in der Seele weh. Johnny war bei ihr und stützte sie. Plötzlich brach ein Tränenstrom los. Johnny führte seine Mutter zur Couch und drückte sie dort nieder.

Sheila musste ihren Tränen freien Lauf lassen. Sie hielt den Kopf gesenkt und presste dann die Hände gegen ihr Gesicht. Das Schluchzen tat auch Bill und Johnny weh.

Der Junge ging auf seinen Vater zu. Auch er hatte Mühe, eine Frage zu stellen: »Stimmt das?«

»Ja, sie ist tot.«

Johnnys Lippen zuckten. Er zog die Nase hoch. Natürlich kannte auch er die Horror-Oma, aber er hatte ihr nicht so nahegestanden wie seine Eltern. Er wusste auch nicht, was er noch sagen oder fragen sollte. So ging er zur Couch und setzte sich neben seine Mutter, die er trösten wollte, indem er einen Arm um sie legte.

Reden konnte jetzt keiner von ihnen. Ihre eigenen Sorgen waren so weit zurückgedrängt worden. Natürlich mussten sie bei ihrer Lebensweise immer damit rechnen, dass mal etwas passierte. Bisher hatten sie alle ziemlich viel Glück gehabt. Aber wenn der Fall dann eintrat, half alle Vorbereitung nichts, da war es dann wie ein Schock.

Bill schaute zum Fenster hin. Im Raum selbst war das Licht stark gedimmt worden. Es verteilte sich nur noch wie ein feiner Schleier, und so konnte er durch die Scheibe schauen.

Sein Blick verlor sich in. der Dunkelheit. Er war gedanklich nicht mehr auf der Höhe und schrak erst viel später zusammen, nachdem er den Schatten gesehen hatte.

Kein Vogel.

Das war ein Flugmonster!

Für einen Moment war es an der Scheibe entlang geflattert. Es gelang Bill nicht, den Schatten zu verfolgen, aber er glaubte auch nicht, dass er sich versteckt hielt.

Bestimmt nicht.

Plötzlich waren sie zu zweit. Sie flogen direkt auf das breite Fenster zu und schlugen gegen die Scheibe, die sie zum Erzittern brachten.

Bill schnellte hoch.

Das andere Problem war vergessen. Jetzt gab es nur noch die Mutationen, und die wollte er vernichten …

IN DER HÖHLE DES LÖWEN

Die blonde Bestie Justine Cavallo hatte mit ihrer Existenz abgeschlossen!

Zu stark war das riesige schwarze Skelett mit der Sense, das sie nach einem kleinen Anfangserfolg unterschätzt hatte. All ihre Schnelligkeit hatte ihr nichts genutzt. Jetzt lag sie am Boden und hatte es auch nicht geschafft, aus dem Schlagbereich der mörderischen Waffe zu gelangen. Der Schwarze Tod stand auf der Siegerstraße.

Die Klinge fegte auf sie zu. Perfekt geführt. Sie konnte in die Höhe springen, sich auch wegrollen oder was immer versuchen, die Waffe würde sie treffen und vernichten.

Sie würde durch ihren Körper schneiden und ihn in zwei Teile trennen. Das alles schoss der Cavallo in Bruchteilen von Sekunden durch den Kopf, und sie musste auch zugeben, dass sie sich noch nie so hilflos gefühlt hatte.

Plötzlich war der Schatten da!

Nicht der der Sense. Etwas anderes fegte heran und griff blitzschnell zu.

Ihre Haare wurden ebenso in die Höhe gerissen wie sie. Jemand schleuderte Justine zur Seite, ließ sie aber nicht wieder fallen, sondern riss sie in die Höhe.

Das Rauschen in ihrer Nähe erschreckte sie, aber die Waffe traf nicht. Hautnah verfehlte die Klinge ihren Körper, während sie über sich das heftige Flattern von Schwingen vernahm und sie dabei immer höher gezerrt wurde.

Die blonden Haare waren so dicht und stark wie eine Stahltrosse. Sie rissen nicht, und Justine verspürte auch keine Schmerzen. Nur der Wind fegte durch ihr Gesicht, aber dieses Geräusch wurde bald von einem anderen abgelöst.

Über sich hörte sie das Lachen. Und dieses Lachen kannte sie. So lachte nur Will Mallmann, alias Dracula II. Jetzt war ihr klar, wer sie gerettet hatte.

Mallmann jagte mit ihr noch höher in den dunklen Himmel der Vampirwelt. Da Justines Kopf nach oben gerissen wurde, schaffte sie es nicht, einen Blick in die Tiefe zu werfen. Sie wollte sehen, wie der Schwarze Tod reagierte, denn eine Verfolgung war für ihn kein großes Problem.

Mallmann gab ihr nicht die Chance. Er riss und zerrte sie mit. Seine mächtigen Schwingen bewegten sich auf und ab. Zwischen ihnen sah sie sein Gesicht und auch den Körper. Das D auf der Stirn, das blutrot glühte, das verzerrte Grinsen, und wieder hörte sie sein Lachen. Jetzt klang es in ihren Ohren wie die beste Musik.

Justine wusste nicht, ob sie einen Schock erlitten hatte. Sie war eine Blutsaugerin und kein Mensch, auch wenn sie so aussah, aber es gab keine Gefahr mehr. Sie musste nicht um ihr Leben fürchten, zumindest nicht sofort, und das allein zählte.

Er flog mit ihr weiter. Vom Schwarzen Tod war nichts zu sehen, und auch seine Helfer, die Vampir-Monster, die in dieser Welt so schrecklich aufgeräumt hatten, hielten sich zurück. Sie waren stärker als die alten Vampire, die hier lebten und nach Blut dürsteten. Vor Justines Augen waren die bleichen, ausgemergelten Körper zerrissen worden. Die Vampirwelt war nicht mehr das, was sie einmal gewesen war. Schon jetzt nicht mehr. Und es würde weitergehen, da war sich Justine sicher.

Nur das Rauschen der Luft war zu hören, als Mallmann mit ihr seine Kreise flog. Wie eine Fliege hatte er sie vom Boden aufgefischt und hatte ihr somit bewiesen, wer in dieser Welt wirklich das Sagen hatte.

Justine hatte sich im Geheimen ausgerechnet, die Vampirwelt übernehmen zu können. Als Herrscherin hätte sie hier einen idealen Rückzugsort gehabt, aber das war nicht mehr möglich. Diese Gedanken verschwanden aus ihrem Kopf, als hätte der Flugwind sie weggeweht.

Dann merkte sie, dass sie sanken. Sie verloren an Höhe und sackten langsam in die Tiefe. Mallmann veränderte den Griff nicht. Er hielt ihre Haare nach wie vor fest. Erst als sie dicht über den dunklen Boden hinwegflogen, ließ er sie los.

Die Cavallo fiel nach unten, prallte auf und lief wie ein gelandeter Fallschirmspringer vor, ehe sie stoppte.

Geschafft!

Aber auch in Sicherheit?

Justine drehte sich auf der Stelle, um sich zu orientieren. Was sie sah, kam ihr bekannt vor, und sie war froh, sich an diesem Ort aufhalten zu können.

Die schnelle Drehung!

Da war die Hütte. Das dunkle Haus. Der Zugang zu anderen Welten. Perfekt.

Sie begann zu lachen. Das musste einfach raus. Justine konnte nicht anders. Ihr Vampirdasein war gerettet, sie konnte aufatmen, obwohl sie selbst nicht zu atmen brauchte, aber das war ihr egal. Dafür drang aus ihrem Mund ein erleichtertes Zischen, und sie hatte das Gefühl, wegzuschweben.

Mallmann kümmerte sich nicht um sie. Er stand da und hatte sich wieder zurück in einen Menschen verwandelt, obwohl er dies nicht war, sondern ein gefährlicher Blutsauger in menschlicher Gestalt. Auf der Stirn glühte weiterhin der Buchstabe, das D, das ihn als Nachfolger des echten Dracula auswies.

Er sagte kein Wort.

Beide schauten sich an, und als Justine die Gesichtszüge des Vampirs musterte, verschwand das erleichterte Grinsen aus ihrem Gesicht, denn Mallmann starrte sie kalt an.

»Was ist?«, fragte sie.

»Du bist gerade noch mal davongekommen.«

»Und?«

»Dankbar brauchst du mir nicht zu sein, Justine. Ich habe es nicht nur deinetwegen getan. Ich will nicht, dass der Schwarze Tod hier die Oberhand bekommt. Aber du hast gesehen, wie gefährlich er ist. Du kannst ihn nicht stoppen, ich werde es nicht können, denn er beherrscht seine Sense perfekt! Er hätte dich töten können. Ich habe es verhindert, aber es war erst der Anfang.«

Diese Worte ließen bei Justine die Euphorie schwinden. Sie reagierte fast menschlich und wich seinem Blick aus.

»Was können wir denn machen?«

»Kämpfen.«

Auch das war ihr klar. Nur war sie verunsichert. Sie hoffte darauf, dass Mallmann sich einen Plan zurechtgelegt hatte, doch danach fragen konnte sie ihn nicht. Er drehte sich um und schritt auf die Hütte zu, deren Tür er aufriss.

Ohne ein Wort zu sagen, verschwand er im Haus. Justine folgte ihm noch nicht. Sie blickte sich erst in der Nähe um, denn sie wusste, dass es den Schwarzen Tod noch gab, und der würde nicht so leicht aufgeben. Er war derjenige, der hier herrschen wollte. Eine Basis hatte er dafür geschaffen, denn die Helfer der beiden Blutsauger waren getötet worden. Justine glaubte nicht, dass sie noch welche von ihnen finden würde, und wenn, dann nur ganz wenige.

Sie musste schon sehr genau hinschauen, um das erkennen zu können, was sich am Himmel tat. Er sah zuerst blank aus, aber das stimmte nicht ganz. Wenn sie sich genauer konzentrierte, sah sie schon die schwachen Bewegungen. Nur der Schwarze Tod selbst geriet nicht in ihr Blickfeld. Er hatte sich verkrochen und die Deckung ausgenutzt, die ihm blieb.

Mit langsamen Schritten ging sie auf die Hütte zu und betrat sie. Dracula II drehte ihr den Rücken zu. Er stand so, dass er den rätselhaften Spiegel betrachten konnte, der zugleich den Zutritt in andere Welten ermöglichte.

An seinem Körper bewegte sich nichts. Der Mann schien zu Stein geworden zu sein. Was er dort sah, war nicht zu erkennen. Er wirkte wie eine Person, die sich über bestimmte Dinge Gedanken machte. Deshalb wollte Justine ihn nicht stören und so lange warten, bis er das Wort ergriff.

Das passierte sehr bald. »Wir müssen umdenken, Justine.«

Sie war überrascht, das zu hören. »Wie meinst du das genau?«

»Das will ich dir sagen. Wir schaffen es nicht. Nicht wir beide, Justine.«

»Und was hast du dir gedacht?«

Sehr gemächlich drehte sich Will Mallmann um. Dann schaute er sie an. »Es gibt jemanden, den man als den Erzfeind des Schwarzen Tods ansehen kann.«

»John Sinclair!«

»Genau der.«

Justine begriff, was Mallmann meinte. Trotzdem fragte sie nach. »Du willst ihn um Hilfe bitten?«

»Ja, das will ich.«

Sie konnte ihr Lachen nicht zurückhalten. »Aber das ist nicht möglich. Er wird nicht einschlagen. Nein, das glaube ich nicht. Er wird seinen eigenen Weg gehen wollen. Erinnere dich daran, dass wir ihn hierher in diese Welt geholt haben. Wie wir mit ihm sprachen, wie wir ihm klarmachen wollten, was passiert und …«

»Jetzt ist es passiert. Damals stand das Ereignis kurz bevor. Die Dinge haben sich verändert. Der Schwarze Tod ist da, und das müssen wir einfach beachten.«

Justine wollte dagegen sprechen. Sie dachte daran, wie sehr sich Sinclair gewehrt hatte, mit ihnen zusammenzuarbeiten, aber sie sah auch ein, dass er recht haben könnte.

Dracula II sprach weiter. »Sinclair würde sich sogar mit dem Teufel persönlich verbünden, wenn es ihm dadurch gelingt, den Schwarzen Tod erneut zu vernichten und ihn für alle Zeiten zurückzuschlagen. So gut kenne ich ihn.«

»Ja, du kennst ihn besser. Und wie wirst du es anstellen?«

»Wir gehen zu ihm.« Mallmann deutete auf den Spiegel, den Zutritt zur anderen Welt. »Wir werden ihm einen Besuch abstatten und ihm erklären, was passiert ist. Dass der Schwarze Tod versucht, unsere Welt zu übernehmen und dass es erst der Anfang sein wird, denn wie ich ihn kenne, wird er seine Macht vergrößern wollen, um schließlich der Herrscher über alles zu sein. So weit darf es nicht kommen. Dagegen müssen wir uns stellen.«

Justine sagte nichts. Sie dachte nach, und dann drehte sie sich um. Sie ging bis zur Türschwelle, blieb dort stehen und schaute noch einmal zurück in ihre Welt.

Düster war sie. Nicht schwarz, denn hinter dem dunklen Grau schimmerte noch das Licht.

Aber sie sah noch mehr. Die Entfernung war nicht zu schätzen, doch schräg über ihr malte sich ein gewaltiges Skelett ab, dessen dunkle Knochen etwas grünlich schimmerten.

Und sie sah die Sense. Das große schimmernde Blatt, das schon einer Spiegelscherbe gleich kam.

Justine dachte daran, wie nahe sie daran gewesen war, vernichtet zu werden, und diese Tatsache festigte ihren Entschluss. Sie drehte sich wieder um und betrat die Hütte.

Mallmann schaute sie jetzt an. »Hast du dich entschlossen?«

»Ja.«

»Und wie?«

»Ich mache mit!«

Dracula II nickte. »Es ist das Beste, was dir hat einfallen können, Justine. Die großen Zeiten sind erst mal gestoppt. Ich aber möchte sie wieder zurückhaben.«

Die blonde Bestie, die plötzlich einen wahnsinnigen Blutdurst verspürte, verzog trotzdem die Lippen zu einem spöttischen Lächeln. »Hoffentlich ist auch Sinclair vernünftig.«

»Das muss er. Ich kenne ihn. Außerdem wird ihm nichts anderes übrig bleiben.«

Für Mallmann war die Sache erledigt. Er drehte sich um und ging mit eiligen Schritten auf den Spiegel zu.

Die Cavallo hatte Mühe, ihm zu folgen. Außerdem verstärkte sich die Gier nach Blut. Sie zerrte die Lippen auseinander und zeigte ihre spitzen Vampirhauer, obwohl niemand in der Nähe war, dem sie die Zähne in den Hals hätte schlagen können.

Mallmann ging auf den Spiegel zu. Er brauchte nur die Hand auszustrecken und war verschwunden.

Wenig später gab es auch Justine Cavallo nicht mehr. Trotzdem war die Vampirwelt nicht verlassen, denn im Hintergrund lauerte der Schwarze Tod …

Shao und Suko blickten mich an. Sie sahen gespannt aus, und erst mein schwaches Lächeln sorgte für eine leichte Entspannung.

»Bei den Conollys ist alles in Ordnung«, meldete ich, »sofern man davon in dieser Lage sprechen kann.«

Shao nickte. »Wäre aber trotzdem schön, wenn alles normal liefe. Das ist vorbei. Es gibt Lady Sarah nicht mehr. Das Gefüge hat einen Riss bekommen.«

Es stimmte. Aber was sollten wir machen? Wir konnten das Schicksal oder die andere Seite nicht beeinflussen. Sie ging ihre eigenen Wege. Ich hatte mit Bill Conolly telefoniert und mit ihm über den Tod der Sarah Goldwyn gesprochen. Dabei hatte mich mein Freund kundig gemacht, so wusste ich darüber Bescheid, was mit seinem Sohn Johnny passiert war. Allmählich kam ich zu der Überzeugung, dass wir eine Art von Generalangriff erlebten. Der Schwarze Tod und seine Vasallen hatten sich entschlossen, auf breiter Linie zuzuschlagen. Ich war fest davon überzeugt, dass er dahintersteckte, und er hatte sich einen starken Helfer besorgt, den Grusel-Star Vincent van Akkeren, der schon in der Hölle geschmiedet worden war und mit aller Macht versucht hatte, Anführer der Templer zu werden, wobei er sich dem Dämon Baphomet angedient hatte.

Jetzt stand er auf der Seite des Schwarzen Tods. Die Frage, welcher der beiden Dämonen stärker war, stellte ich mir erst gar nicht, doch das ursprüngliche Ziel, Chef der Templer zu werden, hatte er sicherlich nicht vergessen. Möglicherweise mithilfe des Schwarzen Tods, der ihn aus der Verbannung geholt hatte.

Für uns war es zudem schlimm, dass wir zur Untätigkeit verdammt waren. Wir konnten wirklich nichts tun. Es gab keinen Punkt, der sich als Ansatz eignete. So blieben wir verloren inmitten einer Wüste, aus der wir keinen Ausweg fanden.

»Die einzigen Spuren sind die vernichteten Monster«, erklärte ich. »Wir werden sie untersuchen lassen. Ich nehme an, dass unsere Spezialisten etwas herausfinden. Zudem muss man davon ausgehen, dass es sich nicht um dämonische Wesen handelt. Ich kann mir vorstellen, dass sie einer Genwerkstatt entstammen und sich der Schwarze Tod dort bedient hat.«

Widerspruch erntete ich nicht. Suko brütete vor sich hin und suchte nach einem klärenden Gedanken. Shao erging es nicht anders. Sie saß auf der Couch und hielt ihre Teetasse in der Hand, den Blick dabei ins Leere gerichtet.

»Er wird große Pläne haben«, sagte Suko. »Aber er wird sie zurückstellen müssen. Er wird zuerst versuchen, seine Widersacher aus dem Weg zu räumen. Das sind wir nun mal.«

»Lady Sarah gehörte nicht dazu.«

»Stimmt. Aber damit hat er uns treffen können. Sie war das schwächste Glied in der Kette.«

»Und er hat seine kleinen Bestien zu Glenda Perkins geschickt.«

»Nur als Beobachter«, sagte mein Freund.

»Für mich ist sie auch ein schwaches Glied.«

»Willst du sie anrufen und dich erkundigen …«

Ich schüttelte den Kopf. »Nein, nein, das will ich mal dahingestellt sein lassen. Mancher Anruf, der beruhigend gemeint ist, kann das Gegenteil bewirken.« Ich trank einen Schluck Tee. Dann sprach ich weiter. »Es kann natürlich sein, dass van Akkeren oder der Schwarze Tod zunächst die erste Welle geschickt hat. Dass er jetzt eine Pause einlegt, um sich zu regenerieren. Möglich ist alles, und ich werde …«

»Sorry, John, mir ist da gerade ein Gedanke gekommen«, unterbrach Shao.

»Welcher denn?«

Sie saß unbeweglich und schaute nach vorn. Auf ihrer Stirn hatte sich eine nachdenkliche Falte gebildet. Wir schauten sie gespannt an und unterbrachen sie nicht in ihren Überlegungen.

Sie hob einen Zeigefinger. »Es kann durchaus sein, dass er nicht nur uns aus dem Weg schaffen will. Der Schwarze Tod hat noch andere Pläne.«

»Bestimmt«, sagte ich.

»Lass mich ausreden, John. Ich gehe davon aus, dass wir nicht seine einzigen Feinde sind. Ich will auch konkret werden.« Jetzt schaute sie mich dabei an. »Kurz vor seiner Rückkehr, John, hat man dich in die Vampirwelt gelockt. Stimmt's?«

»Klar. Daran erinnere ich mich gut. Ich habe mich dort wie ein Gefangener gefühlt.«

»Aber man hat dich dort nicht gefangen gehalten, sondern gewarnt vor ihm. Mallmann und die Cavallo.«

»Genau.«

»Auch sie haben versucht, ihn zu stoppen. Sie sind ebenfalls Feinde des Schwarzen Tods, und das weiß er genau. Mit anderen Worten, der Schwarze Tod wird versuchen, Mallmann und die Cavallo zu töten. Er muss sie vernichten. Sie sind seine Feinde. Und bei Feinden spielt es keine Rolle, woher sie kommen. Das können schwarzmagische sein, aber auch normale Menschen wie wir.«

»Worauf willst du hinaus?«, fragte ich.

»Das ist ganz einfach, John. Ich könnte mir vorstellen, dass bei diesem Angriff nicht nur wir gemeint sind, sondern auch unsere Feinde, eben Mallmann und Justine Cavallo.«

Sie hatte alles gesagt und fügte noch ein Nicken hinzu.

Suko und ich schauten uns an. Allmählich sickerte auch in meinen Kopf hinein, was Shao gemeint hatte. Und ich musste zugeben, dass sie sich nicht zu weit von der Wirklichkeit entfernt hatte.

Es stimmte ja. Ich war in die Vampirwelt geholt worden. Dort hatten mich Mallmann und Justine Cavallo vor einer Rückkehr des Schwarzen Tods gewarnt. Sie hatten mir sogar einen Kompromiss angeboten. Hilfe. Ein Zusammentun. Dass wir gemeinsam gegen dieses verfluchte Monstrum angingen.

Ich hatte mich geweigert. Es ging mir einfach gegen den Strich, mich mit diesen beiden Blutsaugern zu verbünden. Wir standen auf zu verschiedenen Seiten, und es war zudem nicht meine Art, den Teufel mit dem berühmten Beelzebub auszutreiben.

Ich gab Shao zunächst keine Antwort, weil ich erst nachdenken musste. Es war nicht einfach für mich, über den eigenen Schatten zu springen. Doch als Mensch muss man auch Fehler zugeben können, und jetzt sah ich ein, Fehler begangen zu haben. Deshalb stimmte ich Shao zu.

»Ja, wenn ich es im Nachhinein sehe, muss oder kann das wohl so sein. Ich habe einen Fehler begangen und hätte nicht so stur sein sollen. Ich hätte mich darauf einlassen müssen. Wir haben trotzdem gemeinsam versucht, eine Rückkehr zu verhindern. Es ist uns nicht gelungen. Der Schwarze Tod war letztendlich stärker.«

»Und jetzt haben wir die Folgen zu tragen«, sagte Shao, »wobei das kein Vorwurf gegen dich sein soll.«

»Das habe ich auch nicht so angesehen.«

»Gut.«

»Nur hat uns das nicht weitergebracht«, fasste Suko zusammen. »Wir wissen keinen Weg. Wir stehen hier vor dem Nichts. Wir warten auf die nächste Attacke des Schwarzen Tods, und sowohl Mallmann als auch Justine Cavallo haben sich ebenfalls nicht gemeldet.«

»Glaubst du denn, dass sie bereits mit dem Schwarzen Tod in Kontakt gekommen sind?«, fragte ich.

»Dem traue ich alles zu.« Wieder trank ich Tee, der mittlerweile kalt geworden war, was mir jedoch nichts ausmachte. »Stellt euch folgendes Szenario vor. Auf der einen Seite schickt der Schwarze Tod seine Helfer, um uns Schaden zuzufügen, auf der anderen kämpft er gegen Mallmann und die Cavallo. So kann er zwei Fliegen mit einer Klappe schlagen. Er hält uns hier in Schach, hofft auf einen Sieg und übernimmt zugleich die Vampirwelt, indem er die beiden Hindernisse aus dem Weg räumt. Das wäre eine theoretische Möglichkeit.«

»Gut gedacht«, lobte Suko.

»Aber ich spinne den Gedanken noch weiter. Dass der Schwarze Tod zurückgekehrt ist, betrifft nicht nur uns, sondern auch einen seiner ältesten Feinde, der ebenfalls noch existiert. Der damals in Atlantis schon gegen ihn gekämpft hat. Der jetzt auf unserer Seite steht, und den der Schwarze Tod nach wie vor hasst, wobei ich mir vorstellen kann, dass dieser Jemand stärker geworden ist als früher.«

»Myxin«, sagte Suko.

»Erkannt!«

»Darüber sollten wir positiv denken«, meinte Shao. »Ich kann mir gut vorstellen, dass Myxin bereits Bescheid weiß. Er lebt zwar bei den Flammenden Steinen, was so etwas wie eine Insel ist, aber er bekommt schon mit, was passiert. Und ich rechne damit, dass er irgendwann eingreifen wird.«

Suko winkte ab. »Irgendwann ist zu wenig.«

»Du weißt doch, dass du ihn nicht an der Leine führen kannst. Er lebt sein eigenes Leben. Er greift dann ein, wenn er es für richtig hält. Nicht vorher und nicht nachher. Auf irgendwelche Bitten ist er noch nie eingegangen.«

Beide hatten recht. Wir hatten Helfer. Myxin, Kara, die Schöne aus dem Totenreich, auch der Eiserne Engel. Und diese drei Personen waren schon in Atlantis Todfeinde von ihm gewesen. Damals hatte der Schwarze Tod einen großen Sieg errungen. Kara war geflohen. Myxin hatte er in einen mehr als 10.000-jährigen Schlaf geschickt. Die Vogelmenschen, die Begleiter des Eisernen Engels, hatte er alle vernichtet, und da standen noch Rechnungen offen, die jetzt, nach seiner Rückkehr, beglichen werden konnten.

So sah es aus. Daraus hätten sich Konsequenzen ergeben müssen. Möglicherweise war die Zeit noch zu kurz. Da mussten wir warten, bis der richtige Zeitpunkt gekommen war.

Spekulationen halfen uns nicht weiter. Wir mussten den Schwarzen Tod stoppen und dafür sorgen, dass nicht noch mehr Menschen ihr Leben verloren.

Zu einem direkten Angriff würde es nicht so leicht kommen. Dazu würde er sich zeigen müssen. In London. Ein gewaltiges Skelett, das Panik über die Menschen brachte, die sich vielleicht vorstellen konnten, als Kulisse in einem Film mitzuspielen, bis sie merkten, dass dies kein Endzeitstreifen war, sondern die nackte Realität. Dann wäre es für sie zu spät.

Suko hatte den Mund geöffnet, um eine Frage zu stellen. Dazu kam er nicht mehr.

Es ertönte der Summer.

Jemand hatte geklingelt.

Wir saßen starr auf unseren Positionen. Schauten uns erstaunt an. Hatten kein gutes Gefühl, und beim zweiten Klingeln erhob sich Suko, um die Tür zu öffnen.

Er nahm seine Beretta mit, und auch ich legte die rechte Hand auf den Griff meiner Waffe.

Leider saß ich ungünstig. Ich konnte nicht in den Flur sehen, der zur Tür führte.

Suko hatte inzwischen geöffnet. Wir hörten seine Stimme. Auch andere antworteten.

Dann erklangen Schrittgeräusche. Ich wusste nicht, wer kam, wollte aufstehen und nachschauen, blieb aber sitzen wie vom berühmten Blitz getroffen.

Es waren zwei Besucher, mit denen wir auf keinen Fall gerechnet hatten. Dracula II und Justine Cavallo!

Das war der Treffer in den Magen. Mit dem berühmtem Hammer geführt. Aber es hatte uns alle erwischt, denn keiner von uns schaffte es, sich zu bewegen.

Suko stand hinter ihnen, er blieb dort auch stehen und hob nur die Schultern.

Es war eine wirklich ungewöhnliche Begegnung. Das hatten

wir noch nie erlebt. Mallmann und Justine Cavallo gemeinsam in unserer Wohnung! Sie trauten sich in die Höhle des Löwen und fürchteten sich nicht davor, in einen Kampf verwickelt zu werden.

Das Kreuz lag auf meiner Brust. Ich spürte den leichten Wärmestoß, der von meinem Talisman abstrahlte. Es reagierte eben auf das Böse, und ich spürte, dass sich mir die Haare hochstellten.

Wir hatten noch kein Wort miteinander gesprochen. Das lag womöglich an Shao und mir, denn beide mussten wir unsere Überraschung erst noch verdauen.

Will Mallmann sah aus wie immer. Eine bleiche und zugleich düstere Gestalt, eingepackt in eine dunkle Kleidung und das rote D auf der Stirn. Scharfe Falten durchzogen das fahle Gesicht. Sie sahen aus wie mit dem Pinsel eingezeichnet. Die dunklen Augen, die er schon als Mensch und BKA-Beamter gehabt hatte, das schwarze Haar zurückgekämmt, die Geheimratsecken an der Stirnseite, die leicht gebogene Römernase, der schmale Mund, das alles ließ wieder die Erinnerungen an meinen alten Freund Will Mallmann hochschießen. Doch das war vorbei. Es gab ihn nicht mehr in dieser Form. Der Blutbiss hatte ihn verändert und hatte ihn in der Hierarchie der Vampire bis an die Spitze geschossen.

Neben ihm stand Justine Cavallo. Kleiner als er. Eine perfekte Frau. Die blonde Barbie-Puppe als lebender Mensch. So hätte sie jemand beschrieben, der sie nicht kannte. Aber sie war kein Mensch. Sie war eine Blutsaugerin mit übermenschlichen Kräften und für Mallmann die perfekte Partnerin.

Gekleidet war sie wie immer. Ich kannte sie gar nicht in einem anderen Outfit. Es passte zu ihr. Sie sah darin perfekt aus. Das schwarze Leder umspannte eine Figur, von der Männer träumten. Ihre Brüste waren hochgeschoben und quollen aus dem Ausschnitt des roten Tops hervor. Ihr perfekt geschnittenes Gesicht zeigte nicht die Spur einer Regung, und sie hielt den Mund fest geschlossen.

Beim genaueren Hinschauen allerdings sah sie nicht mehr so perfekt aus, denn ich entdeckte Schmutz an ihrer Kleidung und auch an ihrem Hals und der linken Wange.

Was da passiert war, wusste ich nicht. Es konnte sein, dass sie es uns sagte, denn grundlos waren sie diesen Weg nach Canossa nicht gegangen. Etwas musste sie bedrücken, und da brauchte ich wirklich nicht lange zu raten. Es konnte nur um den Schwarzen Tod gehen, und möglicherweise wussten sie mehr.

Noch hatten sie kein Wort mit mir gesprochen. Ich stand auch nicht auf, blieb sitzen und nickte ihnen zu. »Das ist aber ein ungewöhnlicher Besuch.«

»Bestimmt«, sagte Mallmann.

»Und dafür gibt es sicherlich Gründe.«

Wieder antwortete Mallmann. »Du kennst sie, John. Oder den einzigen Grund. Und der heißt der Schwarze Tod.«

Ich hielt meinen Mund. Ich hatte es mir gedacht. Hinter den beiden bewegte sich Suko und betrat das Zimmer. Es hatte ihnen nichts ausgemacht, meinen Freund in ihrem Rücken zu wissen. Er hätte sie auch in den Rücken schießen können, doch darüber schauten sie locker hinweg.

Suko gab sich ebenfalls entspannt. Er setzte sich auf die Lehne eines Sessels und schaute sie jetzt an. Dann meinte er: »Nach einer Todfeindschaft sieht euer Besuch nicht aus. Ich könnte mir vorstellen, dass ihr Probleme bekommen habt.«

»Ihr nicht?«, fragte Justine.

Suko lächelte. »Dann reden wir vom gleichen Thema.«

»Ja«, sagte Mallmann. »Der Schwarze Tod. Wir alle haben seine Rückkehr nicht verhindern können. Er hatte sich bisher zurückgehalten, aber diese Zeit ist vorbei.«

»Für euch?«, fragte ich.

»Und für euch«, sagte Mallmann.

»Was ist passiert?«, wollte ich wissen.

Dracula II zuckte mit den Schultern. »Es gibt eine erste Tote. Und ich denke, dass ihr sehr an Sarah Goldwyn gehangen habt. Oder?«

»Das stimmt.«

»Ihr hättet ihr Ableben verhindern können«, erklärte Mall-mann. »Aber ihr seid einfach zu überheblich gewesen. Ich habe euch die Zusammenarbeit angeboten. Getan habt ihr nichts. Ihr seid verbohrt gewesen, und das ist schlecht. Die Folgen davon müsst ihr jetzt tragen. Der Schwarze Tod ist stark. Er ist wieder da. Er ist nicht schwächer geworden, und er wird seine Zeichen setzen.«

»Hat er das nicht schon?«, fragte Suko. »Dabei meine ich nicht den Tod von Lady Sarah.«

»Wie soll ich das verstehen?«

»Dass ihr hier zu uns gekommen seid, muss eine tiefe Ursache haben. Freiwillig ist das bestimmt nicht geschehen.«

»Richtig, nicht freiwillig. Es war schon ein bestimmter Druck, aber den wollen wir auf mehreren Schultern verteilen und euch mit ins Boot nehmen.«

»Zusammenarbeit?«, fragte ich.

»Ja.«

»Partnerschaft?« Meine Stimme klang jetzt spöttisch.

Justine funkelte mich an. »So weit würde ich nicht gehen, John. Ich würde höchstens von einer Zweckgemeinschaft spre-chen, das ist alles. Und auch die ist zeitlich begrenzt. Es muss in eurem Interesse sein, den Schwarzen Tod nicht hochkommen zu lassen.«

»Hat er das nicht schon geschafft?«

»Wir leben noch.«

»Ist ja nicht zu übersehen«, sagte ich sarkastisch. Am liebsten hätte ich der Cavallo den Hals umgedreht. Wir kamen nicht zusammen, wir waren Todfeinde. Wenn ich daran dachte, wie viele Menschenleben auf ihre Kappe gingen, wurde mir ganz anders. Justine Cavallo war eine grausame Person. Sie brauchte das Blut der Menschen, um weiterhin existieren zu können, ebenso Will Mallmann. Eine geweihte Silberkugel in seinen Körper zu jagen, das brachte uns keinen Sieg. Die Geschosse richteten bei ihm keinen Schaden an, weil er den

Blutstein bei sich trug. Und der schützte ihn vor dem Silber.

Das ärgerte mich zwar, aber ich konnte es nicht ändern. Um ihn zu erledigen, musste ich andere Waffen einsetzen, aber dazu kam ich so schnell nicht.

Plötzlich hatte sich eine Spannung zwischen uns aufgebaut. Ich dachte an mein Kreuz. Es war die Gelegenheit, es einzusetzen. Aber etwas hielt mich davon ab, denn im Hintergrund lauerte eine noch größere Gefahr.

So war ich tatsächlich gezwungen, den Teufel mit Beelzebub auszutreiben, was mir persönlich ziemlich gegen den Strich ging. Nie hätte ich gedacht, einmal in eine derartige Lage zu geraten, aber das Leben verläuft eben nicht nur glatt.

Mallmann hatte gespürt, welche Gedanken mich beschäftigten. Er hob seine rechte Hand. Es war eine warnende Geste, und er fügte auch die entsprechenden Worte hinzu.

»Sinclair, du solltest deine Meinung ändern. Du solltest die Gedanken weglassen, die dich quälen. Es wäre wirklich besser für uns alle. Ich meine es ernst. Auch für uns ist es nicht leicht gewesen, über diesen Schatten zu springen, das kann ich dir sagen.«

»Verstehe.«

»Schon ein Schritt nach vorn.«

»Und weshalb seid ihr gekommen?«

Es war die entscheidende Frage, das wussten auch unsere Besucher, und sie schauten sich gegenseitig an, als wollten sie sich zum Sprechen auffordern.

»Ich werde es dir sagen«, erklärte Mallmann. »Der Schwarze Tod ist eine Bedrohung für uns alle. Das weißt du, das wissen wir. Und deshalb müssen wir etwas tun.«

»Hast du einen Plan?«

»Ja, er steht fest.«

»Gut, wir hören.«

Dracula II machte es spannend. Er schaute zuerst mich, dann Suko an. Sehr leise, fast schon zischend sprach er dann aus, was uns einigermaßen überraschte.

»Dem Schwarzen Tod ist es gelungen, in unsere Vampirwelt einzudringen. Er hat sie übernommen. Er herrscht jetzt dort, und das können wir nicht hinnehmen. Wir wissen, wo er steckt. Wir haben einen Ort, an dem wir ihn bekämpfen wollen. Aber nicht allein. Ich denke, dass wir es zu viert schaffen können.«

Suko und ich staunten. Shao, die sich aus dem Gespräch herausgehalten hatte, ebenfalls. Sie saß auf der Couch und hatte große Augen bekommen. Einen derartigen Vorschlag zu hören, damit hätten wir alle nicht gerechnet. Dass sich Mallmann dazu herabgelassen hatte, war schon enorm. Ansonsten kam jemand wie er immer ohne Hilfe aus. Jetzt sollten wir ihm beistehen, ihm helfen, seine Welt zu befreien oder zu retten.

Plötzlich musste ich lächeln. Ich konnte einfach nicht anders und fragte: »Wir sollen in die Höhle des Löwen gehen?«

»Ja.«

»Aber ihr seid nicht allein. Ich kann mich gut daran erinnern, welche Probleme ich in deiner Welt gehabt habe. Immer wieder wollten deine Kreaturen mir das Blut aussaugen. Ich habe mich gewehrt. Ich habe einige von ihnen vernichtet, aber es sind noch genügend übrig geblieben, um euch zu helfen.«

»Das ist vorbei.«

»Wie …?«

»Es gibt sie nicht mehr. Sie wurden vernichtet. Der Schwarze Tod kam nicht allein. Er brachte seine fliegenden Monster mit, die sich auf unsere Kreaturen stürzten.«

»Und? Wie ging der Kampf aus?«

»Unsere haben verloren.«

Ich wusste, wie schwer es Mallmann gefallen war, dies zuzugeben. Eine Niederlage war für ihn nicht drin. Dagegen sperrte er sich. Er wollte immer zu den Gewinnern gehören, und er hatte es auch oft genug geschafft. Mit dem Aufbau der Vampirwelt war ihm wirklich etwas Außergewöhnliches gelungen, und jetzt hatte er erleben müssen, wie ihr die Kraft genommen war.

»Verloren?«, fragte Suko.

»Ja. Man hat sie vernichtet. Ich will ehrlich sein. Es war ein Überfall. Zuerst schickte der Schwarze Tod seine fliegenden Killer. Als sie ihm den Weg frei gemacht hatten, erschien er selbst, um uns auszulöschen. Wir sind ihm entkommen, obwohl es Justine fast erwischt hätte. Er selbst zog sich nicht zurück. Er ist noch da. Er lauert, er wartet darauf, dass wir wieder antreten. Oder er wird uns verfolgen, was auch sein kann.«

»Verstanden«, sagte ich. »Und jetzt sollen wir euch helfen, die Vampirwelt zu retten?«

»So ist es.«

Eigentlich hätte ich lachen müssen. Ich tat es nicht und riss mich zusammen. Was hier passierte, das sah ich schon als paradox an. Das war einfach verrückt.

Aber in der Not frisst der Teufel Fliegen, und die Not musste schon groß sein, wenn sich beide zu einem derartigen Schritt entschlossen hatten, der ihnen alles andere als leicht gefallen war.

Ich sah das Funkeln in den Augen der blonden Bestie. Ich konnte mir vorstellen, wie es in ihr kochte. Sicherlich quälte sie der Hunger. Da wäre ihr das Blut der Menschen hier gerade recht gekommen. Sie sah mein Kopfschütteln und hörte auch die geflüsterten Worte.

»Du willst dich doch nicht ins eigene Fleisch schneiden, Justine?«

»Ich habe nichts gesagt.«

»Dann ist es gut. Ich an deiner Stelle würde in einen Hungerstreik treten.«

Diese locker dahingesprochene Bemerkung ärgerte sie. Das sah ich ihr an. Sie schluckte den Ärger hinunter.

»Ich brauche eine Entscheidung!«, sagte Mallmann. »Und denkt daran, dass es um die Zukunft geht.«

Große Worte. Leider nicht verkehrt. Der Schwarze Tod durfte nicht die Zukunft sein, auf keinen Fall. Wir mussten ihn vernichten.

»Das wissen wir«, sagte ich. »Aber da gibt es noch ein Problem, von dem wir nicht geredet haben.«

»Welches?«

»Van Akkeren.«

Nach dieser Antwort zuckte Justine Cavallo zusammen. Sie kannte van Akkeren. Sie war mal so etwas wie seine Verbündete gewesen, als er versucht hatte, die Führung der Templer zu übernehmen. Ich hatte ihnen einen großen Strich durch die Rechnung gemacht, und die blonde Bestie hatte sich letztendlich aus der Partnerschaft davongeschlichen.

Vergessen allerdings hatte sie ihn nicht. Das erkannte ich an ihrer Regung.

»Was ist mit van Akkeren?«, flüsterte sie.

»Er hat die Seite gewechselt. Er steht auf der Seite des Schwarzen Tods. Habt ihr das nicht gewusst?«

Ich bekam zwar keine Antwort, doch ihren Blicken nach zu urteilen hatten sie wirklich nichts davon gewusst und starrten uns nur verwundert an.

»Er ist wieder im Spiel«, fuhr ich fort. »Der Schwarze Tod hat einen perfekten Helfer, der ihm hier in dieser Welt den Rücken freihält, damit er sich in eurer frei bewegen kann. So sieht es aus, und daran gibt es nichts zu deuteln.«

Bisher hatten sie immer schnell ihre Antworten und Argumente gefunden. Nun waren sie zunächst ratlos. Justine bewegte sich, und ich hörte, wie ihre Lederkleidung leise knisterte. Sie schüttelte den Kopf, sie wollte etwas sagen, aber Mallmann kam ihr zuvor.

»Was bedeutet das für euch?«

»Dass wir hier unsere Freunde nicht ohne Schutz lassen können«, erklärte Suko trocken und hatte sich damit auch in meinem Sinne artikuliert.

Die Dinge waren gekippt. Die Rechnung hatte bei unseren Besuchern nicht gestimmt. Es musste ein neuer Plan oder eine neue Taktik herbei, und das schnell.

»Es wäre trotzdem besser, sich dem Schwarzen Tod zu stellen

und ihn zu vernichten«, erklärte Mallmann. »Wenn er es schafft zu fliehen, kann das Unheil größer werden.«

»Der Schwarze Tod wird nicht fliehen«, sagte ich. »Bei ihm ist es immer ein taktischer Rückzug.«

»Ansichtssache. Aber es bleibt letztendlich eine Tatsache. Wir wollen nicht, dass sich seine Macht ausbreitet, das ist alles.«

»Und wir wollen nicht, dass noch mehr unserer Freunde sterben«, erklärte Suko.

Ich kannte ihn. Wenn er so sprach, dann hatte er sich entschlossen. Er würde die beiden Blutsauger wohl kaum in ihre Vampirwelt begleiten. Und ich? Was sollte ich tun?

Ich wusste es nicht. Ich stand noch voll im Regen und starrte auf den Fußboden. Meine Kehle war wie zugeschnürt.

Auf der einen Seite musste ich Suko recht geben, auf der anderen leider auch Mallmann. Der Schwarze Tod war eine mörderische und kaum zu beschreibende Gefahr, die so schnell wie möglich aus der Welt geschafft werden musste. Ich hatte es einmal durchgezogen. Damals, auf dem Friedhof am Ende der Welt. Da allerdings war ich im Besitz der entsprechenden Waffe gewesen. Der aus den Seiten des Buches der grausamen Träume geformte Bumerang hatte ihm den Schädel vom Körper geschlagen. Diese Waffe stand mir jetzt jedoch nicht zur Verfügung.

»Entscheidet euch!«

Mit dieser Aufforderung hatte uns Dracula II wirklich in eine Zwickmühle gebracht.

Suko hatte sich entschieden. »Ich werde nicht gehen!«

»Und du, John?«, fragte Justine.

Ich überlegte noch. Dabei vertraute ich auf meinen Freund Suko. Es war vielleicht gar nicht schlecht, wenn wir an verschiedenen Fronten kämpften. Wichtig war in diesem Fall, dass Suko dafür sorgte, dass niemand aus unserem Freundeskreis mehr zu Schaden kam. Das war schon eine große Aufgabe, wie ich fand.

Wenn er damit einverstanden war, dann wollte ich den Weg

zusammen mit Justine Cavallo und Mallmann gehen, während Suko hier in unserem normalen Umfeld die Augen offen hielt.

Ich machte ihm den Vorschlag.

Er war davon überrascht und sagte zunächst nichts. Dann runzelte er die Stirn und hatte sich wieder gefangen. »Wenn du dir das genau überlegt hast, bin ich einverstanden. Aber du kennst die Risiken.«

»Ja.«

»Ich bleibe auf jeden Fall.«

»Darum möchte ich dich auch bitten. Du sollst auf keinen Fall mir folgen. Wir müssen an zwei Fronten kämpfen. Wäre ja nicht das erste Mal.«

»Stimmt. Nur geht es hier gegen den Schwarzen Tod.«

»Trotzdem.«

Mallmann meldete sich. »Ich gratuliere dir zu dieser Entscheidung, John Sinclair. Nur so haben wir eine Chance, den Schwarzen Tod zurückzuschlagen. Glaube es mir einfach.«

So sicher wie er war ich mir da nicht. Aber es blieb mir auch nichts anderes übrig. Man ließ mir keine Wahl. Der Schwarze Tod war mein Gegner, mein Feind. In gewisser Hinsicht war ich der Welt sogar noch etwas schuldig, und auch deshalb ging ich auf den Deal ein.

»Es bleibt dabei«, sagte ich.

Mallmann nickte. Über Justines Lippen huschte sogar ein Lächeln, das mich auf keinen Fall animierte und mir diese Unperson nicht sympathischer machte. Sie hatte es mit allen Tricks versucht, mich in ihre Gewalt zu bekommen. Sogar mit den verführerischen Waffen einer Frau. Letztendlich hatte mein Wille gesiegt.

»Du brauchst Waffen«, sagte Mallmann.

»Die habe ich.«

»Es sind nicht genug.«

Irgendetwas hatte er vor, das war mir klar. »Worauf willst du hinaus, Mallmann?«

»Ich kenne deine Waffen. Sie sind stark, aber das Kreuz allein könnte nicht ausreichen. Du musst damit rechnen, dass es zwischen euch beiden zu einem Kampf kommt. Er wird dich angreifen und töten wollen, wenn er dich sieht. Er wartet darauf, dich mit seiner Sense aufschlitzen zu können. Bei Justine hätte er es fast geschafft. Ich konnte im letzten Moment eingreifen, aber darauf darf man sich nicht verlassen. Es geht nicht immer so glatt ab.«

»Was meinst du genau?«

»Denk an deine andere Waffe.«

Im Moment war ich überfragt, und Mallmann merkte das, denn er half mir, die Antwort zu finden.

»Schwert gegen Sense!«

Da wusste ich Bescheid. Es war alles klar. Er meinte das Schwert des Salomo.

Kaum war dieser Gedanke in mir aufgezuckt, als mir ein Schauer über den Rücken rann. Ja, er konnte recht haben. Ich selbst hatte an diese Waffe nicht mal gedacht. Sie war zwar toll, einfach optimal, aber wir lebten nicht mehr im Mittelalter, und ich konnte wirklich nicht mit einem Schwert durch die Gegend laufen.

»Verstanden, John?«

»Habe ich.«

»Bist du dafür?«

Ich nickte und hörte, dass Suko neben mir scharf ausatmete. Klar, er hatte Bedenken, nicht nur wegen des Schwerts, sondern auch wegen der Reise in diese fremde und menschenfeindliche Welt. Mir blieb einfach keine andere Wahl. Ich musste da durch, und im Hintergrund stand noch immer der Gedanke, dass ich den Schwarzen Tod schon einmal erledigt hatte.

Es war schwer gewesen. Es hatte eine lange Anlaufzeit gebraucht. Für mich stand fest, dass es in diesem Fall nicht leichter werden würde.

Ohne ein Wort zu sagen, ging ich zu einem schmalen Schrank, dessen Sicherheitsschloss ich öffnete.

Ich griff hinein und holte die Waffe hervor. Mein Gesichtsausdruck war ernst und gespannt zugleich, als ich mich wieder umdrehte und meine beiden Besucher anschaute.

»Können wir?«

»Ja.«

Wir gingen in den Flur, verließen die Wohnung und sahen nicht mehr, dass Shao ihre Hände vors Gesicht schlug und mehrere Male den Kopf schüttelte.

Suko legte ihr eine Hand auf die Schulter. Auch er sagte nichts und schaute ins Leere …

Mit wenigen Schritten hatte Bill Conolly das Fenster erreicht. Wäre die Scheibe nach unten gefahren worden, hätte er ins Freie springen und schießen können, so aber musste er vor dem Fenster stoppen und die beiden Flugmonster mit den Blicken verfolgen.

Sie waren kurz gegen die Scheibe geflogen. Wahrscheinlich, um auf sich aufmerksam zu machen, doch Bill hätte sie auch draußen im Garten nur schwer treffen können, denn sie waren in der nächtlichen Dunkelheit verschwunden.

»Geh nicht raus!«, rief Sheila.

»Keine Sorge. Ich bleibe noch. Aber sie werden versuchen, ins Haus einzudringen. Damit musst du rechnen.«

»Das weiß ich. Dann haben wir immer noch Zeit genug, um etwas dagegen zu unternehmen.«

Bill ging wieder zurück zu seiner Frau und seinem Sohn. Johnny hatte sich hinter seine Mutter gestellt und beide Hände wie schützend auf ihre Schultern gelegt.

»Sie werden nicht aufgeben, Dad. Das weiß ich genau. Sie suchen und werden einen Weg finden, um an uns heranzukommen. Sie wollen töten, sie haben einen Auftrag, und man kann sie sogar mit einem Messer töten, wenn man Glück hat.«

»Messer?«, fragte Bill. Erst jetzt fiel ihm ein, was das bedeutete. »Dann sind sie keine dämonischen Geschöpfe.«

»Davon müssen wir ausgehen. Sie sind auf eine andere Art

und Weise entstanden.« Johnny hob die Schultern, um zu zeigen, dass er nicht wusste, wie.

Das Thema war für die Conollys auch erledigt. Sie machten einen recht ratlosen Eindruck. Bill sprach davon, dass der Kamin nicht breit genug für die Angreifer war und blieb bei seiner Meinung, dass sie irgendwann eine Scheibe einschlagen würden.

Johnny schlug vor, noch mal die Runde im Haus zu drehen oder sich an verschiedenen Stellen zu positionieren, um schnell dort sein zu können, wo etwas passierte.

Bill fand den Gedanken nicht schlecht. Er selbst entschied sich dafür, im Zimmer zu bleiben.

»Dann gehe ich mal.«

Johnny verließ den Raum. Seine Mutter schaute ihm nach und schüttelte den Kopf.

»Was hast du, Sheila?«

Sie atmete tief ein und legte beide Hände flach auf ihre Oberschenkel. »Du wirst es sicherlich anders sehen, Bill, aber tief in meinem Innern habe ich mir immer gewünscht, dass das nicht eintritt, was ich soeben sehen musste.«

»Meinst du die fliegenden Killer?«

»Nein, Bill, die nicht. Ich denke an Johnny. Es war schlimm für mich, als ich ihn mit der Waffe in der Hand aus dem Zimmer habe gehen sehen. Ich hätte mir so gewünscht, dass das nicht passiert.« Sie zuckte mit den Schultern. »Es wird wohl für immer ein Traum bleiben.«

»Man kann sich die Positionen im Leben leider nicht immer aussuchen«, erwiderte Bill. »Ich würde gern auf deiner Linie liegen, aber unser Sohn hat ein schweres Erbe übernommen. Er hat beim Heranwachsen erlebt, wie es seinen Eltern erging. Er war zusammen mit einer Wölfin, in der die Seele eines Menschen steckte. Er war immer anders als die Kinder und Jugendlichen in seinem Alter, obwohl er versucht hat, so normal wie möglich zu bleiben. Jeder hat sein Schicksal. Da macht auch Johnny keine Ausnahme.«

»Ich weiß es ja. Es fällt mir trotzdem schwer, es zu akzeptieren.«

»Das verstehe ich.«

»Ich möchte nur, dass wir noch lange zusammenbleiben. Denk an Lady Sarah. Ihr Tod hat mich erschüttert und mir zugleich klargemacht, dass man es wieder mal auf uns abgesehen hat. Auf uns alle, Bill. Genau das ist das Problem.«

»Da hast du schon recht.«

»Heute war es Sarah. Wer wird es morgen sein?«

»Bitte, so solltest du nicht denken.«

»Ich kann nichts dafür. Ich bin eine Frau. Und Frauen denken nun mal anders als Männer. Bei euch ist immer etwas von, in den Kampf ziehen zu müssen, dabei. Das haben Frauen nie akzeptiert. Sie haben immer gewartet, verstehst du?«

»Natürlich. Aber bestimmt ziehen Männer wie John, Suko oder ich nicht einfach in den Kampf. Es ist unsere Bestimmung durch den Beruf. Dieser Kampf wird uns förmlich aufgezwungen. Da können wir einfach nicht mehr zurück. Nicht nach all den langen Jahren. Und wir werden auch weiterhin auf der Abschussliste stehen.«

»Ja, ich eingeschlossen.«

Bill schwieg. Er spürte die Hände seiner Frau auf seinen. Es tat ihm gut, ihre Nähe zu spüren. Sie waren durch dick und dünn gegangen. Sie hatten sich oft genug in Lebensgefahr befunden, aber es war ihnen gelungen, die Probleme zu meistern.

»Wir schaffen es, Sheila. Da bin ich mir ganz sicher. Wir kommen auch diesmal raus.«

»Kann sein, dass du recht hast. Aber ich möchte dabei nicht an Sarah Goldwyn denken. Sie ist der Anfang gewesen, zusammen mit Johnny und Glenda. Bei uns machen sie weiter. Und sie werden nicht eher Ruhe geben, bis sie uns getötet haben.«

»Oder wir sie!«

»Ich weiß nicht …«

»Johnny hat es mit einem Messer geschafft. Darauf kann er stolz sein.«

»Das Glück bleibt nie lange, Bill. So etwas muss ich dir nicht erst noch sagen.«

Es stimmte. Aber man musste auch nach vorn sehen und durfte nicht in Grübeleien verfallen. Bill schaute nach vorn. Sehr konkret sogar, denn er blickte durch die breite Scheibe hinaus, in den Garten mit seinen Lichtinseln.

Es war eigentlich kein besonders scharfer Blick, aber Bill erstarrte plötzlich.

Das merkte auch Sheila.

»Hast du was?«

»Ich glaube.«

»Wo?«

»Im Garten.«

Sheila umfasste Bills Handgelenk und hielt es fest. »Bitte, geh nicht raus. Du weißt, was hier …«

»Es war keines der Flugmonster, glaube ich.«

»Was dann?«

»Wenn mich nicht alles täuscht, ist es ein Mensch gewesen«, sagte er mit leiser Stimme.

Sheila durchrieselte ein Schauer. »Bitte? Ein Mensch? Das kann doch täuschen in der Dunkelheit.«

»Er stand im Licht.«

»Auch da können dir Helligkeit und Schatten etwas vorspielen, Bill. Vielleicht hast du einen Baum gesehen und ihn verwechselt.«

»Wäre schön, aber ich kenne unsere Bäume. Da bin ich mir ganz sicher.«

»Und was willst du tun?«

»Nachschauen!«

Bill hatte mit Sheilas Reaktion gerechnet. Sie zuckte zusammen, und ihre Hand umfasste sein Gelenk noch härter.

»Das hast du doch nicht wirklich vor?«

»Ich muss Gewissheit haben.«

Sheila kannte ihren Mann lange genug. Wenn er so sprach, dann ließ er sich auch nicht durch Geld und gute Worte von einem Vorhaben abbringen. Sie gab innerlich zu, das er recht hatte und wehrte sich auch nicht dagegen, als er seine Hand aus ihrem Griff befreite.

»Sei nur vorsichtig«, flüsterte sie ihm nach.

Bill enthielt sich einer Antwort. Er konzentrierte sich beim Gehen auf die Stelle, an der er den Mann oder die Gestalt gesehen hatte. Sie stand nicht direkt im Schein einer Lampe, aber sie wurde von ihm gestreift, obwohl ihm ein mannshoher Busch schon mehr Deckung gab.

Bill erreichte die Tür, die ebenfalls zu der Glasfassade gehörte. Sie konnte man mit der Hand öffnen. Kein Rollo war nach unten gezogen, obwohl das unter Umständen besser gewesen wäre. Das hätte die Mutationen sicherlich davon abgehalten, zu schnell in das Haus und damit in die Nähe der Menschen zu gelangen.

Bill schaute hin.

Nichts mehr zu sehen!

Nur der Busch stand dort, und dessen Blattwerk bewegte sich im leichten Wind.

Hatten ihn seine Augen wirklich so getäuscht? Er glaubte es nicht. Da war einer gewesen und hatte aus seiner Position her durch das Fenster in das Haus geschaut.

Er wollte es wissen. Er würde sich auch von Sheila nicht davon abhalten lassen. Außerdem war er bewaffnet und gehörte zudem zu den treffsicheren Schützen.

Bill öffnete die Tür.

Von Sheila kam kein Protest. Sie schien eingesehen zu haben, dass sie nichts ausrichten konnte.

Bill zog die Tür langsam auf. Alles war gut geschliffen und geölt worden. So entstand kaum ein Geräusch. Er streckte seinen Kopf nach draußen und saugte zunächst die frische Nachtluft ein. Die Wärme des Tages hatte sich zurückgezogen, aber den Duft der Sommerblumen noch nicht mitgenommen. Es wäre eine wunderschöne Nacht gewesen, die Stunden im Garten zu verbringen, doch Bill wollte sich nicht selbst in Gefahr bringen.

Noch blieb er in der offenen Tür stehen und konzentrierte sich auf die leere Stelle.

Der dunkle Garten lockte ihn. Er schien aus zahlreichen Stimmen zu bestehen. Flüstern, Wispern, Summen und Brausen. Aus allem schälte sich hervor, was die Natur von ihm wollte.

Komm – komm in den Garten …

Bill schwitzte. Er war innerlich angestrengt. Sein Puls ging schneller. Der kalte Schweiß störte ihn nicht. Mit der rechten Hand umklammerte er den Griff seiner Waffe, deren Mündung gegen den Boden wies.

Er blickte nach vorn.

Noch immer war die Stelle leer. Der Rasen sah aus wie ein dunkler Teppich, und auf der Oberfläche des Pools bewegte sich nichts. Die Vampir-Monster mit ihren grässlichen Gebissen waren auch nicht zu sehen, aber er glaubte nicht daran, dass sie sich zurückgezogen hatten.

Am Rand der Terrasse blieb er stehen. Ein Tisch, Liegestühle, zwei Hocker, ein fahrbares Tablett waren zusammengeschoben worden. Niemand hatte hier etwas verändert.

Bill blickte zurück in das große Zimmer. Sheila saß angespannt an ihrem Platz und schaute nach vorn. Der Reporter winkte ihr beruhigend zu. Bisher unterschied sich diese Nacht von keiner anderen. Zumindest nicht in den letzten Minuten.

Aber es lauerte etwas …

Sein Freund John Sinclair verließ sich oft auf sein Bauchgefühl. Darauf setzte Bill ebenfalls. Er war zwar kein Wahrsager und konnte nicht in die Zukunft schauen oder bemerken, was sich im nicht sichtbaren Bereich tat, aber auf sein Gefühl achtete er schon, und das war eben nicht besonders gut.

Die normale Stille kam ihm unnormal vor. Er ging noch etwas tiefer in den Garten hinein und war froh, dass die Tür wieder zugefallen war, ohne allerdings abgeschlossen zu sein.

Von seiner Position aus konnte er nach oben aufs Dach schauen, das er sich auch als Versteck vorstellen konnte.

Dort saß niemand!

Das hätte ihn eigentlich beruhigen müssen. Das war nicht so. Er traute seinen Feinden alles zu, und es gab auch genügend Verstecke in der nahen Umgebung.

Plötzlich hörte er das Männerlachen. Scharf und abgehackt. Ein Gelächter, wie es eigentlich nur ein böser Mensch fertigbringen konnte. Es traf ihn in seiner Lage wie eine akustische Peitsche, und der Reporter zuckte zusammen. Gleichzeitig riss er seine Waffe hoch, aber die Mündung fand kein Ziel.

Wo steckte er?

»Conolly ...«

Bill war angesprochen worden. Jemand musste ihn gut kennen. Er war nicht einfach ein Dieb, der ins Haus hatte einbrechen wollen. Sein Besuch hatte einen anderen Grund, und wieder ärgerte sich Bill, weil er den Sprecher nicht sah.

»Was ist los?«

»Sehr schön, dass du rausgekommen bist.«

Ein Schweißtropfen löste sich von Bills Haaransatz und lief in der Stirnmitte der Nasenwurzel entgegen. »Wer sind Sie? Wo sind Sie? Zeigen Sie sich endlich!«

»Du kennst mich ...«

Bill überlegte. Er lauschte jetzt dem Klang der Stimme nach und versuchte angestrengt, sich zu erinnern. Leider kam ihm keine Idee. Sein Gehirn war blockiert.

»Was ist los?«

»Hören Sie auf.«

»Nein, ich fange erst an ...« Es folgte wieder ein Lachen, das Bill einen Schauer über den Rücken jagte. Gleichzeitig hatte er den Eindruck, dass sich in seinem Gehirn eine Sperre gelöst hatte. Das Erinnerungsvermögen kehrte zurück.

Ja, er wusste Bescheid. Aber er konnte nicht behaupten, dass ihn das beruhigte. Er fühlte sich, als hätte man ihn bis zu den Knien in Eiswasser gestellt.

Diesen Mann kannte er schon lange, auch wenn er zwischendurch nichts mit ihm zu tun gehabt hatte.

»Na, weißt du Bescheid?«, höhnte es Bill entgegen.

»Ja, du bist der Grusel-Star van Akkeren ...«

Sheila hatte bewusst nicht gegen Bills Plan protestiert, denn sie wusste, dass sie ihm diesen sowieso nicht hätte ausreden können. Außerdem sah sie ein, dass etwas getan werden musste. Sie konnten nicht sitzen und abwarten, bis es zu einem zweiten Überfall kam.

Auch sie nicht.

Und Sheila unternahm etwas, ohne sich zuvor mit ihrem Mann abgesprochen zu haben. Das Telefon befand sich in Reichweite. Wenn es wirklich zu einem Angriff kommen sollte und nicht nur von zwei Wesen, brauchten sie Hilfe. Bill und Johnny allein würden es nicht schaffen. Die Nummer des Geisterjägers war schnell eingetippt, und Sheila Conolly erlebte ihre erste Enttäuschung.

John hob nicht ab.

Auf seinem Handy wollte sie nur im Notfall anrufen, deshalb versuchte sie es zunächst in der Wohnung nebenan.

Dort meldete sich Suko. Sie hatte sich vorgenommen, genau auf die Stimme zu achten, aber sie fand bei diesem neutralen Klang nichts Genaues heraus.

»Ich bin es, Sheila.«

»Ja, ich grüße dich.«

»Kann ich auch mit John sprechen?«

»Nein.«

»Ist er nicht da?«

»Richtig.«

Sheila nagte auf ihrer Unterlippe, während sie zugleich den Blick durch das Fenster in den Garten warf und auf ihren Mann schaute, dessen Gestalt sich wie eine Schattengestalt von der Terrasse abhob.

»Was hast du denn für Probleme?«

»Ich glaube, dass wir hier Hilfe brauchen.«

Sofort änderte sich der Klang von Sukos Stimme. »Was ist passiert?«

»Ich weiß nur, dass wir einen Angriff dieser Monster abgewehrt haben, aber das ist nicht das Ende gewesen.«

»Wie meinst du das?«

»Bill und ich können uns vorstellen, dass noch mehr in der Nähe lauern. Auch Johnny ist bei uns. Wir fühlen uns in unserem Haus wie Gefangene.«

Suko blieb gelassen, obwohl es innerlich in ihm anders aussah. »Gibt es eine konkrete Bedrohung?«

»Nein. Noch nicht.«

»Kann ich mit Bill sprechen?«

»Kaum. Ich müsste ihn aus dem Garten holen.«

»Und was macht er dort?«

Sheila schaute hin. Sie stellte fest, dass sich an Bills Verhalten etwas geändert hatte. Er stand zwar noch auf dem gleichen Fleck, aber er bewegte sich dabei, und es sah zudem aus, als würde er sprechen, ohne dass Sheila einen Gesprächspartner sah.

»Ich kann es dir nicht so genau sagen«, flüsterte sie. »Aber es kommt mir vor, als hätte er bei uns im Garten jemanden getroffen.«

»Wen?«

»Kann ich nicht sehen.«

»Hast du auch keinen Verdacht?«

»Nein, Suko. Aber ich habe das Gefühl, dass sich die Schlinge immer enger zuzieht.«

»Machen wir es kurz«, sagte Suko. »Du hast angerufen, weil du nicht mehr mit Bill und Johnny allein bleiben willst.«

»Ja, so ist das gewesen.«

»Dann werden wir so schnell wie möglich kommen.«

»Wir?«

»Ich bringe Shao mit. Auch sie werde ich nicht allein lassen. Wartet auf uns.«

»Ja, danke.«

Sheila unterbrach das Gespräch. Es hatte sie mitgenommen, und sie kam sich vor, als hätte man sie soeben aus der Sauna gezogen. Auch ihr Herz klopfte schneller.

Mit dem Handrücken wischte sie über ihre Stirn und flüsterte: »Hoffentlich habe ich alles richtig gemacht …«

Ich wünschte mir, die Gabe zu besitzen, um durch transzendentale Tore in andere Welten zu gelangen. Leider war mir das nicht gegeben, aber Mallmann und Justine hatten diese Gabe. Wir waren plötzlich verschwunden, und bevor ich noch einen klaren Gedanken fassen konnte, befand ich mich bereits in dieser anderen Welt.

In der Vampirwelt.

Ich sah es, als wir den Spiegel verließen, der im Prinzip keiner war. Er reichte bis zum Boden, und hätte uns jemand von vorn her beobachtet, dann hätte er zwei Wesen gesehen, die zuerst nur Schattengestalten waren, dann aber normale Körper bekamen und zu dritt plötzlich vor dem Spiegel standen.

Ich war nicht zum ersten Mal hier. Ich kannte mich aus. In dieser Welt war es dunkel, aber nicht stockfinster. Es gab trotz allem Licht, nur sah ich die Quellen nicht. Es war eine Helligkeit, die sich in oder hinter der Dunkelheit versteckte, aber noch so weit vordrang, dass sie für ein gewisses Grau sorgte. So war es mir möglich, in dieser Welt etwas zu erkennen. Die Umrisse der kahlen Felsen, auf denen kein Grashalm wuchs. Ich sah auch die Schluchten dazwischen, als ich die Hütte verlassen hatte, die leicht erhöht lag, und ich konnte auf den Friedhof schauen. Er war ein altes Gräberfeld, das mich immer an die staubige Kulisse eines Horrorfilms erinnerte.

Es stimmte. Mallmann und die Cavallo hatten mich in die Vampirwelt geholt, um mich vor dem Schwarzen Tod zu warnen. Damals hatte ich allerdings ein paar Probleme mit den ausgemergelten Blutsaugern bekommen, die mich unbedingt hatten leer trinken wollen.

Es war ihnen nicht gelungen. Dafür waren sie jetzt aus der Welt geschafft worden.

Und jetzt?

Jetzt passierte nichts. Ich stand vor der Hütte und stützte mich auf dem Griff des Schwertes ab, bei dem das Innere der Klinge einen leichten Glanz abstrahlte.

Suchend bohrten sich meine Blicke in die düstere Welt hinein, ohne jedoch etwas erkennen zu können. Ich sah den Schwarzen Tod nicht, auch nicht die fliegenden Vampir-Monster, diese scheußliche Welt war düster und leer, ebenso der Himmel.

Hinter mir hörte ich die leichten Schritte. Ich wusste, dass Justine Cavallo kam, und so brauchte ich mich nicht umzudrehen.

»Suchst du was?«

»Wieso? Sehe ich so aus?«

»Ja.«

Sie stand an meiner rechten Seite. Ich schaute sie für einen Moment an und nickte dann. »Du hast recht, Justine, ich suche tatsächlich etwas.«

»Was denn?«

»Eure Freunde. Eure Artgenossen. Die bleichen und blutleeren Bewohner dieser Welt. Sie sind nicht da. Ich vermisse sie fast. Sonst kamen sie, um sich mit frischem Blut zu versorgen.«

»Es gibt sie nicht mehr«, erklärte mir die blonde Bestie, und es hörte sich an wie ein Knurren.

»Die Vampir-Monster?«

»Wer sonst? Sie haben sie sich geholt. Sie haben sie zerrissen. Du wirst sie bestimmt noch sehen.«

Eine derartige Aussage aus Justines Mund zu hören war wirklich außergewöhnlich. In der Antwort hatte auch die Wut darüber mitgeklungen. Oder auch der Hass. Es war verständlich. Justine Cavallo und Will Mallmann hatten sich hier ein Refugium aufgebaut und sich sehr wohlgefühlt. Auch wenn ich das nicht verstehen konnte, doch jetzt war nur noch die äußerliche Hülle vorhanden.

Ich schaute die blonde Bestie von der Seite her an. Das schien ihr nicht zu gefallen, denn sie verengte die Augen. »Was willst du, Sinclair?«

»Nichts weiter. Ich denke noch immer darüber nach, dass ich euch zur Seite stehen soll, wo du doch am liebsten mein Blut trinken würdest.«

»Das stimmt.«

»Versuch es!«

»Nein, nein, ich kann mich noch beherrschen. Das unterscheidet mich von den anderen meiner Artgenossen. Ich will Blut, das stimmt. Aber ich habe auch Pläne. Das ist der Unterschied zu meinen Artgenossen. Sie lassen sich ausschließlich von der Gier leiten.«

»Und was ist jetzt«, höhnte ich, »was habt ihr erreicht? Nichts, einfach gar nichts. Ich schaue hier in diese Welt hinein und sehe nichts. Nur Leere. Das ist alles. Leere, wohin ich schaue. Nicht mal die Vampir-Monster sind zu sehen.«

»Sie haben sich zurückgezogen.«

»Wie der Schwarze Tod?«

»Genau.«

»Ich bin gespannt auf ihn. Er wird ebenso gespannt auf mich sein. Und dann …«

»Werden wir ihn gemeinsam vernichten«, sagte Will Mallmann, der sich mir lautlos genähert hatte.

Ich wartete mit der Antwort, bis er vor mir stand. In dieser ungewöhnlichen Dunkelheit wirkte sein Gesicht noch fahler. Er sah aus wie ein Schwerkranker, der kurz davor stand, sein Leben auszuhauchen. Selbst die Glühkraft des D auf der Stirn war zurückgegangen.

»Du scheinst dir sicher zu sein«, sagte ich. »Ich habe ihn einmal geschafft, aber ich habe nicht verhindern können, dass er zurückkehrt. Er hat sich nicht verändert. Er sieht aus wie immer, und ich weiß, dass er hinzugelernt hat. Er wird zudem wissen, dass ich keinen Bumerang mehr besitze, und darauf setzen.«

»Du hast das Schwert!«

»Ja, das stimmt.«

»Damit musst du es schaffen. Schwert gegen Sense. Du wirst nicht darum herumkommen, und wir werden dir dabei den Rücken freihalten. So und nicht anders sehen die Dinge aus. Noch haben wir Zeit. Sie werden sich beraten, sich sammeln, und sie werden wissen, dass wir in unsere Welt zurückgekehrt sind.«

»Dann können wir sie ja hier erwarten.«

»Daran habe ich auch gedacht. Wir nehmen den Platz vor der Hütte als Ort der Verteidigung.«

Dagegen hatte ich nichts einzuwenden. Es passte mir trotzdem nicht, hier auf die Angreifer warten zu müssen. Ich wollte mich in der Vampirwelt umschauen und auch erkennen, ob das alles so stimmte, wie es mir von Justine gesagt worden war. Sie hatte davon gesprochen, dass ihre Helfer vernichtet worden waren. Genau das wollte ich sehen. Ich sagte es ihnen nicht, sondern sprach nur davon, mich ein wenig umschauen zu wollen.

Justine zeigte sofort ihr Misstrauen. »Warum willst du das tun?«

»Ich möchte sehen, ob alles zutrifft, was du mir gesagt hast. Die toten …«

»Sie sind es.«

»Das will ich sehen.«

Die blonde Bestie war noch immer dagegen. Mich allein zu lassen, war ihr trotz unserer neuen Partnerschaft suspekt. Sie wollte sich Rückendeckung holen und schaute Mallmann fragend an.

Der hatte nichts dagegen. »Lass ihn …«

»Aber …«

»Es wird nichts passieren. Ich kenne Sinclair. Er ist kein Mensch, der lange warten kann. Das habe ich in meinem ersten Leben schon erlebt. Ich kenne ihn. Er kann nicht warten. Er ist ungeduldig. In seinem Innern steckt die Unruhe. Es kann auch gut für uns sein.«

»Oh«, erklärte ich voller Spott. »Danke sehr für deine Hilfe. So hätte ich dich gar nicht eingeschätzt.«

»Geh schon.«

Die Aufforderung ließ ich mir nicht zweimal sagen. Das dunkle Haus stand tatsächlich auf einer flachen Hügelkuppe. Bei hellem Licht hätten wir von hier aus einen fantastischen Blick gehabt, aber das musste ich mir abschminken. Es war nicht hell. Trotzdem sah ich etwas. Eine graue Welt lag unter mir. Die Felsen schienen mit dunklem Staub beklebt zu sein. Irgendwie wirkte alles so fremd und trotzdem auch normal. Diese Vampirwelt hätte sich auch auf unserem Globus zeigen können. Felsen gab es genug, und auf der Erde hörte man des Öfteren von Sandstürmen in der Wüste.

Wenn sie sich nach einer gewissen Zeit gelegt hatten, sah die Umgebung ähnlich aus. Da waren die Felsen und Mulden mit Staub bedeckt. Da gab es keine Pflanzen oder Gräser zu besichtigen, sondern nur das tote und auch leere Land.

So kannte ich diese Welt. Aber ich kannte sie auch anders. Bewohnt von schrecklichen Kreaturen, die nur darauf lauerten, an das Blut entführter Menschen zu gelangen.

Angeblich waren sie vernichtet worden. Ich hielt trotzdem die Augen auf, weil ich den Worten der Cavallo nicht so recht traute. Ich hatte den normalen Weg genommen. Es gab ja nur einen, den ich hinabging. Es war kein steiler Hang, den ich hinter mir ließ. Ich musste auch keine Angst haben, auf dem staubigen Boden auszurutschen, aber ich wusste auch, wohin ich wollte.

Es gab hier diesen alten Friedhof. Eine perfekte Gruselkulisse, und ich dachte daran, dass ich bei früheren Besuchen an diesem alten Totenacker vorbeigekommen war.

Jetzt auch.

Die Grabsteine kannte ich. Schief steckten sie im Boden. Sie waren dunkel, manche schimmerten matt. Offene Gräber waren ebenfalls vorhanden. Von meiner Position aus konnte ich sie nur als dunkle Löcher erkennen.

Ich betrat den Friedhof.

Schon nach zwei Schritten stoppte ich. Und diesmal wollte ich es genauer wissen. Ich holte die Lampe hervor und leuchtete den Untergrund vor meinen Füßen ab.

Da lagen die Vampirleichen!

Körper, die sich nicht bewegten. Oder? Es blieb bei der Starre, aber als normale Körper sah ich sie nicht an. Langsam wanderte der Lichtkegel über das hinweg, was vor meinen Füßen lag.

Ein Kopf sah aus, als wäre er abgerissen worden. Aber er hing noch an den Sehnen. Nur Staub gab es. Kein Blut. Ich leuchtete weiter nach vorn und musste sehen, dass der Friedhof seinem Namen alle Ehre machte. Er war es. Auf ihm lagen sie. Diejenigen, die mich früher attackiert hätten, es jetzt aber nicht mehr schafften, denn die Vampir-Monster hatten sie tatsächlich zerrissen.

Brutal. Gnadenlos. Ich musste Bilder sehen, über die ich nur den Kopf schütteln konnte. Was da passiert war, das hatten Bestien getan, die einfach nur töten wollten.

Sinnlos …

Ich schritt über den Friedhof hinweg und kam mir vor wie ein Feldherr, der eine Schlacht gewonnen hat und nun die Zahl seiner toten Feinde addierte.

Da kam schon etwas zusammen. Vampire waren ja nicht so leicht zu töten. Hier allerdings hatten die Angreifer genau gewusst, was sie zu tun hatten. Deshalb möchte ich auf weitere Beschreibungen verzichten und nur sagen, dass es keinen Körper gab, der noch normal aussah. Auch während ihrer Existenz waren sie für mich nicht normal gewesen, aber hier hätte sich keiner mehr bewegen können. Da gab es keine Zusammenhänge mehr zwischen den einzelnen Gliedern.

Sie waren vernichtet worden, ohne gepfählt zu werden. Und trotzdem existierten sie noch auf eine bestimmte Art und Weise. Richtig töten konnte man sie nur durch den Pflock ins Herz, durch eine Silberkugel, durch Verbrennen und wie auch immer.

Das war hier nicht passiert. Mir kam ein anderer Vergleich in den Sinn, der besser passte. Die Angreifer hatten die Blutsauger nach ihren Methoden kampfunfähig gemacht. Das »Leben« hatten sie ihnen nicht nehmen können, denn das bekam ich demonstriert, als ich weiterging und auch leuchtete.

Jetzt hatten sie bemerkt, dass jemand über ihren Friedhof schritt. Sie sahen die helle Lanze, die keinen von ihnen ausließ, und sie waren sogar in der Lage, das Licht zu verfolgen, denn ich bekam mit, wie sie ihre Augen rollten und bewegten, weil sie mich verfolgten und trotz allem noch die Gier in ihnen steckte.

Keiner von ihnen kam vom Boden hoch. Wenn sie sich bewegten, dann zuckten sie zumeist. Einige andere versuchten, wie Würmer durch den Staub zu kriechen, aber auch damit kamen sie nicht weiter. Keiner schaffte es, auch nur einen Arm zu heben.

Der kalte Lichtkegel traf Gesichter, in denen sich die Augen drehten, und ich musste erkennen, dass dort die Gier noch nicht verschwunden war. Sie glotzten mich an. Sie waren da, sie waren so kalt und zugleich auch gierig.

Ich hatte die Rückseite des Friedhofs fast erreicht, da zupfte jemand an meinem Schuh.

Ich blieb stehen.

Ein Blutsauger versuchte es tatsächlich. Er war nicht so zerstört worden. Beide Hände hielt er im Stoff meiner Hosenbeine verkrallt und versuchte so, sich in die Höhe zu ziehen.

Seinen Kopf mit den strohigen Haaren hatte er in den Nacken gelegt, das Gesicht war mir zugerichtet, und ich sah, dass es kein Gesicht war, sondern nur eine widerliche Fratze. Verzerrt und mit Augen, die fast aus den Höhlen traten.

Ich schüttelte mich und holte das Kreuz aus der Tasche.

Das Schwert setzte ich nicht ein. Dafür sorgte das Kreuz mit einem hellen Blitz für die Vernichtung. Es strahlte tatsächlich kurz ein Licht auf, dann sank die Gestalt zusammen und löste sich auf. Als Staub blieb sie liegen.

Der Weg war frei …

Um einen großen Grabstein ging ich herum, der eine Gruft markierte. Ich sah auf der weichen Erde zwei Gestalten liegen, die keine Köpfe mehr besaßen. Die Mörder hatten sie abgerissen und in den Boden hineingepresst.

Allmählich wurde mir bewusst, dass Mallmann und Justine Cavallo recht hatten. Diese Wesen hatten die Welt überfallen und mit ihren Bewohnern aufgeräumt. Sie hatten praktisch einen Großteil der Arbeit für den Schwarzen Tod geleistet, der seinen Plan wirklich umfassend angesetzt hatte.

Auf der einen Seite hatte er mich und meine Freunde attackiert, auf der anderen führte er seinen Angriff gegen die Bewohner der Vampirwelt durch. Er wollte somit zwei Fliegen mit einer Klappe schlagen und stand dicht vor einem Sieg.

Genau das ärgerte mich. Ich hasste es. Ich hasste sie. Sie waren meine Feinde. Ich wollte auf keinen Fall, dass sie gewannen. Der Schwarze Tod sollte nicht wieder die Macht bekommen, die er schon mal besessen hatte, aber die ersten Anzeichen deuteten darauf hin, dass es nicht so leicht war, ihn zu stoppen.

Ich ging noch eine halbe Runde und leuchtete dabei weiterhin die Umgebung ab.

Überall lagen sie, ohne sich erheben zu können. Manche Körper zuckten, andere lagen einfach nur still, und es war wirklich kein Laut zu hören. Kein Stöhnen, kein Ächzen, kein Flüstern. Es gab nur die Stille des Todes.

Als ich stehen blieb, überlegte ich, ob ich weiter durch diese Welt gehen oder zurückkehren sollte. Das Schwert hatte ich noch nicht einzusetzen brauchen. Als ich daran dachte, lächelte ich und schaute es mir automatisch an.

Es stammte aus einer lange zurückliegenden biblischen Zeit. Der Schmied des König Davids hatte es geschaffen, nach den Anweisungen von Jahwe, die er im Traum erhalten hatte. In der Mitte der Schneide fiel die von oben nach unten verlaufene Goldlegierung auf. An den Seiten war sie aus Stahl gefertigt. Der Griff war sehr handgerecht hergestellt worden, und es gab auch einen breiten, quer stehenden Handschutz. Außerdem war es vom Gewicht her recht leicht, als sollte sein Träger keine Mühe aufwenden müssen, wenn er es führte.

Mir hatte es auf eine besondere Art und Weise das Leben gerettet. Zusammen mit dem Kreuz hatte es die Verbindung zur Bundeslade hergestellt, und mir war es sogar gelungen, sie zu berühren, ohne zu sterben.

Geschenkt hatte es mir der große König Salomo, und ich hatte es mit in die Gegenwart genommen.

Meine Gedanken huschten wieder zurück in die Gegenwart. Ich hatte die unmittelbare Nähe des Friedhofs verlassen und mich so hingestellt, dass ich hoch zu dieser schwarzen Hütte schauen konnte, vor der sich Mallmann und Justine aufhielten.

Ich sah sie tatsächlich. Besonders das Haar der blonden Bestie fiel auf.

Für mich war es schon ein ungewöhnliches Gefühl, mit ihnen zusammenzuarbeiten. Ausgerechnet, konnte man da nur sagen. Es war schwer, das zu begreifen, aber mir blieb im Moment wirklich keine andere Wahl. Da musste ich in den sauren Apfel beißen.

Mir gefiel vieles in dieser Vampirwelt nicht, aber etwas störte mich besonders.

Es war die Stille. Ich nahm sie nicht als normal hin, nicht in einer Situation wie dieser, wo jemand versuchte, diese Welt für sich zu gewinnen. Um mich herum war alles erstarrt, sodass ich mir vorkam wie jemand, der sich in einer künstlichen Umgebung befand, als wäre ein Mensch plötzlich in ein Rollenspiel hineingezogen worden. Das alles akzeptierte ich, das war schon okay, aber nicht mit der menschlichen Logik zu begreifen. Und trotzdem musste ich mich hier zurechtfinden, und das würde ich auch weiterhin tun müssen.

Zusammen mit zwei Personen, denen ich den Tod wünschte. Ich schüttelte den Kopf und dachte daran, dass das Leben manchmal wirklich verrückte Kapriolen schlug.

Tiefer in die Vampirwelt wollte ich nicht hineingehen. Ich

gen. Beim ersten Hinschauen hatte es wirklich Ähnlichkeit mit einer Fledermaus, aber da fehlte das dreieckige Gesicht.

Dafür sah ich das grässliche Maul. Es stand offen und war zu einer breiten Fratze geworden, in der die Zähne darauf warteten, sich in mein Fleisch hacken zu können.

Diesmal wartete ich nicht ab. Ich lief dem Angreifer entgegen und duckte mich dabei. Kurz bevor wir zusammentrafen, kantete ich das Schwert hoch und rammte die Klinge von unten her in den Leib.

So spießte ich den fliegenden Killer regelrecht auf. Er tanzte plötzlich auf der Schwertklinge. Dabei schlug er mit den Schwingen um sich, ohne etwas zu treffen.

Langsam sackte er an dem edlen Metall nach unten, und jetzt spürte ich auch sein Gewicht.

Ich wollte ihn nicht mehr. Mit einem kurzen Schlag nach rechts sorgte ich dafür, dass das Wesen schneller der Spitze entgegenrutschte, sich dann löste und auf dem Boden liegen blieb. Es war nicht nur der untere Leib getroffen worden, die Wunde hatte sich auch bis zur Kehle hin ausgebreitet, und aus ihr rann eine dickliche, widerliche Flüssigkeit, die am Boden blieb.

Das war erledigt!

Ich atmete durch und schmeckte wieder diese ungewöhnliche Luft besonders deutlich. Es konnte daran liegen, dass ich noch unter Spannung stand und auch weitere Angreifer erwartete.

Sie kamen nicht.

Drei reichten aus.

Ein Trio, das jetzt zerstört vor meinen Füßen lag. Besser hätte es nicht laufen können. Ich war mir sicher, dass auch der Schwarze Tod diese Botschaft verstanden hatte, und machte mir keine großen Gedanken um ihn. Der erste Sieg war wichtig gewesen. Später würde er an die Reihe kommen. So baute ich mich eben auf und legte dann den Kopf zurück, um den Himmel abzusuchen.

Er war dunkel. Ein hässliches Grau. Es gab keine Bewegungen über meinem Kopf, so weit ich auch schaute. Auch die Gestalt des Schwarzen Tods malte sich nicht ab. Es blieb einzig und allein die Leere.

Ich ging den gleichen Weg wieder zurück. Allerdings mied ich diesmal den Friedhof.

Will Mallmann und Justine Cavallo hatten sich nicht vom Fleck bewegt. Sie warteten darauf, dass ich wieder zu ihnen kam, und ich ließ mir Zeit dabei. Ich hatte sogar wieder die kleine Leuchte eingeschaltet und bewegte dabei meinen rechten Arm hin und her, um die Stellen abseits dieses Pfads auszuleuchten.

Noch zweimal fielen mir die toten Gestalten auf, doch das war nicht mehr wichtig.

Langsam ging ich die letzten Meter den Hügel hoch und erreichte die flache Kuppe.

Es sah so aus, als wollte sich Mallmann vor mir verbeugen. Das tat er dann doch nicht, sondern gestattete sich nur ein Grinsen. »Du warst gut, John Sinclair.«

»Danke.«

»Aber es wird ein Gegner erscheinen, der es dir nicht so leicht macht. Das weißt du.«

»Ich habe ihn bisher noch nicht gesehen.«

Dracula II winkte ab. Eine lässige Handbewegung, mehr war es nicht. »Verlass dich darauf, Geisterjäger. Er ist hier. Er hält sich nur im Dunkeln verborgen. Er wird auch deinen Sieg mitbekommen haben, und deshalb weiß er jetzt, wer sich in dieser Welt eingefunden hat. Das ist wirklich außergewöhnlich.«

»Kann sein«, sagte ich. »Doch ich wundere mich, dass ihr nur immer von meiner Person redet. Der Schwarze Tod ist auch euer Feind. Ich denke mir, dass ihr mich im Kampf gegen ihn unterstützen werdet.«

»Wir versuchen es«, erklärte Mallmann.

»Und weiter?«

»Niemand kann voraussehen, wie er handelt. Aber er wird nicht allein kommen, daran solltest du denken. Und er wird der Lage, seine Killer zu schicken, also würde es ihm auch ein Leichtes sein, in meine Welt einzudringen. Und dort wollte ich keine Panik. Wenn Menschen den Schwarzen Tod zu Gesicht bekamen, konnte sie einfach nur fliehen, schreiend weglaufen. Sie würden durchdrehen und alles andere vergessen, bis sie dann der Schlag der Sense traf.

»Bleibst du, wie du bist?«, fragte ich Will Mallmann, als wäre es das Selbstverständlichste auf der Welt.

»Nein.«

Er brauchte nichts mehr zu sagen. Wichtig war, dass er handelte, und das tat er auch.

Bevor einer von uns protestieren konnte, bewegte er sich von uns weg und lief in die Dunkelheit hinein. Was genau dort passierte, bekamen wir nicht mit, aber wir sahen den Schatten, der sich plötzlich in die Luft erhob und aus unserem Blickfeld verschwand.

Justine und ich blieben allein zurück.

Obwohl sich der Schwarze Tod am Himmel zeigte und eigentlich alles hätte überdecken müssen, kümmerte ich mich zunächst um Justine Cavallo.

»Findest du es gut, was Mallmann getan hat?«

»Ja.«

»Er lässt sich alle Wege offen – oder?«

»Nein, so darfst du nicht denken, Sinclair. Er ist in diesem Fall in seiner anderen Gestalt stärker. Ich habe es erlebt, als er mich vor der Sense des Schwarzen Tods gerettet hat und …«

Ein Schrei verließ ihren Mund.

Gleichzeitig hörte ich einen dumpfen Schlag. Justine taumelte von mir weg und war dabei unsicher auf den Beinen, was natürlich seinen Grund hatte.

Das Flugmonster musste auf dem Hausdach gesessen haben. Und es hatte sich Justine als Beute ausgesucht.

Ich wollte ihr zu Hilfe eilen, um auch diesmal das Schwert einzusetzen. Dagegen hatte sie jedoch etwas.

»Nein, bleib da!«

Sie riss ihre Arme in die Höhe. Danach schlug sie die Hände nach unten und bekam das Wesen zu packen.

Über ihre Kraft brauchte sie mir nichts mehr zu sagen. Ich hatte sie oft genug in Aktion erlebt, und auch jetzt ließ sie sich nicht aus der Ruhe bringen.

Mit beiden Händen packte sie zu. Aus ihrem Mund löste sich ein wütender Schrei, dann hatte sie das flatternde Wesen von ihrem Rücken und aus dem Nacken gerissen.

Wuchtig schleuderte sie den Gegner zu Boden und hatte dabei die Haltung eines Gewichthebers angenommen.

Ich war noch immer bereit, den Flugvampir mit einem Schwertstreich zu vernichten. Dagegen hatte Justine etwas. Sie wollte zeigen, dass sie allein mit dem Monstrum fertig wurde.

Wahrscheinlich war es durch den Aufprall leicht benommen. Es traf jedenfalls keine Anstalten, sich zu erheben, und schlug nur mit den Schwingen um sich.

Wie eine Katze auf die Maus stürzte Justine sich auf das Wesen. Sie riss mit einer wilden Bewegung ihrer Hände eine Schwinge ab. Für mich hatte diese Aktion etwas Archaisches. Das roch nach Tod und Gewalt, und damit zeigte Justine auch ihr wahres Gesicht.

Die Schwinge schleuderte sie weg. Die übrig gebliebene schlug in einem schnellen Rhythmus immer wieder gegen den Boden. Das hörte auf, als Justine darauf sprang, auch dort stehen blieb und nur ihren Oberkörper so tief wie möglich senkte.

Sie packte die schreiende Bestie, riss sie hoch und schlug ihre Zähne in den Leib.

Ich ging davon aus, dass sie es tat, denn genau sah ich es nicht, da sie mir den Rücken zudrehte. In den folgenden Sekunden stockte mir der Atem. War diese Unperson so ausgehungert, dass sie sogar das Blut dieses Wesens trinken musste?

Ein Schmatzen oder lautes Saugen hörte ich nicht. Justine fluchte. Dann schleuderte sie ihre »Nahrung« wütend von sich und drehte sich um.

Ihr Gesicht war in der unteren Hälfte verschmiert. Da war

nichts mehr von dieser glatten Schönheit zu sehen. Sie zeigte mir ihre wahre Bestimmung. Die schöne Justine war nichts anderes als eine blutgierige Bestie in menschlicher Gestalt. Ihren Blick deutete ich richtig. Auch mir wäre sie am liebsten an die Kehle gesprungen, um mich leer zu saugen. Die Umstände sprachen dagegen, und das wusste sie auch, denn sie schüttelte den Kopf.

»Widerlich«, sprach sie keuchend. »Sein Blut war widerlich. Kein richtiges Blut. Kein menschliches. Ich hasse diese Mutationen.«

»Kann ich mir denken.« Ich ging davon aus, dass in dem Körper kein Dämonenblut pulsierte, sondern normales. Selbst das mochte sie nicht. Also konnte es nicht von einem Menschen stammen.

Sie drehte sich um. Der Gegner lag auch jetzt noch am Boden. Er versuchte, in die Höhe zu kommen. Nur war dies mit nur einem Flügel nicht zu schaffen.

Justine bückte sich. Sie riss auch den zweiten Flügel ab und schleuderte ihn weg wie ein Stück Karton. Dann kümmerte sie sich um den Rest, der nur noch aus Körper bestand.

Er lag nicht still. Er zuckte von einer Seite zur anderen. Er wollte sich wegrollen, aber die Cavallo war stärker. Eine Bestie wie sie machte alles gründlich.

In den folgenden Sekunden verstand ich, weshalb sie diesen Namen bekommen hatte. Sie legte einen Arm um den Schädel, wobei das Gebiss nach ihr schnappen wollte, aber nicht traf.

Dann drehte sie dem Wesen den Hals um!

Ich hörte es leise knirschen. Da rissen irgendwelche Sehnen, aber sie hatte ihr Ziel erreicht.

Das Ding war tot!

Justine konnte das Lachen nicht mehr unterdrücken. Sie drehte sich um und zeigte mir ihre Beute.

»Da, Sinclair!«

Ich blieb gelassen. »Das sehe ich. Und was willst du damit anfangen? Essen?«

»Idiot«, antwortete sie und hob den Kadaver an. Sie holte damit aus und schleuderte ihn so weit wie möglich weg. Wieder erlebte ich, welche Kraft in ihr steckte. Das Ding flog so weit, dass ich nicht mal sah, wo es aufschlug und auch nichts davon hörte.

»So leicht kommt man doch nicht an das Blut anderer«, erklärte ich und lächelte kalt.

»Keine Sorge, ich werde noch genug Blut trinken, wenn alles hier vorbei ist.«

»Wirst du dann noch existieren?«

Ich hatte sie gereizt. Noch ein Wort, und sie hätte alles vergessen, so gut kannte ich sie. Ich wusste nicht, ob ich einen Kampf ohne Blessuren überstanden hätte, außerdem wäre es Unsinn gewesen, wenn wir uns weiter gestritten hätten.

»Du solltest dich zusammenreißen«, sagte ich.

»Wieso?«

»Dreh dich mal um!«

Sie wusste, dass ich nicht geblufft habe. Justine drehte sich auch und sah das Gleiche wie ich.

Der Schwarze Tod war zu einem gewaltigen Gebilde angewachsen. Wir konnten uns ausrechnen, wann er uns erreichen würde …

»Ich höre tatsächlich mit Vergnügen, dass du mich nicht vergessen hast, Conolly.«

»Wie könnte ich das.«

»Dann habe ich Eindruck hinterlassen.«

Bill schüttelte über diese Selbstbeweihräucherung den Kopf, aber so war van Akkeren nun mal. Ein aufgeblasener Typ. Selbstherrlich. Gefühllos. Nach Macht gierend. Allerdings war er zu schwach, um den eigenen Weg zu gehen, und auch jetzt ging Bill davon aus, dass ein mächtiger Herrscher hinter ihm steckte.

Er hatte es mit dem Teufel versucht und war gescheitert.

Er hatte sich auf die Seite des Dämons Baphomet gestellt und ebenfalls keinen Erfolg erringen können. Jetzt musste er sich einen neuen starken Helfer ausgesucht haben, und da konnte sich Bill nur den Schwarzen Tod vorstellen.

Der mächtige Dämon hatte van Akkeren in die Welt der Menschen geschickt, um ihm dort den Weg zu bereiten. Das stand für den Reporter fest. Der Dämon selbst würde sich zurückhalten und erst dann angreifen, wenn der Weg für ihn frei war.

Das alles verirrte sich in Bills Kopf und lenkte ihn von den eigentlichen Vorgängen ab.

Er bewegte seine Augen. Er wollte sehen, ob van Akkeren allein gekommen war. Abgesehen von den beiden Angreifern, die er kannte. Im Moment sah er keine Bewegungen in der Luft, aber in der dunkel gewordenen Nacht gab es genügend Verstecke.

Obwohl Bill so ruhig auf der Stelle stand, kochte es in ihm. Er verspürte einen wahnsinnigen Hass auf diese verfluchte Gestalt, die ihm und seinen Freunden in der Vergangenheit so viel Ärger bereitet hatte. Dabei war van Akkeren nicht mal ein Dämon, sondern ein Mensch, der allerdings in seiner Eigenschaft als Mensch durch das Feuer der Hölle gegangen und dort geschmiedet worden war. Wie immer man das Feuer sah, real oder als Sinnbild, der Teufel hatte bei ihm seine Spuren hinterlassen. Das war Bill bekannt.

Zum Anführer der Templer hatte er es nicht gebracht, da war ihm von anderen Menschen ein Strich durch die Rechnung gemacht worden, aber er kam immer wieder zurück und fand auch leider die Kräfte, die ihm das ermöglichten.

»Was willst du hier, van Akkeren?«

Zuerst hörte Bill ein Lachen. Danach erst die Antwort. »Ich bin geschickt worden. Ich kam im Namen eines anderen. Es ist …«

Bill sah sich in seinen eigenen Überlegungen bestätigt und vollendete den Satz. »Du meinst den Schwarzen Tod.«

»Ja, er hat mich geholt.«

»Dabei kannte er dich damals nicht, als man ihn vernichtete.«

»Vernichten?« Van Akkeren lachte hart auf. »Wer will mich vernichten? Ich habe Freunde. Ich habe Unterstützung. Die dämonische Welt steht auf meiner Seite. Ich diene ihr. Ich bin ihr Freund, und sie alle, die dort existieren, sind ebenfalls meine Freunde, die mich nicht im Stich lassen. Meine große Chance kehrt immer wieder zurück. Und diesmal werde ich für das Chaos sorgen und mich erst danach meinem eigentlichen Ziel nähern.«

»Was willst du werden?«

»Anführer der Templer. Ich werde Godwin de Salier zur Hölle schicken und mich an seinen Platz stellen.«

Bei einem anderen Menschen als van Akkeren hätte Bill von Hirngespinsten gesprochen, nicht aber bei ihm. Ihm konnte man alles zutrauen, und bisher war er jedem seiner mächtigen Freunde hörig gewesen.

»Gehören die komischen Vögel zu dir?« Bill wollte etwas die Spannung wegnehmen.

»Es sind deine Mörder!«

»Das dachte ich mir.« Er schluckte. »Aber woher kommen sie? Hat sie dir auch der Schwarze Tod geschickt?«

Da musste er laut lachen. »Nein, auf keinen Fall. Er hat sie mir nicht gegeben. Ich habe sie als Einstiegsgeschenk mitgebracht. Ich kannte einen Wissenschaftler, der so weit war, Mutationen herzustellen. Ein Paar hatte er bereits gezüchtet. Perfekt ist es geworden. Und dieses Paar hat sich rasend schnell vermehrt. Es produzierte mehrere Junge, und die waren ebenfalls sehr fruchtbar. Immer mehr Tiere oder Mutationen hat es gegeben, die schließlich in die Welt hineingingen, um sie zu erobern. Nur heimlich, niemand sah sie, denn ich wollte, dass sie noch unentdeckt blieben. Dafür hatte ich meine Gründe. Aber sie wussten genau, wem sie zu gehorchen hatten, das bin ich gewesen, und ich kann dir schwören, Conolly, dass sie mir aufs Wort gehorchen. Und zwar alle, die während meiner Zeit entstanden sind.«

»Hast du sie gezählt?«

»Nein, es sind zu viele.«

»Und jetzt?«

»Habe ich sie geholt. Ich besitze welche, aber auch der Schwarze Tod. Wir haben sie uns aufgeteilt. Ich bin erschienen, um ihm hier auf der Erde den Weg zu ebnen. Ich räume dem Schwarzen Tod alle Hindernisse zur Seite. Ein Teil dieser Hindernisse bist du, Conolly. Aber auch Sinclair und andere Freunde von euch. Mit einer habe ich angefangen. Es hätten schon längst mehr sein sollen, aber was nicht ist, kann noch werden. Zunächst bist du an der Reihe. Und deine Familie. Es ist alles vorbereitet, um euch in dieser Nacht in den Tod zu schicken. Auf die Hilfe deines Freundes Sinclair kannst du nicht rechnen. Er ist woanders gebunden und wird dort sein Ende finden, denn noch mal wird es ihm nicht gelingen, den Schwarzen Tod zu besiegen.«

Bill kannte solche Worte. Nicht die gleichen, aber in einem ähnlichen Kontext. Gefährliche Drohungen, die jeden Menschen erschreckten. Da machte Bill keine Ausnahme. Bisher waren die Drohungen seiner Feinde nie voll eingetreten. In diesem Fall allerdings waren seine Chancen doch um einiges gesunken.

Er wusste nicht, ob van Akkeren die Beretta in seiner Hand gesehen hatte. Sein Arm hing nach unten. Er hatte ihn zudem gegen den Körper gedrückt, so war die Beretta eigentlich gut verborgen. Aber sicher konnte er sich nicht sein.

Er hätte auf van Akkeren schießen können, aber Bill war kein Killer. Wenn er schoss und womöglich töten musste, dann nur in Notwehr, und die war hier nicht gegeben. Er war nicht angegriffen worden. Man hatte ihn nur verbal bedroht.

»Das hast du vor deinem Ende noch wissen sollen, Conolly. Du kannst dich nicht mehr verstecken. Wir werden dich und deine Familie kriegen. Schon in dieser Nacht.«

Van Akkeren hatte das letzte Wort kaum ausgesprochen, da verschwand er mit einer schnellen Bewegung. Für Bill sah es aus, als hätte ihn das Dunkel der Nacht verschluckt.

Er sah nichts mehr. Auch nicht die fliegenden Monster. Nur die Finsternis lag geballt am Rande des Grundstücks, an dem mittelhohe Bäume und Büsche wuchsen.

Was tun?

Bill wollte sich zurückziehen. Er musste mit seiner Frau und seinem Sohn sprechen, sonst …

Da passierte es!

Urplötzlich war das Rauschen in der Luft. Im selben Moment sah er die Wolke, die vor seinen Augen in die Höhe stieg. Die Flugvampire hatten sich auf dem Boden verstecken können, aber jetzt waren sie nicht mehr zu halten.

Sie wollten die Beute, sie wollten den Tod bringen. Bei ihrer Masse nutzte Bill auch seine Waffe nichts mehr. Da gab es nur die vorläufige Flucht ins Haus …

Es war schon ungewöhnlich, mit welchen Gedanken und Gefühlen sich Johnny Conolly beschäftigte, obwohl er sie selbst nicht hergeholt hatte. Sie waren einfach über ihn gekommen, und ihre Gründe lagen in der Vergangenheit, die ihn nicht losließ.

Er hatte gegen die Flugmonster gekämpft. Zweimal sogar. Er hatte gewonnen, aber er verspürte keinen Triumph, sondern eine gewisse Traurigkeit oder Melancholie, denn seit einigen Stunden war eine gewisse Zeit endgültig vorbei.

Die Zeit der Kindheit sowieso, jetzt aber war auch seine Jugend an ihm vorbeigegangen.

Er war in ein anderes Stadium getreten. Johnny fühlte sich plötzlich der Welt der Erwachsenen zugehörig. Es war so weit gekommen. Er hatte es hinter sich, und er war direkt ins kalte Wasser geworfen worden. Er würde seine Eltern unterstützen müssen und möglicherweise schon so etwas wie ein kleiner Geisterjäger sein, wobei er sich an seinem Patenonkel das beste Beispiel nehmen konnte.

Man hatte ihm eine Aufgabe zugeteilt, die er auch sehr konzentriert wahrnahm. Johnny kontrollierte die Fenster in den Zimmern des recht großen Hauses. Er ging überall hin, auch in das Arbeitszimmer seines Vaters, in dem er dicht hinter der Tür nachdenklich stehen blieb. Das Fenster war geschlossen. Niemand konnte hineinkommen, ohne die Scheibe zu zerstören. Daran dachte er nicht, denn ihm kam etwas anderes in den Sinn. Keiner war unsterblich, auch seine Eltern nicht. Und irgendwann würde er einmal auf dem Sessel hinter dem Schreibtisch sitzen, den sein Vater bisher noch in Beschlag nahm.

Daran hatte er nie gedacht. Warum trafen ihn ausgerechnet heute diese Gedanken?

Es musste mit den Vorgängen zu tun haben. Mit den Angriffen der Flugbestien, die erst der Anfang waren. Hoffentlich nicht der Anfang vom Ende.

Johnny verließ das Zimmer wieder. Er ging dabei leiser als er es eigentlich wollte. Er beschäftigte sich noch immer mit diesen Vorstellungen und hatte die drohende Gefahr fast vergessen.

Mit leisen Schritten bewegte er sich durch den Flur. Das Licht war gedimmt worden, doch er sah schon die Gestalt seiner Mutter, die innen vor der Haustür stand. Sheila sah aus, als hätte sie auf ihn gewartet.

Johnny ging zu ihr. »Wartest du auf mich?«

»Ja, das gebe ich zu.«

»Und warum?«

»Weil ich dir etwas sagen muss.«

Johnny erschrak. Plötzlich stellte er sich vor, dass seine Mutter ihm die Gedanken angesehen hatte. Das wäre ihm auf keinen Fall recht gewesen. Er schloss es nicht aus, denn Sheila etwas vorzumachen, schaffte er nicht.

Diesmal hatte er sich geirrt, den Sheila flüsterte ihm etwas zu. Sie hatte zu leise gesprochen.

»Was meinst du?«

»Ich habe Suko angerufen.«

»Und?«

»Er kommt her. Aber Bill weiß nichts davon.«

Johnny verstand das nicht. »Warum hast du ihm nichts davon gesagt? War das so schlimm?«

»Nein, er ist draußen.«

»Oje. Und?«

Sheila schluckte. »Ich habe ihn mit jemandem sprechen hören, weiß aber nicht, wer das ist. Für Bill scheint er nicht fremd zu sein. Aber ich traue dem Braten nicht.«

Ich auch nicht!, dachte Johnny und wollte seine Mutter beruhigen, indem er meldete, dass mit den anderen Fenstern und auch den Zimmern alles in Ordnung war.

»Wenigstens etwas.«

»Aber geschossen hat Dad nicht?«

»Nein. Hast du was gehört?«

Johnny schüttelte den Kopf.

»Okay, du weißt jetzt Bescheid. Ich hoffe, dass Suko so schnell wie möglich eintrifft, denn ich habe ein ungutes Gefühl. Besonders, weil noch diese fremde Person hinzugekommen ist.«

»Mir geht es ähnlich.«

»Lass uns ins Wohnzimmer gehen.«

Johnny hatte nichts dagegen. Er bemerkte sehr wohl den schiefen Blick seiner Mutter, mit dem sie die Waffe betrachtete, die er sich in den Hosenbund geschoben hatte.

Er selbst war kein Freund irgendwelcher Schusswaffen, aber er wusste auch, dass es manchmal keine andere Alternative gab. Das hatten ihm sein Vater und sein Patenonkel John Sinclair oft genug vorgemacht.

Beide betraten das Wohnzimmer, und beiden war anzusehen, dass ihnen nicht wohl war. Die Tür an der rechten Seite war zwar zugefallen, aber sie stand trotzdem noch einen Spalt offen, und deshalb hörten sie auch die Laute von draußen.

Dort unterhielten sich zwei Männer.

Einer war Bill. Die Stimme des anderen war ihnen fremd. Sheila wandte sich trotzdem an ihren Sohn.

»Kennst du die Stimme des Mannes?«

»Nein.«

Sheila schüttelte den Kopf. Ihre Stirn hatte sich in Falten gelegt. »Ich glaube nicht, dass er ein Bekannter oder Nachbar ist. Dann hätte Bill ihn ins Haus gebeten oder ihn schon verabschiedet, wenn er nur eine knappe Frage gehabt hätte. Ich denke mir, dass mehr dahintersteckt. Es kann auch sein, dass es sich bei ihm um einen Zeugen handelt, der gemerkt hat, dass etwas nicht stimmt.«

Johnny hörte kaum hin. Er wollte sich auch nicht in Theorien ergehen. Mit leisen Schritten bewegte er sich auf die Tür zu. Allerdings so, dass er vom Garten aus nur schwerlich gesehen werden konnte. Außerdem hatte er sich geduckt.

Wohl war ihm nicht dabei. Was er sah, sorgte für ein Kribbeln auf seinem Rücken. Im Garten erkannte er nur seinen Vater. Der bewegte sich nicht und bildete eine Schattengestalt. Der Nachbar oder wer immer es sein mochte, schien ihn verlassen zu haben.

Johnny war konzentriert, doch dann passierte etwas, das ihn völlig aus der Bahn warf. Er hörte zuerst ein wildes Flattern, und einen Moment später löste sich vom dunklen Erdboden her eine Wolke, die wie ein schwarzer Kreis aussah und gegen den Himmel stieg. Es war kein Staub, es war kein Ruß. Es war etwas in seinen Augen Entsetzliches, das sich als Schwarm aus dem dunklen Versteck gelöst hatte und jetzt in den dunklen Nachthimmel schwebte.

Tiere! Monster! Flugvampire!

Sie griffen noch nicht an, und Johnny tat das einzig Richtige in seiner Lage. Er zerrte die Tür so weit wie möglich auf und schrie mit lauter Stimme:

»Dad …!«

Bill Conolly war entsetzt. Er hatte sich in den letzten Sekunden zu stark auf das Gespräch mit van Akkeren konzentriert, und deshalb wurde er von den Ereignissen völlig überrascht.

Er sah die zahlreichen Monster. Er konnte sie nicht zählen.

Sie hatten sich zu einer riesigen Wolke vereinigt, in der es flatterte und von der aus ihn der Wind erwischte und durch sein Gesicht fegte. Unwillkürlich wich er zurück, und plötzlich kam ihm selbst die Beretta in seiner Hand lächerlich vor.

Zwei oder drei dieser Killerwesen akzeptierte er noch. Nie hätte er gedacht, dass es van Akkeren gelungen war, sich diese Macht zu schaffen. Dabei zählten sie nicht mal zu den dämonischen Wesen, diese hier waren von Menschenhand geschaffene Killer. Mutationen. Resultate verbotener Genexperimente, die sich letztendlich der Schwarze Tod zunutze gemacht hatte.

Van Akkeren war nicht mehr zu sehen. Er war praktisch in diesem Schwarm untergegangen, aber er würde aus ihm wie Phönix aus der Asche hervorsteigen.

Wenn sich diese Monster auf ihn stürzten, das wusste Bill, war er innerhalb einer Minute tot.

»Dad!«

Die kreischende Stimme seines Sohnes riss ihn aus den Gedanken, und Bill kam sich vor, als hätte er einen Schlag erhalten, der ihn aus der Erstarrung riss.

Es ging um sein nacktes Leben!

Jetzt war er bereit, dies zu akzeptieren und zog augenblicklich die Konsequenzen.

Auf dem Absatz fuhr er herum. Er wusste die Verfolger in seinem Rücken und hoffte, dass sie sich noch sammeln mussten, um danach das Ziel anzufliegen.

Es war nur eine kurze Strecke bis zur offenen Tür. Im Licht sah Bill die Gestalt seines Sohnes. Johnny hielt ihm die Tür auf. Er winkte mit der linken Hand, und Bill hatte das Gefühl, über den Boden zu fliegen. Er war so schnell wie selten in seinem Leben, wuchtete seinen Körper dann nach rechts und stolperte in das Wohnzimmer hinein, in dem auch Sheila schreckensstarr stand.

Johnny rammte die Tür zu.

Dabei blieb es nicht. Er entfaltete eine fieberhafte Hektik. Die Conollys besaßen elektrische Rollos.

Sie glitten nach unten …

Normal schnell. In diesen Momenten jedoch viel zu langsam. Johnny stand zitternd auf der Stelle. Er flüsterte beschwörende Worte, aber die Rollos bewegten sich weiterhin normal. Sie ließen sich einfach nicht beschwören.

Bill stand neben seinem Sohn. Beide duckten sich, schauten nach vorn und bekamen in den ersten Sekunden noch mit, was sich draußen abspielte. Die fliegenden Killer wussten, was sie wollten. Als Wolke waren sie in die Höhe gestiegen. Jetzt allerdings lösten sie sich auf, um zu ihren neuen Zielen zu fliegen.

Einige stoben in die Höhe. Andere blieben recht dicht über dem Boden. Wieder andere verschwanden im Hintergrund, aber sie würden nicht verschwinden, davon gingen Johnny und Bill aus.

Sie fieberten mit. Sie hofften, dass die Zeit ausreichte und keiner die Scheibe erwischte.

Die Ersten flogen dagegen.

Allerdings nicht vor die Scheibe, sondern das Rollo. Harte Schläge erschütterten die Lamellen, aber sie hielten, und nur die Scheibe vibrierte nach.

Dann war es geschafft! Das Rollo hatte den Boden erreicht. Es bildete eine dichte Wand direkt hinter der Scheibe, die auch einen Teil der draußen entstehenden Geräusche schluckte.

Bill und Johnny konnten zufrieden sein. Der erste Angriff war abgewehrt worden.

Nur war diese Zufriedenheit trügerisch. Für sie stand fest, dass es weiterging, und dann sprach Sheila aus, woran auch sie dachten.

»Himmel, es gibt doch noch so viele Fenster im Haus!«

Johnny und Bill schauten sich an. Das kurze Nicken. Dann jagten sie plötzlich los, als wäre der Teufel persönlich hinter ihnen her. Durch die Bauweise des Bungalows gab es keine erste Etage, dafür hatten sich die Conollys damals einen Keller anlegen lassen. Der hatte nur Lichtschächte, die zudem an ihrem oberen Ende vergittert waren. So brauchten sie sich kaum Sorgen zu machen, dass die fliegenden Killer durch den Keller in das Haus eindringen würden.

Die anderen Zimmer waren wichtiger.

Johnny rannte in seinen Raum. Den benutzte er seit seiner Kindheit. Dort hatte sich auch zumeist Nadine, die Wölfin mit der menschlichen Seele, aufgehalten. Johnny vermisste sie des Öfteren, und er wünschte sich, Kontakt mit ihr zu haben. Das war nicht zu schaffen. Bei ihm beschränkte sich der Kontakt zunächst auf die Vampir-Monster.

Er stolperte auf das Fenster zu und hatte es noch nicht erreicht, als er die Schatten sah, die außen vorbeihuschten. Ob nah oder etwas vom Fenster entfernt, das konnte er nicht erkennen, aber sie waren da und folgten ihren Plänen.

Johnny drückte auf die Taste.

Das Rollo setzte sich schwerfällig in Bewegung. Es lief nicht ohne Geräusche ab, und genau das hörten auch die Angreifer.

Sie griffen an.

Einer flog gegen das Rollo. Zwei weitere versuchten es weiter unten. Johnny sah ihre weit geöffneten Mäuler, in denen die messerscharfen Zähne schimmerten.

Die Scheibe hielt. Sie wackelte, wurde erschüttert, aber sie brach nicht zusammen.

Zu einem weiteren Angriff gegen das Fenster kamen die Flugmonster nicht mehr. Jetzt war das Rollo unten, und Johnny atmete auf.

Da seine Zimmertür offen stand, hörte er die Stimmen seiner Eltern. Sheila und Bill hatten sich in den verschiedenen Räumen verteilt und ließen dort ebenfalls die Rollos nach unten fahren.

Johnny wollte helfen.

Im Flur traf er seine Mutter, die völlig aufgelöst war.

»Sind alle zu, Mum?«

»Nein, noch in der Toilette, glaube ich.«

»Okay.«

Johnny rannte hin. Es war ein kleineres Fenster, versehen mit einer Milchglasscheibe. Auch hier ließ er das Rollo herab. Die Angreifer kümmerten sich nicht um diesen Einstieg. Er schien ihnen wohl zu klein zu sein. Endlich kam Johnny wieder zur Besinnung. Er dachte klar, und ihm fiel ein, dass der Horror der letzten Minuten nicht hätte zu sein brauchen, weil es einen Generalschalter im Keller gab. Wenn er betätigt wurde, rollten alle Rollos zugleich nach unten.

In der Eile hatten sie nicht daran gedacht, aber es hatte auch so geklappt. Mit den herabgelassenen Rollos sah das Haus wie eine Festung aus, die den ersten Angriffen sicherlich standhalten würde.

Mit ziemlich weichen Knien ging Johnny zurück in den Flur. Nicht weit von der Eingangstür entfernt fand er seine Eltern. Sheila lächelte ihm zu, auch wenn es ihr schwer fiel. Sein Vater wandte ihm den Rücken zu. Bill interessierte sich für den Bildschirm, der das wiedergab, was die Kamera draußen beobachtete.

»Sind sie dort auch?«, flüsterte Johnny seiner Mutter zu.

»Ich denke schon.«

Bill drehte sich um. »Wollt ihr schauen?«

Sheila schüttelte den Kopf. Johnny ging hin. Schon beim ersten Hinschauen verzogen sich seine Lippen zu einem harten Grinsen. Er spürte einen Adrenalinstoß in seinem Innern, der ihm das Blut ins Gesicht trieb. Sie waren da. Sie flogen über den Garten hinweg. Sie drehten ihre Runden, und sie lösten sich hin und wieder aus den Reihen, um gegen das Haus anzufliegen. Wenn sie nicht rechtzeitig genug stoppten, prallten sie gegen die Wand oder kratzten über die Rollos vor den Scheiben.

Sheila stand zwischen ihrem Mann und ihrem Sohn und hielt die Hände wie zum Gebet gefaltet.

»Was machen wir denn jetzt?«, flüsterte sie.

»Frag anders«, sagte ihr Mann. »Frag lieber, was können wir überhaupt machen?«

»Bestimmt keinen Ausbruch.«

»Eben.«

Johnny mischte sich ein. »Wir brauchen Hilfe von außen. Ich glaube, das ist unsere einzige Chance.«

»Einverstanden. Und wer sollte uns helfen?«

Johnny schaute in das Gesicht seines Vaters. »Ich habe schon an den Katastrophenschutz oder an die Feuerwehr gedacht. Denkt ihr, dass das in Ordnung ist?«

»Ja«, flüsterte Sheila. »Ja, Johnny hat recht. Das ist die einzige Möglichkeit. Wir selbst können nichts tun. Wir sind gefangen. Da müssen andere ran.«

Bill hatte noch Bedenken. »Wie soll ich denen das erklären? Dass Flugmonster um mein Haus flattern?«

»Ich weiß es nicht, aber wir müssen was tun.«

Der Meinung war der Reporter auch. Er dachte noch einige Sekunden nach und hatte die Lösung gefunden, denn über sein Gesicht glitt so etwas wie ein Lächeln.

»Alles klar«, sagte er, »wenn uns jemand helfen kann, dann nur Sir James. Er hat die entsprechenden Beziehungen und besitzt auch die nötige Reputation.«

»Gut gedacht, Dad, aber wer war der Mann im Garten, den du da getroffen hast?«

»Genau, Bill, das möchte ich auch wissen«, sagte Sheila.

Der Reporter drehte sich langsam um. Seinem Gesicht war nicht anzusehen, was er dachte, aber ein Freund schien es nicht eben gewesen zu sein. »Es war Vincent van Akkeren.«

»O Gott!«, flüsterte Sheila nur.

»Ja. Ich kann es nicht ändern. Er ist es tatsächlich gewesen. Er hat diese Monster besorgt. Er steht zugleich auf der Seite des Schwarzen Tods. Er hat es tatsächlich geschafft, zurückzukehren.« Bill hob die Schultern. »Ich weiß selbst nicht, wie dies möglich gewesen ist. Ich kann auch nichts erklären, aber dieser teuflische Grusel-Star hat sich genau den richtigen Partner ausgesucht.«

»Oder der ihn«, sagte Johnny.

»Stimmt auch.« Bill wollte zum Telefon gehen, um Sir James anzurufen, als sich Sheila mit leiser Stimme meldete.

»Ich muss dir noch was sagen, Bill.«

Der Reporter drehte sich um. Am Klang der Stimme hatte er erkannt, dass es keine fröhliche Mitteilung war. Er fragte auch nicht nach, sondern schaute sie nur an.

»Es geht um Suko. Ich habe ihn angerufen, als du draußen gewesen bist, denn ich dachte mir, dass wir Hilfe gebrauchen können.« Sie schwieg und schaute zur Seite.

»Gut. Und weiter?«

»Er ist unterwegs, und ich denke mir, dass er bald hier eintreffen wird.«

Es war der Moment, in dem es dem Reporter die Sprache verschlug. Er spürte den kalten Schauer auf seiner Haut, und zugleich stieg das Blut in ihm hoch.

»Bitte, Bill, ich wusste ja nicht …«

»Ist schon okay, Sheila. Ich mach dir keine Vorwürfe. Keiner von uns hat voraussehen können, dass es so weitergeht. Aber das ist schon ein Hammer.«

»Ja, ist es.«

Die Conollys schwiegen. In der Stille hörten sie die anderen Geräusche, die nicht im Haus entstanden waren. Draußen hielten sich noch immer die Flugbestien auf. Sie umrundeten ihr Ziel, und trotz der herabgelassenen Rollos waren sie zu hören.

Das Schlagen der Schwingen und hin und wieder die Aufprallgeräusche, wenn sie gegen die Rollos flogen, deren Material allerdings den Stößen widerstand.

»Er darf nicht herkommen«, sagte Johnny. »Ruf ihn über Handy an.«

»Ja, das werde ich …«

Sie wurden angerufen und standen zu dritt wie auf Eis, als sie das Geräusch hörten.

Bill meldete sich sehr schnell. Er hatte das erste Wort kaum gesagt, als er sich versteifte.

Johnny und seine Mutter schauten sich an. Zugleich hörten sie zu und mussten erleben, dass Bill ins Schwitzen geriet. Es dauerte etwas, bis er die ersten Worte sagen konnte.

»Nein, da hast du dich geschnitten, van Akkeren, wir werden nicht aufgeben.«

Schluss, vorbei. Bill drehte sich um, und sein Gesicht war hart geworden.

»Was wollte er denn?«, fragte Sheila.

»Drohen. Und dass wir aus dem Haus kommen. Er erklärte mir, dass wir sowieso keine Chance hätten. Er hat sich vorgenommen, nicht nur uns zu töten, er will auch das Haus zerstören. Alles soll in dieser Nacht geschehen. Er hat sich vorgenommen, im Namen des Schwarzen Tods einen Teil des Sinclair-Teams plattzumachen.«

»Und was ist mit John?«, fragte Sheila.

Bill strich über sein Haar. Seine Stimme klang bei der Antwort emotionslos. »Den hat sich der Schwarze Tod selbst vorgenommen ...«

Shao räusperte sich. Sie musste ihre Stimme klar bekommen, denn sie hatte eine Zeit lang geschwiegen.

»Was sagt dein Gefühl, Suko?«

Der Inspektor lächelte knapp. »Mein Gefühl sagt mir, dass wir genau das Richtige tun.«

»Du siehst also eine Gefahr für die Conollys?«

»Genau.«

»Die Monster?«

»Sie werden es überall versuchen, glaube mir. Sarah war das schwächste Glied. Bei den Conollys bekommen sie Ärger, aber sie müssen es versuchen.«

»Und Glenda gibt es auch noch.«

»Leider.«

Die Sommernacht war lau. Der Wind hatte den Himmel frei gefegt, und der fast volle Mond stand wie ein blasses Auge und glotzte auf die Welt, in der so viel Schreckliches passierte.

Wenig Betrieb herrschte auf den Straßen. Suko konnte ziemlich schnell fahren, und das tat ihm gut. Er hatte das Gefühl, dass jede Sekunde wichtig war. So dachte auch Shao, die neben ihm saß.

Die Gegend, in der die Conollys wohnten, glich einer ruhigen Insel. Die Hektik der Metropole lag weit entfernt. Kleine Straßen, gesäumt von hohen Bäumen.

Sie kannten den Weg. Suko fuhr trotzdem nicht viel langsamer. Er spürte den innerlichen Drang, so rasch wie möglich ans Ziel zu gelangen, und wenn er in die engen Kurven fuhr, dann quietschten hin und wieder die Reifen.

Shao saß weiterhin neben ihm, ohne ein Wort zu sagen. Ihre Brüste hoben und senkten sich bei den Atemzügen. Dann bewegte sich auch das weiße nabelfreie Top mit dem Blumenmuster auf der Vorderseite.

Suko nahm die letzte Kurve. Diesmal etwas vorsichtiger. So protestierte kein Reifen mehr. Der schwarze BMW glich einem Schatten, und nur die sternförmigen Felgen glänzten matt.

Bills Haus lag an der linken Seite, ebenso zurückgezogen von der Straße wie die anderen. Nur war es zu sehen, während sich viele Bauten hinter hohen Bäumen versteckten.

Suko ließ den Wagen ausrollen.

»Willst du nicht direkt bis zum Haus fahren?«, fragte Shao. Sie deutete auf das offene Tor.

»Nein.«

»Warum nicht?«

Suko lächelte. »Ich kann dir den genauen Grund nicht nennen, Shao, aber ich höre diesmal wirklich auf mein Gefühl.«

»Wie du willst.«

Sie standen. Im Wagen war es zu eng, um sich die Umgebung zu betrachten. So mussten sie aussteigen, was Suko als Erster tat. Auf der rechten Seite öffnete er recht behutsam die Tür und wollte auch sein Bein aus dem Wagen strecken, als er es wieder zurückzog.

»Was ist los?«, fragte Shao.

»Etwas stimmt nicht.«

»Und was nicht?«

Der Inspektor hob die Schultern. »Ich kann es dir nicht genau sagen, aber da geht mir schon etwas quer.« Er zog die Tür nicht zu und lauschte mit angehaltenem Atem.

Auch Shao hielt den Mund. Beide blieben noch im BMW sitzen und lauschten.

Sie hörten es.

Es war ein Geräusch, das beide nicht so recht einstufen konnten. Es passte nicht in die Stille hinein. Es hatte auch nichts mit den Autos zu tun, die in den anderen Straßen unterwegs waren. Das Brummen eines Motors klang sehr weit entfernt, aber das andere Geräusch war praktisch über und neben ihnen.

Shao schnippte kurz mit den Fingern und flüsterte: »Es hört sich an, als wären jede Menge Vögel unterwegs.«

»Vögel?«, fragte Suko.

»Ja, und …«

»Sorry, Shao, aber das sind keine Vögel. Ich denke, das sind unsere Freunde.«

Sie sagte nichts mehr. Shao schaute zu, wie Suko den Wagen verließ und sich umsah.

Er blickte zum Himmel, an dem der bleiche Mond wie ein leicht bewölkter runder Spiegel stand, aber er ließ seinen Blick auch durch den Garten schweifen.

Ebenfalls zum Haus hin.

Und da sah er es. Das Außenlicht brannte. Die Laternen im Garten strahlten ebenfalls Helligkeit ab. Da wurden normale Büsche zu bleichen Gestalten. An einigen Stellen sah der Rasen aus wie mit hellem Staub bepinselt, doch das alles interessierte Suko nicht.

Für ihn waren die fliegenden Vampir-Monster wichtig, die sich in der Nähe des Hauses aufhielten und ihre Kreise auch über dem Dach drehten.

Suko blieb stocksteif stehen und beobachtete nur. Shao hatte den BMW ebenfalls verlassen und war an seine Seite getreten.

Zu erklären brauchte Suko ihr nichts, denn auch sie sah es mit eigenen Augen.

»Das – das – ist doch nicht möglich …«

»Keine Täuschung, Shao. Sie sind es. Und es sind viele Bestien.«

Das Haus war das Ziel des Angriffs. Immer wieder wurde es umrundet oder überflogen. Aber die Conollys hatten rechtzeitig genug reagiert und es zu einer Festung gemacht. Dass Rollos die Fenster von außen bedeckten, sahen sie selbst vom Tor her.

Hin und wieder hörten sie das Geräusch des Aufpralls, wenn die eine oder andere Bestie es versuchte, aber immer wieder an den Rollos abprallte. Lange würden sie das Spiel nicht durchhalten, davon ging Suko aus. Sie würden dann nach einer anderen Möglichkeit suchen, um in das Haus zu gelangen, und davon gab es welche.

Suko sah, dass das Dach für die Wesen interessant geworden war. Nicht alle streiften darüber hinweg. Einige hatten sich dort niedergelassen, um nach einem Einstieg zu suchen oder sich selbst einen zu erschaffen.

Noch waren Shao und Suko nicht entdeckt worden. Sie konnten überlegen, wie sie weiterhin vorgehen sollten.

»Hast du eine Idee?«, fragte Shao.

»Im Moment nicht. Wenn wir hinlaufen, werden sie uns sehen und sofort angreifen.«

»Was dann?«

»Wir brauchen Hilfe.«

»Und wen?«

»Die Feuerwehr, den Kata…«

Sukos Handy meldete sich. Die Melodie hörte sich in der Stille überlaut an. Sehr schnell meldete sich der Inspektor. Da es weiterhin ruhig blieb, konnte Shao sogar mithören, und sie vernahm die Stimme ihres gemeinsamen Freundes Bill.

»Wo seid ihr?«

»Vor eurem Haus.«

»Himmel. Ihr habt …«

Suko ließ ihn nicht ausreden. »Ja, Bill, wir haben sie gesehen.

Das heißt, wir sehen sie noch. Sie umfliegen euer Haus, sie hocken auf dem Dach und versuchen mit aller Macht, Einlass zu finden.«

»Ich weiß. Wir können nichts tun. Sie wollen uns vernichten, das hat man mir gesagt.«

»Wer?«

»Van Akkeren!«

Suko schwieg und schluckte. Danach flüsterte er: »Ist der Grusel-Star in der Nähe?«

»Er war in meinem Garten.«

»Und jetzt?«

»Ich weiß nicht, wo er sich aufhält. Ich nehme aber an, dass er unser Haus beobachtet.«

»Das kann ich mir auch vorstellen. Hör zu, Bill. Ich denke, dass ihr keine Pläne habt, die sich auf einen Ausbruch beziehen.«

»Wir sind nicht lebensmüde.«

»Richtig. Aber ich könnte etwas tun. Ich dachte an eine Alarmierung der Feuerwehr oder anderer Hilfsorganisationen, aber mir ist da eine bessere Idee gekommen.«

»Welche?«

»Ich hole mir van Akkeren. Ich werde losschleichen und ihn suchen. Gib mir eine halbe Stunde Zeit. Ich denke, dass ihr es noch so lange im Haus aushalten werdet.«

»Bist du lebensmüde?«

»Nein, ich weiß genau, was ich tue. Nur werde ich mich bemühen, dass man mich nicht so schnell entdeckt.«

Bill sprach noch immer dagegen. »Hast du sie gezählt?«

»Nein, das fange ich erst gar nicht an. Ich gehe davon aus, dass ich van Akkeren bekomme. Er wird nicht direkt am Haus sein, aber auch nicht zu weit entfernt. Er wird sich in einer Gegend aufhalten, in der er das Haus gut beobachten kann. Wenn ich ihn habe, werde ich ihn zwingen, seine Helfer zurückzuziehen.«

Bill Conolly hatte es noch immer die Sprache verschlagen. Er brauchte eine Weile, bis er sich wieder gefangen hatte. »Gibt es denn keine andere Möglichkeit?«

»Sag mir eine.«

»Ich weiß es auch nicht. Ich stehe hier wirklich auf dem Schlauch. Du glaubst gar nicht, wie gern ich mit einer MPi losziehen würde, um die Monster aus der Luft zu pflücken. Aber das ist einfach nicht drin. Sobald einer von uns das Haus verlässt, ist er verloren.«

»Haltet ihr nur die Augen auf. Alles andere werde ich übernehmen.«

»Okay, du bist erwachsen genug.«

»Gut, bis später.«

Suko hatte recht locker gesprochen, doch diese Lockerheit gab er nur nach außen hin preis. Im Innern sah es anders aus. Da fühlte er schon den Druck im Magen und merkte auch die Kälte auf dem Rücken. Shao brauchte nichts zu sagen. Er sah an deren Blick, dass ihr sein Vorhaben nicht passte.

»Willst du nicht doch die Feuerwehr alarmieren, um dann mit ihr zusammen vorzugehen?«

»Auf keinen Fall. Sollte mir nichts gelingen, dann setz dich mit den Conollys in Verbindung. Schalte auch Sir James ein. Zunächst versuche ich es allein.«

Shao wagte einen allerletzten Einspruch. »Hast du auch an die Übermacht gedacht?«

»Habe ich.«

»Und du glaubst, dass du dagegen ankommst?«

Suko nickte. »Ich will dir auch den Grund sagen, Shao. Diese Flugmonster konzentrieren sich auf das Haus und sicherlich nicht darauf, was sich im Garten bewegt. Und dort, stelle ich es mir vor, kann ich mir van Akkeren holen.«

Shao nickte. Sie schaute ihm für wenige Sekunden lang in die Augen, dann umarmte sie ihn und drückte ihr Gesicht an seine Schulter, damit Suko nicht ihre Tränen sah …

Es gab Situationen, in denen selbst Justine Cavallo ihre Coolness verlor. Die erlebte ich mit, denn sie fluchte, als sie das Skelett am dunklen Himmel schweben sah, umgeben von den mordgierigen Vampir-Monstern.

Auch ich fühlte mich alles andere als happy. »Es wird nicht leicht werden, denke ich.«

»Klar.«

»Gehen wir nach einer Strategie vor?« Beinahe hätte ich nach dieser Frage gelacht. Es war wirklich mehr als komisch und auch unangemessen, hier zu stehen und mit der Blutsaugerin Justine Cavallo eine normale Unterhaltung zu führen. Es war sogar mehr als das. Ich sprach mit ihr und sie mit mir, als wären wir Partner. Das hatte ich mir auch nicht träumen lassen.

Genau das ist es auch, was das Leben ausmacht. Immer wieder gibt es die überraschenden Wendungen, die niemand voraussehen kann. Dann kommt es eben zu derartigen Allianzen.

»Strategie?«, wiederholte Justine.

»Sicher. Wir müssen uns etwas ausdenken und zurechtlegen.«

Sie ballte die Hände zu Fäusten und zeigte dabei wieder eine menschliche Reaktion. »Es gibt nur den Kampf. Nicht mehr und nicht weniger.«

»Auch das kann man anders sehen.«

»Tatsächlich?«, fragte sie, ohne das Skelett und seine Helfer aus den Augen zu lassen.

Ich hatte mir schon etwas überlegt und rückte auch mit der Sprache heraus. »Wir werden unsere Freunde nicht hier vor der Hütte erwarten. Es gibt hier keine Deckung. Wir stehen einfach zu sehr auf dem Präsentierteller. Wir haben die Augen nicht überall. Wir wollen es ihnen nicht zu leicht machen.«

»Das will ich sowieso nicht.«

»Dann ins Haus!«

Justine blickte mich kurz an. Sie überlegte, ob ich es wohl ernst gemeint hatte.

»Ja«, bestätigte ich. »Wir müssen ins Haus. Nur dort haben wir eine geringe Chance. Die Mauern geben uns so etwas wie Schutz. Sie können uns nicht abpflücken wie reifes Obst, und selbst der Schwarze Tod muss ein Hindernis überwinden.«

Justine überlegte noch. Sie schaute nach vorn. Einige Male setzte sie zum Sprechen an. Möglicherweise wollte sie mit einem anderen Vorschlag herausrücken, aber sie hatte keinen besseren und nickte mir schließlich zu.

»Also doch?«

»Ja.«

»Dann los!«

Justine ging sogar als Erste. Sie huschte über den Boden hinweg und blieb an der Tür stehen, und zwar so, dass sie zurückschauen konnte und auch mich sah.

Ich wartete noch einen Augenblick. Das Bild, das sich mir bot, war auf eine gewisse Weise schaurig-schön. Es ließ mich nicht unberührt, und ich spürte, wie mir ein Schauer über den Rücken rann. Vor dem dunklen Hintergrund wirkten der Schwarze Tod und seine Helfer wie ein schauriges Gemälde. Leider war es kein Kunstwerk, sondern die Realität, die sich uns immer mehr näherte.

Auch für mich wurde es Zeit, denn die ersten Vampir-Monster flatterten bereits heran. Ihre Schreie erreichten schon meine Ohren. Hohe, dünne und schrille Laute, die auch von einem verstimmten Instrument hätten stammen können.

Sie gierten darauf, ihre Zähne in meinen Hals schlagen zu können, aber da hatten sie sich geirrt. Ich würde es nicht zulassen und zumindest einige von ihnen zur Hölle schicken.

Justine erwartete mich an der Tür. Ich sah ihr kaltes Lächeln, das harte Funkeln in den Augen, den halb geöffneten Mund, sodass sie ihre beiden Vampirhauer präsentierte, die in diesem Fall überhaupt nichts wert waren. Das wusste sie auch. Wenn sie jetzt kämpfte, würde sie sich mit Händen und Füßen verteidigen müssen.

Ich drückte mich an Justine vorbei in die Hütte. Wir schlossen die Tür. Von der Helligkeit her hatte sich kaum etwas verändert. Auch hier herrschte keine tiefe Finsternis, sondern diese fahle Dunkelheit mit dem seltsamen Grauton. Wir konnten alles erkennen, und mein Blick glitt über die Fenster hinweg, die ebenfalls aus grauen Scheiben bestanden.

Justine sagte nichts. Sie wartete darauf, was wohl geschehen würde.

»Wie war das mit deiner Strategie, Sinclair?«

»Ganz einfach. Sie bauen sich um die verschiedenen Seiten der Hütte auf. Ich gehe davon aus, dass uns die Masse umzingeln wird, um dann von mindestens zwei Seiten anzugreifen. Ich denke nicht, dass sie in der Lage sind, das Holz zu zerstören. Meiner Ansicht nach müssen sie es durch die Fenster versuchen.«

»Haben wir sie dann?«

»Ich hoffe es.«

Justine legte den Kopf zurück und musste lachen. »Du machst es dir sehr einfach, Sinclair. Du hast den Schwarzen Tod vergessen. Der wird sich kaum durch ein Fenster quetschen.«

Ich hob das Schwert des Salomo an. »Er will mich. Und ich werde mich gegen ihn zu wehren wissen. Die Klinge ist auch die ideale Waffe, um Angreifer in zwei Hälften zu schlagen. Genau darauf setze ich.«

Justine bedachte das Schwert mit einem scheuen Blick. Möglicherweise dachte sie daran, dass ich es auch gegen sie einsetzen konnte. Unrecht hatte sie nicht. Ich hätte es auch getan, um sie zu vernichten, allerdings nicht jetzt, wo wir aufeinander angewiesen waren. Wenn ich überlebte, sahen die Dinge anders aus.

Justine ging von mir weg. Sie spähte durch ein Fenster neben der Tür. »Sie kommen näher!«, meldete sie.

»Und was ist mit deinem Partner Mallmann?«

»Ha.« Das Lachen hörte sich scharf an. »Ich weiß es nicht, John. Verlassen hat er uns nicht. Er wird sich schon zur richtigen Zeit bemerkbar machen, hoffe ich.«

So sicher war ich mir da nicht. Auch Dracula II kannte seine Grenzen. Nicht, wenn es allein um Menschen ging, sondern um Wesen, an die er nicht herankam. Er würde ihnen kein Blut aussaugen können. Er konnte sie vernichten, das war alles, doch ihr Blut würde ihm nicht schmecken. Hinzu kam, dass der Schwarze Tod überhaupt nicht in sein Schema hineinpasste. Er war etwas völlig anderes. Einfach nur ein Feind, der für ihn keine Angriffsfläche bot und der sich jetzt das unter den Nagel reißen wollte, was sich Mallmann aufgebaut hatte.

Seine Vampirwelt!

Fast hätte ich gelacht, wenn es nicht so ernst gewesen wäre. So etwas Ähnliches kannte ich seit Jahren, und genau das war auch unser Vorteil. Die Uneinigkeit der Dämonen untereinander. Sie waren zerstritten. Keiner gönnte dem anderen etwas. Sie hatten ihre Grenzen genau abgesteckt, aber jetzt war einer erschienen, der ihnen alles streitig machte und die alten Regeln einfach über den Haufen warf. Der Schwarze Tod war dabei, eine neue Ära einzuläuten, und er würde den Weg rücksichtslos gehen und sich von niemand davon abhalten lassen.

Wenn wir raffiniert und stark genug waren, müsste es uns eigentlich gelingen, diese Chance zu nutzen, aber dahinter standen viele Fragezeichen.

Vor allen Dingen mussten wir überleben. Oder ich, denn ein Will Mallmann und eine Justine Cavallo vertraten auf keinen Fall die Interessen der Menschen.

Die blonde Bestie stand noch immer am Fenster. Ich schaute auf ihren Rücken, was ihr nichts ausmachte, trotz meiner Waffe. Vor einem Tag hätte ich mir das auch nicht träumen lassen.

Sie drehte sich um. »Sie sind da!«

»Und der Schwarze Tod?«

»Auch.«

»Direkt oder …?«

Sie schüttelte den Kopf. »Weder das eine noch das andere. Er schwebt über allem.«

»Keine Angriffsposition?«

»Nein.«

»Dann wird er noch zuschauen. Seine Monster sollen ihm den Weg freimachen. Genau das wird passieren. Wenn er freie Bahn hat, wird er sich auf uns stürzen.«

Justine grinste kalt. Sie knetete ihre Hände. Sie rollte mit den Schultern. Es sah aus, als wollte sich jemand kampfbereit machen, und irgendwie traf das auch zu. Trotzdem beschäftigte sie sich mit dem Rückzug oder der Flucht.

»Wenn alles schiefgeht, bleibt uns noch immer der Spiegel. Er ist der ideale Ort, um ihm zu entwischen.«

Daran hatte ich nicht mal gedacht. Aber die Cavallo hatte irgendwie recht. Obwohl ich selbst nicht daran glaubte. Ich konnte mir einfach nicht vorstellen, dass der Schwarze Tod uns diesen Rückweg so einfach offen ließ. Damit hatte ich wirklich meine Probleme.

Es war still zwischen uns geworden. Wie dick die Wände der Holzhütte waren, wusste ich nicht. Ich hatte mich auch nie dafür interessiert, aber sie waren zumindest so dünn, dass sie die Außengeräusche nicht schluckten.

Und so hörten wir die Vampir-Monster!

Das schrille Schreien. Das heftige Flattern der Schwingen, die dafür sorgten, dass die Luft in Bewegung geriet. Und dann immer wieder die ersten Berührungen. Wir hörten sie gegen die Wand der Hütte fliegen. Aufprallgeräusche, die sich immer wiederholten, obwohl sie keine Chance hatten, die Hütte einzurammen. Sie versuchten es ständig erneut. Die Laute kreisten uns ein, denn wir hörten sie auch über unseren Köpfen, da die Wesen bereits das Dach besetzt hielten und mit ihren Schwingen dagegenschlugen.

Justine blieb nicht stehen. Sie ging im Kreis durch die Hütte. Das Gesicht war nur eine Maske. Zahnspitzen schauten unter ihrer Oberlippe hervor. Der Blick war kalt und auch berechnend. Sicherlich dachte sie darüber nach, wann es so weit war, bis die erste Gestalt es schaffte, in die Hütte zu gelangen. Es würde Zeit vergehen, denn noch hielt das Holz, aber wir sahen sie auch als fliegende Schatten an den Vierecken der Fenster vorbeifliegen. Es würde nicht mehr lange dauern, bis sie sich entschlossen, es dadurch zu versuchen.

Ich stand in der Mitte der Hütte und stützte mich auf mein Schwert. Wenn der erste Angreifer es geschafft hatte, würde er die Hölle erleben.

Der Schlag gegen eines der Fenster neben der Tür.

Justine zuckte zurück.

Vor der Scheibe flatterte das Flugmonster. Es hielt sich so in der Luft, und wir sahen eigentlich nur das weit aufgerissene Maul mit dem mörderischen Gebiss.

Ein anderes Wesen drängte nach. Es schubste seinen Artgenossen von der Scheibe weg, um mit einem erneuten Schwung selbst anzugreifen.

Diesmal passierte es.

Die Scheibe brach.

Zugleich tauchten am zweiten Fenster die nächsten Monster auf. Angetrieben vom Erfolg der Ersten, und hier dauerte es nicht so lange, bis die Scheibe kaputtging.

Die Scherben fielen nach innen, und wir hatten das Glück, eine Galgenfrist zu bekommen, denn der Durchmesser der Fenster war einfach zu eng, als dass sich die Wesen so leicht hätten in die Hütte hineinschieben können.

Sie quälten sich noch ab, und genau diese Zeit mussten wir ausnutzen, um unsere Zeichen zu setzen.

»Du links, ich rechts!«, schrie ich Justine zu.

Ob sie mir gehorchte, wusste ich nicht. Ich hatte mein Ziel vor Augen und hob das Schwert an.

Das erste Vampir-Monster hatte es fast geschafft. Seine Flügel musste es an den Körper pressen. Ruckweise gab es sich selbst Schwung, um in die Hütte zu gelangen.

Ich sah nur das widerliche Maul.

Und genau dort hinein stieß ich die Schwertspitze.

Es war perfekt. Die Klinge glitt durch den Körper wie durch weiches Fett. Hinter dem ersten Monster erschien die Fratze des zweiten, und auch das Wesen wurde noch erwischt. Beide zappelten plötzlich auf der Klinge, die ich ruckartig bewegte und dann aus dem Fenster heraus nach unten drückte, sodass sie von ihr abrutschten wie Schaschlikstücke.

Ich zog die Waffe wieder zurück. Dabei überkam mich ein gutes Gefühl. Jetzt wusste ich Bescheid, dass ich mich auch wehren konnte. So einfach würde ich es der anderen Seite nicht machen.

Dann hörte ich Justine fluchen. Sie war nicht bewaffnet und musste sich auf ihre Fäuste verlassen. Menschen hatten im Kampf gegen sie so gut wie keine Chance, das hatte auch ich erleben müssen, aber diesmal waren die Gegner keine Menschen, sondern Mutationen.

Die blonde Bestie kämpfte!

Es war bisher einem Flugmonster gelungen, sich in die Hütte hineinzudrücken. Es griff die Blutsaugerin an. Es flatterte vor ihr hoch, und seine Zähne suchten Ziele.

Justine verteidigte sich mit beiden Händen. Immer wieder schlug sie die Handkanten gegen den Körper. Es waren wirklich Trommelschläge, so schnell trafen sie, aber sie waren nicht effektiv genug. Damit konnte sie keines dieser Wesen außer Gefecht setzen.

Das Ding prallte gegen sie.

Justine musste zurückweichen. Sie fluchte dabei mit schriller Stimme. Durch das Fenster kroch ein zweites Wesen. Wieder schaute ich auf das offene Maul und nutzte die Chance.

Mein Schwert verschwand zu einem Teil im Rachen des Angreifers. Hinter dem Oberkiefer schaute die Spitze plötzlich aus dem Körper hervor. Ich zog die Bestie ins Innere der Hütte. Dabei rutschte sie zu Boden. Den Kadaver ließ ich liegen.

Eine rasche Drehung!

Justine war jetzt wichtig. So sehr ich mir auch ihr Ableben wünschte, in diesem Fall war es anders. Ich brauchte sie noch und auch Mallmann, aber der hielt sich zurück.

Sie hatte sich eine andere Kampftechnik zugelegt. Beide

Hände umklammerten die rechte Schwinge und hielten sie eisern fest. Sie hob das Wesen an, schlug es im nächsten Moment gegen den Boden und schrie dabei auf. All ihre Wut und ihren Zorn ließ sie hören, bevor sie den Flügel einfach vom Körper abriss.

Das hätte ein Mensch so leicht nicht geschafft. Für Justine war es kein Problem. Ihre Kräfte gingen weit über die eines Menschen hinaus.

»Stich ihn ab, John!«

Ich tat ihr den Gefallen.

Schräg rammte ich die Klinge in den Bauch, damit sie auch noch den Kopf erwischte. Als ich sie wieder hervorzog, wurde der Kopf zum Teil zerrissen.

»Gut!«, lobte Justine.

Ich kümmerte mich nicht darum, die Fenster waren wichtiger. Ob die Vampir-Monster vom Ableben ihrer Artgenossen erfahren hatten, wusste ich nicht. Sie jedenfalls wollten noch immer in die Hütte.

In den nächsten Sekunden stach ich wieder zwei dieser Monster ab. Sie verendeten draußen unter Schreien, und ich war auch bereit, so weiterzumachen, aber die Situation änderte sich radikal. Zwar zogen sich die Angreifer nicht zurück, doch sie blieben in der Nähe und umflogen die alte Hütte.

Justine, die ihre Hände rieb, zeigte sich verwundert. »Was ist das? Verstehst du das?«

»Klar.«

»Und?«

»Sie suchen nach einer neuen Lösung. Hier erleiden sie einfach zu große Verluste.«

»Das kann sein.« Plötzlich konnte sie grinsen. Ihre Blutzähne blitzten mich dabei an. »War eine gute Idee, sich hierher zurückzuziehen.«

»Noch ist nicht aller Tage Abend. Vergiss nicht unseren Freund, den Schwarzen Tod.«

»Der wird sich auch ein blutiges Maul holen.«

»Nicht als Skelett.«

Justine winkte ab.

Ich wischte mir mit der linken Hand über die Stirn. »Ich frage mich nur, wo sich dein Freund Mallmann aufhält. Eigentlich hätte er uns unterstützen müssen.«

»Er geht andere Wege und hält den Schwarzen Tod in Schach.«

Ich konnte nicht anders und musste einfach lachen. »Glaubst du das wirklich?«

»Ja.«

»Dazu ist er nicht in der Lage, das schwöre ich dir. Bevor er sich versieht, hat ihn die Sense aufgespießt. Um den Schwarzen Tod zurückzuhalten, braucht es mehr. Es könnte sogar sein, dass er hier gar nicht auftaucht. Zutrauen würde ich es ihm.«

Justines Augen verengten sich. »Ich kenne dich, Sinclair. Du schaffst es nicht, einen Keil zwischen uns zu treiben, das schwöre ich dir. Mallmann gibt nicht auf. Er lässt uns nicht im Stich. Er wird seine Welt verteidigen und …«

Ich legte einen Finger auf die Lippen.

Justine verstand die Geste und schwieg.

Sicher war ich mir nicht, doch ich glaubte, etwas gehört zu haben, das mit den Angreifern nichts zu tun hatte. Es war auch nicht an den Fenstern aufgeklungen. Weiter oben. Und dort gab es nur das Dach der Hütte.

Ich blickte in die Höhe.

Zu sehen war nichts.

Dafür hörten wir etwas.

Schwere Schläge, die gegen das Dach hämmerten. Bei jedem zuckten wir leicht zusammen. Mir war dabei alles andere als wohl, denn jetzt erfolgte der zweite Teil des Angriffs, und ich bezweifelte, dass es für uns leichter wurde.

Auch Justine blickte hoch. Sie bewegte sich nicht, aber ihr Gesichtsausdruck sah nicht eben beruhigend aus.

»Was ist das?«

In diesem Augenblick knirschte es. Über uns riss das Dach

auf. Wir sahen einen Spalt, durch den sich etwas hervor in das Innere der Hütte drängte.

Es war der untere Teil einer Sensenklinge!

Suko wusste genau, dass es keine leichte Aufgabe für ihn war, van Akkeren zu finden. Der Grusel-Star war geschickt. Er würde sich bestimmt nicht hinstellen wie auf einem Präsentierteller und darauf warten, dass ihn die Leute hochleben ließen.

Er hatte seine Helfer vorgeschickt und hielt sich im Hintergrund versteckt. Nicht unbedingt weit, aber bestimmt auch nicht so nahe am Haus, dass er auffiel.

Suko befand sich bereits auf dem Grundstück. Er hatte es durch das offene Tor betreten und war sofort nach links abgebogen, um im Schutz der Mauer zu bleiben, die jetzt – im Sommer – kaum zu sehen war, da von der Innenseite das Buschwerk sehr hoch gewachsen war.

Natürlich passte es ihm nicht, dass Shao noch im Wagen saß. Er hoffte nur, dass sie sich still verhielt und nicht auf die Idee kam, nach ihm zu suchen. Im BMW war sie relativ sicher. Da würde sie kaum jemand angreifen, denn die fliegenden Monster interessierten sich für das Haus und dessen Bewohner.

Suko hielt sich auch weiterhin im Schutz und im Schatten der Mauer. Ab und zu drehte er den Kopf nach rechts, um die Angreifer zu beobachten.

Sie flogen noch. Sie kreisten. Hin und wieder landeten sie auf dem Dach und suchten nach einer Möglichkeit, ein Schlupfloch zu finden, was ihnen bisher nicht gelungen war.

Suko hoffte, dass es noch eine Weile so bleiben würde. Dann hatte er genügend Zeit, um sich einen Plan zurechtzulegen.

Auch wenn der Garten im Sommer bearbeitet und gepflegt wurde, es gab immer Pflanzen, die schnell wuchsen, sodass der Gärtner oder diejenigen, die das Gelände zu pflegen hatten, kaum mit der Arbeit nachkamen.

So war es auch hier bei den Conollys. Suko erlebte die Sträucher und Büsche als sperrige Hindernisse. Er musste sich immer wieder an ihnen vorbeiwinden, und zwar möglichst geräuschlos. Wege gab es hier nicht. Nicht mal Pfade. Unter seinen Füßen breitete sich Rasen aus.

An verschiedenen Stellen standen mächtige Terrakotta-Töpfe mit blühenden Blumen und Gewächsen. Wilde Rosen schauten aus dem Grün der Büsche hervor, und Suko wich auch ihnen aus, ebenso den Strahlen der Lampen.

Die Angreifer waren zwar auf das Haus fixiert, aber riskieren wollte er nichts.

Den großen Bogen schlagen. An der Westseite des Grundstücks entlanggehen und sich von dort aus dem Haus nähern. Das war seine Idee.

Er blieb stehen und duckte sich, als er das Flattern in seiner Nähe hörte. Suko hatte nicht gesehen, dass es einem Wesen gelungen war, sich aus dem Pulk der Angreifer zu lösen. Nur das Flattern hatte ihn rechtzeitig gewarnt.

Zum Glück wuchs in der Nähe ein Bambus wie eine grüne Wolke aus dem Boden hervor. Seine langen spitzen Blätter sahen aus wie geschliffenes dünnes Glas.

Suko drückte sich dicht neben den Bambus. Dass die Blätter leise raschelten, störte ihn nicht weiter. Für ihn war wichtig, dass er mit der Pflanze verschmolz.

Das fliegende Vampir-Monster war noch da. Eigentlich hätte es weg sein müssen, aber es flog weiter. Und das ließ nur den Schluss zu, dass es etwas bemerkt hatte.

Konnte es die Menschen riechen?

Suko rechnete mit allem. Er hielt den Blick in die Höhe gerichtet und bekam mit, dass die Kreise immer enger wurden und dass das Ding an Höhe verlor.

Er wusste Bescheid!

Für Suko stand das fest. Es ging kein Weg daran vorbei. Der Angreifer hatte nur noch nicht herausgefunden, wo genau sich das Ziel befand. Lange würde es nicht mehr dauern.

Suko gehörte zu den Menschen, die nicht so leicht die Nerven verloren. Das war auch hier der Fall. Er blieb eiskalt und lauerte auf seine Chance.

Der Angreifer fiel in die Tiefe.

Er landete.

Die Flügel falteten sich zusammen, und beim ersten Hinschauen wirkte er wie eine große Taube.

Suko wartete noch immer. Er war bereit, seine Position blitzschnell zu verändern. Er wusste zudem, dass er es mit keinem dämonischen Wesen zu tun hatte. Eine normale Kugel hätte es ebenfalls getötet, aber Suko wollte keinen Schuss riskieren. Das hätte die anderen gewarnt. Er musste das kleine Monster lautlos vernichten.

Johnny Conolly hatte es mit einem Taschenmesser geschafft, wie Suko wusste. Genau darauf setzte er auch. Ein nicht sehr dickes und mehr flaches Schweizer Messer trug er immer bei sich, und das holte er mit vorsichtigen Bewegungen aus der Tasche hervor.

So gut wie nichts war zu hören, als er die Klinge aus dem Griff klappte.

Jetzt konnte der Angreifer kommen.

Er enttäuschte Suko nicht.

Allerdings machte er es ihm sogar leicht. Das kleine Monster stieg nicht in die Höhe. Es hüpfte wie eine Taube voran, bewegte dabei seine Schwingen, aber es stieg nicht in die Luft.

Suko blieb still.

Er atmete nicht mal.

Aus den Augenspalten hielt er den Angreifer im Blick.

Das Wesen stoppte dicht vor ihm. Suko sah schon das helle Schimmern der Zähne. Dann bewegte es seine Schwingen und sah aus, als wollte es jeden Moment in die Höhe steigen.

Das konnte Suko auf keinen Fall zulassen. Er war es, der die Initiative ergriff.

Ohne Vorwarnung warf er sich nach vorn – und überraschte mit dieser Aktion das Monster.

Die Hand mit der Klinge zuckte nach oben. Das Biest sollte

auch keinen Warnschrei abgeben, und so rammte Suko das Messer in den Nacken der Bestie.

Das Ding sackte zusammen!

Suko hatte es praktisch gegen den Erdboden genagelt. Er zerrte das Messer aus der Wunde hervor und rammte seine Hand noch mal nach unten. Diesmal jagte er die Klinge in den Schädel.

Das reichte.

Unter seinen Händen spürte er das Zucken des Körpers. Es waren letzte Bewegungen, dann lag das Ding, und Suko zog die Klinge zum zweiten Mal hervor.

Er war zufrieden. Dieser kleine Sieg brachte ihn zwar nicht viel weiter, aber er hatte ihm gut getan. Ab jetzt stand Vincent van Akkeren wieder auf seiner Liste.

Er überstürzte nichts. In der Ruhe lag die Kraft. Suko bewegte sich wie ein Kampfschwimmer, der das Ufer erreicht hatte, und mied dabei jedes laute Geräusch. Von seinem Plan ging er dabei nicht ab. Die Westseite des Grundstücks war ihm wichtig.

Die Vampir-Monster versuchten es noch immer. An Aufgabe war bei ihnen nicht zu denken. Sie flogen das Haus an, prallten gegen die Rollos, kratzten über das Metall hinweg, und sie setzten sich auch auf dem Dach fest, um dort verbissen nach einem Durchschlupf zu suchen.

Hin und wieder flogen sie einen bestimmten Punkt oder Ort an, der im Garten der Conollys liegen musste. Das fiel Suko schon auf. Er sah die Monster verschwinden und danach wieder auftauchen. Dabei war dann ihr Ziel erneut das Haus, und Suko stellte sich die Frage, ob sie sich Anweisungen geholt hatten.

Den Conollys drohte keine unmittelbare Gefahr. Deshalb brauchte Suko auch nichts zu überstürzen. Mit jedem Schritt, den er zurücklegte, fühlte er sich sicherer.

Schließlich blieb er dort stehen, von wo aus er einen recht guten Blick auf die Rückseite des Hauses hatte, hinein in den Garten der Conollys.

Da bewegte sich kein Mensch. Er sah die Lichter als helle Flecken. Er schaute sich nach van Akkeren um, doch der war auch nicht zu sehen. Und die Monster flogen dorthin, wo nichts mehr die Dunkelheit erhellte. Er konnte sich vorstellen, van Akkeren an dieser Stelle zu finden und machte sich wieder auf den Weg.

Geduckt, schleichend und auch gleitend. Rosenduft umwehte seine Nase. Auch andere Aromen erreichten ihn, die Suko jedoch nicht identifizieren konnte.

Er wunderte sich, dass ihn die Monster noch nicht entdeckt hatten. Aber sie waren zu sehr darauf fixiert, bestimmte Personen in ihre Gewalt zu bekommen. Da ließen sie alles andere außer Acht. So hatte Suko das Glück, gut voranzukommen.

Ein Busch fiel im besonders auf. Am Himmel glotzte das Auge des Mondes auf die Erde nieder. Er verstreute sein bleiches Licht wie pudriger Staub, sodass auch der Garten einen bestimmten Glanz bekam, der für ihn eigentlich unnatürlich war.

Suko wusste, dass er sich dem Ziel genähert hatte. Er hörte es an den Geräuschen über sich. Das harte Flattern der Schwingen. Geräusche, die ihm vorkamen, als wäre jemand dabei, mit Handschuhen an den Händen Beifall zu klatschen.

Das Kribbeln auf seinem Rücken nahm zu. Er duckte sich noch tiefer und wünschte sich Katzenaugen, um in der Dunkelheit mehr sehen zu können.

Van Akkeren war in der Nähe. Suko spürte ihn. Er konnte ihn beinahe riechen.

Wieder ging er in die Hocke. Genau an dieser Stelle hatten die Conollys zwei große Töpfe hingestellt. Aus ihnen wuchsen die bunten Fleißigen Lieschen, und Suko sah jetzt auch den schmalen Weg, den die Conollys gepflastert hatten.

Alles kam ihm entgegen. Er lächelte in sich hinein. In nicht mal einer Minute würde er am Ziel sein. Davon ging er aus.

Wieder flogen zwei dieser Killer heran. Sie rauschten durch die Luft. Sie waren sehr nahe, denn Suko spürte den Luftzug an seinem Kopf. Er wunderte sich, dass er noch nicht angegriffen worden war, doch das hatte seinen Grund.

Es gab van Akkeren. Er war höchstens drei Meter von ihm entfernt. Aber eine Hecke stand zwischen ihnen, die eine Schräge bildete. Die Ranken hatten sich um Holzlatten geschoben.

Suko zog seine Beretta. Er schlich bis zur Hecke vor und suchte ihr Ende. Wenn er angriff, dann von dort. Dabei hoffte er, hinter den Rücken des Mannes zu gelangen. Suko hatte ihn noch immer nicht gesehen. Er war trotzdem überzeugt, ihn in seiner Nähe zu finden.

Er hörte ihn.

Van Akkeren flüsterte etwas, das sich nicht eben fröhlich anhörte. Er fluchte leise vor sich hin. Wahrscheinlich dauerte es ihm zu lange, bis seine Helfer einen Weg gefunden hatten, um in das Haus hineinzukommen.

Suko hatte sich vorgenommen, dass van Akkeren hineinkommen würde. Aber so, wie er es wollte.

Der Grusel-Star schickte seine Helfer wieder los. Suko hörte ihn sprechen. Die Worte glichen mehr einem Fluch. Und wieder stiegen einige der kleinen Ungeheuer in die Höhe, bewegten ihre zackigen Schwingen und suchten erneut einen Einstieg.

Suko wollte eingreifen.

Er hatte schon ein Bein nach vorn geschoben, als sich die Dinge veränderten. Van Akkeren hielt es nicht mehr in seiner Deckung aus. Er ging zur Seite, drehte den Kopf nach rechts und hätte Suko beinahe entdeckt, doch der tauchte blitzschnell noch tiefer.

Van Akkeren wartete noch einige Sekunden. Ein gewisses Misstrauen hielt ihn erfasst. Von seinen Helfern hielt sich niemand in seiner Nähe auf.

Er ging.

Suko auch!

Plötzlich war er hinter ihm. Van Akkeren bemerkte nichts. Er wurde erst aufmerksam, als er den Druck der Mündung an seinem Hinterkopf spürte und sofort die Stimme des Inspektors hörte.

»Eine falsche Bewegung nur, und ich jage dir eine Silberkugel durch den Schädel …«

Vincent van Akkeren wusste, was die Glocke geschlagen hatte. Auch wenn er unter dem Schutz eines mächtigen Dämons stand, hatten sich für ihn die Regeln nicht geändert. Er kannte Suko, er musste sich an die Stimme erinnern, und das tat er auch.

Nichts bewegte sich mehr bei ihm. Von einem Augenblick zum anderen war er wie eingefroren.

Suko wusste nicht, ob er sich richtig verhalten hatte. Er hatte es einfach darauf ankommen lassen.

»Du, Chinese?«

»Ja.«

Van Akkeren lachte krächzend. »Kompliment, an dich hatte ich nicht mehr gedacht.«

»So ist das, wenn man den Joker vergisst.«

»Ob du das bist, muss sich noch herausstellen. Du hast noch nicht gewonnen.«

»Das ist mir klar. Im Moment steht es unentschieden, was mich nicht weiter stört. Die Verhältnisse können sich schnell ändern, und ich glaube nicht daran, dass du kugelfest bist.«

»Willst du mich hinrichten?«

»Kann sein!«

»Damit rettest du nichts mehr.«

»Tatsächlich?«

»Ja. Ihr steht alle auf der Liste, und ihr werdet vernichtet werden.« Van Akkeren lachte. »Was willst du denn gegen diese Übermacht anstellen? Wenn ich es will, werden dich meine Freunde zerreißen. Da machst du nichts.«

»Stimmt. Der Wille ist da. Nur musst du es auch schaffen, ihn in die Tat umzusetzen. Genau das kann Probleme geben.«

»Wir warten es ab.«

»Bestimmt.«

»Und was soll ich tun?«

»Gehen, van Akkeren. Einfach weitergehen. Du wolltest doch in das Haus der Conollys. Dort gehen wir jetzt hinein, und da sehen wir weiter. Eine Warnung noch. Sollten deine fliegenden Freunde versuchen, mich anzugreifen, wird es ihnen schlecht ergehen.«

»Ich verspreche es!«

»Sehr gut.«

»Dazu musst du mich loslassen.«

»Was heißt das?« Misstrauen keimte in Suko hoch.

»Ich muss mich mit ihnen in Verbindung setzen.«

»Du kannst sie leiten?«

»Ja.«

Überzeugt war Suko nicht davon. Er traute van Akkeren nicht über den Weg. Einer wie er war mit allen Wassern gewaschen. Auch jetzt zeigte er keine Angst, wie es bei einem normalen Menschen der Fall gewesen wäre. Van Akkeren war voll und ganz auf Erfolg programmiert, und er ließ sich nicht so leicht aus der Bahn werfen. Er hatte auch gezeigt, dass er Niederlagen einstecken und verkraften konnte. Er war immer wieder wie ein Stehaufmännchen in die Höhe gekommen und hatte sich durchgeschlagen.

Sie kamen. Die Schatten lösten sich vom Haus und verließen auch das fliegende Dach. Suko nahm die Waffe nicht vom Hinterkopf des Grusel-Stars weg, obwohl er den fliegenden Monstern nachschaute. Bestimmt ein Dutzend dieser Flugwesen befanden sich in der Luft. Sie blieben dabei dicht zusammen und behinderten sich mit ihrem Schwingenschlagen gegenseitig. So sahen sie mehr aus wie eine kompakte Masse.

Van Akkeren tat etwas. Er streckte seine Arme aus. Er verwandelte sich vor Suko stehend in einen Dompteur, der alles im Griff hatte, was er auch bewies.

Wie er es geschafft hatte, Kontakt mit diesen Monstern aufzunehmen, blieb Suko unbekannt. Jedenfalls gehorchten sie ihm und flogen von Suko weg.

Über seinem Kopf bildeten sie ein Dach. Sie lauerten in der Luft. Sie zogen dort ihre Kreise, und wenn sie vor die Scheibe des Vollmonds gerieten, entstand eine Szene, die aussah wie das Plakat für einen Gruselfilm.

Suko musste zufrieden sein. Die unmittelbare Gefahr war gebannt. Dennoch traute er dem Frieden nicht. Zu viel konnte noch passieren, an das er lieber nicht denken wollte.

»Wohin jetzt, Chinese?«

»Nur nach vorn. Zu den Conollys. Wir werden den normalen Eingang benutzen.«

»Wie es sich für anständige Menschen gehört.«

»Genau, van Akkeren.«

Der Grusel-Star lachte. Er hob sogar freiwillig seine Arme etwas an und gehorchte Suko, als hätte er in seinem ganzen Leben nichts anderes getan.

Suko zog die Waffe von van Akkerens Kopf weg. Er ging jetzt in einer sicheren Schussposition hinter ihm her. Wenn er abdrückte, würde die Kugel auf diese kurze Distanz immer treffen.

Das wusste auch van Akkeren. Er verhielt sich dementsprechend loyal und tat nichts, was Suko misstrauisch gemacht hätte. Er ging normal weiter, und Suko brauchte ihm den Weg zur Haustür nicht zu sagen.

Die fliegenden Killer waren wirklich verschwunden. Hin und wieder warf Suko einen Blick in die Höhe, weil er dem Frieden nicht so recht traute.

Es stimmte.

Sie blieben verschwunden. Die Dunkelheit der Sommernacht hatte sie einfach geschluckt. Nichts war mehr von ihnen zu sehen, und er hörte auch keine Schreie.

War van Akkeren so leicht auszuschalten? Hatte er sich in der Zeit seines Verschwindens derartig stark verändert?

Suko konnte es kaum glauben. Das war eigentlich unmöglich. Er musste noch einen Trumpf in der Hinterhand halten, aber er spielte ihn nicht aus und bewegte sich sogar recht locker weiter.

Sie passierten die Garage mit dem breiten Tor. Sie gingen sehr leise. Ihre Schritte erzeugten auf dem gepflasterten Boden nur ein leises Schaben. Die Gefahr und der Horror hatten sich aus der Nacht wieder zurückgezogen. Es musste Suko so vorkommen, als wären sie niemals da gewesen.

Vor der Tür blieben sie stehen. Van Akkeren hatte sich wieder entspannt. Er lächelte sogar, das sah Suko im Licht der Außenleuchte. Er glaubte nicht, dass der Grusel-Star schauspielerte, dieses Lachen kam von innen. Es ging ihm gut. Er war zufrieden.

Suko legte einen Finger auf den hellen Klingelknopf. Etwas länger als gewöhnlich drückte er ihn. Das glich schon einem Alarmklingeln.

Zuerst tat sich im Haus nichts. Keine Stimmen. Keine Reaktion. Die Tür wurde nicht geöffnet.

Er schellte erneut.

Kurz danach erlebte er die Reaktion. Bill sprach ihn an. Er musste vor dem Monitor gestanden und ihn so geschaltet haben, dass die Kamera auf die Tür zeigte.

»Suko, du …«

»Öffne, Bill.«

»Du bist nicht allein.«

»Öffne trotzdem.«

»Gut.«

Suko war froh, dass Bill ihm vertraute. Van Akkeren stand noch vor ihm. Bill würde die Tür aufziehen, und Suko drehte sich zuvor noch um. Es konnte durchaus sein, dass die verfluchten fliegenden Killer über ihn herfallen würden, genau in dem Augenblick, wenn die Tür geöffnet wurde. Aber er sah sie nicht.

Bill zog die Tür auf.

Sofort rammte Suko seine flache Hand in den Rücken des

Grusel-Stars. Der stolperte nach vorn, auch durch den Spalt hindurch, und betrat so das Haus.

Schnell ging Suko ihm nach. Er drückte sich an Bill vorbei, der die Tür hinter ihm sofort wieder schloss, sich umdrehte und van Akkeren anschaute, als wäre dieser ein Geist.

»Das darf nicht wahr sein«, flüsterte er. »Ich glaube noch immer, dass ich träume. Wie hast du das denn geschafft?«

»Manchmal sind die Dinge eben recht einfach.«

»Aber nicht immer«, flüsterte van Akkeren und fing leise an zu lachen. »Ausnahmen bestätigen die Regel …«

Der Tag war warm gewesen. In der Nacht hatte es sich abgekühlt, aber nicht so stark, wie es der Mensch fühlt, wenn er in die Dunkelheit hineintritt. Nach einer Weile hatte er sich an die neue Temperatur gewöhnt und empfand sie nicht mehr so angenehm.

So erging es Shao, die im Wagen zurückgeblieben war, was ihr nicht gefiel. Sie würde hier auch nicht die ganze Nacht sitzen und warten, denn sie vertraute Suko, dass er ihr den Weg zum Haus der Conollys freimachte. Das Haus selbst sah sie nicht. Zu dicht stand der Bewuchs innerhalb des Vorgartens. Es gab auch Lücken zwischen den Gewächsen, doch auch dort war nichts zu erkennen, abgesehen von einem bleichen Schein, den das Außenlicht abgab. Es erschien Shao in der Dunkelheit sehr weit entfernt. Der Vorgarten kam ihr vor wie ein unbekanntes Gelände, das noch von Menschen durchforscht werden musste.

Sie konnte keine Ruhe finden. Auch wenn die Nacht keine Gefahren freigab, in ihrem Innern breitete sich die Unruhe aus, die so stark wurde, dass sie es nicht mehr schaffte, im Wagen sitzen zu bleiben. Sie musste raus.

Shao stieg aus. Sie drückte die Tür wieder zu. Nichts bewegte sich in ihrer Nähe. Sie hörte keinen Laut. Bedrückend still erschien ihr die Nacht. Auch in den Nebenstraßen blieb es still.

Das Motorengeräusch eines fahrenden Wagens war verstummt. Sie hatte das Geräusch beim Aussteigen noch vernommen.

Und doch war es nicht völlig still. Vom Grundstück der Conollys her klangen die Geräusche zu ihr herüber. Sie waren schlecht einzustufen. Sie zählten auch nicht zu den normalen Geräuschen der Nacht. Diese hier konnte man als künstliche bezeichnen, denn in der Dunkelheit legten sich die Vögel schlafen.

Hier aber klangen Laute zu Shao herüber, die sie an das Schwappen von Schwingen erinnerten. Als wären Adler oder Geier in der Nacht unterwegs auf der Suche nach Beute.

Shao wusste, dass es anders war. Keine normalen Tiere, sondern die Killer mit Schwingen, die in das Haus der Conollys wollten. Deutlich erkannte Shao sie nicht, obwohl ihre Position besser war als innerhalb des Wagens. Sie sah nur die Schatten durch die Luft gleiten und bemerkte auch die Bewegungen der Schwingen auf dieser großen natürlichen Bühne.

Sie vertraute Suko. Und trotzdem hatte sie Angst um ihn. Es waren zu viele Gegner. Wenn sie Suko entdeckten und sich auf ihn stürzten, war er verloren.

Die Chinesin stellte fest, dass sich auf ihrer Stirn ein Film aus kaltem Schweiß gebildet hatte. Ein paar Mal rieb sie über ihr Gesicht. Die Luft kam ihr dicker vor. Sie nahm die Gerüche intensiver auf und wurde zudem in der oberen Körperhälfte auch von Mücken umtanzt.

Einige Male schon war sie gestochen worden. So etwas konnte man nicht verhindern.

Bisher hatte sich nichts verändert. Das gab ihr Hoffnung. Sie vertraute ihrem Partner, denn sie wusste sehr gut, wie lautlos er sich zu bewegen verstand.

Aber was war mit den Conollys? Das Haus blieb geschlossen. Oder hatte es Suko schon geschafft, einzudringen?

Sie wollte es genau wissen, stieg wieder in den Wagen und rief über Handy bei den Conollys an.

Sheila meldete sich.

»Ich bin es. Shao.«

»Du?«

Sie hatte das leichte Zittern aus der Stimme herausgehört und wollte Sheila beruhigen. »Du brauchst dir keine Gedanken zu machen. Es ist alles in Ordnung.«

»Ich weiß nicht. Ich – äh – wo bist du denn?«

»Auf der Straße. Vor eurem Haus.«

»Und Suko?«

»Ist im Garten.«

Sheila erschrak. »Will er …«

»Ja, Sheila, er will zu euch. Er will sich van Akkeren holen, und wie ich ihn kenne, schafft er das auch.«

»Das kann ich nur hoffen. Bisher hat sich nichts getan. Wie sieht es denn draußen aus?«

»Sie fliegen noch.«

»Ja, das höre ich, wenn sie – Moment mal.«

Shao wechselte den flachen Apparat in die linke Hand und hörte dann Bills Stimme.

»Hat es Suko tatsächlich allein versucht?«

»Ja, wenn ich dir das sage.«

»Das ist ja – verflucht, der bringt sich um Kopf und Kragen. Wir sollten es mit der Feuerwehr versuchen.«

»Er will auch van Akkeren. Den bekommt er, Bill. Da bin ich mir ganz sicher.«

»Ich weiß es nicht.

»Ich sitze hier im Auto und warte auf ihn und wollte nur wissen, ob er es schon geschafft hat.«

»Nein. Aber gut, dass du uns Bescheid gesagt hast.«

»Dann bis später.«

»Klar, Shao.« Bill räusperte sich. Er wollte irgendwas damit überbrücken. »Bitte, Shao, verstehe mich nicht falsch, aber ist es nicht gefährlich, wenn du im Auto sitzt und wartest? Wäre es nicht besser, du würdest wieder zurückfahren?«

»Nein, ich bleibe. Ich muss bleiben.«

»Okay. Bis dann …«

»Ja, Bill.«

Shao fühlte sich etwas erleichtert, auch wenn der große Druck noch nicht von ihr genommen worden war. Das würde erst geschehen, wenn sich alle in Sicherheit befanden.

Die Luft innerhalb des Autos kam ihr wieder stickig vor. Sie wollte raus und setzte den Vorgang schnell in die Tat um. Es ging ihr besser, und sie atmete tief durch. Eine würzige, wenn auch leicht feuchte Luft drang in ihre Lunge.

Shao überlegte, ob sie nicht doch durch das offene Tor in den Garten fahren sollte. Vor dem Haus parken, schnell aussteigen, und sich dann im Haus verstecken. Es wäre zwar mit einem Risiko verbunden, aber …

Ihre Überlegungen hakten. Etwas hatte sie gestört. Ein Geräusch, ein Windstoß.

Aber wieso …?

Shao drehte sich auf der Stelle, um in die verschiedensten Richtungen schauen zu können. Sie spürte ein ungutes Prickeln. Es war so etwas wie eine Warnung vor einer Gefahr. Sie ging rückwärts zum BMW. Scharf beobachtete sie die Höhe vor und über sich.

Da waren sie!

Schatten, die sich hektisch, aber auch rhythmisch bewegten. Sie hatten sich aus dem Garten gelöst und vom Dach ebenfalls. Ein ganzer Schwarm stieg hoch in die Luft, drehte sich dort und flog vom Grundstück weg. Es sah beinahe aus wie eine Flucht. Aber daran konnte und wollte Shao nicht glauben. Sie hatte keinen Grund für diese Flucht festgestellt. Außerdem blieben sie dicht beisammen und flogen nicht besonders schnell.

Shao ging noch zwei Schritte zurück. Sie hatte jetzt die Beifahrertür erreicht und blieb dort stehen.

In diesem Augenblick senkte sich der Pulk der fliegenden Monster. Mit Entsetzen stellte Shao fest, dass sie sich ein neues Ziel ausgesucht hatten.

Plötzlich musste sie handeln. Wenn sie noch eine Chance hatte, dann rein in den Wagen. Durch schnelles Laufen konnte sie ihnen nicht entkommen. Durch das Fliegen waren sie immer im Vorteil.

Shao riss die Tür auf. Die folgenden Sekunden erlebte sie wie im Zeitraffer. Sie warf sich auf den Sitz, rammte die Tür zu und spürte den harten Schlag an der Außenseite, denn eines der Wesen hatte den Wagen bereits erreicht.

Es rutschte an der Tür ab, aber dafür waren die anderen Vampir-Monster da.

Noch schwebten sie über dem Fahrzeug. Das blieb nicht mehr lange so. Gemeinsam ließen sie sich fallen, und plötzlich wurde Shao die Sicht nach vorn genommen.

Gleich zu mehreren hockten sie auf der Kühlerhaube und hielten ihre Gesichter der Scheibe zugedreht.

Gesichter?

Nein, das waren Fratzen. Weit geöffnete Mäuler, in denen die hellen Zahnreihen aussahen wie Sägen.

Schläge erwischten das Dach. Da wusste Shao, dass sie auch dort ihre Plätze gefunden hatten.

Sie zwang sich zur Ruhe. Auf dem Sitz drehte sie sich um, weil sie nach hinten schauen wollte.

Ja, da waren sie auch. Wenn sie durch das Rückfenster blicken wollte, sah sie nur die widerlichen Gestalten und die schrecklichen Mäuler. Nur durch die Scheiben an den Seiten gelang ihr ein Blick nach draußen. Zufrieden konnte sie damit auch nicht sein. Zwar hielten sich dort keine Vampir-Monster auf, aber es war auch niemand da, der ihr zu Hilfe kam.

Jetzt sah sie ein, dass Sukos Plan doch nicht so perfekt gewesen war. Er hatte van Akkeren und die Monster unterschätzt.

Shao hatte genug erlebt, um nicht sofort in Panik zu verfallen. So blieb sie sill sitzen und sorgte auch dafür, dass sich ihr Atem beruhigte.

Im Leben gibt es keinen Stillstand. Es geht immer weiter. Das war auch bei ihr der Fall. Irgendwann würde sich etwas ändern, das stand fest. Dann würden die Vampir-Monster versuchen, die Scheiben aufzubrechen.

Es wäre ja nicht so schlimm gewesen, wenn sie wenigstens einen Zündschlüssel gehabt hätte. Aber den hatte Suko eingesteckt. Und ihr eigener lag zu Hause.

Was tun?

Nichts konnte sie machen. Shao steckte in der Klemme. Jemand war schlauer gewesen und hatte ihr die Monster geschickt, und sie bezweifelte, dass Suko darüber Bescheid wusste.

Es war kritisch für sie. Die Falle war zugeschnappt und …

Da klingelte ihr Handy …

Sie standen im Flur in der Nähe der Eingangstür wie ein Empfangskomitee für einen ungebetenen Gast.

Johnny und Bill hielten die Waffen ebenfalls auf van Akkeren gerichtet, damit der wusste, was die Glocke geschlagen hatte. Sheila stand ebenfalls bei ihnen. Sie beobachtete alles aus respektvoller Distanz.

Van Akkeren machte nicht den Eindruck eines Mannes, der aufgegeben hatte. Er schien sich in seiner Lage sogar recht wohl zu fühlen, das zeigte auch sein Grinsen. Ihm machte es nichts aus, von mehreren Waffen bedroht zu werden. Er fühlte sich sicher und bewegte seinen Kopf, um die Conollys und auch Suko der Reihe nach anzuschauen.

»Was habt ihr gewonnen?«, fragte er.

»Zumindest sind die Killer weg!«, sagte Bill.

»Das stimmt.«

»Und wir haben dich!«

»Aber ihr habt nicht gewonnen. Ich denke schon, dass ihr mich freilassen solltet.«

»Warum das?«

Van Akkeren zog die Lippen in die Breite. »Weil ich nicht zu den Verlierern gehöre, sondern zu den Gewinnern. Auch jetzt.« Er lachte. »Ich habe etwas nachgegeben, danach das Band aber wieder straff gezogen, und jetzt halte ich es in meinen Händen.«

»Was soll die Rederei?«

Van Akkeren ging sofort auf Bills Frage ein. »Das ist keine Rederei. Es ist mir gelungen, andere Tatsachen zu schaffen. Sogar bessere, und das werdet ihr erleben.«

»Welche?«

»Meine Freunde haben genau das getan, was ich von ihnen verlangt habe. Die Verbindung zwischen uns ist ausgezeichnet. Da muss ich mich selbst loben. Sie sind von diesem Haus weggeflogen und haben mittlerweile ein anderes Ziel erreicht.«

Der Grusel-Star konnte seinen Triumph nicht verbergen. Sogar seine Augen strahlten im Glanz des Siegers, und er ließ einige Zeit vergehen, bis er die Conollys und Suko aufklärte.

»Das neue Ziel heißt Shao!«

Es war heraus, und es gab keinen, der nicht zusammengezuckt wäre. Sheila konnte den leisen Ruf des Schreckens nicht unterdrücken. Im nicht eben hellen Licht der Beleuchtung war zu sehen, wie das Blut aus ihrem Gesicht wich.

Bill sagte nichts. Johnny hielt sich auch zurück, aber beide schauten Suko an.

Der schüttelte kurz den Kopf, als könnte er seine trüben Gedanken so vertreiben. Dann fragte er mit leiser Stimme: »Und das sollen wir dir glauben?«

Van Akkeren lachte meckernd. »Es steht euch frei, aber es stimmt. Wartet Shao nicht vor dem Haus?«

Suko schwieg.

»Stimmt das?«, flüsterte Johnny.

Der Inspektor nickte.

»Das ist ja …«

Van Akkeren rieb seine Hände. »Und jetzt kommt es auf euch an, ob sie die nächste Stunde überlebt. Geisel gegen Geisel. Das ist es doch, was hin und wieder passiert.«

»Vielleicht blufft er nur«, flüsterte Sheila.

»Ihr könnt es versuchen!« Lässig verschränkte van Akkeren die Arme vor der Brust. Er spielte den Coolen, und er hatte recht damit. Die Karten lagen gut gemischt in seinen Händen.

Suko wollte es auch wissen. Er holte sein Handy hervor. Äußerlich war ihm nicht viel anzusehen, denn er hatte sich gut in der Gewalt. In seinem Innern kochte es. Er wäre van Akkeren am liebsten an die Kehle gesprungen, aber das wäre hier genau das Falsche gewesen. Erst wenn er die nötige Sicherheit hatte, würde er etwas unternehmen können.

Shaos Nummer war gespeichert. Sie erschien im Display, und noch wartete Suko auf eine positive Meldung.

Die traf nicht ein.

Schon am Klang der Stimme hörte er heraus, dass mit Shao irgendwas nicht stimmte. Sie musste auch gewusst haben, dass kein Fremder anrief, denn sie sagte: »Ich stecke in der Falle!«

»Ruhig, Shao, bitte …«

»Suko!«

»Ja.«

»Es ist wirklich so. Zum Glück konnte ich mich noch in den BMW flüchten, aber ich weiß nicht, wie lange ich hier sitzen kann. Sie werden bestimmt versuchen, den Wagen aufzubrechen, und leider hängen vor den Fenstern keine Rollos.«

»Bist du verletzt?«

»Nein. Aber wo steckst du?«

»Im Haus.«

»Und van Akkeren?«

»Ist auch hier.«

»Was tut er jetzt?«

»Nichts. Er genießt fast seine Gefangenschaft, denn er hat den Joker ausgespielt.«

Shao stöhnte leicht auf. »Will er denn, dass ihr ihn freilasst?«

»Ich denke schon.«

»Und? Macht ihr das?«

»Es könnte ein Austausch werden.« Suko blickte zu van Akkeren, auf dessen hageres Gesicht sich ein Grinsen gelegt hatte.

»Und? Machst du es?«

»Das rate ich dir«, flüsterte der Grusel-Star. »Sonst werden meine Freunde deine kleine Frau zerfetzen.«

Suko gab Shao keine direkte Antwort. Er sagte nur: »Bleib im Wagen und rühr dich nicht vom Fleck.«

Sie konnte sogar lachen. »Was soll ich denn sonst tun?«

Suko beendete das Gespräch. Tiefes Schweigen legte sich über die Diele.

»Na, habe ich gelogen?« Van Akkeren grinste.

»Nein«, sagte Suko.

»Gut, dann liegt es in deiner Hand, ob deine Kleine wieder freikommt oder nicht. Du hast es gehört. Lange werden die Scheiben den Angriffen nicht standhalten können.«

Suko nickte und fragte: »Ein Austausch, nicht wahr?«

»Ja, so sehe ich es.« Er breitete die Arme aus. »Wir beide verlassen das Haus und gehen zum Wagen. Dort kannst du deine Frau wieder in die Arme schließen.«

»Und was geschieht mit dir, van Akkeren?«

»Ich gehe meinen Weg. Ich mache ihn frei für einen anderen. Lange genug hat der Schwarze Tod gewartet. Jetzt ist er wieder da und rechnet mit seinen Feinden ab.«

Suko sagte nichts. Er sah die betretenen Gesichter der Conollys. Er sah ihnen auch an, wie wütend sie waren, weil man sie zur Untätigkeit verdammt hatte.

»Also gut«, sagte Suko.

Bill mischte sich ein. »Du willst es wirklich tun?«

»Ich muss.«

»Aber van Akkeren legt dich rein. Er spielt falsch. Das hat er immer getan.«

»Das weiß ich, Bill. Aber ich muss das Risiko trotzdem eingehen. So sehr ich mir den Fortlauf anders gewünscht hätte.« Für Suko war die Sache erledigt. Er hatte seine Entscheidung getroffen und würde sich davon auch nicht abbringen lassen.

Seine Beretta behielt er trotzdem in der rechten Hand. Er winkte van Akkeren mit der Pistole zu.

»Wir gehen!«

»Gratuliere, Chinese, das war eine wirklich weise Entscheidung. Alle Achtung.«

»Rede nicht, geh!«

Van Akkeren bewegte sich auf keinen Fall wie ein Verlierer. Er war der King, er war der Sieger, und er hielt, als er sich in Bewegung setzte, seinen Kopf hoch erhoben.

Um die Mienen der anderen kümmerte er sich nicht. Er genoss seinen Triumph, und Suko musste den faulen Apfel schlucken. Er schritt an seinen Freunden vorbei und sah in ihren Gesichtern die tiefe Qual. Jeder von ihnen litt mit ihm. Wieder einmal hatten sie die Gefährlichkeit der anderen Seite unterschätzt. Hinzu kam noch diese dämonische Raffinesse. Dass van Akkeren dazu fähig war, das hatte er in vielen Jahren bewiesen und John Sinclair und seinen Freunden viel Ärger bereitet.

An der Tür blieb der Grusel-Star für einen Moment stehen und schaute zurück. Dass Suko seine Beretta in der Hand hielt, sorgte bei van Akkeren für ein noch breiteres Grinsen. Einen Kommentar allerdings gab er nicht ab, er zog die Tür auf und trat über die Schwelle hinweg ins Freie.

Suko blieb ihm auf den Fersen. Er hielt allerdings einen gewissen Abstand, weil er nicht nur van Akkeren sehen wollte. Auch in der Umgebung musste er sich umschauen.

Nichts bewegte sich unter dem Nachthimmel. Kein Monster flog in seiner Nähe durch die Luft. Es schien so zu sein, als hätte es sie nie gegeben.

Nur durfte er dem Frieden nicht trauen und erst recht nicht einem Vincent van Akkeren …

Also doch!

Er war da! Er hatte nicht aufgegeben! Der Schwarze Tod hatte sich nur etwas einfallen lassen und zunächst abgewartet, was seine Vasallen erreichten.

In der Höhle des Löwen war er das Raubtier. Das mussten wir beide leider einsehen.

Justine schaute in die Höhe, ich ebenfalls. Beide sahen wir das Stück des Sensenblatts, und über die Lippen der blonden Bestie drang ein wütender Fluch.

Sie schaute mich mit einem Blick an, als wollte sie mir die Schuld für die neuen Ereignisse in die Schuhe schieben. Dafür konnte ich wirklich nichts.

Das Dach der Hütte hatte einen Riss bekommen, und die verfluchten Killerwesen hielten sich zurück. Sie warteten darauf, dass ihnen der Weg noch freier gemacht wurde, denn nichts anderes steckte hinter dieser Aktion, das war mir klar.

»Raus oder bleiben?«

Ich musste lachen, als ich Justines Frage hörte. »Wir werden nicht rausgehen!«

»Einverstanden.«

Neidisch warf sie einen Blick auf mein Schwert. Es bildete das Gegenstück zur Sense, und irgendwann würde ich mich mit dessen Hilfe gegen die Waffe des Schwarzen Tods verteidigen müssen.

Als ich daran dachte, bekam ich einen trockenen Mund. Dieser Gedanke kam mir irgendwie so endlich vor. Ich konnte auch leicht verlieren und zu einer Beute des Schwarzen Tods werden. Der Gedanke, dass diese Nacht bei mir über Leben und Tod entscheiden konnte, bereitete mir Probleme.

Die Sense war noch zu sehen. Wir bekamen auch mit, dass sie bewegt wurde.

Dann knirschte es über unseren Köpfen. Das Dach riss. Holz splitterte. Einige Stücke fielen nach unten und prallten auf den Boden. Die Sense wurde hektisch bewegt. Mal verschwand sie für einen Moment, dann tauchte sie wieder auf.

Und immer wieder hieb sie gegen das Dach und sorgte dort für noch größere Lücken. Den Schwarzen Tod selbst sahen wir nicht. Wenn wir durch die Öffnungen schauten, dann entdeckten wir die Bewegungen der Monster in der Luft.

Ich war nach rechts gegangen und hatte mich dort aufgestellt. So war der Blickwinkel besser. Das Dach zeigte bereits ein riesiges Loch in der Mitte. Ich erhielt einen guten Durchblick, und was ich zu sehen bekam, konnte einem Menschen schon den Atem rauben, denn über dem Dach schwebte das schwarze gewaltige Skelett und schlug wieder mit seiner Waffe zu, deren Klinge mir plötzlich unzerstörbar vorkam. Ich begann sie zu hassen und duckte mich unwillkürlich, als sie niederraste.

Diesmal hakte sie sich mit ihrer Spitze unter dem Dach im Holz fest. Ein Reißen, und der Rand des Lochs wurde regelrecht zerfetzt.

Die Trümmer jagten in die Luft. Sie fielen außen an der anderen Seite der Hütte zu Boden, und jetzt wäre der Weg für den Schwarzen Tod frei gewesen.

Ich dachte nicht länger darüber nach. Ich machte mich kampfbereit. Ich hob das Schwert an. Wenn er kam, würde ich ihn erwarten, aber er kam nicht, denn er schickte seine Vampir-Monster, die ebenfalls noch nicht angriffen, sondern über dem Dach ihre Kreise zogen.

Ich entspannte mich wieder etwas.

»Verstehst du das?«, fragte Justine.

»Noch nicht.«

Dann hörte ich sie lachen. Danach rückte sie mit einem Vorschlag heraus, der mich überraschte. »Wir brauchen uns nicht zu stellen, John. Es gibt noch einen anderen Weg.«

»Welchen?«, fragte ich und hielt meinen Blick in die Höhe gerichtet.

Man gab uns noch eine Galgenfrist, und die nutzte Justine zu einer Erklärung. »Es gibt den Spiegel, Geisterjäger. Durch ihn sind wir gekommen, durch ihn können wir verschwinden. Na, was sagst du?«

Ich wunderte mich. Justine Cavallo wollte kneifen! Die Antwort blieb mir in der Kehle stecken, denn jetzt fiel mir auf, dass Justine sich nicht mehr bewegte. Sie schaute in den Spiegel, aber ihre Gesichtszüge waren vor Staunen erstarrt.

Eine Sekunde später sah ich den Grund.

Der Spiegel war nicht leer.

Darin zeichnete sich die Gestalt des Schwarzen Tods ab. Die Klinge der Sense funkelte, als wäre sie frisch poliert worden. Er wartete dort auf uns, aber es gab noch eine andere Lesart, die mir überhaupt nicht gefiel.

Der Schwarze Tod hatte uns den Rückweg abgeschnitten …

KAMPF UM DIE VAMPIRWELT

Jane Collins lachte, als Lady Sarah Goldwyn das Dachzimmer betrat.

»So«, sagte die Horror-Oma.

Jane schüttelte den Kopf. »Was ist denn jetzt los? Du bringst mir Tee?«

»Ja, warum nicht? Er wird dir gut tun.«

Jane hob die Tasse an. Sie führte sie zum Mund. Dabei schaute sie Lady Sarah an, und sie sah, dass sich das Gesicht der älteren Frau immer weiter von ihr zurückzog. Zusammen mit dem Körper entfloh sie Janes Blicken.

Aber sie ging nicht weg, denn es geschah etwas ganz anderes. Lady Sarahs Gestalt löste sich vor Janes Augen auf. Zuletzt war sie nur noch ein grauer Streifen.

»Sarah, was ist …«

Jane glaubte zu sprechen. Sie hatte jedoch nicht gesprochen. Die Worte waren nur in ihrem Kopf entstanden.

Innerhalb einer Sekunde veränderte sich alles.

Jane Collins wachte auf.

Sie hatte geträumt, nur geträumt. Jetzt, da sie erwacht war, warf sie einen Blick nach rechts.

Ihre Augen weiteten sich. Es war alles schrecklich und noch immer unglaublich. Sie konnte es nicht fassen, nicht verarbeiten, aber sie musste sich damit abfinden.

Neben ihr am Boden lag die tote Sarah Goldwyn!

Das war kein Traum. Es war die grausame Wirklichkeit, der sie durch den Schlaf entflohen war.

Jane hatte einfach nicht mehr anders gekonnt. Sie war fertig gewesen. Zu viel hatte sie durchmachen müssen, und nun hockte sie in der Küche und schaute auf die Tote.

Die Leiche war nicht zu sehen, weil Jane eine Decke über sie ausgebreitet hatte. Nur die Umrisse des menschlichen Körpers zeichneten sich darunter ab.

Jane saß auf dem Küchenstuhl. Das plötzliche Erwachen hatte bei ihr für ein schnelles Herzklopfen gesorgt. Sie merkte die leichten Kopfschmerzen. Sie hatte Mühe, Luft zu bekommen.

Alles kehrte zurück. Die Erinnerung konnte sie nicht löschen.

Sie und John Sinclair hatten Lady Sarahs Leiche gefunden. Die Horror-Oma hatte schrecklich ausgesehen. Sie war von zwei Vampir-Monstern grausam getötet worden. Man hatte nicht ihr Blut getrunken, die Mörder waren, wenn man es eng sah, keine Vampire im eigentlichen Sinne, sondern mehr fliegende Raubtiere, aber es war eben geschehen. Sarah war durch sie umgekommen.

Der Schlaf war dann über Jane gekommen. Zu schlimm waren die letzten Stunden gewesen. John Sinclair war gegangen, er hatte Jane mit ihrem Einverständnis zurückgelassen, denn sie wollte bei der Leiche Totenwache halten. Das war sie der Horror-Oma einfach schuldig. Dabei waren ihr die Augen zugefallen, und sie war eingeschlafen.

Jane spürte nicht die Härte des Küchenstuhls. Sie kam sich vor wie eine Figur, die man in diesen Raum hineingesetzt hatte und die darauf wartete, wieder abgeholt zu werden.

Das stimmte nicht. Keiner würde sie abholen. Sie würde weiterhin mit Sarah allein bleiben, während John Sinclair und möglicherweise auch die anderen Freunde Jagd auf die Killer machten.

Fliegende Killer. Grässliche Geschöpfe. Jane hatte sie gesehen. Die Mörder waren unter ihren und John Sinclairs Kugeln zusammengebrochen. Ihre Überreste lagen noch im Haus vor der Treppe.

Einer hatte sie geschickt. Einer zog im Hintergrund die Fäden. Einer war so grausam und zog seinen Rachefeldzug durch.

Der Schwarze Tod!

Er kam nicht allein. Er hatte Zeit genug gehabt, sich einen

Plan auszudenken, und darin spielten verschiedene Menschen eine Rolle. Nicht nur Sinclair, der den Schwarzen Tod mal durch seinen silbernen Bumerang vernichtet hatte. Nein, er wollte das gesamte Sinclair-Team treffen und auslöschen, und er hatte sich als Beginn das schwächste Glied in der Kette ausgesucht.

Andere standen ebenfalls auf der Liste. Glenda Perkins hatte bereits Besuch von den fliegenden Monstern erhalten, die Conollys gehörten ebenfalls zum Team, und Jane Collins sah sich auch in dieser Zwickmühle.

Nur war es ihr und John Sinclair gelungen, die im Haus lauernden Mörder zu töten, aber sie war noch nicht aus der Schusslinie, das stand auch fest.

Das lange Sitzen und der kurze, tiefe Schlaf hatten ihrem Körper nicht gut getan. Sie fühlte sich steif und verkrampft. Es war warm in der Küche. Draußen drückte mittlerweile die Dunkelheit gegen die Scheibe, aber die eigentliche Nacht war erst angebrochen. Es lagen noch einige Stunden vor ihr, die noch lang und gefährlich werden konnten.

Jane hatte das Gefühl zu frieren und spürte zugleich eine Hitze auf der Haut. Ihr Mund war trocken. Sie musste ihn anfeuchten.

Die Detektivin erhob sich mit einer schwankenden Bewegung. Am Tisch stützte sie sich ab, und sie merkte, dass Übelkeit in ihr hochstieg, die auch für einen leichten Schwindel sorgte. Ihre Füße schleiften über den Boden, als sie zum Kühlschrank ging und ihn öffnete.

Jane lächelte verzerrt, als sie sah, was alles im Kühlschrank stand. Lady Sarah hatte sich die Lebensmittel bringen lassen. Jede Dose, jedes Päckchen, jede Flasche erinnerte Jane an eine lebende Sarah Goldwyn, doch die gab es leider nicht mehr. Die Horror-Oma war tot, nichts und niemand würde sie wieder zurück ins Leben holen. So lange Jahre hatte sie sich gegen das Sterben aufgelehnt. Sie hatte alle Gefahren überstanden, in die sie sich immer selbst hineingebracht hatte, denn nicht grundlos hatte man ihr den Beinamen Horror-Oma gegeben.

Jane griff zur Wasserdose. Sie schloss die Tür des Kühlschranks wieder und riss die Lasche an der Dose auf. Der erste Schluck tat ihr gut. Das Wasser rann kühl durch ihre Kehle.

Sie vermied es, einen Blick auf die Decke zu werfen, als sie langsam durch die Küche ging. Ihr Blick war ins Leere gerichtet. Sie sah etwas und sah es trotzdem nicht.

Eine schreckliche Einsamkeit überfiel Jane, als sie im Flur stand, die beschlagene Dose in der Rechten. In diesem schon alten Haus mit den dicken Mauern war es auch im Sommer recht kühl, wenn draußen die Hitze gegen die Wände drückte wie in dieser Nacht. Davon merkte Jane nur wenig. Um sie herum stand die Luft. Sie schien sich verdichtet zu haben, und das Atmen bereitete der Detektivin Mühe.

Es gab keinen Menschen, mit dem sie hätte reden können. Sie brauchte jetzt einen Ansprechpartner. Früher war es Sarah Goldwyn gewesen. Jetzt hätte sie mit den Wänden sprechen können.

Sie wusste, dass dieses Haus für immer eine gewisse Einsamkeit behalten würde. Sie selbst würde es nicht schaffen, Leben in die Räume hineinzubringen. Sie würde immer wieder an Lady Sarah denken müssen, deren Geist hier zu Hause war. Sie hatte das Haus gekauft, und sie hatte Jane auch ein Zuhause gegeben.

Die Dose war leer.

Jane drückte sie zusammen. Danach landete sie im Abfalleimer in der Küche.

Reden. Sorgen mit einem anderen Menschen teilen. Danach stand Jane der Sinn. Das musste sie einfach tun. Wenn nicht, würde sie ersticken. Aber wer hatte ein Ohr für sie?

John und Suko wollte sie nicht stören. Bei den Conollys wusste man nie, wie Sheila reagierte. Sie konnte sich vorstellen, dass alle mit einbezogen waren. Wenn der Schwarze Tod einmal einen Plan gefasst hatte, dann schlug er an den verschiedensten Stellen zu. Er war nicht allein. Er holte sich Helfer. Dafür war er bekannt.

Jane fand eine Lösung.

Sie hieß Glenda Perkins.

Okay, sie und Glenda waren nicht eben die besten Freundinnen. Die Rivalität um John Sinclair hatte sie in die verschiedenen Positionen gedrängt, aber es gab auch Situationen, in denen man über den eigenen Schatten springen musste.

Das war hier der Fall.

Von der Küche aus wollte sie nicht telefonieren. Sie ging dorthin, wo sich Sarah auch so gern aufgehalten hatte. In das mit Möbeln vollgestopfte Wohnzimmer, das mit all dem Kitsch und Nippes beinahe einem Trödelladen glich.

Hier stand sogar noch ein altes schwarzes Telefon. Ein ziemlich hoher Apparat, von dessen Gabel Jane den Hörer nahm und auf der Wählscheibe Glendas Nummer kreisen ließ.

Jane wünschte, dass sich Glenda Perkins melden würde und ihr nicht auch noch etwas passiert war.

Die Befürchtung bewahrheitete sich nicht, denn Glenda meldete sich. Allerdings mit einer erschreckend leisen Stimme, was auf nichts Gutes hindeutete.

»Keine Angst, ich bin es nur.«

»Jane?«

»Ja.«

»Mein Gott, wo steckst du?«

»Im …« Sie musste schlucken. »Im Haus.«

»Bei – bei – ihr?«

»Genau.«

Glenda Perkins stöhnte auf. Jane konnte sich vorstellen, wie schwer ihr ein Gespräch fiel, und sie hörte ihre Flüsterstimme. »Stimmt es wirklich, dass Sarah – ich meine, dass sie – sie …«

»Ja, sie ist tot.«

Glenda hatte sich zusammengerissen. Jetzt brach es aus ihr hervor. Jane hörte das Schluchzen und musste selbst allen Willen einsetzen, um ihre eigenen Tränen zu unterdrücken. Sie wollte nicht weinen, um es für Glenda nicht noch schlimmer zu machen. Alle hatten an Sarah Goldwyn gehangen und sie geliebt. Ihre Schrullen, ihr Hobby, ihr oft mütterliches und auch besorgtes Gehabe – das würde ihnen sehr fehlen, denn es würde nicht mehr zurückkehren.

»Und was ist mit dir?«

»Ich halte so etwas wie Totenwache. Es ist so schrecklich still im Haus. Ich komme mir so allein vor. Ich – ich – musste einfach mit jemandem sprechen.«

»Das verstehe ich.«

Jane riss sich zusammen. Auch Glenda hatte Sorgen, und so fragte die Detektivin: »Wie geht es dir?«

»Was soll ich sagen? Ich denke, wir leiden alle. Aber nicht nur wegen Sarahs Tod. Ich glaube nicht, dass wir uns sicher fühlen können. Ich habe die Monster ja ebenfalls gesehen.«

»Das weiß ich, Glenda. Sind sie denn zurückgekehrt?«

»Kann ich nicht sagen. Ich bin allein in der Wohnung. Ich komme mir vor wie eine Tigerin in einem zu warmen Käfig. Ich laufe herum, ich kann nicht richtig sitzen, ich spüre einen Druck in mir und bekomme die Beine kaum vom Boden hoch. Es ist schrecklich. Und ich traue mich nicht einmal, ans Fenster zu gehen und es zu öffnen, denn ich weiß nicht, ob die fliegenden Killer verschwunden sind. So komme ich mir vor wie in einer Falle.«

»Aber du hast sie nicht wieder in deiner Nähe gesehen – oder?«

»Zum Glück nicht.«

»Das ist gut.«

»Trotzdem traue ich mich nicht vor die Tür.«

Jane Collins kam auf einen weiteren Grund ihres Anrufs zu sprechen. »Was hast du von John gehört?«

»Nichts«, antwortete Glenda spontan. »Ich habe nichts von ihm gehört. Er ist und bleibt verschwunden. Abgetaucht – weg.«

»Wirklich?«

»Na ja, nicht ganz so. Aber auch Shao und Suko sind nicht zu Hause. Da ist etwas passiert. Ich traue mich nicht, noch andere Menschen anzurufen …«

»Auch nicht bei den Conollys?«

»Nein, Jane.«

»Was ist mit Sir James?«

Glenda atmete laut auf. »Da habe ich es ebenfalls nicht versucht. Ich halte mich hier in der Wohnung auf und hoffe, dass ich die nächsten Stunden überlebe. Sollten die fliegenden Monster wieder erscheinen, werde ich um Hilfe rufen müssen.«

»Du könntest Polizeischutz beantragen, Glenda.«

»Nein, das will ich nicht. Ich befinde mich ja noch nicht in unmittelbarer Gefahr.«

»Da könnte es dann zu spät sein.«

»Na ja, ich weiß nicht …«

»Also gut«, sagte Jane, »lassen wir es dabei. Ich jedenfalls möchte wissen, was alles geschehen ist. Sollte ich etwas Neues herausgefunden haben, melde ich mich wieder. Ansonsten bleibt uns nichts anderes übrig, als die Daumen zu drücken.«

»Ja, und das mit aller Macht.«

»Du sagst es.«

Jane legte auf und blieb noch für eine Weile in der sie umgebenden Stille sitzen.

Sie versuchte zu denken. Es fiel ihr schwer. Der Kopf war einfach zu leer. Kalt rieselte es ihren Rücken hinab, als sie wieder an die Tote in der Küche erinnert wurde. Abermals schlug ihr Herz schneller, und sie ballte ihre Hände zu Fäusten. Sie merkte auch, dass die leichte Übelkeit zurückkehrte. Wenn sich Glenda in der eigenen Wohnung wie im Gefängnis fühlte, so passierte das mit Jane Collins in diesem Haus. Sie liebte es, doch in diesem Fall war es ihr zu eng, um frei zu atmen.

So stand sie auf, verließ das Zimmer und machte sich auf den kurzen Weg zur Haustür. Sie passierte wieder die beiden Kadaver der Killermonster, und abermals dachte sie darüber nach, dass die Monster sich nicht aufgelöst hatten, obwohl sie von zwei geweihten Silberkugeln getroffen worden waren.

Genau das war das Problem. Nicht vergangen. Sich nicht verändert. Sich nicht aufgelöst. All diese Indizien wiesen darauf hin, dass es sich bei den Angreifern nicht um schwarzmagische Wesen handelte, sondern um »normale Monster«, die nicht auf magische Weise entstanden waren.

Damit hatten sie und John nicht gerechnet. Jane wusste auch nicht, wie sie das alles verstehen sollte. Es musste etwas geben, was sich dahinter verbarg. Ein Rätsel, über das eigentlich nur der Schwarze Tod Bescheid wusste, der Initiator des Ganzen.

Bevor sie die Haustür öffnete, fielen ihr wieder Glendas Worte ein. Sie hatte davon gesprochen, dass sie beobachtet worden war. Jane konnte sich vorstellen, dass Glenda nicht unbedingt allein auf der Liste stand, sondern auch sie.

Deshalb die Vorsicht.

Zweimal tief Atem holen. Die Gedanken einfach ausschalten. Ruhe bewahren.

Aus dem Küchenfenster hatte sie zuvor nicht geschaut. Es gestattete ihr einen Blick durch den Vorgarten bis hin zum Gehsteig und der von Bäumen gesäumten Straße.

Langsam zog Jane die Tür auf. Es war kein Wissen, das in ihr steckte, sie wurde einfach nur nicht das Gefühl los, dass irgendetwas geschehen würde. So konnte es nicht weitergehen.

Sie trat aus dem Haus.

Der Blick ins Freie!

Wie oft hatte sie die gleiche Szene gesehen. Der schmale Vorgarten, der Weg, der ihn teilte – all das war ihr so bekannt und auch sehr vertraut. Es war immer Lady Sarahs kleiner Kosmos gewesen und letztendlich auch Janes.

Aber jetzt …?

Nichts hatte sich verändert. Alles war wie immer. Rechts lag das Küchenfenster. Da im Raum Licht brannte, fiel auch ein schwacher Schein nach draußen.

Jane Collins wohnte in einer ruhigen Gegend in Mayfair. Hier herrschte auch tagsüber wenig Verkehr, aber in der Dunkelheit schlief er fast völlig ein, selbst in den Sommertagen, denn die Post ging woanders ab.

Es war eine normale Sommernacht, über die sich so viele

Menschen freuten. Nicht so Jane Collins, denn sie traute dem Frieden noch immer nicht, obwohl sie keine Gefahr sah.

Kein Flugmonster beobachtete sie. Unter dem Himmel blieb alles ruhig. Und auch in der unmittelbaren Nähe des Hauses gab es keine Gefahr, vor der sie sich hätte fürchten müssen.

Es gab nur die Stille …

Jane leckte über ihre trockenen Lippen. Ihre Kehle war schon wieder wie ausgedörrt. Sie brauchte etwas zu trinken, aber in die Küche wollte sie nicht unbedingt zurück. In der ersten Etage gab es ihre Wohnung. Dorthin wollte sich Jane zurückziehen und bis zum Morgen warten oder mindestens so lange, bis sich einer ihrer Freunde gemeldet hatte. Vielleicht würde sie ihren inneren Schweinehund auch überwinden und selbst anrufen.

Jane hatte ein mulmiges Gefühl. Jemand beobachtete sie. Jane war ein sensitiv veranlagter Mensch. Das alte Erbe steckte noch immer in ihr, denn sie war mal eine Hexe gewesen. Man hatte sie aus diesem Zustand erlöst, und danach war sie zu Lady Sarah ins Haus gezogen.

Es gab keinen Angriff. Die Stille blieb. Die Wärme der Nacht auch, und trotzdem verspürte sie eine Kälte, die sie frösteln ließ.

Jane drehte sich wieder um und ging zurück ins Haus. Sie schloss die Tür, lehnte sich mit dem Rücken dagegen und schaute den Flur entlang. Hinter der Küchentür an der linken Seite führte die Treppe nach oben. Das Haus war alt, manche hätten es im Innern als verbaut bezeichnet, aber Jane hatte sich so sehr daran gewöhnt, dass sie es tief in ihr Herz geschlossen hatte.

Hier unten wollte sie nicht bleiben. In ihrer eigenen Wohnung bekam sie hoffentlich etwas Abstand von den Problemen.

Müde ging sie weiter, in Gedanken versunken und trotzdem wach.

Die Kadaver brauchte sie dieses Mal nicht zu passieren. Sie konnte die Treppe vorher hochsteigen, drehte sich nach links und schaute die Stufen hoch.

Jane blieb schlagartig stehen.

Sie wollte es nicht glauben.

Aber es stimmte.

Am Ende der Treppe stand jemand!

Jane Collins reagierte nicht. Sie lief nicht mit gezogener Waffe die Treppe hoch, sie drehte sich auch nicht um, um die Flucht zu ergreifen. In diesen Momenten beherrschte sie ein eiserner Wille, der ihr klarmachte, dass sie stark bleiben musste.

Jane zwinkerte kurz. Sie hatte sich wieder gefangen und schaute die Stufen hoch. Sie versuchte herauszufinden, wer sich am Ende der Treppe aufhielt. Es war jemand, der nicht grundlos gekommen war. Er war sicherlich nicht nur erschienen, um Jane zu beobachten.

Sie glaubte nicht, dass sich der Tod als Sinnbild dort manifestiert hatte. Aber es war jemand, der heimlich das Haus betreten hatte, ohne dass es von ihr bemerkt worden war.

Sie versuchte, so viel wie möglich von der Gestalt zu erkennen.

Es war ihr nicht möglich.

Sie stand da, es gab keine Lichtaura, die sie erfasst hatte. So blieb sie nach wie vor ein Schatten, der allerdings menschliche Umrisse hatte. Irgendwie fand Jane das schon beruhigend.

Der Schatten bewegte sich um keinen Millimeter. Er wartete, bis sich Jane rührte. Sie wollte sich nicht auf das Nervenspiel einlassen, sammelte ihren Mut und fragte mit halblauter Stimme: »Wer bist du?«

Als Antwort wehte ihr ein neutral klingendes Lachen entgegen. Weiter brachte sie das nicht.

Dann hörte sie die Frage.

»Erkennst du mich nicht mehr?«

Ja, jetzt hatte sie ihn an der Stimme erkannt.

Der Besucher war kein Geringerer als Myxin, der Magier aus Atlantis!

Zwei Männer bewegten sich durch den großen Vorgarten der Conollys auf das Tor zu.

Der eine war Suko, der eine Beretta in der Hand hielt und dabei auf den Rücken des vor ihm gehenden Vincent van Akkeren zielte, unter dessen Befehl die Flugmonster standen. Mit ihnen zusammen war er gekommen, um die Familie Conolly zu töten.

Es war schwerer gewesen, als er es sich vorgestellt hatte. Bill, Sheila und Johnny war es gelungen, sich zu wehren, und sie hatten es geschafft, die Fenster im Haus durch die Rollos zu verrammeln, sodass die fliegenden Bestien keine Chance gehabt hatten, in das Haus einzudringen, um ihren Plan in die Tat umzusetzen.

Zusätzlich hatten die Conollys noch durch Suko Hilfe bekommen. Ihm war es gelungen, den Grusel-Star Vincent van Akkeren zu überlisten und ins Haus zu locken.

Die Freude war nur von kurzer Dauer gewesen. Es ging plötzlich um Sukos Partnerin Shao. Sie hatte es sich nicht nehmen lassen, mit zu den Conollys zu fahren. Allerdings war sie im BMW geblieben, der auf der Straße parkte.

Ein Fehler, wie Suko jetzt wusste, denn van Akkeren hatte seine fliegenden Killer zu ihr geschickt. Wie Suko diese Monster kannte, würden sie Shao keine Chance zur Flucht lassen. Sie war plötzlich zu van Akkerens Trumpf geworden, und er hatte Suko gezwungen, mit ihm das Haus zu verlassen und zum Wagen zu gehen. Hätte Suko sich geweigert, dann hätten die fliegenden Killer kurzen Prozess mit Shao gemacht, das traute Suko ihnen zu, denn Sarah Goldwyn hatten sie bereits getötet.

Die Waage hatte sich wieder zur anderen Seite hin geneigt, und so befand sich Suko in einer schlechteren Position.

Hinzu kam noch etwas anderes, das er auf keinen Fall unterschätzen durfte.

Es war der Schwarze Tod!

Er war zurück!

Er zog seine Fäden. Er hatte van Akkeren aus seiner Gefangenschaft geholt und ihn für seine Zwecke eingespannt. Wer den Grusel-Star kannte, der wusste, dass er nicht nur anderen Menschen das Grauen brachte, sondern auch demjenigen treu ergeben war, für den er stand und kämpfte.

Der Schwarze Tod konnte alles von ihm verlangen. Vincent van Akkeren würde es tun. Er würde keine Fragen stellen und grausam zuschlagen. Das hatte er in der Vergangenheit mehr als einmal bewiesen.

Suko war kein Fantast. Er wusste, dass die Lage für ihn und Shao nicht gut aussah, und er hoffte, noch etwas retten zu können …

Shao saß allein im BMW und hatte das Gefühl, gefesselt zu sein. Sie saß so klein wie möglich auf dem Sitz und hielt die Hände zu Fäusten geballt.

Ihre erste Angst war verflogen. Die Flugmonster waren wie eine Plage über sie gekommen. Sie hatte es geschafft, im Wagen zu bleiben, doch sie kam sich keinesfalls gerettet vor. Die Monster hatten sie in eine Falle getrieben, und sie taten alles, um es auch so aussehen zu lassen.

Wie viele dieser Wesen unter dem Befehl van Akkerens standen, wusste Shao nicht. Eine ganze Menge, so weit war das klar. Und sie würden alles tun, was man ihnen befahl.

Wie jetzt.

Aus den Angreifern waren Wächter geworden. Sie hatten sich einen entsprechenden Landeplatz ausgesucht, und das war eben der Wagen, in dem Shao saß.

Der BMW war von ihnen bedeckt. Sie hockten auf der Kühlerschnauze, auf dem Deckel des Kofferraums, und sie hielten das Dach des Fahrzeugs besetzt.

Shao kam nicht raus.

Sie musste in ihrem Gefängnis sitzen bleiben und weiterhin um ihr Leben bangen.

Die ersten Minuten hatte sie in einer unnatürlichen Starre

verbracht. Die löste sich nach einer Weile allmählich auf, und Shao schaffte es wieder, sich zu bewegen.

Wenn sie durch die Frontscheibe schaute, sah sie die Kühlerhaube von einer kompakten Masse besetzt. Die Flugmonster hockten auf dem Blech der Haube, dicht zusammengedrängt, die Fratzen nach vorn gerichtet und somit auch ihre offenen Mäuler, sodass Shao direkt in sie hineinschauen konnte und auch die fürchterlichen Gebisse sah, die sich dort wie weiße Sägen abzeichneten.

Ihre gezackten Schwingen hatten sie zusammengelegt und dicht gegen ihre Körper gepresst. So war nicht zu erkennen, wie breit sie sein konnten, wenn sie in die Luft stiegen und wegflogen.

Zahlreiche Augen beobachteten Shao. Sie sah sie durch die Scheibe. Kalte und gefühllose Glotzer, die unaufhörlich in den BMW starrten, bösartig, passend zu den Mäulern, die weiterhin offen blieben.

Wenn Shao sich umdrehte, konnte sie durch die Seitenscheiben schauen. Links vor ihr lag das Grundstück der Conollys. Ein Stück weiter vorn das offene Tor. In ihrer Nähe blickte sie auf die nicht sehr hohe Mauer, über die aber die Spitzen einiger Büsche und auch die Kronen mancher Bäume ragten.

Es tat sich nichts. Shao war keine Frau, die gern wartete. In einer solchen Lage wie dieser schon gar nicht. Das machte sie verrückt, und sie traute sich auch nicht, eine Scheibe nach unten fahren zu lassen, um frische Luft in den Wagen zu lassen. Sie wollte keinem der Monster eine Chance geben, in den BMW einzudringen.

Die Luft um sie herum war drückend, zu verbraucht und auch zu schwül. Shao fragte sich, wie lange sie es in diesem Gefängnis noch aushalten musste.

Warten, nur warten.

Worauf?

Auf Hilfe. Sie vertraute Suko, der allein gegangen war, um die Lage zu verändern und …

Die Melodie des Handys riss sie aus ihren Gedanken. Zuerst wusste Shao nicht, was sie damit anfangen sollte, dann stellte sie fest, dass sie es war, die angerufen wurde.

Suko etwa?

Ihr fiel ein, dass Suko über ihre Lage nichts wusste. Er glaubte noch immer daran, dass sie ganz normal im Auto saß und auf ihn wartete.

Shao meldete sich mit leiser Stimme.

»Ein Glück, du bist okay.«

»Bill!« Sie hatte den Namen laut gerufen und war zugleich ein wenig enttäuscht, dass er und nicht Suko sie angerufen hatte.

Bill verstand sie auch und sagte: »Ich weiß, dass du einen anderen Anrufer lieber gehört hättest, aber es ging nicht anders. Ich muss jetzt mit dir sprechen.«

Ging nicht anders? Shao hatte diesen Sachverhalt sehr gut begriffen. Ihr wurde wieder kalt. Die Haut auf dem Rücken zog sich zusammen. Schweiß strömte aus den Poren. Sie fing an zu flattern. Die Lippen zitterten, sie schluckte und rang sich dann ihre Frage mit leiser Stimme ab: »Warum ruft Suko nicht an?«

»Es geht nicht.«

Wieder erschrak sie. »Haben sie ihn erwischt? Ist er …«

»Nein, nein, Shao. Im Gegenteil. Er hat van Akkeren erwischt und ihn zu uns ins Haus geschleppt. Aber es gibt trotzdem ein großes Problem, denn ihr habt einen Fehler begangen.«

»Der Fehler bin ich – oder?«

»Leider.«

Shao schloss für einen Moment die Augen. Dabei sagte sie mit leiser Stimme: »Bitte, Bill, du brauchst weder Rücksicht noch ein Blatt vor den Mund zu nehmen. Ich bin auf alles vorbereitet. Sag mir einfach nur die Wahrheit.«

»Du bist ebenso eine Geisel wie er.«

»Das stimmt.«

»Van Akkeren weiß es«, erklärte Bill zerknirscht. »Er hat entsprechend reagiert. Geisel gegen Geisel. Es soll zu einem Aus-

332

tausch kommen. Genau das ist es, was er will und was er auch in Szene gesetzt hat.«

»Wie soll ich das verstehen?«

»Suko und van Akkeren haben soeben das Haus verlassen und sind auf dem Weg zu dir.«

»So? Sind sie das?«

»Ja, sie gehen durch den Garten. Zwar recht langsam, aber sie müssten bald bei dir sein.«

Shao atmete auf. Sie hatte mit einer schlimmeren Nachricht gerechnet, denn dass Suko sich auf den Weg gemacht hatte, das war für sie ein Hoffnungsschimmer, auch wenn sich ihre eigene Lage dabei nicht verbessert hatte.

»Sind es nur die beiden, Bill?«

»Richtig. Suko hält van Akkeren dabei mit der Waffe in Schach. Wenn er durchdreht, wird er – na ja, du weißt schon.«

»Danke.«

»Okay, das habe ich noch sagen wollen. Wir warten hier noch etwas ab. Dann mischen wir uns ebenfalls ein.«

»Gut, Bill.«

»Halt dich tapfer, Mädchen.«

Shao lachte nur bitter auf. Sie wurde nicht mehr gehört, denn Bill hatte sein Handy ausgeschaltet.

Shao steckte ihr Handy weg. Ihre Starre hatte sich zurückgezogen, und sie wusste genau, was sie leisten konnte. Sie würde Suko unterstützen, und vor allen Dingen war ihr jetzt klar, was ihr bevorstand.

Shao presste sich von innen gegen die Beifahrertür. Sie streckte ihren Kopf so weit wie möglich vor. Ein Teil des Gehsteigs geriet in ihr Blickfeld, und sie wartete zittrig ab, bis sich in Höhe des Eingangs etwas tat.

Wie lange brauchte man, um den großen Vorgarten zu durchqueren? Es kam darauf an, wie schnell jemand ging. Shao ging davon aus, dass sie noch etwas warten musste. Wenn jemand einen anderen Menschen mit einer Waffe bedrohte, dann liefen beide bestimmt nicht im Dauerlauf.

Ruhig bleiben. Den eigenen Atem unter Kontrolle bekommen. Sich nur nicht aufregen. Cool bleiben. Nur keinen Fehler machen. Das alles hämmerte sich Shao ein, und sie war zudem froh, wieder ihren Atem unter Kontrolle zu haben. Alles würde sich klären. Als sie das dachte, konnte sie wieder lächeln. Ein Zeichen, dass sie ihren Optimismus zurückgewonnen hatte.

Und dann passierte das, worauf Shao gewartet hatte.

Zuerst sah sie van Akkeren. Kurz danach erschien Suko, und er hielt tatsächlich seine Pistole in der Hand, deren Mündung auf den Grusel-Star wies. Van Akkeren zeigte keine Furcht. Er ging nicht steif, das erkannte Shao schnell. Er bewegte sich recht locker, denn ihm konnte keiner was, das sah man ihm an.

Der Schwenk nach rechts.

Shaos Herz klopfte schnell, denn jetzt kamen beide Männer auf den BMW zu.

Der Schwarze Tod hatte Justine Cavallo und mir den Rückweg aus der Vampirwelt versperrt.

Sein Skelett wirkte nicht mehr so groß innerhalb der Spiegelfläche, aber wir wussten beide, dass wir diesen Fluchttunnel vergessen konnten. Der Schwarze Tod wartete nur auf uns, um uns in einem Zwischenreich mit seiner Sense zu töten.

Seine Hilfskräfte hatten zudem ganze Arbeit geleistet. Wir waren von den fliegenden Killern angegriffen worden und hatten uns in die Hütte zurückgezogen. Hier konnten wir uns einigermaßen verteidigen, doch wir hatten die Raffinesse unserer Feinde unterschätzt.

Der Schwarze Tod war ihnen zu Hilfe gekommen, und er hatte seine Sense eingesetzt.

Mit ihrer Hilfe war es ihm gelungen, das Dach zu zerstören. Und so hatten die Monster freie Bahn. Wir wussten nicht mal, wie viele es waren, der Schwarze Tod schien sie aus allen Ecken hervorgeholt zu haben. Unserer Meinung nach wurden es immer mehr.

Wenn wir in die Höhe schauten, fielen unsere Blicke in den Himmel über der Vampirwelt, die ihren Namen längst nicht mehr verdiente. Sie gehörte nicht mehr den Blutsaugern, denn diejenigen, die hier ein blutgieriges Dasein gefristet hatten, waren von den fliegenden Killern regelrecht zerrissen worden. Da gab es keinen einzigen Überlebenden mehr. Zerstört und mit gebrochenen Knochen lagen sie in den Schluchten, den Rinnen oder auf dem alten Friedhof.

Aus, vorbei!

Mallmann und Justine Cavallo konnten die Welt, die ihr Zuhause war, vergessen.

Will Mallmann, alias Dracula II, hatte sich zurückgezogen. Ich konnte nur hoffen, dass er es nicht aus Feigheit getan und uns im Stich gelassen hatte. Der Schwarze Tod war zwar ein bemerkenswert starker Gegner, doch ich traute Mallmann zu, dass er auch gegen ihn anging, um den Rest seiner Welt zu retten.

Vorerst aber standen wir den Feinden allein gegenüber. Justine Cavallo, die blonde Bestie, und ich.

Wäre die Lage nicht so ernst gewesen, ich hätte wirklich lauthals gelacht. Nie wäre mir in den Sinn gekommen, einmal Seite an Seite mit dieser Person zu kämpfen.

Ich, der Geisterjäger, der Vampirhasser schlechthin, der Sohn des Lichts, der Träger eines Kreuzes, das von einem gewissen Hesekiel in babylonischer Gefangenschaft hergestellt worden war.

Nein, so nicht!

Und trotzdem war es so. Ich kämpfte zusammen mit Justine Cavallo. Das Leben steckt eben voller Überraschungen.

Der Schwarze Tod hatte bisher noch nicht direkt eingegriffen. Das war Dämonenart. Es gab zahlreiche mächtige Dämonen, die immer zuerst ihr Fußvolk losschickten, da machte auch der Schwarze Tod keine Ausnahme.

Dass es so bleiben würde, darauf konnte ich mich nicht verlassen. Irgendwann, wenn die Zeit reif für ihn war, würde er seine Zurückhaltung aufgeben und zuschlagen.

Und dann würden wir uns gegenüberstehen. Der Schwarze Tod und ich. Wie schon mal in der Vergangenheit. Nur hatte ich damals meinen silbernen Bumerang besessen und ihn damit vernichten können.

Und meine heutigen Waffen?

Das Kreuz hing vor meiner Brust. Es war für mich ein gutes Gefühl, es zu spüren, doch im Kampf gegen den Schwarzen Tod gab es mir keine Sicherheit, weil es keine Waffe gegen ihn war. Nicht gegen den uralten Dämon, der seine Geburt in dem längst versunkenen Kontinent Atlantis erlebt hatte. Gegen dieses Wesen richtete mein Kreuz nichts aus, so bitter das auch für mich war.

Justine Cavallo fand als Erste die Sprache wieder. »Das sieht nicht gut aus, Sinclair.«

»Er ist eben raffiniert und auch nicht feige.«

Sie drehte den Kopf und schaute mich aus ihren kalten Augen an. »Was soll das denn wieder?«

»Fühle dich nicht angesprochen. Ich dachte mehr an deinen Freund und Gönner Mallmann.«

»Ha – du vermisst ihn, wie?«

»Ein wenig schon, so sehr ich ihm auch die Vernichtung wünsche. Ich an seiner Stelle hätte meine Welt mehr verteidigt, darauf kannst du einen Gifttrank schlucken.«

»Schreib ihn nicht ab, Sinclair.«

»Du glaubst, dass er noch eingreift?«

»Ja, das wird er. Ich kenne ihn. Er wird nicht zusehen wollen, wie die Welt hier vernichtet wird. Und die fliegenden Killer sind für einen wie Mallmann Peanuts.«

»Da sollte er beim Schwarzen Tod umdenken.«

»Wird er auch.«

Während Justine den Himmel über dem zerstörten Dach der Hütte beobachtete, schaute ich wieder in den Spiegel. Ich wünschte mir, dass es eine Täuschung war. Leider entsprach es der Realität. Das war kein Bild in dieser dunkelgrauen Fläche. Da war nichts gemalt. Es gab dieses Skelett mit der Sense wirklich, und genau diese Tatsache brachte mich innerlich fast zum Kochen.

War es Hass?

Auch das.

Aber in Wirklichkeit gab es noch etwas anderes, das mich beinahe zur Verzweiflung brachte. Es war die eigene Hilflosigkeit und das Angewiesensein auf den Schwarzen Tod. Er zog hier die Fäden, an denen er uns tanzen ließ.

Im Gegensatz zu früher hatte er sich nicht verändert. Noch immer bestand sein Skelett aus schwarzen Knochen, die allerdings einen leicht grünlichen Schein bekommen hatten. In den Augen gloste das Feuer der Hölle, wenn man daran glaubte, dass in der Hölle ein mächtiges Feuer brannte. Von einem Gesicht konnte man bei ihm nicht sprechen. Es war einfach nur ein hässlicher Schädel, der auf einem ebenso hässlichen Körper saß.

Schlimm war die Waffe.

Keine Sense, mit der ein Bauer auf die Alm ging. Viel, viel größer. Sie war nicht nur als Waffe zu sehen, sondern auch als Sinnbild für den Tod, den die Menschen schon vor Jahrhunderten als Sensenmann angesehen hatten. Als Boten des Todes.

Ich wusste auch, wie grausam der Schwarze Tod mit dieser Waffe zuschlagen konnte. Ich war damals Zeuge gewesen, als ein gewisser BKA-Agent Will Mallmann mit seiner frisch angetrauten Braut die Kirche verlassen hatte und plötzlich der Schwarze Tod wie aus dem Nichts erschienen war und zugeschlagen hatte.

Ein Streich mit seiner Waffe hatte ausgereicht, um Karin Mallmann vom Leben in den Tod zu befördern.

Wills Schrei danach hatte ich nicht vergessen, und er hätte sich eigentlich voller Hass auf den Schwarzen Tod stürzen müssen. Ich glaubte eher daran, dass sein erstes Leben ziemlich verblasst war. Er lebte ja auch nicht mehr, sondern existierte als Vampir weiter und besaß zudem den Blutstein, der ihn vor vielen Angriffen schützte.

»Sie sind wieder da!«

Mehr hatte Justine nicht zu sagen brauchen. Der Weg von oben nach unten war frei. Die ersten Angriffe hatten die Vampir-Monster durch die Fenster gestartet, jetzt brauchten sie sich nicht mehr durchzuquetschen, denn sie hatten freie Bahn.

Ich schaute hoch.

Justine beobachtete, ebenso wie ich, die fliegenden Monster, die über der Hütte ihre Kreise zogen. Aus der Ferne betrachtet sahen sie aus wie schwarze Raubvögel. Wir jedoch waren nicht weit von ihnen entfernt. Auf uns wirkten sie mehr wie Vögel, denen man Drachenflügel angespannt hatte. Im Verhältnis gesehen passten sie nicht zu diesem kompakten Körper. Sie wirkten fast zu dünn, wie Papier, aber darüber machte ich mir keine Gedanken. Ich wusste, wie gefährlich sie waren, und das zeigten sie uns auch jetzt, denn gleich zu viert stürzten sie nach unten.

Wie immer standen ihre Mäuler weit offen. So weit, dass sich sogar die Augen verschoben. Sie waren nach hinten oder nach innen gedrückt worden und für uns kaum zu erkennen.

Ich riss das Schwert des Salomo hoch.

Die Angreifer hatten sich getrennt. Zwei von ihnen wollten mir den Garaus machen, die anderen beiden fegten auf die blonde Bestie zu.

Um Justine konnte ich mich nicht kümmern. Für einen winzigen Augenblick dachte ich an eine Szene, die ich nie im Leben vergessen würde. Ich sah die tote Lady Sarah Goldwyn vor mir liegen. Jane und ich hatten sie gemeinsam gefunden, und dieses Bild hatte sich schockartig in mir eingebrannt.

Davon kam ich nicht mehr los. Es war grauenhaft. Ich kannte viele Situationen, die mich emotional mitgenommen hatten, aber hier war es am schlimmsten.

All meinen aufgestauten Hass legte ich in den ersten Schlag hinein, den ich von unten nach oben führte. Das Schwert raste den beiden Angreifern entgegen.

Sie wichen nicht aus.

Vielleicht waren sie zu sehr überrascht. Vielleicht hatten sie auch nicht mit einer so späten Gegenwehr gerechnet, jedenfalls schafften sie es nicht, der Waffe auszuweichen. Die Klinge erwischte sie beide.

Zweimal spürte ich den Ruck. Eigentlich nur einmal, weil alles ineinander überging. Die beiden Körper wurden geteilt. Plötzlich umflogen mich vier Hälften. Eine dickliche Flüssigkeit spritzte hervor. Lachen klatschten auf den Boden der Hütte, und ich huschte zur Seite, weil ich nicht von dem Zeug getroffen werden wollte.

Beide hatte ich in der Mitte geteilt. Und auch noch an den Schwingen gesägt. Sie bewegten sich in den letzten Zuckungen, ebenso wie die Mäuler, die auf- und wieder zuklappten, wobei ich schrille Laute hörte, die ihr Sterben begleiteten.

Ich brauchte mich um die beiden nicht mehr zu kümmern. Es waren vier gewesen, und ich wollte sehen, was Justine machte.

Ich hatte das Gefühl, aus einer Traumwelt zurück in die Wirklichkeit zu steigen. Justine Cavallo war die Realität, und sie kämpfte gegen die beiden Angreifer.

Eine Waffe besaß sie nicht. Das hatte sie nie gebraucht. Sie verließ sich voll und ganz auf ihre schon übermenschliche Stärke, auf ihre Fäuste, ihre Kraft, mit der sie Menschen buchstäblich zerreißen konnte.

Hier kämpfte sie gegen fliegende Monster. Und sie tat es perfekt. Nur war es ihr noch nicht gelungen, beide zu vernichten. Aber sie hatte sich eines geholt. Die Arme ausgebreitet, so hielt sie mit beiden Händen die Flügel fest.

Sie sahen nicht nur dünn aus, sie waren es auch. Aber sie waren auch geschmeidig, sonst hätten sie keines dieser Wesen getragen.

Justine gab einen irren Schrei von sich. Dann riss sie die Flügel einfach ab. Die Enden lösten sich aus dem Verbund mit dem kompakten Körper, der zu Boden klatschte.

Die beiden Reste schleuderte Justine wütend zur Seite. Dann gab sie ein schrilles Lachen von sich und trat mit dem Fuß gegen den kompakten Rest, der in die Höhe geschleudert wurde und gegen eine Wand prallte.

In diesem Augenblick biss das zweite Monster zu. Es hackte sein Gebiss in Justines Rücken und hielt sich dort fest, sodass die Blutsaugerin aussah, als hätte sie einen Buckel bekommen.

Justine drehte sich. Sie fluchte dabei. Sie wollte das Ding loswerden. Die Fliehkraft allein schaffte es nicht, denn jetzt griff ich ein.

»Bleib stehen!«

Justine hatte bereits ihre Arme angehoben, um sie über die Schultern zu schleudern, als sie mich hörte und aus der schnellen Drehung heraus stoppte.

Was dann passierte, bekam das Monster nicht mit. Alles lief viel zu schnell ab. Mein Schwert stieß hinter Justines Kopf von oben nach unten. Jetzt hätte ich sie sogar in zwei Teile schlagen können und wäre sie losgeworden, aber das tat ich nicht.

Und sie vertraute auch mir!

Ich teilte das Monstrum!

Und wieder landeten zwei Hälften am Boden, wo sie zuckend liegen blieben.

Auch das erste Monster, dessen Flügel Justine Cavallo abgerissen hatte, lebte noch. Es wollte sich in die Höhe erheben, doch das schaffte es nicht mehr.

Es gab keine Flügel, keine Arme und auch keine Beine. Es gab nur den Körper, der nun alles versuchte, aber nichts mehr schaffte, sondern sich nur mehr um die eigene Achse rollte.

Ich wartete so lange ab, bis das Wesen nahe genug an mich herangekommen war.

Dann trat wieder das Schwert in Aktion. Mir kam dieser Körper jetzt wie ein kurzer, aber überdicker Wurm vor, der durch einen knappen Schlag vernichtet wurde.

Vier weniger!

Ich drehte mich zu Justine Cavallo hin um, die schlangengleich die Arme um den Körper gedreht hatte und ihren Rücken betastete.

»Keine Sorge«, sagte ich, »verletzt bist du nicht.«

»Aber die Kleidung hat Kratzer abbekommen.«

»Seit wann bist du eitel?«

»Das war ich schon immer. Wusstest du das nicht?«

»Nein, das ist mir neu«, sagte ich.

Das Geplänkel nahm ich nicht ernst. Im Moment tat sich hier nichts. Ich bewegte mich durch die Hütte, ohne attackiert zu werden. Wenn ich einen Blick durch das offene Dach warf, sah ich zwar den Himmel, aber keine Angreifer, die aus der Düsternis zu uns nach unten gestoßen wären, um uns zu ermorden. Im Moment blieb alles im grünen Bereich, das wusste auch Justine, die mich anlachte und dabei ihre beiden Vampirhauer zeigte.

»Oh«, fragte ich, »willst du mein Blut?«

»Gern.«

»Dann hole es dir.«

Ich hatte einen Blick auf mein Schwert geworfen. Das war ihr nicht verborgen geblieben. Ich hörte ihr leises Knurren und dann ihre Antwort. »Verlass dich nicht zu sehr darauf. Ich bin nicht so leicht zu treffen wie die tumben Monster.«

»Das weiß ich.«

Sie grinste weiter. »Wir sollten wirklich zusammenhalten, auch wenn dir die Partnerschaft nicht gefällt. Hat ja bisher gut geklappt.«

»Ich habe nichts dagegen.«

Für mich war der Fall damit erledigt. Ich drehte mich wieder um, weil ich mir den Spiegel anschauen wollte. Es war ein schneller Blick, zuerst nur, dann jedoch weiteten sich meine Augen, weil ich sah, was der Schwarze Tod vorhatte.

Seine Sense hatte er jetzt erhoben. In dieser Haltung wirkte er wie jemand, der einen Gegner gefunden hatte, den er nun angreifen wollte. Und das tat er auch, aber er hatte in diesem Fall keinen Gegner, der aus Fleisch und Blut bestand.

Und trotzdem war einer vorhanden. Auch Justine schaute hin, und wir beide konnten es kaum glauben.

Der Schwarze Tod begann tatsächlich damit, den Spiegel und damit unseren Rückweg zu zerstören …

Jane Collins schloss für einen Moment die Augen. Sie war jetzt nicht in der Lage, etwas zu sagen, denn das Auftauchen des kleinen Magiers aus Atlantis war für sie zu überraschend gekommen.

Nur entwickelte sie keine negativen Gefühle. Sie wusste ja, wer vor ihr stand, und sie gehörte zu den wenigen Eingeweihten, die Myxin und seine Vergangenheit kannten.

Er hatte damals in Atlantis zu den Erzfeinden des Schwarzen Tods gehört. Und wenn er jetzt hier erschien, konnte das nur bedeuten, dass er wieder eingreifen würde, denn er konnte eine Rückkehr dieses Dämons auf keinen Fall gutheißen. Er war schon immer sein Feind gewesen, und auch nachdem Myxin die Seiten gewechselt hatte, war das so geblieben.

Plötzlich spürte Jane Collins so etwas wie einen kleinen Strom der Hoffnung in sich hochsteigen. An den Magier hatte sie nicht mehr gedacht. Jetzt merkte sie, dass es in ihr kribbelte. Sie schaffte sogar ein Lächeln.

»Erinnerst du dich nicht mehr an mich?« Der Magier stellte die Frage, in der leichter Spott mitschwang.

Jane nickte. »Sicher, schon, ich erinnere mich. Ich – äh – ich bin nur etwas überrascht gewesen.«

»Das ist dein Problem. Ich würde sagen, dass du jetzt zu mir kommst. Wir werden uns einiges zu erzählen haben.«

Jane Collins war froh, dass Myxin sich auf ihre Seite gestellt hatte. Er lebte zusammen mit Kara, der Schönen aus dem Totenreich, und dem Eisernen Engel in einem Refugium, das auf den Namen flaming stones hörte. Es lag irgendwo versteckt in Mittelengland. Es war mit den Augen eines Menschen nicht zu sehen. Wer es betreten wollte, der musste eine magische Reise antreten. Ebenso verhielt es sich umgekehrt. Myxin war auch nicht auf dem normalen Weg zu ihr gekommen.

Jane stieg die Treppe hoch. Der kleine Magier oben schaltete das Licht nicht ein. Er erwartete die Detektivin weiterhin in dieser grauen Umgebung. Als sie die letzte Stufe hinter sich gelassen hatte und neben ihm stehen blieb, sah sie, dass Myxin wirklich klein war.

»Gehen wir in meine Wohnung?«

»Gern.«

Jane ging vor. Sie fühlte sich wieder so schrecklich allein. Sie wollte es nicht, aber wieder musste sie an die Leiche unten in der Küche denken, und es würde alles anders werden. Dass sie weiterhin in diesem Haus leben würde, wusste sie. Sarah Goldwyn und sie hatten oft genug darüber gesprochen. Jane würde es von ihr erben, aber darauf hätte sie gut und gern verzichten können. Ihr wäre es lieber gewesen, Sarah noch lebendig an ihrer Seite zu haben.

Sie öffnete die Tür zu ihrer kleinen Wohnung und schaltete das Licht ein. Sie schaute Myxin an, der stehen geblieben war und sich umschaute. »Nett hast du es hier.«

»Danke. Möchtest du etwas trinken?«

»Das wäre nicht schlecht.«

»Wasser?«

»Gern.«

Die Detektivin ging in die Küche. Sie kam sich noch immer vor wie traumatisiert. Sie ging und starrte dabei ins Leere. Es gab zwar die Gedanken, doch sie war nicht in der Lage, sie zu ordnen. Alles, was sie tat, geschah automatisch. Sie selbst holte sich auch ein Glas und schenkte beide voll.

Myxin nickte ihr dankbar zu. Dann trank er.

Jane Collins betrachtete ihn. In dem leicht grünlich schimmernden Gesicht des kleinen Magiers bewegte sich kein Muskel. Er trug auch wieder seinen dunklen Mantel, so etwas wie sein Markenzeichen. Andere hätten in dieser Klamotte geschwitzt, nicht Myxin, denn er war kein normaler Mensch.

Mit seinen langen, recht dünnen Fingern umklammerte er sein Glas und führte es zum Mund. Er trank. Er gab sich dabei so ruhig. Es war ihm keine Nervosität anzusehen. Er hielt sich ausgezeichnet in der Gewalt und gab keine Gefühle preis.

Auch Jane blieb ruhig. Nur konnte sie die Ruhe des kleinen Magiers nicht nachvollziehen. Er schien überhaupt keine Gefühle zu haben und gab sich neutral.

Er stellte das Glas ab. »Es tut mir sehr leid um deine Freundin Sarah Goldwyn«, sagte er.

»Du hast ihre Leiche gesehen?«

»Habe ich.«

»Alles an ihr?«

Myxin nickte.

Jane spürte wieder den Kloß im Magen. »Sie muss sehr gelitten haben, glaube ich. Sarah ist ja keinen normalen Tod gestorben. Man hat sie brutal umgebracht.«

»Deshalb bin ich hier.«

»Du willst mir helfen?«

Myxin lächelte Jane zu. »Ich will dir nicht nur helfen, ich muss dir sogar zur Seite stehen. Es ist meine Pflicht, denn auch ich weiß, wer zurückgekehrt ist. Alles hat sich verändert. Der Schwarze Tod hat es geschafft. Er ist wieder da. Wir haben ihn nie ganz abgeschrieben und konnten ihn auf unseren Reisen in die Vergangenheit auch erleben. Aber an eine Rückkehr haben auch Kara, der Eiserne Engel und ich nicht gedacht. Das gebe ich zu.«

»Ich habe ihn noch nicht zu Gesicht bekommen«, sagte Jane Collins leise.

»Das brauchst du auch nicht. Alles zeigt seine Handschrift. Er hat sich zudem nicht verändert. Er lässt andere für sich arbeiten. Er ist lieber im Hintergrund, und er will diejenigen aus dem Weg schaffen, die er am meisten hasst.«

»Also John Sinclair und dessen Freunde.«

»Ja. Dazu gehörst auch du, Jane.«

»Ich weiß. Aber ich habe seinen Angriff abwehren können. Die Bestien konnten mir nichts tun. John und ich haben sie erschossen.« Allmählich wich die Starre, und sie konnte wieder frei reden. »Ich verstehe nicht, dass er sich auf derartige Wesen verlässt. Das will ich nicht begreifen. Sie sind seiner nicht würdig, könnte man auch sagen.«

»Ja, das könnte man. Er hat sie auch nicht geholt, Jane.«

»Ach.«

»Du weißt, wen er sich an seine Seite geholt hat?«

»Van Akkeren.«

»Richtig. Er bereitet den Weg vor. Er holt die Kastanien aus dem Feuer. Du musst davon ausgehen, dass van Akkeren sich um die anderen kümmern wird, damit der Schwarze Tod freie Bahn hat, sich an dem zu rächen, der ihn damals tötete. Er hat, um es genau zu sagen, John Sinclair von euch isoliert.«

Jane schaute Myxin an. »Ja, das stimmt. Das stimmt wirklich«, flüsterte sie. »John ist nicht hier. Nicht mehr. Ich hörte, dass er sich sogar mit zwei Vampiren zusammengetan hat und …«

»Er musste es tun.«

Alles sträubte sich in Jane Collins. »Aber nicht mit diesen Blutsaugern.«

»Warum denn nicht?

»Nein, das kann ich nicht begreifen. John und die beiden sind Todfeinde.«

»In gewissen Situationen muss man eben über den eigenen Schatten springen, Jane.«

»Ich weiß nicht …«

»Hast du das nicht auch getan? Bist du nicht mal auf der Seite der Hölle gewesen?«

Sie winkte hastig ab. »Bitte, an diese Zeit möchte ich nicht mehr erinnert werden.«

»Ich wollte dir nur damit klarmachen, dass gewisse Situationen ein besonders Handeln erfordern. Der Schwarze Tod ist zurückgekehrt, um seine Macht zu erweitern. Er will wieder stark werden. Er wird sich dabei den Weg freimachen, ich kenne ihn …«

»Und jetzt bist du gekommen, um uns zu helfen – oder?«, fiel ihm Jane ins Wort.

»So ähnlich«, gab er lächelnd zu. »Ich habe kein Interesse daran, dass er seine Macht ausweitet und wieder so verflucht stark wird. Das soll auf keinen Fall geschehen.«

»Willst du ihn angreifen?«

Der kleine Magier gestattete sich ein schmales Lächeln. »Ja und nein. Ich kenne seine Stärke. Ich weiß, dass ich sehr vorsichtig zu Werke gehen muss. Er ist nicht irgendwer. Er ist auch nicht dumm. Er wird sich denken können, dass wir ihn genau beobachten, aber ich sage dir auch, dass es nicht einfach werden wird.«

»Das glaube ich dir aufs Wort.« Jane strich ihre Haare zurück und fuhr fort: »Hast du denn schon einen Plan?«

»Nein. Aber ich weiß, dass er, wenn er will, alles unter Kontrolle hat. John Sinclair hat ihn einmal besiegt. Ein zweites Mal wird dem Schwarzen Tod das nicht passieren. Er ist jetzt gewarnt. Er hat sich darauf vorbereiten können, und er wird John diese Chance nicht mehr ermöglichen.«

In Jane Conolly drängte sich eine Frage hoch, die ihr fast den Atem raubte. Aber sie musste sie einfach stellen und flüsterte: »Glaubst du, dass John den Kampf verlieren wird?«

»Ich will es nicht hoffen.«

»Schließt du es denn aus?«

»Nein.«

Das zu hören war hart. Jane senkte den Blick. Sie fühlte sich plötzlich allein gelassen und ziemlich mies. In ihrem Kopf dröhnte es, und sie war nicht mehr in der Lage, einen klaren Gedanken zu fassen. Sie saß plötzlich in einem Karussell, in dem sich die Emotionen drehten und sie gefangen hielten.

Sie kam nur allmählich wieder zu sich. Als sie sprach, hatte sie das Gefühl, es würde eine Fremde reden. »Wenn du alles weißt, Myxin, warum greifst du nicht ein?«

»Das würde ich gern. Und nicht nur ich. Auch Kara und der Eiserne Engel.«

»Dann los …«

Der kleine Magier schüttelte den Kopf. »Er ist so stark«, flüsterte er. »Der Schwarze Tod ist einfach zu stark. Wir können ihn mit unserer Magie nicht besiegen. Er kann nicht in unserem magischen Feuer verbrennen, weil er über einen Gegenzauber verfügt. Er kennt sich aus. Er wird sich sofort dagegen stemmen, und er ist leider schon zu weit vorgedrungen, als dass wir eine Mauer hätten bilden können, um ihn zu stoppen. Auch wir sind von seiner Rückkehr überrascht worden, und wir gehen davon aus, dass er uns ebenfalls nicht vergessen hat. Erst wird er versuchen, euch zu vernichten, dann sind wir an der Reihe.«

»Die Flammenden Steine?«

»Ja, sie sind ihm ein Dorn im Auge, das weiß ich. Unser kleines Paradies zu zerstören ist für ihn das Allerhöchste. Wir sind wachsam. Ich habe es verlassen, aber Kara und der Eiserne Engel sind noch dort geblieben. Wir alle hassen ihn. Er hat damals meine Vampire und die Vogelmenschen des Eisernen Engels vernichtet. Wir konnten überleben, und das will er ändern.«

»Und weshalb bist du genau gekommen?«

Der kleine Magier gestattete sich ein Lächeln, das allerdings sehr bitter aussah. »Ich möchte dich nicht ängstigen, aber ich kann dir auch die Wahrheit nicht verschweigen. Wir müssen davon ausgehen, dass er John Sinclair besiegt. Danach sind die anderen an der Reihe. Genau das ist das Problem. Keiner von uns will, dass alle sterben. Wir möchten, dass einige gerettet werden. Und deshalb wollte ich dich schon darauf vorbereiten. Ich werde auch Glenda Perkins besuchen, denn sie ist ebenfalls ein schwaches Glied in der Kette. Kara und ich haben uns gedacht, dass wir euch in Sicherheit bringen.«

Jane Collins hatte mit offenem Mund zugehört. »Hast du dabei an die Flammenden Steine gedacht?«

»Ja. Sie würden euch vorläufig Schutz bieten.«

Jetzt wusste Jane Bescheid. Deshalb also war Myxin gekommen. So kannte sie ihn nicht, und sie schüttelte den Kopf. Sie hatte ihn wirklich anders erlebt. Als einen großen Kämpfer, der nie aufgab und sich auch den stärksten Gegnern stellte. Doch jetzt hatte er sich in die Defensive drängen lassen. Die Furcht vor dem mächtigen Feind war einfach zu groß geworden, selbst bei ihm. Wahrscheinlich dachte er an sein erstes Leben in Atlantis. Dort hatte er auch zu den Verlierern gezählt, denn es war der Schwarze Tod gewesen, der ihn in den langen Schlaf geschickt hatte. Erst John Sinclair hatte ihn daraus erweckt.

Und Kara?

Auch sie war dem Schwarzen Tod entkommen. Der Trank des Vergessens hatte sie durch die Zeit treiben lassen, und sie war fast zum selben Zeitpunkt »erwacht« wie auch Myxin. Nach einigen Querelen hatten sie sich gefunden und waren zu Partnern geworden.

Der Eiserne Engel dachte ebenso. In Atlantis hatte er auf der Liste des Schwarzen Tods gestanden. Seine Vogelmenschen waren durch den Dämon brutal vernichtet worden. Es gab keinen mehr. An dieser Niederlage knackte der Eiserne noch immer.

Als der Schwarze Tod noch vernichtet gewesen war, hatten die Dinge anders ausgesehen. Da waren Myxin und Kara manchmal ebenfalls auf ihn getroffen, aber dann auf ihren Reisen in die Vergangenheit, und da hatten sie ihn nicht töten können.

Jetzt sah es anders aus.

Jane blickte Myxin ins Gesicht. Sie suchte nach einer Regung in den Zügen, aber da tat sich nichts. In den kleinen, grünlich schimmernden Pupillen lag keine Botschaft.

»Nein«, sagte Jane und schüttelte den Kopf. »Ich weiß, dass du es gut gemeint hast, aber ich werde deinem Ratschlag nicht folgen, Myxin. Mein Platz ist hier.«

»Das verstehe ich. Aber du kannst dein Leben retten. Deine Chancen sind bei den Flammenden Steinen größer.«

»Ich werde noch nicht bedroht. Vergiss das nicht.«

»Und John?«

Janes Augen funkelten. »Bist du dir sicher, dass er schon tot ist? Beweise es mir …«

»Er kann es nicht schaffen. Es gibt keine Waffe gegen den Schwarzen Tod. Seinen Bumerang hat er nicht mehr und …«

Jane schlug mit der flachen Hand auf ihren Oberschenkel. »Nein, Myxin, nein und nein. Du kannst mich nicht überzeugen. Ich glaube nicht daran, dass John Sinclair schon verloren hat. Er ist kein Superman, aber er hat viele Kämpfe überlebt. Nicht nur aus eigener Kraft, oft genug auch mithilfe seiner Freunde. Du bist sein Freund. Er hat dich nach dem langen Schlaf wieder zurückgeholt. Du verdankst ihm eigentlich viel. Daran solltest du denken. Kämpfen und nicht aufgeben.«

Myxin nickte. »Ich wusste, dass du das sagen würdest.«

»Dann bin ich froh. Und ich möchte auch, dass du dich danach richtest.«

»Ja. Vielleicht …«

»Weißt du, wo sich der Schwarze Tod aufhält?«

»Er ist dabei, sich ein neues Reich zu schaffen. Eine Basis, von der aus er agieren kann. Mallmanns Vampirwelt, und dort befindet sich auch John Sinclair.«

»Das ist doch etwas!«, rief Jane. Plötzlich leuchteten ihre Augen. »Oder bringst du es nicht fertig, die Vampirwelt zu betreten? Du kannst magisch reisen. Du kennst die Öffnungen und die Tore. Ich denke, dass es für dich kein Problem sein wird.«

»Es würde grausam für uns werden.«

»Dann hast du Angst vor dem Schwarzen Tod?«

Myxin schwieg.

Jane ließ es eine Weile zu. Dann schüttelte sie den Kopf. »So habe ich dich nicht eingeschätzt, Myxin. Du bist nicht mehr der Kämpfer von früher. Du bist schlapp geworden …«

Myxin hörte sich alles an, ohne zu widersprechen. Das ärgerte Jane. Sie hatte eine Gegenwehr erwartet, aber Myxin tat nichts. Er saß wie ein Häufchen Elend in seinem Sessel und traf auch keinerlei Anstalten, die Wohnung zu verlassen.

»Was ist los, Myxin?«

»Ich möchte nicht, dass er siegt!«

»Dann musst du etwas tun! Und ich bleibe an deiner Seite, das schwöre ich dir.«

»Tatsächlich?«

»Ja.«

»Es ist gut!«

Jane hatte die Antwort verstanden, aber nicht begriffen. »Was genau soll gut sein?«

»Dein Wille.«

»Ja, ich gebe nicht auf, Myxin. Das habe ich nie getan. Wir können nur gemeinsam gegen ihn angehen. Zwei seiner Helfer haben wir vernichten können. Sarah liegt tot hier im Haus. Ich will nicht, dass noch andere Menschen sterben. Aber ich will mich auch nicht verkriechen, das solltest du ebenfalls wissen.«

»Schon, aber …«

»Kein Aber jetzt! Du weißt, wo er sich aufhält?«

»Natürlich.«

»Dann bring mich hin. Du kennst den Weg, Myxin. Ich will in die Höhle des Löwen«, erklärte Jane mit fester Stimme, »denn auch ich habe noch eine Rechnung bei ihm offen …«

Suko hatte mit seinem »Gefangenen« die Vorderseite des Grundstücks hinter sich gelassen, ohne dass etwas passiert war. Es tat ihm gut, Vincent van Akkeren vor der Mündung zu haben, aber freuen konnte er sich trotzdem nicht darüber. Was hier ablief, war nicht normal. Van Akkeren hielt die Fäden trotzdem in der Hand, denn hinter ihm stand noch immer als Helfer der Schwarze Tod, und er konnte sich weiterhin auf die fliegenden Monster verlassen.

Verfolgt worden waren sie von ihnen nicht. Aber sie waren auch nicht verschwunden. Als Suko das Grundstück verlassen hatte und sich nach rechts wandte, sah er seinen BMW, in dem Shao auf ihn wartete. Ein Stich traf sein Herz, denn der Wagen sah anders aus als sonst.

Ohne dass van Akkeren eine Aufforderung erhalten hätte, schritt er auf das Fahrzeug zu und blieb stehen, als Suko ihm den Befehl dazu erteilte.

»Und jetzt?«, fragte er.

»Gib deinen Freunden den Befehl, vom Wagen wegzufliegen.«

»Nein!«

»Bist du unsterblich?«

»Leider nicht. Oder vielleicht doch? Vergiss nicht, dass du mich schon oft genug abgeschrieben hast. Ich bin immer wieder zurückgekehrt. Nicht geschwächt, sondern gekräftigt. Ich habe große Unterstützer, das solltest du nicht vergessen.«

»Mit einer geweihten Silberkugel im Schädel wirst du kaum weiterleben können.«

Van Akkeren lachte. »Ich möchte es nicht darauf ankommen lassen. Es könnte sein, dass keiner von uns recht behält und …«

»Kein langes Gerede. Ich warte nur noch drei Sekunden, dann ist es vorbei.«

»Wie du willst!«

Van Akkeren gab auf. Suko wunderte sich darüber, wie schnell er dies tat. Aus seinem Mund löste sich ein schriller Pfiff, und sofort danach geriet Bewegung in die fliegenden Killer. Zuerst zuckten ihre Körper nur, dann breiteten sie ihre Schwingen aus, wobei sie sich gegenseitig behinderten, und plötzlich hatten sie genügend Platz, um sich in die Höhe zu schwingen.

Leider flogen sie nicht weg, obwohl die meisten von ihnen verschwanden. Da boten ihnen die Kronen der dicht belaubten Bäume Platz genug.

Es war nur ein leises Rascheln zu hören, und keines der Monster ließ sich mehr blicken.

»Zufrieden?«

Das hätte Suko sein können. Er war es trotzdem nicht, denn irgendetwas störte ihn. Alles schien sich jetzt wieder eingerenkt zu haben, und doch wollte Suko dem Frieden einfach nicht trauen. Einer wie van Akkeren rechnete mit allem. Er hatte zudem Zeit genug gehabt, seine Pläne genau durchzudenken, und würde sie sich so leicht nicht zerstören lassen.

Irgendetwas kam noch nach. Nur sah Suko leider keinen Ansatzpunkt. Dafür nickte er Shao zu, deren Gesicht sich schwach hinter der Frontscheibe abmalte.

Shao hatte verstanden. Behutsam öffnete sie die Tür, und vorsichtig stieg sie aus. Sie schaute sich dabei nervös um. Die Erinnerung an die fliegenden Killer war eben noch zu stark.

Niemand war zu sehen.

Alle Flugmonster hielten sich in den Bäumen versteckt.

Shao konzentrierte sich auf van Akkeren, der sie kalt anschaute und grinste. Er sagte nichts und ließ alles über sich ergehen. Er hatte sich ergeben, aber es war ihm zugleich gelungen, Suko und Shao in eine defensive Rolle zu drängen, denn beide wussten, dass sie etwas tun mussten. Sie konnten mit van Akkeren nicht einfach nur auf der Straße stehen bleiben und abwarten, bis es hell wurde.

»Denkst du nach, Suko?«, fragte van Akkeren.

»Richtig geraten.«

»Es war nicht schwer. Ich sage dir jetzt schon, dass du keine Lösung finden wirst.«

»Warum nicht?«

»Weil nur ich sie habe. Ich hatte Zeit, viel Zeit, und ich habe an alles gedacht. Ich schwor dem Schwarzen Tod die Treue, und das habe ich bisher auch durchgehalten. Es gibt für mich keinen Grund, dies zu ändern. Auch wenn es so aussieht, dass ihr gewonnen habt, tatsächlich aber habt ihr es nicht, Freunde.«

»Du scheinst sehr stark auf den Schwarzen Tod zu setzen.«

»Er wird siegen.«

»Das wollte er schon einmal.«

»Diesmal klappt es.«

Es gefiel Suko nicht, mit welcher Überzeugung van Akkeren gesprochen hatte. Das war kein Bluff. Er konnte sich auch nicht vorstellen, dass der Grusel-Star nur auf seine fliegenden Killer setzte. Nein, dahinter musste mehr stecken.

»Alles, was du dir vorgenommen hast, wirst du nicht schaffen, Chinese.« Van Akkeren drehte sich mit einer lässigen Bewegung um. Er wollte Suko jetzt in die Augen schauen, und der Inspektor tat nichts, um ihn daran zu hindern. Er musste zugeben, dass er das Gefühl hatte, immer mehr in die Defensive gedrängt zu werden.

»Es ist anders als früher. Der Schwarze Tod und ich haben uns vorgenommen, unsere Feinde zu vernichten. Und das so schnell wie möglich. Wir wollen nicht mehr so lange warten, verstehst du?«

»Ja, ich kann es verstehen, aber im Moment sieht es nicht danach aus, denke ich.«

»Du irrst dich!«

»Meinst du?«

»Ja, wenn ich es dir sage. Dir unterläuft ein großer Irrtum. Der Schwarze Tod und ich sind stark, und ihr seid im Vergleich zu uns ein Nichts. Heute Nacht werden wir es euch beweisen. Der Schwarze Tod persönlich wird Sinclair töten. Seine alte Freundin ist bereits vernichtet, und in den nächsten Minuten wird es weitere Opfer geben.«

»Durch dich?« Suko hatte die Frage spöttisch stellen wollen, doch das kam ihm nicht über die Lippen. Jemand wie van Akkeren war kein Bluffer, und Suko merkte, wie er nervös wurde.

Shao schlug vor: »Wir sollten ihn von hier wegschaffen. Es hat keinen Sinn.«

»Das meine ich auch.«

Van Akkeren lächelte, als er sagte: »Zu spät für euch.«

»Wieso?«

Der Grusel-Star drehte den Kopf. Er schaute hinüber zum Grundstück der Conollys. Dann sagte er einen Satz, der Shao und Suko bis in die Grundfesten erschütterte.

»Ich kann euch versprechen, dass das Haus eurer Freunde in wenigen Minuten in die Luft fliegt …«

Nein! Nein! Nein und nein ...

Es waren keine lauten Schreie, die aus den Mündern drangen. Aber auf den Gesichtern malte sich ab, was Shao und Suko dachten. Sie wollten nicht daran glauben. Sie waren nicht darauf vorbereitet gewesen. Sie fanden sich damit nicht ab, aber van Akkeren hatte nicht geblufft. Er genoss seinen Triumph, und beide sahen in seinen Augen das böse Leuchten.

Suko hielt seine Waffe fest. Sie bot ihm keine Sicherheit mehr. Er wusste nicht, wie er sich verhalten sollte. Er hätte schießen können, doch in seinem Kopf rasten die Gedanken wild hin und her. Er fand die Lösung einfach nicht.

Van Akkeren hob die Schultern. Lässig wie immer. »Ich denke, dass die Zeit um ist.«

Genau dieser Satz löste Sukos Erstarrung. »Für dich ist es ebenfalls vorbei. Wir lassen uns nicht ...«

Jedes weitere Wort wurde ihm von den Lippen gerissen. Es passierte genau das, was van Akkeren angedroht hatte. Hinter der Mauer gab es einen mörderischen Knall, und noch im selben Augenblick breitete sich roter Feuerschein aus ...

Bill lief wie ein Tiger die Strecke von seinem Arbeitszimmer bis in den Flur. Immer und immer wieder. Er schüttelte den Kopf und fand einfach keine Lösung.

Sheila und Johnny warteten nahe der Tür. Sie wussten nicht, ob sie sie öffnen sollten oder nicht, um zu sehen, was im Vorgarten passierte. Natürlich liefen die Kameras noch, doch sie zeigten kein Bild, in dem sich etwas bewegte. Suko hatte mit van Akkeren den Garten hinter sich gelassen und war von den Torkameras so weit entfernt, dass sie die beiden nicht mehr einfingen.

Als Bill aus dem Arbeitszimmer zurückkehrte, hielt Sheila ihn fest. »Bitte, das hat doch keinen Sinn. Du machst dich nur selbst verrückt und uns alle mit.«

»Ich weiß. Aber ...«

»Bitte, Bill.«

Der Reporter blieb stehen. Er schaute auf die Haustür, als könnte sie ihm auf seine bohrenden Fragen eine Antwort geben. Doch sie schwieg, und Bill musste schon selbst nach einer Antwort suchen.

»Wie könnte es weitergehen?«, murmelte er vor sich hin. »Ich frage mich, ob sich van Akkeren zwingen lässt, Shao freizugeben. Was meint ihr zu diesem Problem?«

Johnny hob die Schultern. »Ich habe keine Ahnung. Kann sein, dass Suko Shao freipresst. Und dann? Was passiert dann? Wie wird es weitergehen? Was macht er dann mit van Akkeren? Wo will er mit ihm hin? Normalerweise müsste er ihn erschießen, um vor ihm Ruhe zu haben …«

»Nein, nein, Bill!«, widersprach Sheila. »Das wird er nicht tun. Ich denke mir eher, dass er mit van Akkerens Hilfe einen Weg suchen will, um näher an den Schwarzen Tod heranzukommen. Einzig und allein das ist wichtig für ihn.«

Bill winkte ab. Er war anderer Meinung als seine Frau. »Du kannst van Akkeren teeren und federn, er wird nichts preisgeben, und du darfst die Flugkiller nicht vergessen. Es sind eine ganze Menge. Zu viele, würde ich sagen. Gegen sie kommt auch jemand wie Suko nicht an. So viele Kugeln hat er nicht im Magazin, und genau deshalb müssen wir uns etwas einfallen lassen.«

Johnny hatte sofort begriffen. »Du willst ihm nach?«

»Ja, das werde ich.«

»Dann gehe ich mit!«, sagte der Junge. »Ich bin mittlerweile erwachsen. Du hast mir eine Waffe gegeben. Die Feinde sind keine Menschen, auf die ich schießen muss. Ich brauche mich also nicht zu überwinden. Ich will diese Monster tot sehen.«

Dass Sheila mit dem Vorschlag nicht einverstanden war, sah man ihr an. »Ihr wisst nicht, was euch draußen erwartet. Hier im Haus seid ihr relativ sicher und …«

»Haben Shao und Suko das gewusst?«

Sheila senkte den Blick. »Nein.«

»Eben. Und deshalb müssen wir handeln. Wir können unsere Freunde nicht im Stich lassen.«

Sheila sah ein, dass sie keine Argumente mehr dagegen hatte. Jeder wäre für den anderen durch die Hölle gegangen und hätte sein Leben in die Waagschale geworfen. Damit hatte sie all die Jahre gelebt, aber auch schon als Nichtverheiratete war sie von einem dämonischen Schlag des Schicksals getroffen worden, als der Dämon Sakuro ihren Vater, Professor Gerald Hopkins, umgebracht hatte.

Bill zog die Tür auf.

Der erste Blick nach draußen.

Viel war nicht zu sehen. Die Lichtinseln in der Dunkelheit, das Tor am Ende verschwamm mit dem dunklen Grau der Nacht.

Er schaute auch in den Himmel und atmete auf, als er keinen fliegenden Schatten sah.

»Alles in Ordnung, Dad?«

»Ja.«

»Dann komme ich jetzt.«

Johnny schob sich an seiner Mutter vorbei, die ihm noch mal über den Rücken strich. Wenig später stand sie in der offenen Tür und schaute auf die Rücken ihrer beiden Männer. Sie nahmen den normalen Weg, und sie bewegten sich so vorsichtig wie Soldaten hinter den feindlichen Linien.

Sheila hatte die Lippen zusammengepresst. Die Angst überfiel sie. Sie hatte in all den Jahren schon viel erlebt, aber nie einen so geballten Angriff auf das gesamte Sinclair-Team, zu dem sie sich ebenfalls zählte.

John war weg.

Ob er noch lebte, wusste sie nicht. Wenn sie sich vorstellte, dass er gegen den Schwarzen Tod kämpfte, dann konnte er einfach nur verlieren. Das sonst so mächtige Kreuz würde bei ihm versagen, und wer sollte ihm dann helfen?

Mallmann? Fast hätte sie gelacht. Die Cavallo? Auch sie war nicht stark genug.

In Sheila breitete sich so etwas wie eine Endzeitstimmung aus. Zugleich spürte sie auch ihre Nervosität. Es war das Kribbeln in den Adern, das …

Etwas explodierte in ihrer Nähe!

Sheila riss den Kopf nach rechts – und sah die Feuerwand, die sich in den dunklen Himmel erhob. Zugleich raste eine Druckwelle auf sie zu, die sie erfasste wie der Wind ein loses Blatt und durch die Luft wirbelte …

Ich glaubte nicht daran, dass ein Skelett grinsen kann, doch als ich in den Spiegel schaute, kam es mir so vor. Das Knochengesicht des Schwarzen Tods schien sich zu verziehen. Es war plötzlich weich geworden, wie aus dickem Gummi bestehend. Und dieses Grinsen zeigte mir außerdem, dass er seinen Triumph auskostete. Er wusste, dass wir in dieser Zeitspanne aufs Abstellgleis geschoben worden waren, aber von seinen fliegenden Killern durch das offene Dach unter Kontrolle gehalten wurden.

Er wollte ihn nicht als Tunnel benutzen. Dieser Spiegel, der zugleich ein transzendentales Tor war, musste zerstört werden. Wenn ihm das tatsächlich gelang, war der Vampirwelt ein wichtiger Funktionsträger genommen worden.

Er besaß die Waffe!

Er schwang sie geschmeidig und auch recht langsam. Er schlug damit Bögen, und er traf auch ein Ziel. Es war die Rückseite des Spiegels, die für mich als Mensch nicht existent war, für ihn schon, denn ich bekam genau mit, wo die Sense traf, denn dort entstanden vor meinen Augen die Risse.

Plötzlich hatte sich der Spiegel materialisiert. Das musste einfach der Fall gewesen sein. Es gab für mich keine andere Erklärung, als ich die Risse sah.

Das gleiche Bild sah auch Justine Cavallo. Ich hörte sie schreien. Es war die Wut und der Hass. Beides kam bei ihr zusammen. Zudem gehörte sie nicht zu den dummen Personen. Sie war kein Mensch, aber sie dachte und handelte so.

Ich wusste nicht, was ich gegen diese Angriffe unternehmen sollte. Justine jedoch war nicht zu halten. Sie beließ es nicht bei ihren Wutschreien und griff an.

Mit zwei gewaltigen Sprüngen hatte sie den Spiegel erreicht. Der dritte Sprung brachte sie bis in seine unmittelbare Nähe, und sie stieß sich ab.

Justine prallte gegen den Spiegel.

Nicht hinein!

Es hätte eigentlich der Fall sein müssen, aber sie kippte durch den Gegendruck zurück, und ich sah, wie sie eine Rolle rückwärts noch in der Luft schlug.

Rechts von mir blieb sie stehen. Mit einer wilden Bewegung schüttelte sie den Kopf. Ihre blonden Haare flogen, als wollten sie sich lösen.

»Er schafft es!«, schrie sie mich an. »Verdammt noch mal, er schafft es! Das ist der Anfang vom Ende!«

Ich blieb in dieser Situation recht ruhig. »Meinst du das Ende der Vampirwelt?«

»Ja.«

»Das könnte sein.«

Plötzlich sprühten ihre Augen. »Ich will es aber nicht!«, brüllte sie. »Ich will nicht, dass die Welt hier kaputtgeht. Mit dem Spiegel fängt es an, und womit hört es auf?«

Ich hätte ihr eine Antwort geben können. Die verkniff ich mir. Es würde mit der Zerstörung der Vampirwelt aufhören. Zumindest mit diesem Teil, der das Hauptquartier der beiden Vampire bildete. Das wusste auch der Schwarze Tod, und er wusste deshalb sehr genau, wo er anzufangen hatte. War der Spiegel erst mal zerstört, hatte er der Vampirwelt gleichzeitig die Seele genommen.

Dann gehörte sie ihm. Ihm ganz allein. Und genau darauf lief alles hinaus.

Der Schwarze Tod war noch längst nicht zufrieden. Er machte weiter. Für uns sah er innerhalb der noch bestehenden Fläche verkleinert aus. Und genau das war ja sein großer Vorteil. Zwar blieb die Gestalt immer gleich, aber er konnte sie trotzdem verändern. Er war jemand, der sich der Umgebung anpasste. Wer das als Gegner nicht wusste, der hatte keine Chance mehr und war verloren.

Er kam wieder.

Es sah für uns zumindest so aus, als wäre er dabei, sich nach vorn zu schwingen. Und wieder demonstrierte er die meisterhafte Beherrschung seiner Waffe. Er führte die Sense, als wäre sie nur ein Spielzeug. Lässig schwang er sie hoch, auch wieder zurück, und sie näherte sich dabei der Spiegelfläche.

Ich war auf sie zugegangen und hatte Justine stehen lassen. Die Sense wurde geschlagen – und huschte durch den Spiegel hindurch. Ich hörte nicht mal ein Geräusch, da gab es kein festes Hindernis, die Sense wurde durch nichts gehalten.

Mit einer raschen Bewegung nach rechts huschte ich zur Seite. Noch rechtzeitig genug, sodass mich die Sense verfehlte. Sogar das Zischen war zu vernehmen, als die Klinge durch die Luft schnitt. Noch im Nachhinein bekam ich eine Gänsehaut und hörte hinter mir Justine Cavallos schrille Stimme.

»Bist du verrückt? Das kannst du nicht machen, Sinclair! Willst du dich selbst umbringen?«

Derartige Sätze zu hören verwunderte mich schon. Das Auftauchen des Schwarzen Tods hatte eben alles verändert. Jetzt stand die Blutsaugerin auf meiner Seite, und wahrscheinlich fühlte sie sich sogar als meine Partnerin.

»Ich lebe noch.«

»Ja, aber wie lange?«

Da hatte sie recht. Das war tatsächlich die große Frage. Der Schwarze Tod kümmerte sich nicht mehr um mich. Er zeigte seine Kunststücke, und die noch graue und leicht zittrige Fläche des Spiegels bekam plötzlich noch breitere Risse.

Wir zogen uns zurück.

Justine konnte es noch immer nicht begreifen. An der Tür schlug sie eine Hand auf meine Schulter. »Sinclair, du hast doch Waffen.«

»Klar!«

»Dann setze sie ein!«

»Es ist noch nicht der richtige Augenblick für einen Kampf Schwert gegen Sense.«

»Und deine Pistole?«

Ich lachte, zog die Beretta und visierte den Spiegel kurz an. »Die geweihte Silberkugel wird ihm nichts tun. Der Schwarze Tod ist zu stark. Das muss auch in deinen Kopf hineingehen.«

»Dann sind wir chancenlos?«

»Man kann es so sehen!«

Es wäre Verschwendung einer wertvollen Kugel gewesen, hätte ich jetzt abgedrückt. So ließ ich die Waffe sinken und steckte sie wieder weg. Wenn ich gegen den Schwarzen Tod antreten musste, dann konnte mir eigentlich nur mein Schwert helfen. Nicht mal das Kreuz. Das hatte damals schon nichts gebracht.

Der erste Schock war vorbei. Ob der Schwarze Tod den Spiegel tatsächlich zerstörte, daran glaubte ich nicht so recht. Nach wie vor blieb dieses Fenster bestehen, trotz seiner Risse, die für eine Verzerrung sorgten. So sah der Schwarze Tod manchmal selbst aus, als hätte man seinen Körper aus Stücken zusammengesetzt.

Es war nicht gut, wenn wir in der Hütte blieben. Das sagte ich Justine auch, die nichts dagegen hatte. Sie selbst war die Erste, die nach draußen huschte und dort auf mich wartete.

Der erste Blick in die Runde war enttäuschend. Dracula II tauchte als Helfer nicht auf. Ich wollte das Thema nicht ansprechen, aber ich brauchte die blonde Bestie nur anzuschauen, um zu erkennen, dass sie ähnliche Gedanken hatte.

Sie grinste mich hart an. Ihre Augen leuchteten dabei. Und sie schüttelte den Kopf. »Wir beide zusammen, Sinclair. Hättest du das je für möglich gehalten?«

Da wir uns nicht in unmittelbarer Gefahr befanden, konnte ich mir einen Dialog mit ihr erlauben. »Nein, das hätte ich nicht. Ich kann dir versichern, Justine, dass wir beide keine Freunde werden, wenn wir das hier hinter uns haben.«

»Ho! Wie optimistisch! Dann rechnest du damit, dass wir es schaffen, dem Schwarzen Tod zu entkommen?«

»Ich habe meine Hoffnung nie aufgegeben.«

»Wie schön.«

»Du kannst dich ja eingraben.«

»Hätte keinen Sinn. Man würde mich leider immer finden, und das kann mir nicht gefallen.«

Ich hob nur die Schultern. Was sich über uns abspielte, gefiel mir ebenfalls nicht. Da kreisten die fliegenden Killer, die man wirklich als Vampir-Monster ansehen konnte. Sie glotzten in die Tiefe. Sie hatten ihre Mäuler geöffnet, und wenn sie relativ niedrig flogen, dann sahen wir das Schimmern ihrer Zähne.

Im halb zerstörten Haus und auch nahe der Außenseiten lagen die Kadaver. Die hatten wir geschafft. Alles okay. Aber wer wusste schon, in welcher Anzahl sie sich hier aufhielten?

Ich fühlte mich auf dieser Hügelkuppe nicht mehr wohl. Wir standen hier zu stark wie auf dem Präsentierteller. Meine Heimat war diese Welt nicht eben. Justine kannte sich da besser aus, und deshalb wandte ich mich mit einer Frage an sie.

»Wir müssen uns verteidigen, das weißt du. Aber der Platz hier gefällt mir nicht. Gibt es einen anderen, an dem wir eine bessere Rückendeckung finden?«

»Nur in den Schluchten.«

»Wie wäre es damit?«

»Er findet uns überall.«

»Das ist mir egal. Ich will nur eine bessere …«

In diesem Augenblick passierte es. Der Schwarze Tod bewies wieder mal seine Macht. Er hatte den Spiegel verlassen, und plötzlich war die Hütte für ihn zu klein geworden. Er musste um ein Mehrfaches gewachsen sein, und das bewies er durch seine Reaktion.

Mit einer hastigen und auch wilden Bewegung sprengte er den Rest auseinander. Er benutzte dazu seine Sense, deren Klinge das Holz in Fetzen schlug.

Justine und ich duckten uns, damit wir nicht von den Trümmern getroffen wurden. In das Krachen und Splittern hinein hörte ich den Schrei der Blutsaugerin.

»Los, komm mit!«

Sie rannte zuerst los. Ich hetzte hinter ihr her. Ich drehte mich auch nicht um, obwohl hinter mir ein Gebrüll erklang, das wohl so etwas wie ein Lachen sein sollte.

Das waren wieder mal Augenblicke, in denen ich mir Flügel wünschte. Aber keiner von uns verwandelte sich in eine Fledermaus. Wir mussten uns weiterhin auf unsere Füße verlassen.

Und so hetzten wir durch die dunkle und staubige Vampirwelt. Begleitet vom Flattern der Schwingen unserer Verfolger, die zum Glück nicht angriffen und uns nur auf den Fersen blieben.

Wir erreichten den Friedhof, auf dem es nichts mehr gab, was sich bewegte. Die zerfetzten Körper zeigten uns das, wozu die fliegenden Killer in der Lage waren.

In einer Gruft oder in einem Grab auf diesem alten Totenacker ein Versteck suchen wollte ich auf keinen Fall. Hier wären wir zu eingeschränkt gewesen, und deshalb rannten wir weiter, wobei ich Justine gern die Führung überließ.

Ich hielt mich nicht zum ersten Mal in dieser Vampirwelt auf. Trotzdem kannte ich nur einen kleinen Teil davon. Justine führte mich in Ecken, die sehr düster und mir unbekannt waren.

Als wir einen Hohlweg erreichten, der leicht bergab führte, dachte ich zuerst, der Weg würde mitten in der Hölle enden. Das traf nicht zu, denn es ging schnell wieder bergauf. Scharfkantige Felswände rahmten uns ein. Hier war die Luft noch stickiger, und von vorn hörte ich ein Blubbern.

Als ich in die Höhe schaute, lag noch immer der düstere Himmel über uns, aber ich sah nichts von den fliegenden Verfolgern. Momentan konnte ich durchatmen.

»He, wo laufen wir hin?«

Justine verlangsamte ihre Schritte. Sie drehte den Kopf. »Weiter. Du wirst es schon sehen.«

»Wohin?«

»Es gibt hier einen Sumpf!«

Ich musste schlucken. Ausgerechnet. Sümpfe gehören nicht eben zu meinen bevorzugten Orten.

Vor mir sah ich den Rücken der blonden Bestie. Sie lief schneller als ich. Für sie war das kein Problem. Das zog sie locker durch. Während ich keuchte, war von ihr nichts zu hören. Eine Vampirin wie Justine brauchte nicht zu atmen. Ihre Bewegungen glichen denen eines Roboters. Sie würde auch nicht schlappmachen.

Es war schon ungewöhnlich, dass sie mir den Rücken zudrehte. Das hätte sie sich normalerweise nicht erlauben können, aber die Rückkehr des Schwarzen Tods hatte alles verändert und alte Gesetze praktisch auf den Kopf gestellt.

Ich war froh, dass die Strecke allmählich an Breite zunahm und der Hohlweg verschwand. In meiner normalen Welt ist ein Moor zu riechen, weil es einen so typischen Geruch absondert. Auch hier war das der Fall, doch dieser Geruch bestand aus anderen Zugaben. Es stank zwar faulig, aber es roch auch nach Tod und Verwesung. Es war eine Gegend, in der sich die Schrecken des Jüngsten Gerichts erfüllt zu haben schienen.

Vor mir breitete es sich aus. Ein weites Gelände. Auch wieder lichtlos, aber nicht völlig finster. Schon beim ersten Hinschauen war mir klar, dass normale Menschen hier nicht überleben konnten, und der kalte Schauer klebte auf meinem Rücken fest, als ich mich der blonden Bestie näherte, die stehen geblieben war und auf mich wartete.

Ich schritt langsam auf sie zu. Mein Atem beruhigte sich. Ich blieb neben ihr stehen und schaute auf das, was sich vor uns ausbreitete.

Man konnte den Sumpf als eine riesige Schüssel bezeichnen. Er war dunkel. Aber er bewegte sich auch. Die Oberfläche warf an verschiedenen Stellen Blasen, was darauf schließen ließ, dass es unter ihr gärte. Manchmal, wenn eine dieser kopfgroßen Blasen zerplatzte, flogen einige Spritzer in die Höhe und klatschten wieder zurück in die graue Masse. Obwohl der Sumpf still lag, hatte ich den Eindruck, dass er sich immer wieder bewegte. Er schaukelte hin und her wie eine Menge Brei in einer unruhigen Schüssel.

Zuerst hatte ich gedacht, dass mir der Gestank den Atem rauben würde. Das legte sich. Ich gewöhnte mich an den Geruch und auch an den Anblick vor mir.

Die Sümpfe und Moorgebiete, die ich kannte, sahen anders aus. Sie waren bewachsen. Sträucher und krüppelige, oft blattlose und tote Bäume wuchsen aus der Masse hervor, auf der ein tückisches Gras wuchs, das einem Menschen die Gefahr verschwieg, die darunter lauerte.

Hier war nur der Schlamm zu sehen. Wer immer in ihn hineingeriet, war verloren. Diese Gegend der Vampirwelt war wirklich neu für mich.

Ich sprach Justine Cavallo an. »Warum hast du mich gerade hierhin geführt?«

»Ich wollte dir den Platz zeigen, an dem sich das Schicksal entscheiden wird.«

»Ah ja. Unser Schicksal?«

»Oder das des Schwarzen Tods.«

Ich warf ihr einen schrägen Blick zu. »Du meinst, dass wir gewinnen?«

Justine stieß einen Knurrlaut aus und erklärte dann mit dumpfer Stimme: »Ich hoffe, dass der Schwarze Tod in diesen Sumpf hineinfällt und für immer verschwindet.«

Mein erstaunter Blick war für sie kaum zu fassen, und sie schüttelte auch den Kopf. »Das – das – glaubst du doch wohl nicht im Ernst – oder?«

»Doch!«

»Du kennst ihn nicht, Justine. Er wird nicht im Sumpf versinken und für alle Zeiten verschwinden. Vor langer Zeit, im alten Atlantis, ist er aus dem Sumpf entstanden oder dort geboren. So etwas wie hier hat für ihn den Schrecken verloren. Das solltest du bedenken. Der Schwarze Tod ist kein Mensch. Er ist ein Dämon, der über allem steht. Der ein gewaltiges Machtpotenzial in sich vereinigt. Du wirst dich noch wundern, wozu er alles fähig ist.«

»Gibst du jetzt schon auf?«

»Nein, ich bin nur Realist. Und es ist wirklich gut, dass ich mich daran ein Leben lang gehalten habe. Ich bin wirklich keiner, der sich überschätzt. Davon ganz abgesehen, wie hast du dir die Auseinandersetzung denn vorgestellt?«

»Wir werden versuchen, ihn in den Sumpf zu treiben.«

»Ach – wir?«

»Wer sonst?«

Ich schüttelte den Kopf. Wäre die Lage nicht so ernst gewesen, ich hätte sogar gelacht. Doch das musste ich mir verkneifen. Nein, das war nicht zu machen. Justine stellte es sich zu einfach vor, und Dracula II ließ sich ebenfalls nicht blicken.

»Es ist für mich der optimale Ort«, erklärte sie.

»Zum Versinken?«

»Vampire sterben nicht.«

Damit hatte sie sogar in gewisser Weise recht. Sie starben nicht. Sie wurden entweder erlöst oder vernichtet.

»Aber sie werden nicht mehr in der Lage sein, sich Nahrung zu holen«, sagte ich. »Der Sumpf hält alles fest. Ob Menschen oder Vampire. Da macht er keine Unterschiede. Ich kann mir sogar gut vorstellen, dass wir in der Tiefe noch einige deiner Artgenossen finden werden, wenn wir dort suchen würden.«

»Ja. Die Sumpfvampire. Wahrscheinlich warten sie auf Opfer.« Sie kicherte. »Wenn du hineinsteigen würdest, wären sie wohl froh …«

Ich gab ihr keine Antwort, weil es mir einfach zu blöde war, darüber zu diskutieren. Außerdem stand uns etwas anderes bevor. Ich wartete förmlich darauf, dass sich der Schwarze Tod zeigte. Wer ihn kannte, der wusste, dass er es nicht hinnahm, wenn er irgendwelche Gegner in seiner Nähe wusste. Er war darauf programmiert, sie so schnell zu vernichten wie eben möglich. Da machte auch ich keine Ausnahme.

Warum hatte die Cavallo mich ausgerechnet hierhin geschafft? Ich war im Nachteil, wenn es zu einem Kampf kam. Dem Schwarzen Tod würde es nichts ausmachen. Einer wie er befreite sich immer aus dem Sumpf. Ich konnte es leider nicht schaffen. Wahrscheinlich hoffte meine »Partnerin« darauf, dass ich gemeinsam mit dem Schwarzen Tod unterging. Ein anderer Grund kam für mich nicht infrage.

Ich hatte das Schwert mit der Spitze gegen den Boden gedrückt. Meine Hände lagen als Stütze auf dem Griff, als ich mich umdrehte.

Wie von selbst schaute ich in den Himmel und auch den Weg zurück, den wir zuletzt genommen hatten. Es gab keine Veränderungen. Unter dem dunklen Himmel lag eine ebenso dunkle und auch wild zerklüftete Landschaft. Felsen ohne Gras, ohne Sträucher oder Bäume. Einfach nur kahl und abweisend.

Über ihnen bewegte sich etwas!

Ich hoffte noch immer auf die Hilfe eines gewissen Will Mallmann, doch was da in der Luft schwebte, hatte nicht unbedingt eine Ähnlichkeit mit einem Riesenvampir.

Der Schwarze Tod hatte seine fliegenden Killer vorgeschickt, um die Lage zu sondieren. So groß konnte diese Welt gar nicht sein, als dass sie uns nicht irgendwann entdeckt hätten.

»Sie sind da!«

Mehr brauchte ich nicht zu sagen. Justine schaute sofort zum Himmel. Die Ankunft der fliegenden Killer nahm sie gelassen hin. Sie nickte.

Ich war nicht so gelassen, denn ich hatte in der Ferne und am Himmel schwebend wie eine Figur des Schreckens das Knochengestell des Schwarzen Tods gesehen …

Es gab zum Glück die Mauer, die Suko und Shao vor den Folgen der Detonation schützte. Auch das Feuer erreichte sie nicht und war nur als zuckender Widerschein zu sehen, doch das Wissen darüber, dass das Haus der Conollys zerstört und womöglich verbrannt wurde, sorgte bei ihnen für einen Verlust an Übersicht. Die Überraschung war eben zu groß, und genau das nutzte van Akkeren aus.

Er war schnell wie der Blitz. Bevor der Inspektor reagieren konnte, war van Akkeren hinter einem Baum verschwunden und setzte seine Helfer ein.

Shao und Suko hörten keine Befehle, doch die Killer wussten trotzdem genau, wie sie sich zu verhalten hatten.

Suko schrie seiner Partnerin noch eine Warnung zu. Er wollte, dass Shao in den Wagen verschwand, weil es dort am sichersten war, aber den kurzen Weg bis dorthin mussten sie sich freikämpfen, da konnte ihr Suko nicht beistehen.

Er wurde ebenfalls angegriffen!

Von verschiedenen Seiten nahmen sie ihn in die Zange. Sie kamen wie mörderische Torpedos.

Suko kämpfte mit den bloßen Händen. Zeit, um die Beretta zu ziehen, hatte er nicht mehr. Aber er tauchte auch nicht ab, sondern sprang den Angreifern entgegen.

Suko hatte seine Arme in die Höhe gerissen. Er musste sich vor einem Biss vorsehen, und schlug mit seinen Handkanten zu. Er traf, er war schnell. Er griff auch zu. Um ihn herum zuckten und flatterten die Flügel. Er hörte die entsprechenden Geräusche. Er bekam die Schläge zwar mit, die jedoch waren zu ertragen. Für ihn war nur wichtig, nicht von den Zähnen erwischt zu werden.

Zu nahe ließ er die fliegenden Killer nicht an sich herankommen. Er schaffte es, sich die Angreifer vom Hals zu halten. Die Zähne trafen auch seine Hände nicht. Er schleuderte die Killer immer wieder zurück, aber er schaffte es nicht, sie zu töten.

Nach einer Drehung gelang es ihm, einen Blick zur Seite zu werfen. Der wirklich nur kurze Moment reichte ihm aus. Er sah Shao auf dem Boden hocken, aber schon dicht am BMW. Was sie tat, sah er nicht genau, denn plötzlich flogen die nächsten Angreifer heran und wollten ihre Zähne in seinen Hals schlagen.

Diesmal gelang Suko der Griff. Plötzlich hielt er einen dieser Flügel in den Händen. Eine Sekunde später bereits den zweiten, und damit drehte er sich auf der Stelle.

Er wuchtete den Kopf gegen einen Baumstamm. Er hörte das Knacken, dann fiel der Angreifer zu Boden und blieb liegen.

Endlich bekam Suko Zeit, nach seiner Waffe zu greifen. Er gönnte sich auch einen kurzen Rundblick und stellte fest, dass Shao sich nicht an seine Anweisung gehalten hatte. Sie kämpfte ebenso wie er. Bisher war es ihr gelungen, die Bestien abzuwehren, doch immer konnte es nicht so weitergehen.

Suko feuerte die ersten beiden Kugeln ab. Er war zurück bis an die Mauer gesprungen. Das fahle Mondlicht gab genügend Helligkeit ab, um Treffer zu landen.

Zuerst zerplatzte ein Kopf.

Der Nächste wurde nicht getroffen. Dafür drang die Kugel in den Körper. Sie war ebenso tödlich wie die erste. Beide Bestien flatterten noch, bevor sie wie Steine zu Boden fielen und liegen blieben.

Suko machte weiter.

Er erwischte einen dritten Angreifer, der sich auf Shao stürzen wollte. Mitten in der Luft fetzte die Kugel seinen schrecklichen Schädel entzwei.

Ein weiteres Flugmonster wurde von Shao erwischt. Sie hatte Glück, dass sie beide Schwingen zu fassen bekam. Schreiend drehte sie sich um die eigene Achse und hämmerte die Gestalt gegen einen Baumstamm.

Der Schädel zerknackte wie eine Nussschale. Der Rest blieb vor dem Baum liegen.

Sie sah den nächsten Gegner anfliegen und zog den Kopf ein. Das Biest huschte dicht über ihre Haare hinweg, drehte sich wieder, um erneut anzugreifen, als Suko es mit einer Kugel aus dem Weg räumte.

Der nächste Feind!

Er war nicht mehr da. Weder über ihnen in der Luft noch in den Bäumen hielt sich jemand versteckt. Die Angreifer hatten sich aus dem Staub gemacht. Die vernichteten Monster lagen vor ihren Füßen, aber auch die mit den gebrochenen Schwingen, die noch irgendwelche Fluchtversuche wagten und nicht in die Höhe kamen.

Das Flattern mit den Schwingen war vergebens. Sie schafften es nicht. Sie waren zwar noch gefährlich, aber Shao und Suko gerieten nicht mehr in Gefahr. Sie sorgten nur dafür, dass die fliegenden Killer nicht mehr fliehen konnten. Es war für Suko recht leicht, sie mit den Füßen zu zertreten, sodass hinterher nur Reste auf der Straße lagen.

Aber das Feuer leuchtete noch immer. Oberhalb der Mauer sahen sie den roten Schein. Keiner von ihnen wusste, ob es Bill oder Sheila gelungen war, die Feuerwehr zu alarmieren.

Das tat Suko.

Shao stand neben ihm. Sie schaute sich dabei immer wieder um. Sie hörte aus der Ferne Stimmen, denn auch den Nachbarn musste der Feuerschein aufgefallen sein. Auch den Klang einer Sirene glaubte sie zu vernehmen, aber das alles war gar nicht wichtig. Für sie zählte nur, ob Bill und Sheila etwas passiert war.

Der Sirenenklang verstärkte sich. Schaurig heulte er durch die Nacht. Für Shao und Suko war es wichtig, dass die Helfer bald eintrafen. Sie wollten auf keinen Fall, dass das Haus der Conollys dem Feuer zum Opfer fiel.

Sie beeilten sich, auf das Grundstück zu gelangen …
Johnny und sein Vater hatten Sheila nicht gern allein zurückgelassen. Es gab für sie jedoch keine andere Chance. Sie mussten weitermachen und bis zum Letzten kämpfen.

Der eigene Vorgarten war für sie zu einem feindlichen Gelände geworden. Jeden Augenblick mussten sie damit rechnen, angegriffen zu werden, doch sie hatten Glück. Die Flugbestien interessierten sich nicht für den Garten. Sie tobten außerhalb durch die Dunkelheit der Nacht. Johnny und Bill sahen sie immer mal hinter der Mauer hochsteigen und wieder nach unten fallen.

Es war leicht auszurechnen, wen sie sich als Beute ausgesucht hatten, aber daran wollten sie jetzt nicht denken. Sie schwebten ebenfalls in Gefahr, denn eine dieser Bestien überflog die Mauer. Das Ding sah tatsächlich aus wie eine riesige Fledermaus, die sich verirrt hatte. Die Mutation war schnell. Sie mied auch das Licht, aber sie griff die Menschen nicht an.

Kurz bevor sie Johnny und Bill erreichte, drehte sie ab und schleuderte ihren Körper in den dunklen Himmel zurück, als hätte sie Angst vor einer platziert geschossenen Kugel.

Bill lachte auf. Er strich über sein Gesicht, auf dem der Schweiß klebte. Sein Grinsen sah zäh aus, und es würde so leicht auch nicht mehr verschwinden.

Bisher hatte er sich vorsichtig bewegt. Das wollte er ändern. Die Musik spielte woanders, und dann hatte Bill Conolly das Gefühl, aus seinem bisherigen Leben gerissen worden zu sein.

Es passierte nicht vor ihm. So konnte er es nicht genau sehen, aber die Explosion war zu hören, und sie musste noch auf seinem Grundstück passiert sein.

Er wirbelte herum!

Seine Augen weiteten sich. Er wollte es nicht glauben und stand wie erstarrt auf der Stelle.

Feuer!

Flammen wie aus dem Nichts, die mit ihren langen Fingern in die Höhe griffen, die zuckten und die trotzdem für einen Feuerball sorgten. Er selbst bekam die Ausläufer der Druckwelle mit und fand sich plötzlich auf dem Boden wieder. Ebenso wie sein Sohn Johnny, der in ein Gebüsch geschleudert worden war.

Eine Bombe! Ein Sprengsatz! Dynamit, mit dem sein Haus zerstört werden sollte.

An der Westseite hatte sich die Flammenwand gebildet. Schwarze, rote und auch gelbe Farben herrschten vor. Plötzlich zeigte der Himmel über ihnen ein Muster, und als Bill wieder einigermaßen klar denken konnte, fiel ihm sofort seine Frau ein.

Er schrie ihren Namen.

Er sprang auf. Dadurch verbesserte sich sein Blick. Er schaute auf die Hausseite, an der das Grauen passiert war. Ja, es war für ihn das Grauen, aber ein Haus konnte ersetzt werden, Sheila nicht. Sie hatte sich näher am Herd der Explosion aufgehalten, und so dachte auch Johnny, der sich aufrappelte.

»Mum ist …«

Bill rannte schon. Er lief den Weg zurück. Er hörte das Fauchen des Feuers. In diesem Augenblick waren es für ihn die hässlichsten Geräusche der Welt. Und er merkte die Hitze, die ihm der Wind entgegenwehte.

Unzählige Gedanken huschten durch seinen Kopf. Er fragte sich, wo Sheila sich aufhalten könnte. War sie nahe am Feuer gewesen? Hatte sie sich im Haus befunden und …

Der Widerschein des Feuers reichte sogar bis an die Frontseite heran. Rollos vor den Fenstern, kein Platzen der Scheiben. Das konnte noch mal gut gehen. So dachte der Reporter, als er plötzlich das leblose Bündel Mensch vor der Haustür liegen sah.

Bill wollte schreien. Schon beim zweiten Blick hatte er Sheila erkannt. Sie lag da, als wäre sie kurzerhand weggeschleudert worden. Da bewegte sich nichts mehr an ihr, und plötzlich klopfte das Herz des Reporters wahnsinnig schnell.

Er schaltete seine Gedanken aus. Er wollte nichts hören, er wollte nicht nachdenken. Jetzt ging es ihm einzig und allein um seine Frau. Die fliegenden Killer waren ebenso vergessen wie das Feuer. Bill fiel auf die Knie, drehte den Kopf der reglosen Frau herum – und sah in deren Gesicht das Blut.

»Sheila …«

Den Namen auszusprechen fiel ihm schwer. Er stöhnte nur. Aus der Nähe stellte er fest, dass Sheilas Augen nicht geschlossen waren, und er merkte noch etwas. Sie bewegten sich, als er noch mal ihren Namen gerufen hatte.

Sie schaute ihn an.

»Sheila!«, keuchte Bill erleichtert.

Neben ihm stand Johnny und telefonierte. Was er sagte, verstand der Reporter nicht. Er ging allerdings davon aus, dass er die Feuerwehr alarmiert hatte.

Sheila war nicht bewusstlos. Nur angeschlagen. Sie blutete im Gesicht. Nicht weiter tragisch.

Bill nahm sie auf seine Arme. Er stand wie verloren im eigenen Garten, hatte den Kopf gedreht und schaute zum Feuer hin, dessen Flammen in den Himmel zuckten und ein gespenstisches Muster zeichneten.

Was mit seinem Haus genau passiert war, konnte er nicht sagen. Ob es abbrannte oder nicht, war ihm in diesen Augenblicken egal. Für ihn zählte allein, dass Sheila lebte.

Johnny kam mit schleppenden Schritten auf seine Eltern zu. Sheila war noch immer benommen. Bill stellte sie wieder auf die Füße, musste sie allerdings stützen, sonst wäre sie zusammengebrochen. Das Blut wischte er ihr so gut wie möglich aus dem Gesicht. Sheila sagte noch immer nichts.

Ob sie merkte, dass Bill sie streichelte, wusste er nicht. Er schaute ins Leere, und selbst die Sirenen der Feuerwehrwagen kamen ihm so fremd vor.

Auch die fliegenden Killer und van Akkeren waren ihm egal. Tief in seinem Innern fühlte sich Bill erleichtert. Sie alle hatten ihr Leben gerettet, und das gab ihm ein glückliches Gefühl …

Ja, er kam! Er war nicht zu übersehen, und es gab keinen Fleck an meinem Körper, an dem sich keine Gänsehaut gebildet hätte. Seine Helfer waren für mich zweitrangig geworden. Die Cavallo und ich standen an dieser exponierten Stelle in der Vampirwelt, um unserem Tod entgegenzusehen.

In diesen Augenblicken wollte auch kein positiver Gedanke in mir hochsteigen. Ich fühlte mich so klein, als hätte mich ein gewaltiger Daumen zu Boden gedrückt.

Die blonde Bestie, die sich normalerweise vor nichts fürchtete, stand neben mir und tat nichts. Sie erlebte die gleiche Starre wie ich. Nur fand ich sie auf eine besondere Art und

Weise kalt, während ich schon die Hitze spürte, die durch meinen Körper strömte. Die Cavallo kannte jedoch keine echten Gefühle, sondern ausschließlich die nackte Gier.

Auch sie schaffte es nicht, ihren Blick von der gewaltigen Gestalt zu lösen, aber sie war in der Lage, eine Frage zu stellen, und flüsterte mir zu: »Ist das der Anfang vom Ende?«

»Siehst du es so?«, fragte ich leise zurück.

»Was sonst?«

»So kenne ich dich nicht.«

Justine Cavallo konnte sogar lachen. Aber das hatte bei ihr nichts zu bedeuten. »Habe ich so unrecht?«

Ich musste grinsen, obwohl mir danach nicht zumute war. »Nein, das hast du nicht. Aber ich bin es gewohnt, so lange zu kämpfen, bis es nicht mehr geht.«

»Wie schön.«

»Ach, du nicht?«

Sie drehte den Kopf nach rechts. Ich sah die Bewegung aus den Augenwinkeln und ließ die Gestalt des Schwarzen Tods aus dem Blick. Ihr perfekt geschnittenes Gesicht zeigte eine Anspannung, wie ich sie bei ihr selten gesehen hatte. Doch da lag ein Ausdruck in den Augen, der mich zusätzlich erschreckte.

Ich kannte ihn. Er entstand immer dann, wenn die Vampirin von der Gier nach Blut erfasst wurde.

»Es ist komisch, Sinclair. Es kann vorbei sein oder auch nicht. Ich fühle mich eingeklemmt in dieses Feld der Spannung.« Sie streichelte mit ihren kalten Fingerspitzen über meinen Hals an der linken Seite hinweg. »Weißt du, was ich jetzt am liebsten tun würde?«

»Ich kann es mir denken.«

»Was denn?«

»Mein Blut trinken!«

Irgendwie fühlte sich Justine erleichtert, weil ich dies herausgefunden hatte. »Ja!«, flüsterte sie. »Ich würde am liebsten dein Blut schlürfen. Etwas ganz Verrücktes tun. Mich wie irre an deine Kehle hängen, dir den Hals aufreißen und dich bis zum letzten Tropfen leer trinken. Der große Genuss vor dem Kampf.«

»Und deinem Ende!«

»Ja. Kann sein. Ich kenne mich, Sinclair. Ich weiß, dass ich nicht unsterblich bin. Das ist wohl keiner. Doch diesen Genuss will ich mir nicht verkneifen.«

»Versuch es!«

Sie lachte wieder und entspannte sich dabei. »Nein, es war nur ein Gedanke. Ich werde ihn nicht in die Tat umsetzen, Sinclair. Wir beide wollen dem Schwarzen Tod kein Schauspiel bieten. Doch der Gedanke daran reizt mich schon.«

Ich gab ihr keine Antwort. Es war mir einfach zu dumm. Aber ich glaubte auch nicht, dass Justine Cavallo mir etwas vorgemacht hatte. Sie war schon eine verlogene Bestie. Außerdem hätte sie mein Blut wirklich gestärkt. Gegen den Schwarzen Tod würde sie jedoch trotz ihrer neu gewonnenen Kraft nicht ankommen.

»Dann werden wir es gemeinsam durchstehen müssen, Partner«, erklärte sie und schlug mir auf die Schulter.

Ich hielt mich mit einem Kommentar zurück. Natürlich kochte ich innerlich. Das lag weniger an Justine als an dem Schwarzen Tod, der es wissen wollte.

Nach seiner Rückkehr hatte ich mir schon Gedanken darüber gemacht, weshalb er sich so still verhalten hatte. Von ihm war nichts zu hören gewesen, und darüber hatte ich mich gewundert. Auch er brauchte Zeit, um seine neuen Pläne vorzubereiten, und in Vincent van Akkeren hatte er einen idealen Partner gefunden.

Justine trat ein paar kleine Schritte nach links. Sie wusste, dass sie kämpfen musste, und stellte sich auch in ihrer Haltung darauf ein. Sie gab sich locker. Ihre Augen blitzten. Sie schüttelte ihr Haar aus, zog die Oberlippe zurück und präsentierte ihr Blutzähne. Das brachte ihr im Kampf gegen den Schwarzen Tod auch nichts. Sie würde keine Stelle finden, an der sie zubeißen konnte, nicht bei einem Skelett.

Da sich der Schwarze Tod mit dem Angriff Zeit ließ, bekam ich Gelegenheit, wieder über ihn nachzudenken. Ich kannte ihn ja. Ich hatte gegen ihn gekämpft. Ich hatte ihn sogar besiegt, aber er war durch einen unseligen Zauber wieder zurückgekehrt, und daran war auch der Spuk nicht ganz schuldlos.

Diesmal besaß ich keinen Bumerang, und so machte ich mir Gedanken darüber, wie ich ihn vernichten konnte. Ich wollte nicht, dass er weiterhin existierte und das große Elend über die Menschheit brachte. Diese Welt war nicht Atlantis, wo er schon so viel Unheil angerichtet hatte. Wo er auch Feinde gehabt hatte, die jetzt noch existierten. Es waren meine Freunde, die den Untergang des damaligen Kontinents überlebt hatten.

Wo steckten sie jetzt? Sie wussten Bescheid. Ich ging davon aus. Warum hatten sie sich nicht zumindest gemeldet? Warum standen sie mir nicht zur Seite?

Nichts war geschehen. Gar nichts. Man ließ uns allein, und kein Helfer erschien.

Wo blieb der Herr dieser Vampirwelt? Derjenige, der sie mit so großer Mühe geschaffen hatte?

Will Mallmann war nicht zu sehen. Feige hatte er sich zurückgezogen. Er lauerte im Hintergrund. Ich konnte mir auch vorstellen, dass er zuschaute, wenn wir von den Schlägen der Sense zerstückelt wurden.

Justine hatte mich in den letzten Sekunden beobachtet und zog die richtigen Schlüsse.

»Du denkst an ihn, nicht?«

»Klar.«

Sie hob die Schultern. Mehr tat sie nicht.

»Er ist feige.«

»Abwarten.«

Ich konnte das Lachen nicht verhindern. »Glaubst du wirklich, dass er noch mal hier auftaucht, um uns zur Seite zu stehen?«

»Ja, das glaube ich.«

»Prima. Dann sollte er …«

Sie winkte herrisch ab. Was ich sagte, konnte ihr nicht gefallen, denn Justine und Mallmann waren Verbündete in Körper und Geist.

»Wir können nicht verlangen, was er soll. Er kennt sich aus. Er wird uns zur Seite stehen.«

»Und wie?«

»Das wird sich noch entscheiden.«

Ich glaubte ihr kein Wort. Der letzte Dialog war ein Gerede um des Kaisers Bart gewesen, mehr nicht. Vielleicht hatte sich Justine Cavallo selbst Mut machen wollen. Bei mir jedenfalls hatte sie das nicht geschafft. Wenn ich in den dunklen Himmel schaute, der gar nicht so schwarz oder finster war, sondern ein dichtes Grau zeigte, dann sah ich das gewaltige Skelett, aber keine übergroße Fledermaus, in deren Gestalt sich Will Mallmann gern bewegte.

Ob sich der Schwarze Tod uns noch mehr genähert hatte, war bei dieser Beleuchtung nicht festzustellen. Aber er lauerte, und er war nicht allein.

Um ihn herum bewegten sich seine Helfer, die nicht aus dem Reich der Dämonen stammten. Sie waren in der normalen Welt geschaffene Geschöpfe, möglicherweise durch Genmanipulation.

Hinter ihnen stand ein ebenfalls Verfluchter. Kein Dämon, sondern ein Mensch mit dämonischen Eigenschaften. Vom Prinzip her passten sie perfekt zueinander.

Van Akkeren konnte dem Schwarzen Tod Tore öffnen, die selbst ihm verschlossen blieben. Gemeinsam waren sie eine Macht, die kein Mensch unterschätzen durfte.

Was wollte er?

Ich hatte keine Ahnung. Er wartete. Er lauerte. Möglicherweise war auch ihm aufgefallen, dass jemand fehlte. Wenn er hier schon tötete und vernichtete, wollte er es gründlich machen, und dazu gehörte nun mal auch Will Mallmann.

Die Cavallo hatte sich wieder gefangen. Sie würde wirklich kämpfen bis zum Allerletzten, und sie beschäftigte sich auch gedanklich damit. »Was meinst du, Sinclair? Wie wird er es machen?«

»Keine Ahnung.«

Das nahm sie mir nicht ab. »Rede nicht so blöde. Du hast dir deine Gedanken schon gemacht.«

»Ja, meine, aber nicht seine.«

»Er wird und er muss es durchziehen. Das wissen wir beide. Ich frage mich nur, ob er mich zuerst aufschlitzen wird oder es mit dir versucht.«

»Zusammen.«

Sie musste lachen. »Ja, gut, wirklich. Deinen Humor hast du nicht verloren. Nur hilft der uns jetzt nicht weiter. Es ist alles beschissen, Sinclair.«

»Weiß ich.«

Wieder hörte ich sie lachen. »Weißt du, ich bin ja prinzipiell mit meiner Gestalt zufrieden. Ich fühle mich wohl, wie ich bin. Aber ich würde für mein Leben gern die Eigenschaft meines Freundes Will Mallmann besitzen.«

»Super. Und welche?«

»Die Verwandlung in eine Fledermaus. Das wäre für mich das Allerhöchste.«

Ja, das glaubte ich ihr aufs Wort. Sie war so. Sie war diejenige, die noch mehr Macht wollte, und manchmal wurde ich den Eindruck nicht los, dass Mallmann ihr dabei im Wege stand. Ich konnte mir vorstellen, dass es ihr nicht viel ausmachen würde, wenn es ihn nicht mehr gab.

Der Gedanke daran zwang mich fast dazu, ihr einen Blick zuzuwerfen, und dabei entdeckte ich das Grinsen auf dem Gesicht. Sie wusste sehr genau, mit welchen Gedanken ich mich beschäftigte.

Noch hatten wir Zeit. Wenn ich mich gedanklich zu sehr auf den Schwarzen Tod konzentrierte, brachte mich das auch nicht weiter. Deshalb sagte ich: »Diese Welt gefällt dir, wie?«

»Das kann man laut sagen.«

»Sie würde dir als Herrscherin gut stehen.«

»Hör auf, Sinclair. Ich weiß genau, worauf du hinauswillst. Das ist nicht so. Ich fühle mich bei Will Mallmann wohl. Er hat mir diese Chance hier gegeben, und dabei bleibt es.«

»Es war nur eine Theorie von mir.«

»Vergiss sie!«

Das tat ich nicht. Allerdings sprach ich nicht mehr darüber. Die Konzentration auf das Bevorstehende war jetzt wichtiger. Hatte sich der Schwarze Tod bewegt oder nicht?

Ich konnte keine klare Antwort geben. Wie ein bedrohliches Gemälde stand er noch immer am Himmel. Er glotzte schräg auf uns nieder. Über und neben ihm kreisten seine Helfer, ohne die er sicherlich seinen Angriff nicht starten würde.

Die Klinge der Sense schien ein Restlicht aus dieser Welt eingefangen zu haben. Das Blatt schimmerte wie ein Spiegel, der in der Luft schwebte und sich so gut wie nicht bewegte. Er war einfach nur da, und manchmal sah die Klinge wie poliertes Eis aus.

»Willst du noch weiter warten, Sinclair?«

Ich wollte Justine eine entsprechende Antwort geben, auch weil mir die Frage dumm vorkam, doch es passierte dann etwas, auf das wir gewartet hatten, weil es einfach folgen musste.

Der Schwarze Tod bewegte sich.

Und er bewegte sich vor!

Wieder war kein Laut zu hören. Er schwebte heran, wobei er allmählich an Höhe verlor. Ich konnte mir ausrechnen, wann er den Grund erreichte und uns direkt angriff.

Oder er versuchte es aus der Luft. Neu wäre das nicht für mich gewesen. Das hatte ich in früheren Zeiten bereits erlebt. Angriffe aus der Luft. Perfekt geführt mit seiner Sense. Ich wunderte mich noch jetzt darüber, dass es mich nicht erwischt hatte.

Helfer hätten uns gut getan.

Myxin, Kara, der Eiserne Engel. All meine Freunde aus Atlantis, die schon gegen ihn gekämpft hatten. Warum, zum Henker, hielten sie sich zurück?

Wollten sie, dass der Schwarze Tod seine alte Macht zurückgewann?

Das konnte ich mir nicht vorstellen. Ich konnte mich in ihnen doch nicht so getäuscht haben …

Meine Gedankenkette wurde unterbrochen, als ich bemerkte, dass der Schwarze Tod näher gekommen war, ein gefährliches und unheimliches Wesen, in dessen roten Augen eine Drohung lag, die nicht zu übersehen war.

Dort schien der Teufel persönlich etwas von seiner Höllenglut abgegeben zu haben. Irgendwie waren auch alle Dämonen miteinander verbunden.

Er führte den ersten Streich mit seiner Sense!

Ich hatte damit nicht gerechnet und schrak zusammen. Ich ging auch einen kleinen Schritt nach hinten, was nicht nötig war, denn er hatte nicht direkt auf mich gezielt.

Ich hörte noch das leise Fauchen und dann das Lachen der blonden Bestie. Sie sagte: »Er nimmt Maß, John. Beim nächsten Schlag wird …«

Alles anders, hatte sie bestimmt sagen wollen. Nur kam sie dazu nicht mehr. Das lag nicht am Schwarzen Tod, der einen zweiten Angriff führte, sondern an einer Erscheinung, mit der wohl keiner von uns gerechnet hatte. Aus der Höhe des unendlich erscheinenden Himmels erschien eine Gestalt, die dunkler war als der Hintergrund.

Sie bewegte sich.

Sie fiel nach unten. Nicht wie ein Stein, sondern sehr gezielt. Es lag einzig und allein an den Bewegungen der Schwingen. Sie hatten eine andere Form als die Flügel der Helfer des Schwarzen Tods. Sie waren größer, spitzer und bildeten ein Dreieck.

Flügel, wie man sie auch von einer Fledermaus her kannte. Genau das war eine. Nur nicht normal, sondern übergroß, und sie hatte auch keinen Fledermauskopf.

Zwischen den Schwingen wuchs der Kopf eines Menschen. Und wenn ich genau hinschaute, sah ich auch das rote D auf der Stirn.

Dracula II kam!

Jetzt war ich gespannt …

Es war eine herrliche Luft, die Janes Nase umfächerte. So lau und zugleich erfüllt mit Düften. Diese Luft einzuatmen war für sie die reine Freude, und Jane holte tief Luft, als wollte sie herausfinden, dass sie sich nicht täuschte.

Keine Täuschung. Es war einfach so wunderbar. Eine Luft, die alle Sorgen vergessen ließ. Ein kleines Wunder, und sie hatte den Eindruck, in einen Vorhimmel geraten zu sein.

Jane hielt die Augen geschlossen, wie jemand, der sich seinen Traum nicht zerstören will. Sie dachte daran, was passiert war. Dass sie mit dem kleinen Magier Myxin gesprochen hatte. Dass sie ihn um Hilfe gebeten hatte, und er hatte einfach nicht ablehnen können. So war es dann gekommen, dass sie mitgenommen worden war auf eine Reise, die sonst nur John Sinclair kannte und von ihr berichtet hatte.

»Du bist bei uns, Jane«, hörte die Detektivin eine weiche Frauenstimme neben ihrem Ohr. »Die Augen kannst du ruhig öffnen.«

Das tat Jane auch.

Der erste Blick!

Das große Staunen. Die Verwunderung. Das Kopfschütteln, denn sie befand sich in einer für sie völlig fremden Umgebung. Da war nichts mehr von einer Stadt zu sehen, auch nichts von einer Wohnung. Hier war alles so wunderschön wie im Märchen.

So muss das Paradies sein!

Die Hütten auf den satten Wiesen. Der kleine Bach. Die herrlichen Bäume. Mit eigenen Augen sah Jane Collins, wo sie sich befand. Bei den Flammenden Steinen oder den flaming stones. Ein Exil, ein magischer Ort. Eine Enklave in der normalen Welt, und trotzdem für menschliche Augen nicht sichtbar.

Man konnte nicht normal hinreisen. Man musste geführt werden, so wie Jane Collins.

Aber die Bewohner waren in der Lage, von diesem Ort aus Reisen in andere Zeiten und Welten zu unternehmen, und das genau war das Wunderbare und Wundersame an diesem paradiesischen Flecken Erde.

Nichts war perfekt. Auch das hier nicht. Durch ihren Freund John Sinclair wusste die Detektivin, dass auch die Flammenden Steine von mächtigen Gegenkräften angegriffen worden waren, um sie zu zerstören. Sie entfalteten ihre Magie immer dann, wenn sie dunkelrot glühten. Da wurden dann die Verbindungslinien hergestellt, sodass die Reise beginnen konnte.

Und weil sie dunkelrot glühten, wurden sie auch die Flammenden Steine genannt.

»He, Jane ...«

Wieder war sie von der weichen Frauenstimme angesprochen worden. Jetzt erst konzentrierte sie sich auf die Person, und sie sah vor sich eine Frau mit dunklen Haaren, die ein Schwert mit goldener Klinge trug und sie anlächelte.

»Kara ...«

»Wer sonst?«, fragte die Schöne aus dem Totenreich. Auch sie hatte schon in Atlantis gelebt, war eine Gegnerin des Schwarzen Tods gewesen und war durch den Trank des Vergessens dem Untergang des großen Reiches entkommen.

Damals waren sie und Myxin Feinde gewesen. Das hatte sich geändert. Sie gehörten jetzt zusammen. Ebenso zählte der Eiserne Engel zu ihren Freunden. Auch er stammte aus Atlantis und war dort ein Feind des Schwarzen Tods gewesen. Der hatte es geschafft, die Freunde des Eisernen Engels, die Vogelmenschen, zu vernichten, ebenso wie Myxins schwarze Vampire.

Das schoss Jane Conolly durch den Kopf, aber es brachte ihr nicht viel. Wichtiger war die Gegenwart und natürlich die nahe Zukunft. Sie persönlich brauchte keine Hilfe. Es ging um ihre Freunde, die gegen den Schwarzen Tod kämpften.

»Gefällt es dir hier?«, erkundigte sich Kara mit ihrer sanften Stimme.

»Es ist wunderbar.« Jane lächelte. Sie vergaß wieder für einen

Moment ihre Sorgen. »Hier kann man sich wirklich wie in einem Paradies fühlen.«

»Das ist auch ein Paradies, Jane. Für uns und für Menschen, die wir mögen.«

»Danke.«

Myxin schlenderte heran. Er war kleiner als Kara. Ein Nichteingeweihter hätte kaum glauben können, dass die beiden so etwas wie ein Paar waren. Es stimmte. Sie gehörten zusammen. Sie standen auf der gleichen Seite und bekämpften sich nicht mehr.

Nur den Eisernen Engel sah Jane nicht, aber danach wollte sie auch nicht fragen. Wenn es nötig war, würde auch er erscheinen und sich gegen den Schwarzen Tod stellen, obwohl er in Atlantis diese schwere Niederlage hatte einstecken müssen.

Jane warf einen Blick auf die hohen, schlanken und jetzt noch hellgrau aussehenden Steine. Die Frage hatte sie sich schon zuvor zurechtgelegt. »Sind das die Wege, die wir nehmen müssen, um an das große Ziel zu gelangen?«

»Ich denke schon«, sagte Kara.

»Und dann?«

Sie zuckte mit den Schultern. Dabei schaute sie zu Myxin. »Er war der Erste, der die große Unruhe gespürt hat. Er merkte, dass sich in einem anderen Reich etwas tat. Er hat es nicht verhindern können. Das Grauen kehrte zurück, und es ist so stark wie eh und je.«

»Leider«, bestätigte der kleine Magier. »Wir hier konnten nichts unternehmen. Es ging zu schnell.«

»Und jetzt?«

»Wird er seine Zeichen setzen, Jane. Du weißt es selbst. Wir haben es gesehen. Er will seine Feinde töten und hat mit den Freunden seiner Feinde begonnen. Sarah Goldwyn war das schwächste Glied in der Kette. Ihr Tod sollte die Stärkeren schocken und sie weich kochen. Auch einen gewissen John Sinclair.«

»Du weißt genau, wo er steckt?«

»Ja.«

»In der Vampirwelt?«

»Davon gehen wir aus. Wir haben Zeichen erkannt und …«

»Von ihm?«, unterbrach Jane den kleinen Magier.

»Nein, nicht von ihm. Es ist etwas in Bewegung geraten. Auch die Steine sind Überreste des alten Kontinents. Sie kennen sich in Atlantis aus, sage ich mal. Sie haben das Wissen gespeichert. Auf sie können wir uns verlassen, und wir alle spürten die Unruhe, dass der Schwarze Tod nicht nur die normale Welt beherrschen will, sondern auch andere. Aber die muss er erst mal erobern.«

»Aber …«, murmelte Jane, »er ist dabei, nicht wahr?«

»Leider.«

»Und John will ihn stoppen?«

Myxin schwieg. Jane bemerkte, dass sie von ihm keine Antwort erhalten würde. Deshalb wandte sie sich an Kara. »Ist das so?«

»Ja. Ich sehe keinen Grund, weshalb ich dir die Wahrheit verschweigen sollte.«

Jane schluckte. Sie wünschte sich plötzlich weit weg. Sie wollte die Augen schließen, doch auch dazu kam sie nicht. Sie drehte den Kopf nach links, um einen Blick auf die Flammenden Steine zu werfen. Sie standen dort so sicher und Vertrauen erweckend, als wären sie für die Ewigkeit gebaut worden. Auf ihrem Rücken spürte sie das Kribbeln, das bis hinein in ihre Fingerspitzen drang, die auf die Steine wiesen.

»Können wir denn nicht gemeinsam reisen?«

Myxin und Kara schwiegen.

»Bitte, wir müssen was tun!« Jane gab nicht auf. »Man kann John nicht seinem Schicksal überlassen. Ihr wisst selbst, wie stark der Schwarze Tod ist. Johns Kreuz kann ihn kaum besiegen, auch wenn er jetzt mehr über es weiß, aber allein auf weiter Flur können wir ihn wirklich nicht stehen lassen. Bitte …«

»Du willst mit, nicht wahr?«

»Ja, Myxin.«

»Das ist nicht einfach. Ich meine, die Reise ist es schon, darüber brauchen wir uns keine Gedanken zu machen, aber die Gefahren in der eigentlichen Welt dürfen nicht unterschätzt werden.«

»Das weiß ich.«

»Er wird dort sein«, sagte Kara.

»Aber wir doch auch?«

»Ja, natürlich. Nur sind wir Personen, die sich an Atlantis erinnern. Dort haben wir unsere Erfahrungen sammeln können. Ich will dir ehrlich sagen, dass ich die Chancen nicht als groß einschätze. Der Schwarze Tod könnte uns auch vernichten. Er beherrscht die Sense perfekt. Er wäre in der Lage, uns mit einem Streich zu töten. Seit seiner Rückkehr hat er nichts von seiner Kraft verloren.«

»Ich weiß es. Auch John wird es wissen. Trotzdem muss er sich ihm stellen. Ihr habt so oft gegen den Schwarzen Tod gekämpft. Nicht nur in dieser Zeit hier, vor allen Dingen in der Vergangenheit, in der er euch besiegt hat. So kann man es doch sagen – oder?«

»Ja, leider.«

»Dann sollten wir alle zusammenhalten. Auch der Eiserne Engel, der hier lebt. Aber wo ist er?«

Jane bekam eine indirekte Antwort von Kara. »Keine Sorge, auch er weiß Bescheid.«

»Und was hindert uns?«

Kara schaute Myxin an. Er gab den Blick zurück. Dann nickten beide, aber nur die Schöne aus dem Totenreich sprach. »Wir wollten erst deine Einstellung erfahren.«

»Und? Hat sie euch gefallen?«

»Ja, das hat sie.« Kara sprach mit leiser Stimme. Ihre Miene war sehr ernst.

Jane Collins holte tief Luft. Sie wusste genau, dass sie vor einer sehr wichtigen Entscheidung stand. Etwas kratzig flüsterte sie: »Und? Können wir jetzt …?«

Kara und Myxin nickten.

Jane lächelte. Sie hatte gedacht, sich erleichtert zu fühlen, doch das war nicht der Fall. Sie war nicht erleichtert, sondern gespannt oder angespannt. Innerlich vibrierte etwas. Die Kehle saß plötzlich zu, und sie sah, dass Myxin und Kara zu den Flammenden Steinen hin nickten. Es war für sie so etwas wie das Startzeichen, aber auch für Jane Collins, die sich mit kleinen Schritten in Bewegung setzte. Dabei schlurften ihre Füße durch das dichte Gras und über den weichen Boden hinweg. Sie sprach kein Wort, obwohl sie noch zahlreiche Fragen bedrängten. Im Nacken spürte sie das Kribbeln. Der Mund wurde trocken, und als sie noch knapp zwei Schritte von der Grenze der magischen Zone entfernt war, wurde ihr richtig bewusst, auf welchem Weg sie sich befand.

Noch ein kurzer Stopp an der Grenze.

Links von ihr stand Kara. An der rechten Seite Myxin. Beide fassten sie an.

»Bereit, Jane?«

»Ja.« Sie nickte Kara zu.

»Dann komm.«

Der nächste Schritt brachte sie über die Grenze hinweg. Jane betrat die magische Zone und ärgerte sich beinahe darüber, dass ihr Herz so stark klopfte. Aber sie konnte es nicht verhindern. Es war nun mal so. Und auch, dass sich der Schweiß auf ihre Haut gelegt hatte, war nun nicht mehr zu ändern.

Sie gingen nicht schnell. Das Ziel war der Mittelpunkt des von den vier Steinen begrenzten Quadrats. Dort blieben sie stehen. Als Jane einen Blick zu Boden warf, fielen ihr die schmalen Linien auf, die diagonal verliefen und sich in der Mitte des Quadrats kreuzten.

Dorthin mussten sie.

Sie blieben stehen.

Noch immer wurde Jane von zwei Seiten angefasst. Sie war froh darüber, denn so erhielt sie den nötigen Schutz und auch ein gewisses Maß an Sicherheit, denn das brauchte sie jetzt.

Es drängte sie danach zu fragen, was passieren würde, doch

sie hielt den Mund. Die beiden Helfer wussten schon, was sie taten.

Der Griff der Hände wurde fester. Zugleich rann ein ungewohntes Kribbeln durch Janes Adern. Sie spürte es auch bis hinein in ihren Kopf. Angst keimte in ihr hoch. Es war mehr die Furcht vor der eigenen Courage, aber sie wusste auch, dass es kein Zurück gab.

Bisher hatte sich nichts verändert. So hatte sich Jane ihren Gedanken hingeben können. Die allerdings wurden ihr aus dem Kopf gefegt, als es dann passierte.

Auf dem Boden und im Gras sah sie das rötliche Leuchten. Es schien durch das Gras zu fließen, erreichte auch die Steine und kroch in die grauen Stelen hinein.

Zum ersten Mal erlebte die Detektivin Jane Collins, warum dieser Ort den Namen bekommen hatte.

Die Steine nahmen die rote Farbe an. Nicht alle auf einmal. Das Rot kroch langsam in die Höhe. Aber es wurde mit jedem Zentimeter intensiver, sodass die Steine schließlich aussahen, als stünden sie in Flammen.

Jane schaute an zweien von ihnen hoch. Auf ihr Gesicht legte sich der gleiche Ausdruck, der sich in ihren Augen wiederfand. Ein fast kindliches Staunen über diesen Vorgang.

Dass sie festgehalten wurde, spürte sie kaum noch. Sie gab sich ganz und gar den beiden hin. Sie schaltete sogar ihren Willen aus und sah dann die Veränderung.

Rote Steine!

Feuer in ihnen. Glut, aber beides tat ihr nichts. Sie stand auf dem Boden und wartete.

Auf einmal war alles so leicht, und Jane war nicht mal klar, ob sie noch Kontakt hatte oder nicht.

Egal. Unternehmen aus eigener Kraft konnte sie ohnehin nichts mehr. Von nun an lag ihr Schicksal in anderen Händen …

Schläuche lagen auf dem Boden wie dicke Schlangen. Aus ihren Mäulern oder Enden schauten jedoch keine gespaltenen Zungen hervor, sondern dicke Strahlen schossen in den Brandherd hinein. Wasser und Schaum. Mit zwei Einsatzwagen war die Feuerwehr gekommen. Das Tor war zum Glück breit genug für die Fahrzeuge.

Sie hatten nicht auf dem Weg bleiben können, sondern waren querbeet durch das Grundstück gefahren und hatten natürlich ihre Spuren hinterlassen. Das spielte in diesem Fall jedoch keine Rolle. Es war wichtig, den Brand zu löschen, bevor er das gesamte Gebäude erfasste und es bis auf die Grundmauern zerstörte.

Es hatte sich als großer Vorteil erwiesen, dass die Fenster mit diesen schweren Rollos versiegelt worden waren. So hatten die Scheiben standhalten können. Keine war geplatzt. Das Feuer hatte nur die Hauswand entsprechend angebrannt.

Nachdem sichergestellt worden war, dass der Brand wirklich nicht ins Haus übergriff, hatte Bill seine Frau in das gemeinsame Schlafzimmer gebracht und sie dort niedergelegt. Sie lag auf dem Bett und schaute gegen die Decke, wobei ihre Lippen hin und wieder zuckten. Zuvor hatte Bill ihr Gesicht vom Blut gesäubert. Es war nicht aus Wunden geflossen, die Angreifer hinterlassen hatten, sondern aus denen, die sich Sheila beim Sturz zugezogen hatte. Sie befanden sich an der rechten Stirnseite und an der Wange.

Sie war nicht so benommen, als dass sie nichts vom Feuer mitbekommen hätte. Sie hörte auch die Geräusche der Löscharbeiten. Sie bestanden aus dem Rauschen des Wassers, aber das Brausen der Flammen war auch noch zu hören.

Trotzdem bekamen beide von dem Geruch etwas mit. Er ließ sich nicht stoppen. Er drang durch die kleinsten Ritzen und hatte sich wahrscheinlich im gesamten Haus verteilt. Wenn es dabei blieb, waren sie wirklich gut davongekommen.

Auch Sheila ging es wieder besser, denn sie konnte sogar lächeln. »Wir leben alle noch, nicht?«, fragte sie.

»Ja.«

»Das ist …«, Sheila hustete trocken, »… gut. Meine Kehle, Bill. Einen Schluck Wasser, bitte.«

»Sofort.«

Bill lief in die Küche. Auch hier war das Rollo vor die Scheibe gezogen worden. Er hätte es gern hochgezogen, um einen Blick nach draußen zu werfen. Nach kurzem Nachdenken verzichtete er jedoch darauf. Er dachte an die Bestien, die vielleicht noch das Haus beobachteten. Zeigen wollte er sich nicht.

Mit dem Wasser ging er zu Sheila zurück. Sie hatte sich aufgesetzt. Zwei Pflaster klebten auf ihrem Gesicht, aber sie war schon wieder die alte Sheila oder das Familientier. Denn als sie das Glas geleert und weggestellt hatte, erkundigte sie sich nach Johnny.

»Keine Sorge, er ist okay.«

»Wirklich?«

»Ja, Sheila. Ich sage das nicht nur, um dich zu beruhigen. Johnny geht es gut.«

»Dann bin ich zufrieden. Oder fast. Was ist mit dem Feuer? Ich liege hier im Haus. Kann ich davon ausgehen, dass es sich nicht hat weiter ausbreiten können?«

»Kannst du!«

»Und wie sieht es aus?«

»Kann ich dir nicht sagen. An der Seite bestimmt schlimm. Wir werden zum Garten hin wohl einiges erneuern müssen. Aber die Fassade ist nicht zusammengebrochen.«

»Das ist schon okay.«

»Nur der Vorgarten sieht aus wie eine halbe Baustelle. Die Wege waren für die Feuerwehrfahrzeuge zu schmal. Egal, das kann man auch richten lassen.«

»Genau«, flüsterte Sheila.

Bill streichelte über ihre Wange. »Wie ist es gekommen, dass ich dich auf dem Boden liegend gefunden habe? Hat man dich angegriffen – oder …?«

»Nein, nicht angegriffen. Die Explosion – ich – ich hörte sie.

Dann erwischte mich der Druck und fegte mich von den Beinen. Ich weiß erst wieder etwas, nachdem ich dein Gesicht gesehen habe. Und das von Johnny natürlich auch.«

»Was ist mit Kopfschmerzen?«

»Habe ich nicht mehr. Auch keine Gehirnerschütterung. Die beiden Tabletten waren nicht schlecht, aber ich fühle mich trotzdem nicht gut. Viel zu matt bin ich …«

»Bleib auch weiterhin liegen, Sheila. Ich werde mich mal umschauen«, erklärte Bill.

»Wo willst du hin?«

»Nach draußen.«

»Aber …«

»Keine Sorge, Johnny ist draußen. Er wartet. Er wird mir sagen, was passiert ist.«

»Kommst du zurück?«

»Klar.«

Bill küsste seine Frau, bevor er das Zimmer verließ. Anschläge auf seine Familie und sich hatte der Reporter schon öfter erlebt, doch nicht in dieser Art und Weise.

Das war einfach furchtbar gewesen. Durch Brandbomben und nicht durch die Hilfe schwarzer Magie. Das Feuer war im Gegensatz dazu ein recht profanes Mittel, aber äußerst wirkungsvoll, wenn es richtig angelegt wurde. Das hatte van Akkeren wohl nicht geschafft. Bill ging davon aus, dass die Experten einen Brandsatz mit Zeitzünder finden würden oder was davon übrig geblieben war. Selbst aus den kleinsten Resten konnten sie lesen. Zum Glück war van Akkeren kein Künstler, was dieses Gebiet anbetraf. Er hatte wohl eine falsche Rechnung aufgestellt und nicht mit zugezogenen Fenstern gerechnet.

Der Reporter verließ sein Haus. Er sah ablaufendes Wasser den schrägen Vorgarten hinabfließen. Es hatte sich zu zahlreichen Bächen vereinigt. Das Löschwasser würde an der Straße in einem Gully verschwinden.

In der Luft lag noch immer der starke Brandgeruch. Er kam dem Reporter sogar noch intensiver vor.

Nahe der Garage sah er Johnny stehen. Sein Sohn wandte ihm den Rücken zu. Er hatte die Arme angewinkelt und die Hände in die Hüften gestützt. Bill hörte er nicht kommen. Erst als ihm sein Vater auf die Schulter tippte, drehte sich Johnny um.

»Alles okay?«

»Ja. Die Leute haben den Brand im Griff. Es fließt nur noch aus einem Rohr Wasser.«

»Das ist gut.«

»Nicht so voreilig, Dad. Ich habe mir die Seite noch nicht anschauen können. Um eine Renovierung werdet ihr nicht herumkommen.«

Bill winkte ab. »Das ist das geringste Problem. Aber etwas anderes möchte ich dich fragen. Wie sieht es mit unserem Freund van Akkeren aus?«

»Von dem habe ich nichts mehr gesehen.«

»Und von den fliegenden Killern?«

»Auch nichts, Dad. Die haben sich verzogen, ebenso wie van Akkeren.«

»Das glaube ich nicht.«

»Warum nicht?«

»Weil ich ihn kenne. Und die Monster irgendwie auch. Die geben nicht so schnell auf.« Bill blickte in die Höhe. Leider war es zu dunkel, um am Himmel etwas erkennen zu können. »Ich kann mir gut vorstellen, dass sie sich versteckt halten und aus sicherer Entfernung zuschauen. Wie auch van Akkeren.«

»Rechnest du mit einem weiteren Versuch?«

»Ich schließe ihn zumindest nicht aus.«

»Und wann?«

Bill hob die Schultern. »Wenn ich das wüsste, wäre mir wohler. Die Nacht dauert noch einige Stunden an. Ich bin davon überzeugt, dass man uns hier festhalten will.«

»Warum denn? Um John nicht helfen zu können?«

»Genau das, Johnny.«

»Aber er steht allein und …«

»Das weiß ich, Junge.« Bill atmete tief durch. »Und genau das ist auch mein Problem.«

Aus dem Dunkeln lösten sich zwei Menschen. Sie hatten das Grundstück an der Vorderseite betreten. Als sie durch eine Lichtinsel gingen, sahen Johnny und sein Vater, dass Suko und Shao zu ihnen unterwegs waren. Neben ihnen blieben sie stehen.

Es war ihnen anzusehen, dass sie ebenfalls einiges hinter sich hatten. Sie sahen ziemlich derangiert aus.

»Und?«

»Wir haben sie in die Flucht schlagen können, Bill. Oder vernichtet«, erklärte Suko.

Bill öffnete den Mund. »Deshalb auch die Schüsse, die ich gehört habe.«

»Genau!«

»Sind denn alle verschwunden?«, fragte der Reporter voller Hoffnung.

Shao und Suko schauten sich an. »Wir wissen es nicht«, sagte die Chinesin leise.

Bill knurrte etwas, bevor er fragte: »Und was ist mit van Akkeren?«

»Auch weg. Er hat die Gunst des Augenblicks genutzt.«

Das konnte Bill nicht gefallen. »Dann stehen wir wieder da, wo wir angefangen haben.«

»Nicht ganz«, erklärte Suko. »Ich denke mal, dass sich van Akkeren in einen Schmollwinkel zurückgezogen hat und darauf hofft, dass sein großer Herr und Meister einen Erfolg erzielt.«

Bill gab keine Antwort. Seinem Gesicht war anzusehen, dass er sich um John Sinclair Sorgen machte. Sein Kommentar war mehr für sich bestimmt als für die Zuhörer. »Gewinnen? Ich glaube nicht daran, dass John es packt, auch wenn er sich mit Beelzebub verbündet hat, um den Teufel in seinem eigenen Reich eine Niederlage beizubringen.«

Es herrschte betretenes Schweigen. Den Gesichtern war anzusehen, dass Shao, Suko und Johnny ebenso dachten …

Was würde Mallmann tun? Was konnte, was musste er tun? Wozu würde man ihn zwingen?

Es waren Fragen, auf die wir auch keine Antworten wussten. Mochte er sein, wie er wollte, mochten wir auch völlig verschieden und sogar Todfeinde sein, in diesem Fall allerdings drückte ich Dracula II die Daumen, dass er es schaffte, den Schwarzen Tod zu killen. Ich persönlich war darauf nicht scharf. Mir kam es nur darauf an, dass er vernichtet war. Wer ihn letztendlich zur Hölle schickte, spielte keine Rolle.

Der Schwarze Tod hatte seinen neuen Angreifer noch nicht gesehen. Er konzentrierte sich nach wie vor auf uns, denn vor allen Dingen mich anzustarren musste ihm ein großes Vergnügen bereiten. Die Vorfreude auf mein Ende konnte bei keinem größer sein als bei ihm. War ich vernichtet, hatte er gewonnen.

Mallmann näherte sich ihm langsam. Die übergroße Fledermaus bahnte sich geschickt ihren Weg. Noch hielt sie sich im Hintergrund und war zudem so schlau, sich den am Himmel schwebenden Beobachtern zu entziehen, denn von ihnen war er noch nicht entdeckt worden.

»Ganz schön mutig.«

Ich hatte die Worte mehr zu mir selbst gesprochen. Sie waren von Justine Cavallo trotzdem gehört worden. Ich hörte sie hart auflachen. »Das ist er«, bestätigte sie dann. »Das muss er auch sein. Er kann nicht hinnehmen, dass ihm seine Welt genommen wird.«

Da hatte sie recht. Trotzdem war er für mich so gut wie chancenlos. Als normale Fledermaus musste man sich Dracula II nicht vorstellen. Er hatte einen menschlichen Kopf. Richtig verändert hatten sich bei ihm eigentlich nur die Arme, denn sie waren zu Schwingen geworden, die er wie mächtige Lappen langsam bewegte. Beim Fliegen bewegten sie sich wirklich nur träge, was allerdings ausreichte.

Ob er an Höhe verlor, war für mich nicht erkennbar. Er hielt sich auf jeden Fall noch von dem eigentlichen Zentrum fern und blieb im Rücken des Schwarzen Tods.

Möglicherweise wollte er ihn auch nicht angreifen und nur aus seiner Position zuschauen, was wir unternahmen und wie unser Kampf gegen den Dämon ausgehen würde.

Es war alles möglich. Ich spürte ein Kribbeln auf der Haut. Für mich war die Sense wichtig. Ab und zu bewegte sie sich. Dann schwang sie wie ein Pendel hin und her, als wollte sie irgendetwas zerschneiden, das sich in der Luft befand.

Wie konnte Mallmann ihn killen?

Gar nicht.

Er besaß keine Waffe. Um Menschen anzugreifen war er sich als Waffe selbst genug. Mehr musste er nicht sein, und als große Fledermaus hatte ich Mallmann auch nie angreifen sehen. Wenn er Blut brauchte, dann erschien er in seiner menschlichen Gestalt und holte sich den Lebenssaft. Ich glaubte auch nicht, dass er lebensmüde war, deshalb hatte ich auch weiterhin meine Probleme mit seinem Auftauchen.

Dann fiel er doch auf!

Urplötzlich. Von uns ebenfalls kaum zu sehen. Ein Huschen in der Luft, und einen Moment später löste sich die Gruppe der fliegenden Killer auf. Sie hatten den Feind entdeckt, und der Schwarze Tod war für sie nicht mehr wichtig.

Die Bestien wollten Mallmann!

Justine und ich schauten zu. Wir sahen die heftigen Bewegungen in der Luft. Niemand hielt es noch an seinem Platz. Sie alle waren so schnell. Sie huschten durch die Dunkelheit, und sie versuchten, Mallmann einzukreisen und in die Zange zu nehmen.

Genau das hatte Dracula II gewollt. Eiskalt hatte er abgewartet. Dann, es sah schon aus, als wäre es um ihn geschehen, zuckte er plötzlich in die Höhe. Wie jemand, der in der Unendlichkeit verschwinden will. Die Finsternis schluckte ihn. Wir sahen nicht mal mehr einen Schatten. Fast sah es so aus, als hätte ihn das unendliche All verschlungen.

Ob Justine Cavallo nervös geworden war oder nicht, war für mich nicht zu erkennen. Jedenfalls hielt sie sich mit einem

Kommentar nicht zurück. Sie lachte auf, und sie schlug mit der Faust in die Luft.

»Er ist super!«, flüsterte sie. »Er ist wirklich noch schlauer, als ich dachte.«

Auch für mich stand fest, was sie damit gemeint hatte. Mallmann hatte es geschafft, die fliegenden Killer wegzulocken, damit wir freie Bahn hatten. Er war so etwas wie ein Lockvogel. Wenn die fliegenden Mutationen ihrem Trieb folgten, dann mussten sie einfach hinterher.

Ob der Schwarze Tod es bemerkt hatte, stand für uns nicht fest. Er gab es durch keine seiner Reaktionen zu erkennen. Er bewegte sich nicht vom Fleck, glotzte auf uns nieder und griff auch nicht ein, als die letzten beiden seiner Beschützer einen Bogen schlugen, an seiner Gestalt vorbeiflogen und sich plötzlich auf uns stürzten, als hätten sie einen Befehl erhalten.

Sie waren wahnsinnig schnell. Tatsächlich überraschten sie uns, weil wir uns zu sehr auf den Schwarzen Tod konzentriert hatten, besonders ich.

»Aufpassen!«, rief Justine.

Ich sah sie kommen. Eine griff mich an, die zweite Bestie konzentrierte sich auf Justine.

Im richtigen Augenblick brachte ich das Schwert hoch. Ich drückte die Klinge schräg nach oben, ließ mich selbst fallen und verunsicherte so den Angreifer.

Eine knappe Bewegung mit der Waffe!

Ich spürte den Ruck – und hatte das Wesen aufgespießt. Die Spitze hatte die Brust und auch den Hals getroffen. Ein letztes Flattern der Schwingen noch, dann war dieses nicht dämonische Wesen endgültig vernichtet.

Ich schleuderte es von der Klinge weg, während ich mit einer schnellen Bewegung aufstand.

Wieder hatte ich gewonnen. Es tat gut. Es gab mir Kraft, und auch Justine kämpfte. Sie war in perfekter Form, denn es gelang ihr tatsächlich, das Wesen zu zerreißen. Die Reste schleuderte sie kurzerhand weg.

»Gut, nicht?«

»Ja.«

»Wenn er kommt und angreift, dann …«

Ich winkte ab. »Mach dir keine Illusionen.«

»Wir werden ihn locken, John«, sagte sie. »Wir nehmen ihn in die Zange. Ich bleibe nicht bei dir. Ich versuche, hinter seinen Rücken zu gelangen und ihn anzugreifen. Ist das okay?«

»Wenn du meinst.«

Justine grinste mich an. »Irgendwie kann ich mir gut vorstellen, dass wir Partner sind.«

Darauf gab ich ihr keine Antwort. Es spielte für mich zudem keine Rolle. Ich wollte nur lebend hier herauskommen und wenn möglich, den Schwarzen Tod besiegen.

Ich nahm das Kreuz in meine linke Hand und schaute es für einen Moment an. Dabei rann ein Schauer über meinen Rücken, der aus kalten Glasperlen zu bestehen schien.

Mein Vertrauen in diesen Talisman war groß. Das Kreuz hatte mich auch oft gerettet, aber es war nicht allmächtig. Zwar hatte ich es beim ersten großen Finale gegen den Schwarzen Tod schon besessen, aber es hatte mir nicht weitergeholfen. Damals hatte es schon der Bumerang sein müssen.

Auf der anderen Seite hatte ich zu dem Zeitpunkt noch nicht gewusst, welche Kraft wirklich in diesem Kreuz steckte. Ich hatte seine Kräfte nicht gekannt. Da war mir die Formel noch nicht bekannt gewesen, mit der ich es aktivieren konnte. Die kannte ich inzwischen. Ich würde sie auch einsetzen, wenn es sein musste.

Ob es reichte, dem Dämon den Garaus zu machen, stand in den Sternen. Hinzu kam diese Vampirwelt, die zu seiner Heimat werden sollte. Sie konnte mit der normalen Welt auf keinen Fall verglichen werden, denn hier war alles anders. Hier gab es nichts Positives. Hier waren das Grauen und auch die Kälte existent.

Wärme am Silber?

Ich fühlte es nicht. Es hätte so sein müssen, aber ich hatte

Pech. Nichts strahlte ab. Es gab kein Licht und in diesem besonderen Fall auch keine Hoffnung für mich.

Ich hängte es trotzdem vor meine Brust.

Als ich zu Justine hinschaute, war sie verschwunden. Der Schwarze Tod hatte darauf nicht reagiert. Genau das sagte mir, dass sie für ihn überhaupt nicht wichtig war.

Er wollte mich!

Und er meldete sich. Ich hörte seine Stimme. Die Kälte auf meinem Rücken nahm zu. Sie drang in mich ein.

»So habe ich es mir vorgestellt, Sinclair. Genau so. Nur wir beide in der Entscheidung …«

War das noch eine Stimme?

Nein, eigentlich nicht. Zumindest keine normale. Sie klang so, als wäre sie elektronisch verzerrt worden. Zudem waren die Worte nicht flüssig gesprochen worden. Die Sätze erinnerten mich mehr an Stückwerk. Abgehackt klangen sie mir entgegen.

Ich verzichtete auf eine Antwort. Ich wollte Kräfte sparen. Dann sah ich, dass sich die Sense bewegte. Ihr großer stählerner Halbmond zeigte nach unten. Sie schwang von einer Seite zur anderen und war dabei so blank, dass ich mich darin spiegeln konnte. Allerdings nur teilweise.

Als Gegenreaktion hob ich mein Schwert an!

Diese Waffe gegen die Sense! Reichte sie aus? Beim ersten Nachdenken kam ich mir lächerlich vor. Das Schwert des Salomo war zu klein. In der Mitte der Klinge leuchtete fahl der goldene Streifen, als wollte er mir Hoffnung geben, womit ich allerdings meine Probleme hatte.

Hoffnung bestand in dieser düsteren Welt so gut wie keine. Nur mein Wille war vorhanden. Ich wollte nicht sterben. Ich puschte mich selbst hoch. Ich hatte ihn schon mal besiegt, und warum sollte es mir nicht ein zweites Mal gelingen?

Ich hörte das scharfe Geräusch!

Wusch!

Und dann fegte die Sense auf mich zu!

Es lief alles in normaler Geschwindigkeit weiter, aber was nun passierte, kam mir trotzdem alles um eine Sequenz langsamer vor. Wahrscheinlich deshalb, weil ich alles so hautnah miterlebte.

Ich konzentrierte mich einzig und allein auf die Sense. Es war schon ungewöhnlich, wie gelassen ich das nahm, dass die mörderische Waffe fast locker auf mich zu schwebte. Ich sah sie genau, und ich wusste, dass ich das Richtige tun musste.

Das Schwert des Salomo hielt ich so fest wie möglich und führte es seitlich in den Schlag hinein.

Beide Waffen krachten zusammen!

Zum ersten Mal kam es zu einem direkten Kontakt zwischen ihnen. Es entstand ein helles Klirren. Der Schwarze Tod hatte meiner Ansicht nach nicht fest zugeschlagen. Es war auch bei ihm nur ein erstes Abtasten gewesen. Trotzdem spürte ich den Druck, der hinter diesem Hieb lag.

Mich trieb es zurück, aber ich hatte den ersten Schlag abwehren können und sah, wie die Sense nach oben glitt. Dabei hörte ich das Lachen des Schwarzen Tods und wenig später wieder seine so verzerrte Stimme.

»Ein kleiner Vorgeschmack, Sinclair. Eine Spielerei. Mehr ist es nicht gewesen ...«

Ich sagte nichts. Ich brauchte meine Kräfte für etwas anderes. Ob sich Justine und Mallmann in der Nähe befanden, interessierte mich in diesem Fall nicht.

Der Schwarze Tod schwebte noch immer in der Luft. Übergroß. Gefährlich. Als Skelett mit der Sense. Die roten Glutaugen in die Tiefe gerichtet, wo ich breitbeinig auf dem Boden stand und den nächsten Angriff erwartete.

Er kam.

Die Sense fuhr herab.

Der Schwarze Tod hatte seine Knochenarme kurz zuvor in die Höhe gerissen, um auszuholen. Er sah dabei fast so aus wie ein Golfspieler beim Training.

Es war ein Blitz! Eine Scherbe! Ein tödlicher Stahl. Höllisch scharf geschliffen.

Es war einfach alles in einem, das mir den Tod bringen sollte. Mich in zwei Teile zerhacken wie ein Stück Fleisch, das in die Hände eines Metzgers geraten ist.

Der Körper des Dämons hatte sich nach vorn gesenkt. Er machte jetzt ernst. Er wollte keinen langen Kampf, und diesmal konnte ich den harten Schlag nicht durch einen Gegenhieb stoppen.

Ob Sense oder tödliches Pendel, es war in diesem Fall beinahe das Gleiche.

Sie war nahe, sehr nahe sogar.

Ich lag auf dem Boden, ohne richtig zu wissen, wie ich dorthin gekommen war. Dabei rollte ich mich nach rechts und riss mein Schwert in die Höhe.

Diesmal berührten sich die Waffen nicht. Hautnah zischten sie aneinander vorbei.

Aber die Sense kehrte zurück!

Wieder so schnell, dass ich es nicht mehr schaffte, auszuweichen. Noch im Liegen riss ich mein Schwert hoch. Ich betete darum, so viel Kraft wie möglich zu haben, schwang die Klinge etwas herum und hatte das Richtige getan.

Sense und Schwert prallten aufeinander. Ich wurde nicht verletzt. Das blanke Blatt huschte zur Seite hinweg. Es kratzte sogar noch über den Boden, was ich wie nebenbei vernahm und mit einem Sprung wieder auf die Beine kam.

Zweimal hatte ich die Attacken abwehren können, und das hatte mir Hoffnung gemacht. Ich fühlte mich gut und trat erneut zum Kampf an. Das Schwert lag jetzt sicherer in meinen Händen. Es war nicht einfach, mit einer derartigen Waffe umzugehen. Zum Glück hatte ich mich schon öfter mit einem Schwert verteidigen müssen, sodass ich auch hier keine großen Probleme bekam.

Ich musste näher an den Schwarzen Tod heran. Ich wollte ihm das Knochengestell zertrümmern. Ich schrie meine Wut hinaus und griff ihn an.

Er war größer als ich. Mit einem Angriff hatte er nicht gerechnet. Er war auch gesunken und hatte den Boden erreicht. Übergroß stand er vor mir. Er war ein schauriges und mächtiges Gebilde. Zugleich ein Monster, das Menschen in Albträume hineinzerrte und sie dabei tötete.

Ich griff einfach an.

Plötzlich dachte ich nur noch daran. Die Folgen überlegte ich nicht. Ich hielt mein Schwert über dem Kopf, wartete mit dem Zustoßen, bis ich nahe genug bei ihm war, und hämmerte es dann schräg nach vorn. Die Sense störte mich dabei nicht. Sie wies nicht mal in meine Richtung, ich musste einfach treffen – und traf!

Ein Schrei löste sich aus meiner Kehle. Ich hatte den Schwarzen Tod erwischt. Das Schwert des Salomo würde die Knochen zersplittern. Zumindest in Höhe der Hüfte und am Schenkel.

Jetzt musste er zusammenbrechen und …

Er brach nicht zusammen!

Er blieb stehen.

Ich taumelte unter dem Druck des Schlags nach vorn und sah den Schwarzen Tod so vor mir stehen, wie er geschaffen worden war.

Unverletzt!

Und das begriff ich nicht …

Ich war hilflos. Ich hatte das Schwert sinken lassen. Ich stand einfach nur wie erstarrt auf dem Fleck und schaute nach vorn. In meinem Kopf bewegte sich viel, und trotzdem war alles leer. Ich hatte das Gefühl, in die Tiefe zu fallen und mich dabei aufzulösen.

Ich hatte ihn getroffen. Ich war mir ganz sicher. Und doch stand er vor mir, als wäre nichts geschehen.

Warum nicht?

Diese Frage tobte durch meinen Kopf. Es war einfach zu verrückt. Es gab keine Erklärung dafür. Trotzdem musste es eine geben. Der Schweiß war mir in die Augen gelaufen. Ich zwinkerte, wischte mir die Augen frei und hielt meinen Blick nach vorn gerichtet, der sich allmählich klärte.

Langsam begriff ich, was hier vorgefallen war. Es gab den Schwarzen Tod noch, wie er war, aber es gab ihn nicht mehr in dieser Dimension. Er hatte sie gewechselt. Er hielt sich in einer anderen auf, zwar sichtbar, aber trotzdem unendlich weit von mir entfernt. Als das Schwert auf ihn zuraste, hatte er im letzten Augenblick den Sprung in die Sicherheit geschafft.

Ich ging zurück. Bei jedem Schritt sackte ich in den Knien ein. Plötzlich konnte ich mich nicht mehr halten. Ich musste einfach lachen und schüttelte dabei wild den Kopf.

Es war einfach nur verrückt. Dem Wahnsinn nahe, aber daran gab es nichts zu rütteln. Der Schwarze Tod hatte sich blitzschnell in eine andere Dimension zurückziehen können. Genau das hatte er damals nicht geschafft. Zumindest konnte ich mich daran nicht erinnern. Jetzt aber sah alles anders aus.

Er war gestärkt aus den Dimensionen des Spuks wieder zurückgekommen, kannte noch mehr Tricks und war, wenn er sie einsetzte, für mich unantastbar.

Er war da, und trotzdem fühlte ich mich allein. Ich bewegte meinen Kopf von rechts nach links. Ich ging dabei zurück und hob das Schwert erst gar nicht an, um einen zweiten Angriff zu versuchen. Er würde nichts bringen, das stand fest.

Ich erlebte wieder einen Moment in meinem Leben, der einem tiefen Fall glich. Hinein in eine unendliche Leere. Das Alleinsein. Einzusehen, wie chancenlos ich war. Der Schwarze Tod konnte mit mir machen, was er wollte. Er konnte mich reizen, an der Nase herumführen, und er konnte sich auflösen, denn das bewies er mir in den nächsten Sekunden.

Ob er dabei ging, war nicht zu sehen. Er schob sich wohl in die andere Dimension hinein und löste sich vor meinen Augen auf.

Allein blieb ich zurück!

Tiefes Durchatmen. Luft holen. Wieder zu sich selbst finden. War das alles gewesen?

Bestimmt nicht. Nein, das war der Anfang. Eine Spielerei. Er wollte mir zeigen, wozu er in der Lage war, und das hatte er gut geschafft. Er konnte noch so nahe sein, aber wenn er es nicht wollte, kam ich nicht an ihn heran.

Momentan tauchte er auch nicht wieder auf, sodass ich mir verloren in dieser Welt vorkam. Völlig allein auf weiter Flur.

Das Schwert war zu meinem einzigen Freund und Helfer geworden. In dieser Lage brachte es mich aber auch nicht weiter.

Wo steckte Justine?

Ich sah sie nicht.

Auch Mallmann tauchte nicht auf. Hatten die beiden die Flucht ergriffen? Hatten sie eingesehen, dass es nichts einbrachte, wenn sie gegen den mächtigen Dämon kämpften?

Alles konnte zutreffen. Ich musste auch damit rechnen, dass der Schwarze Tod die beiden vernichtet hatte. Ich ging davon aus, dass er an einem neuen Plan arbeitete und mich nervös machen wollte.

Um mich herum war es still. Es regte sich nichts. Die Vampirwelt schien eingefroren zu sein.

Ich stieß einen Fluch aus. Irgendwie musste ich mir Luft verschaffen. Ich ging davon aus, dass der Angriff noch nicht vorbei war. Beim nächsten Mal würde ich es mit dem Kreuz versuchen und nicht mit dem Schwert. Er kannte die Formel noch nicht. Wahrscheinlich wusste er auch nicht, welche Energien das Kreuz ausschickte, wenn es aktiviert worden war.

In meinem Talisman steckte eine schon unheimliche, aber auch segensreiche Macht. Auch wenn es das Kreuz zu Atlantis' Zeiten noch nicht gegeben hatte und der Schwarze Tod sich deshalb nicht direkt vor ihm zu fürchten brauchte, ich vertraute einfach auf sein Licht, seine Energie und seine mächtige Kraft.

Etwas rann kribbelnd meinen Nacken hinab. Es war das Gefühl einer Vorwarnung. Ich drehte mich auf der Stelle um – und zuckte sofort zurück, denn jetzt sah ich ihn wieder.

Der Dämon stand vor mir.

Er schwebte nicht in der Luft. Er hatte auch seine Helfer nicht mitgebracht. Er und ich. Etwas anderes zählte nicht mehr. Wir waren allein. Wir mussten es austragen.

Ich nickte ihm zu. »Okay«, flüsterte ich. »Versuchen wir es. Starten wir zum zweiten Mal das letzte Duell …«

Bestimmt hatte er mich verstanden, doch in seiner Knochenfratze bewegte sich nichts, und auch die Sense schwebte dicht über dem Boden, wo sie nicht mal zitterte.

Ich zerrte die Kette über den Kopf. Dabei merkte ich, dass meine linke Hand zitterte. Ich ließ mich auch von meinen Gedanken nicht mehr ablenken.

Wie immer, wenn ich das Kreuz hervorholte, lag es auch jetzt sicher auf meiner Hand. Sein Gewicht flößte mir Vertrauen ein. Es war mein zweiter Versuch, und ich hoffte, dass es auch der alles entscheidende sein würde, der mir zu meinem endgültigen Sieg verhalf.

Der Schwarze Tod kannte das Kreuz. Schon damals hatte ich es besessen, aber einsehen müssen, dass seine große Kraft noch nicht aus ihm herausgeholt worden war.

Das war jetzt anders.

Ich wollte auch keine Zeit verlieren. Die Vampirwelt als Umgebung störte mich nicht. Sie war nicht so stark, als dass sie das Kreuz hätte behindern können.

Hoffte ich zumindest …

Dann sprach ich die Formel. Ich hatte es schon oft getan, aber diesmal war es anders. Ich sprach sie halblaut und dabei auch sehr deutlich aus. Jedes Wort sollte er mitbekommen, und dann musste einfach die Reaktion erfolgen.

»Terra pestem teneto – salus hic maneto!«

Ja! Jetzt …

Das Licht war da.

In meiner Hand schien das Kreuz zu explodieren. Um mich herum wurde es taghell. Das wunderbare Licht verteilte sich. Die Energie raste nach vorn, um das Böse zu vernichten. Ich wartete darauf, dass die Knochen in Flammen aufgingen und …

Sie gingen nicht in Flammen auf!

Sie brachen auch nicht zusammen!

Sie zerfielen nicht zu Staub!

Es tat sich gar nichts bei dieser schrecklichen Horror-Gestalt. Sie blieb einfach vor mir stehen. Eingehüllt in das Licht oder doch nicht? Hatte ich mich geirrt?

Ich schüttelte den Kopf.

Ja, ich hatte mich geirrt. Das Licht des Kreuzes erreichte den Schwarzen Tod nicht, denn wieder hatte er es geschafft, sich zurückzuziehen. Er stand zwar vor mir, doch er befand sich in einer anderen Dimension, und die Grenze war so dicht, dass sie nicht durchbrochen werden konnte. Das hatte selbst das Licht meines Kreuzes nicht geschafft, das jetzt zusammensank, sodass die Normalität zurückkehrte.

Ich konnte nichts tun. Ich fühlte mich verlassen. Wie das Wasser nach einem Regenguss im Erdboden verrinnt, so verließ mich auch die Hoffnung. Ich hatte mich geirrt. Ich hatte gedacht, dass es so einfach sein würde.

Das war es nicht. Die Stärke des Schwarzen Tods und auch seine Raffinesse hatte ich unterschätzt.

Er war noch immer da.

Ich ebenfalls, und mir war jetzt klar, dass seine Spielerei mit mir der Vergangenheit angehörte. Er hatte mich erst testen wollen, doch jetzt würde er ernst machen.

Innerlich musste ich lachen. Ich hätte es mir denken können. Einer wie er hielt immer einen Trumpf in der Hinterhand. Es war in seinem Fall das »Zappen« von einer Dimension in die nächste, sodass er für seinen Gegner unerreichbar war.

Erst jetzt wurde mir richtig klar, welchen Ärger er mir noch bereiten konnte, falls ich noch so lange am Leben blieb, denn in diesen Augenblicken sah es nicht so aus.

Wieder kam ich mir so klein gegen ihn vor. Okay, ich besaß

das Schwert, aber er würde es mit der Sense versuchen und diesmal bestimmt mit mehr Geschick.

Noch genoss er seinen Triumph.

»Hast du gedacht, dass es so einfach ist, Sinclair? So leicht wie damals …?«

»Ich habe nichts gedacht. Ich habe es nur versucht. Und ich werde es immer wieder versuchen.«

»Das weiß ich. Aber du kannst es nicht schaffen. Ich bin aus meiner Gefangenschaft gestärkt hervorgekommen. Daran solltest du dich erinnern. Ich und van Akkeren werden die Zeichen setzen, und keiner wird uns daran hindern. Auch du nicht, Sinclair. Du kannst es nicht schaffen.«

Er hatte sehr sicher gesprochen. Einer wie er war von sich überzeugt. Ich wusste nicht mal, in welcher Dimension er sich befand. Immer noch in der anderen oder schon wieder bei mir?

Für einen winzigen Moment sah ich das helle Flimmern, das über seine Knochen rann. Es war wie Quecksilber, das augenblicklich wieder verdampfte.

Für mich stand fest, dass sich der Dämon jetzt wieder in der Vampirwelt aufhielt und für mich zu packen war.

Noch einmal das Kreuz aktivieren?

In diesem Augenblick griff er erneut an, und plötzlich sah ich die Sense wieder dicht vor mir. Er zog sie von unten nach oben, und ich sah die Waffe wie einen geschliffenen Halbmond auf mich zukommen. Sie hätte mich von unten her in der Mitte aufspießen können. Ein schrecklicher Tod, wie er im Mittelalter an der Tagesordnung gewesen war. Da hatte man auch Schwerter und Sensen genommen. Zu sehen in den Holzschnitten eines Lucas Cranach, als er das Martyrium der Apostel darstellte.

Ich konnte nichts für meine Gedanken und Vorstellungen. Sie huschten einfach durch mein Gehirn, und während dies passierte, warf ich mich mit aller Gewalt zurück, um der Waffe im letzten Augenblick noch zu entgehen.

Ich hörte sogar ihr Zischen, so nah war sie. Dann krachte ich auf den Rücken. Ich spürte die Schmerzen, die mich allerdings motivierten, weiterzumachen.

Über meinen Körper hinweg und von unten nach oben glitt das scharfe Sensenblatt. Sogar den Luftzug bekam ich mit. Ausruhen konnte ich mich nicht. Um schneller auf die Beine zu kommen, musste ich das Schwert loslassen.

Zwei, drei Sekunden nur, dann würde ich es wieder nehmen und …

Ich sprang hoch.

Die schnelle Drehung nach rechts zum Schwert hin. Der Griff – der Griff ins Leere.

Es war nicht mehr da, und ich bekam den letzten Rest dieser Aktion mit.

Der Schwarze Tod hatte seine Sense eingesetzt. Diesmal nicht gegen mich. Jetzt war es ihm einzig und allein um die Waffe gegangen. Die Klinge drückte er unter das Schwert, dann reichte ein kurzer Ruck aus, und die Waffe flog in die Höhe.

Weg von mir!

Ich hatte mich schon gebückt, und als ich jetzt ins Leere fasste, kam ich mir vor, als hätte man mir einen Teil des Lebens genommen. Jetzt war ich fast waffenlos.

Ich dachte darüber nicht weiter nach. Es hätte mich in meinen Aktionen nur behindert. Das Schwert lag ziemlich weit von mir weg. Ich würde nicht mehr lebend an es herankommen. Jetzt galt es, der Waffe auszuweichen, die mich auf jeden Fall töten sollte.

Für den Schwarzen Tod war es das Höchste, wenn er mich auf der Klinge hängen sah, und dafür würde er alles einsetzen.

Automatisch lief ich zurück. Es war eine Reaktion, die mir letztendlich nicht viel helfen würde, aber ich musste einfach etwas tun. Ich konnte mich nicht in mein Schicksal ergeben.

Die Sense folgte mir.

Ich hörte sie. Sie zerteilte hinter mir die Luft. Ich versuchte, das Beste aus der Lage zu machen und wollte dorthin laufen, wo sich das Schwert befand. Es lag so verlockend auf dem Boden und brauchte nur gegriffen zu werden.

Ja, ich tat es.

Ein gewaltiger Hechtsprung nach vorn. Der Aufprall, die Arme ausgestreckt. Den Schmerz merkte ich nicht. Ich reckte meine rechte Hand nur noch weiter nach vorn, um die Waffe an ihrem Griff packen zu können.

Die Handfläche klatschte darauf, und gleichzeitig klatschte etwas gegen meinen Kopf.

Den Gegenstand hatte ich nicht gesehen. Alles spielte sich hinter meinem Rücken ab. Aber ich konnte mir gut vorstellen, dass es die breite Seite der Sense gewesen war.

Dann war es mit meiner Vorstellung vorbei. Ich verlor nicht das Bewusstsein, aber ich fühlte mich plötzlich schlaff und groggy. Die berühmten Sterne sah ich ebenfalls vor meinen Augen aufblitzen und die Schwärze durchdringen. Ich verlor die Kontrolle über meine Gedanken und kannte nicht mal mehr meinen Gegner.

Der Zustand währte nur kurz. Ich fing mich wieder, aber da war das Schwert nicht mehr da. Jemand hatte es aus meiner Reichweite weggeschoben.

Etwas schlug in meinen Nacken und krallte sich dort fest. Zuerst dachte ich an eine Klammer, doch sehr bald spürte ich die Klaue, die nur aus Knochen bestand.

Es war klar, wer mich da festhielt!

Mit einem Ruck zerrte mich der Schwarze Tod hoch. Er stellte mich wie eine Puppe auf die Beine. Ich merkte selbst, dass ich schwankte, der Schlag gegen den Kopf machte mir noch zu schaffen, doch ich wollte auf keinen Fall schwach werden.

Ich musste mich auf den Beinen halten, um nicht zu einer sicheren Beute für den Schwarzen Tod zu werden. Er ließ mich plötzlich los. Freuen konnte ich mich darüber nicht, denn ich erhielt einen Stoß, der mich zurücktrieb. Dass ich mich dabei noch auf den Beinen hielt, glich schon einem kleinen Wunder.

Die Arme wie Flügel ausgebreitet, fand ich das Gleichgewicht wieder.

Der Schwarze Tod überragte mich in seiner Siegerpose. Er war der Herrscher, der Gewinner. Er befand sich im Besitz der mörderischen Sense, die mich zerteilen konnte.

Es konnte an meiner Verfassung liegen, aber er kam mir in diesem Augenblick noch größer vor. Höllenglut in den Augen. Das schreckliche Knochengesicht, von dem alle Bösartigkeit abstrahlte, die man sich nur vorstellen konnte.

Die Sense pendelte …

Erst nur mit kurzen Schwingungen, aber das änderte sich, denn der Schwarze Tod holte weiter aus, aber behielt alles im Griff, denn die Sense traf mich noch nicht.

Sie huschte vor mir hoch, und nach jeder Bewegung drückte sie sich näher an mich heran.

Ich wich zurück. Es war nur ein zitternder Schritt. Zu mehr war ich nicht in der Lage.

Plötzlich drehte er sich nach rechts. Ich wusste, was das zu bedeuten hatte.

Er würde ausholen und mich von der Seite her vom Erdboden wegpflücken. Das Kreuz! Noch ein Versuch? Ich hatte es noch vor meiner Brust hängen, wollte die Formel schreien, aber es passierte etwas anderes.

Von zwei Seiten jagten seine Feinde heran.

Justine Cavallo hetzte über den Boden. Sie war schnell, viel schneller als ich, und sie stieß sich dabei genau im richtigen Moment ab.

Sie sprang in die Höhe. Einen Moment später hing sie wie eine Turnerin am rechten Knochenarm des Schwarzen Tods und riss ihn nach unten.

»Hol das Schwert, Sinclair!«

Ich rannte und sah zugleich, was noch passierte. Mallmann hatte sich noch nicht wieder zurückverwandelt. Er griff als Fledermaus an und umkrallte plötzlich den Schädel des Schwarzen Tods, sodass von diesem nichts mehr zu sehen war.

Ich wusste, dass es meine letzte Chance war, um diesen Kampf zu gewinnen …

Mein Kopf war zwar nicht klar, doch der Wille hatte sich in eine Peitsche verwandelt, die mich vorantrieb. Ich dachte an nichts anderes mehr als nur daran, an die Waffe zu gelangen. Sie lag auf dem Boden. Der goldene Einschluss in der Mitte glänzte mir wie ein Strahl der Hoffnung entgegen, und als ich meine Hände um den Griff gekrallt hatte, schnellte ich wieder in die Höhe. Ich drehte mich dabei nach rechts. Das Schwert nur nicht loslassen.

Für einen Moment musste ich mir Zeit lassen, um einen Überblick zu bekommen.

Wäre der Schwarze Tod aus Fleisch und Blut gewesen, hätte Mallmann längst zu einem Biss angesetzt. Doch an dem Skelett hätte er sich die Zähne ausbeißen können, denn die Knochen waren hart.

Aber er befand sich noch immer am Kopf dieses Monsters. Mit seinen Schwingen hielt er ihm die Augen zu. Er wollte ihn blind machen, und Mallmanns Gesicht hatte sich zu einem breiten Grinsen verzogen. Das D auf seiner Stirn leuchtete noch intensiver als sonst. Er stand mir zur Seite, ebenso wie die Cavallo.

Nie hätte ich dies für möglich gehalten. Es konnte sich auch wieder ändern, doch jetzt war ich froh darüber, dass es so gekommen war.

Die blonde Bestie hielt noch immer den Arm des Dämons fest. Sie hatte sich mit ihrem gesamten Gewicht darangehängt und zog ihn nach unten, damit er seine Waffe nicht einsetzen konnte.

Mir war klar, dass sie sich nicht lange würde halten können. Aber die Zeit reichte vielleicht für einen gezielten Angriff von meiner Seite aus.

Ich besaß das Schwert. Ich ging auf den Schwarzen Tod zu.

Es war kein normales Gehen. Zu stark kämpfte ich noch gegen die Nachwirkungen des Treffers.

Und dann wehrte sich der Schwarze Tod!

Plötzlich fegte sein rechter Arm hoch. Dabei war es ihm egal, ob Justine noch an ihm hing oder nicht. Er hatte sich sammeln können und schleuderte sie weg.

Ich sah sie nach dem heftigen Stoß durch die Luft segeln. Sie würde in der Nähe zu Boden fallen und ebenfalls zu einer Beute des Dämons werden.

Ich hörte den Aufprall des Körpers auf dem harten Gestein und wusste zugleich, dass Justine Cavallo so nicht zu töten war. Sie reagierte anders als ein Mensch, und mit Schmerzen brauchte sie nicht zu rechnen.

Auch Mallmann hatte mitbekommen, was geschehen war. Plötzlich sah er seine Partnerin in Gefahr. Er wusste, dass er etwas tun musste, um sie zu retten.

Ich kannte seine Kraft. Mallmann würde sie hochzerren und mit ihr in der düsteren Vampirwelt entschwinden, sogar unerreichbar für den Schwarzen Tod.

Was jetzt zusammenlief, konnte man in mehrere Abschnitte einteilen. Es war ein Spiel, bei dem es keinen Regisseur gab und bei dem die verschiedenen Varianten auf ein gemeinsames Ziel hinausliefen.

Ich hatte den Schwarzen Tod noch nicht erreicht, um ihn attackieren zu können. Ich war für ihn auch momentan nicht wichtig, denn er schaute mich nicht mal an.

Sein Blick galt Mallmann, der sich, noch als riesige Fledermaus, auf Justine Cavallo stürzte, um sie in Sicherheit zu bringen.

Im Rücken hatte er keine Augen. Er sah nicht, dass der Schwarze Tod mit seiner Sense ausholte, aber ich bekam das mit.

Und ich brüllte ihn an.

»Will …!«

Es war ein Schrei der Verzweiflung, der meine Kehle verließ.

Egal, ob er mein Todfeind war oder nicht, in diesem Fall zählte der Schwarze Tod einfach mehr.

Dracula II packte Justine Cavallo!

Er zerrte sie hoch!

Es ging alles glatt, auch mit dem doppelten Gewicht, und ich sah, wie er vom Boden abhob.

Zugleich fegte das höllisch scharfe Sensenblatt auf die beiden Vampire zu …

Nicht zu spät kommen! Bitte nicht zu spät sein!

Jane Collins wunderte sich darüber, dass sie noch in der Lage war, ihre Gedanken zu fassen, obwohl sie eine Reise antrat, die ihr mehr als fremd war.

Aber das andere steckte einfach zu tief in ihr. Es waren die gewissen Urängste, denen man sich nicht entziehen konnte. Sie wusste auch nicht, wodurch sie reiste. Wie Zeiten hier zusammenkamen oder aufgehalten wurden. Jedenfalls sah sie nichts, obwohl sie die Augen offen hielt. Es war auch nicht völlig dunkel um sie herum, denn es sah aus, als würde sie sich inmitten eines Bildschirms befinden, der nur aus Schneegeriesel bestand.

Auch von Myxin und Kara war nichts zu sehen. Aber sie spürte deutlich ihre Nähe und natürlich auch den Druck ihrer Hände. Genau das flößte ihr Vertrauen ein.

Das Flimmern verschwand.

Endlich klare Sicht!

Und trotzdem erkannte sie nicht sofort alles, weil es in dieser Welt einfach zu grau und dunkel war. Sie schien aus zahlreichen Schleiern zu bestehen, die sich wie dichte Tücher über alles gehängt hatten, was sich in ihrer Nähe befand.

Kara sprach Jane an und umfasste zugleich ihren Arm. »Da, schau hin. Dort sind sie.«

Jane drehte den Kopf nach rechts. Und plötzlich sah sie John, aber auch den Schwarzen Tod und die beiden Blutsauger. Sie war nicht fähig, etwas zu sagen, und hörte nur die Stimme des kleinen Magiers.

»Er wird gewinnen, das weiß ich.«

Der Satz löste bei Jane eine Sperre. »John!«, schrie sie nur.

»Komm!«, rief Kara, rannte los und zog die Detektivin mit sich ...

Ich konnte nichts tun, ich war und blieb Zuschauer, und ich war einfach zu weit entfernt.

Der Schwarze Tod bewies, dass er mit der Sense perfekt umgehen konnte. Er erwischte Will Mallmanns Rücken mit der breiten Seite und der Spitze zugleich. Es war ein perfekter Treffer. Besser konnte man es nicht machen.

Das Lachen des Schwarzen Tods wehte mir wie ein Donnergebrüll entgegen. Die Waffe in seinen Knochenhänden zuckte noch einige Male, er wollte sie dabei tiefer in den Körper hineinschlagen, und dann zerrte er den mächtigen Dracula II wie einen Fisch an der Angel in die Höhe. Er hatte ihn tatsächlich aufgespießt, und die Gestalt klebte förmlich an der Klinge fest. Es war ein schlimmes Bild. Ich wunderte mich darüber und konnte es kaum fassen, dass der mächtige Dracula II auf dem Metall hing wie ein Stück Fleisch auf dem Spieß.

War er tot? Vernichtet? Hatte der Schwarze Tod das geschafft, was mir nicht vergönnt gewesen war?

Ich wusste es nicht, und der Schwarze Tod schien zufrieden zu sein. Die Sense in seinen Händen zuckte. Er senkte sie, sodass die Gestalt am Metall nach unten rutschte.

Dann hatte die Gestalt die Spitze erreicht, und das reichte dem Schwarzen Tod auch. Er wollte ihn nicht mehr. Mit ein paar zuckenden Bewegungen schleuderte er seine Beute weg von der Klinge, sodass sich Dracula II auf dem Boden überkugelte.

Er blieb liegen, und zum ersten Mal hatte ich das Gefühl, dass er vernichtet war.

Justine Cavallo hatte nichts abbekommen. Sie lag am Boden, aber sie hatte sich leicht aufgestützt und zugeschaut, was mit Dracula II passiert war. Ihr Gesicht war zu einer Fratze des Hasses geworden. Die Perfektion und die Schönheit waren nur noch Erinnerung. Jetzt wirkte sie wie ein geschnitzter und böser Dämon, der noch nicht wusste, wie er sich verhalten sollte.

Dann aber sprang sie hoch.

Und im nächsten Augenblick bewies Justine Cavallo, wie schnell sie war. Nur war ihr Ziel nicht mehr der Schwarze Tod. Sie hetzte mit langen Schritten auf Will Mallmann zu, der am Boden lag.

Sie riss ihn hoch. Und während dies passierte, verwandelte er sich wieder in einen Menschen.

Mir gelang nur ein kurzer Blick zu ihm, aber ich sah die große Wunde, die quer durch seinen Körper lief. Ein Mensch hätte sie nicht überlebt, doch genau das war Mallmann nicht.

Justine Cavallo änderte ihr Verhalten radikal. Sie kümmerte sich nicht mehr um den Schwarzen Tod und auch nicht um mich. Zusammen mit Mallmann floh sie vom Ort des Geschehens. Jetzt kam es ihr nur darauf an, die eigene Existenz zu retten.

Ich verlor sie bald aus den Augen, denn mir gelang die Flucht leider nicht.

Nach wie vor standen der Schwarze Tod und ich uns gegenüber. Und nach wie vor war er bewaffnet.

In mir kochte es. Die Beine waren mir schwer geworden, und auch das Schwert in meiner Hand führte ich nicht mehr so leicht.

Aber ich machte weiter, denn es gab noch immer ihn oder mich. Ich konnte einfach nicht zurück. Er hätte es auch nicht zugelassen. Wieder würde es zum Kampf kommen. Für mich konnte es leicht der letzte Fight meines Lebens sein.

Wieder fuhr die Sense heran. Fast unwillig hatte sich der Schwarze Tod dabei bewegt, als wollte er mich wie eine lästige Fliege verscheuchen.

Ich riss mein Schwert hoch.

Beide Klingen prallten zusammen. Ich wurde wieder nach hinten gestoßen, aber an Aufgabe dachte ich nicht. Verbissen machte ich weiter. Ich kam mir wie mein eigenes Zerrbild vor. Durch meinen Kopf strömten zahlreiche Erinnerungen an den Schwarzen Tod. Sei es nun in meiner Zeit oder im alten Atlantis gewesen.

Ich holte aus und drosch die Klinge gegen die Knochengestalt. Damit hatte der Schwarze Tod nicht gerechnet. Er knickte ein, ich wartete auf das Brechen der Knochen, das jedoch nicht folgte. Vor Enttäuschung stieß ich einen Fluch aus.

Wieder holte ich aus.

Der Tritt erwischte mich völlig unvorbereitet. Er traf meine Brust, und es gab nichts, was mich noch hielt. Ich wurde wieder mal nach hinten katapultiert. Ich landete auf dem Rücken, und das Schwert rutschte mir aus der Hand, bevor es klirrend neben mir landete.

War es das gewesen?

Der Schwarze Tod kam!

Hoch angehoben hielt er seine Sense.

Ich lag wehrlos auf dem Boden. Was ich hier erlebte, war ein in Erfüllung gegangener Albtraum. Ich glaubte zumindest, so etwas schon mal geträumt zu haben.

Ich war ein Mensch und kein Vampir. Sollte Mallmann die Verwundung überlebt haben, so würde das bei mir nicht der Fall sein. Ich würde in dieser Vampirwelt liegen und allmählich ausbluten. Auf Hilfe konnte ich nicht zählen.

»So habe ich mir das gedacht, Sinclair, nur wir beide. Die anderen sind verschwunden. Du und ich. Wie damals. Erinnerst du dich?«

Und ob ich mich erinnerte, aber ich gab ihm keine Antwort. Ich wollte ihm zudem beweisen, dass ich noch nicht völlig am Ende war. Obwohl ich auf dem Boden lag, umklammerte ich den Schwertgriff und hob die Waffe mühsam an.

Er nahm die Sense.

Er senkte den Kopf.

Er suchte ein Ziel. Vielleicht war es mein Kopf oder auch meine Brust. Ich wusste es nicht.

Wie viele Sekunden blieben mir noch?

Ich hatte keine Ahnung. Ich fühlte mich auch nicht wie ein Todeskandidat, durch dessen Kopf noch viele Stationen seines Lebens huschten. Ich dachte einfach an gar nichts und verfolgte nur den Weg der Sense, die schlagbereit war.

Mir wurde kalt.

Ich sah alles überdeutlich, als gäbe es die Dunkelheit in dieser Vampirwelt nicht mehr. Ich hatte ihren Aufbau erlebt, und jetzt würde ich zusammen mit meinem Ende auch das ihre mitbekommen.

Vieles war so anders geworden.

So leicht und irgendwie auch …

Nein, das gab es nicht! Das war unmöglich. Jane Collins schaute auf mich nieder. Ich sah Myxin und Kara. Beide hatten sich zwischen mich und den Schwarzen Tod gestellt.

Ein Traum?

Er wurde fast schon brutal zerrissen, als Jane zupackte und mich auf die Beine zerrte. Plötzlich konnte ich wieder stehen. Das Schwert hielt ich fest. Mein Zucken verriet Jane, was ich vorhatte, doch sie zerrte mich zurück.

»Jetzt nicht, John! Wir müssen weg. Myxin und Kara …«

Sie hatte die Namen noch nicht richtig ausgesprochen, da bewegten sich die beiden auf uns zu. Und plötzlich hatten wir vier einen Kreis gebildet. Die Berührungen mussten sein, nur so konnte die Magie wirken.

Der Schrei des Schwarzen Tods verriet seine Wut und auch seinen Hass sowie die Enttäuschung. Er wusste, was folgen würde, und er konnte nichts dagegen unternehmen.

Ich sah ihn noch. Ich sah auch die Sense auf uns zurasen, aber auf halbem Weg löste sich dieses schreckliche Bild auf. Ebenso wie unsere Körper …

414

Licht und laue Luft!

Es war einfach herrlich. Ich saß im duftenden Gras, schaute auf die Steine und konnte noch immer nicht richtig begreifen, dass wir gerettet waren. Aber es stimmte. Diese Umgebung war ebenso eine Realität wie es die Vampirwelt gewesen war, nur konnte ich mich hier sicher fühlen, ebenso wie Jane Collins, die neben mir saß und ihren Kopf gegen meine Schulter lehnte.

»Haben wir den ersten Kampf gewonnen, John?«

»Nein, das haben wir nicht.«

»Aber wir haben auch nicht verloren.«

»Doch, Lady Sarah haben wir verloren.«

Jane schluckte. Sie senkte den Kopf, und ihr Gesicht erhielt dabei einen harten Zug.

Es war nur eine erste Schlacht geschlagen worden. Der Schwarze Tod würde Zeit finden, sich etwas Neues auszudenken. Ob Dracula II und Justine Cavallo noch so existierten, wie ich sie kannte, wusste ich nicht. Zumindest würden sie nicht zurück in die Vampirwelt kehren, denn die gehörte jetzt dem Schwarzen Tod. Er hatte sein Ziel erreicht und sich einen Stützpunkt geschaffen.

Von dort aus konnte er seine Fäden ziehen und auch immer wieder mal selbst eingreifen.

Und er hatte einen Helfer in unserer Welt. Ein van Akkeren war für ihn genau die richtige Person.

Auch Myxin und Kara kamen zu uns. Sie lächelten nicht, denn auch sie wussten, was auf uns zukam.

Trotzdem stellte der kleine Magier eine Frage: »Sind die alten Zeiten wieder zurückgekehrt, John?«

»Ich hoffe es nicht, aber es ist leider zu befürchten …«

ENDE

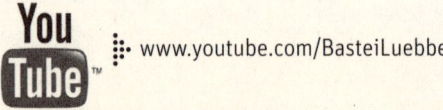